U0573576

《诗经》

一炬燃起，
万火引之，
千百年来，
炬火如故，
光焰永不熄灭。

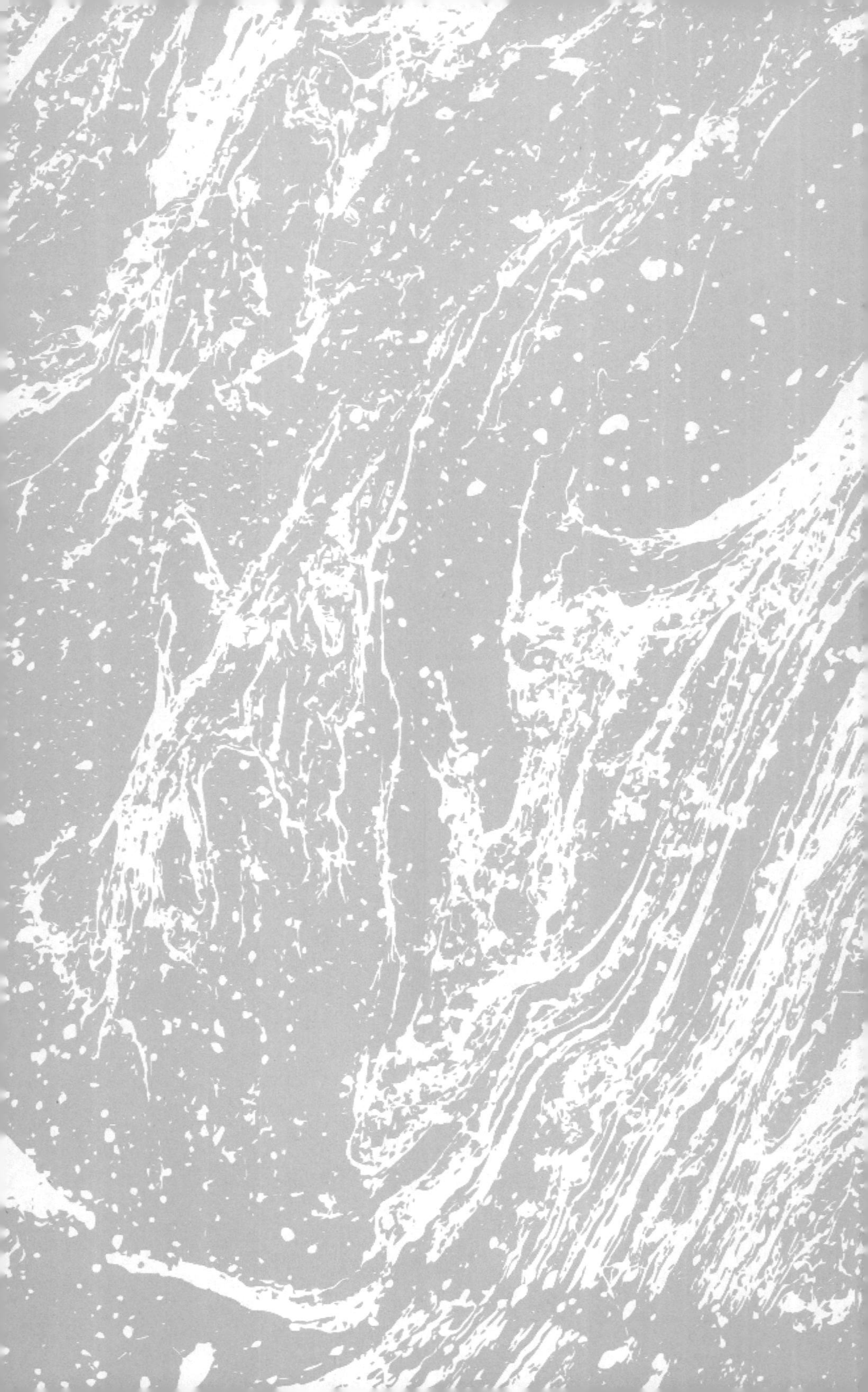

天魅地香

The Book of Songs · Wind

《诗经·风》与新民歌的古今交响

宋安群 译/著

漓江出版社
·桂林·

作者自画像

作者简介

宋安群

宋安群，编审，曾任漓江出版社总编辑，全国外国文学出版研究会副会长。出版有小说、散文、戏剧、古典文学评注、民间文学研究、外国文学翻译等作品14部。演出、发表大型剧本13部。大型音乐剧剧本四次蝉联中国戏剧文学奖金奖。剧本和学术著作四次获广西壮族自治区人民政府文艺创作最高奖铜鼓奖。还获广西精神文明建设“五个一工程”奖、山东省人民政府文艺创作最高奖泰山文艺奖、中国广播剧学会专家奖金奖、中国曹禺戏剧奖、全国少数民族会演剧本创作奖金奖等。

前言

古《风》逢时又青春
含英咀华更宜人

宋安群

1

《诗经》，又称《诗》、“三百篇”等，是中国最古老的民歌唱诗选集，内收西周初年至春秋中叶（约公元前 11 世纪至公元前 6 世纪）距今两三千年的作品。其按照音乐体裁和实用功能，分编为《风》《雅》《颂》三类，总共 311 篇，其中《风》160 篇，《雅》105 篇，《颂》40 篇，笙诗（只有篇名的佚诗）6 篇。它们原先都是声诗，彼时每首都配有能唱的乐谱。所配乐谱在汉代就已全部失传，传留后世的只有文字形态的歌诗。

《风》，也叫《国风》，包括《周南》《召南》《邶风》等十五国风，主要是在村落、宗族家庙、神社、山林水泽等处招神、祭祀以及民间聚会时诵唱的底层土风歌诗。

《雅》主要是在周王、诸侯、贵族文人组织的于宗庙、神社等开展的祭祀神祇、祖灵的礼仪上，由巫师领颂的宴飨歌舞唱诗。

《颂》主要是周王在宫廷、宗庙告于神明、祈愿福祉，行天子大礼祭神的歌舞唱颂诗篇。

挑选《诗经》精华，以适中的篇幅普及推介，《风》是首选，也是最佳选择。因为“最有文学价值的是《国风》……《风》的价值高于《雅》，《雅》高于《颂》”（郭沫若）。《大美百科全书》也称，《风》保存了许多农民和匠人的口头创作，且往往有集体创作的迹象，是整部《诗经》的精华，可谓切中肯綮。

最具青春气质的古典文学作品是《风》，最能让读者感到愉悦亲和的古代民间文学作品也应是《风》。本书书名《天魅地香——〈诗经·风〉与新民歌的古今交响》，意为《诗经·风》的原文文本同以诗译诗的新译及富于创意的新说呼应交响，其与天道同行、自然吸引人的魅力同当代文明融洽对接，它沁人心脾的精神氤氲古今、香溢当下。

2

《雅》《颂》重在通过一定规模的礼乐表演炫示王家、贵族自身的社会地位，兼具参与侍奉大祭、构建政治话语的双重属性。《风》则是底层民间的纯粹、简约唱诗，主要具备家族、宗族世俗祭祀娱乐表演文本的属性。

周代之初，分封了数百个诸侯国，随后烽火不息、分分合合，各诸侯国国土疆界频频变化，其统治者尚无心力作用于意识形态的管控。彼时尚无诸子杂说纷纷籍籍，没有儒佛道桎梏掣肘，也还没产生与现实社会形成倒影相互对应的神仙谱系。在此土壤生成之《风》，甚少受统治阶级意志的干预，也少见官方制式、冗余语言的侵染。它不媚权、不载道、不帮闲、不虚饰、不宗理路、不落言筌，游离于历史宏大叙事和权力管控之外，民众就是自己诗歌领域自主的统治者。它至简、至朴、至拙、至纯到只“与天地合其德，与日月合其明，与四时合其序，与鬼神合其吉凶”(《易经》)。

如果试图从《风》中挖掘史籍，迎合理学的需求做“即诗证史”“即诗证道”的确认，至多只能找到一些草蛇灰线；如果欲感知当年的民生民风民情，《风》则堪称丰富厚实、形貌灵动。彼时留存的记忆、人类典型情感在《风》诗中都有所体现，由此可以感受人们遵循伦理道德、至诚向善的血脉温度，触摸时人积极用世的脉搏心跳，感受古时紧接底层生活的地气和充溢生命活力的元精。《风》诗是体现普通民众灵与肉的生命彩绘。

《风》诗顺从天命天道天理天意，视自己内心良知的自然本性为理性，于民间立场俯身土俗文化绿洲，开拓体现自己旨趣的祭祀唱诗乐土，奠定民歌一民间文化与官方文化并存的基壤。自诞生始，它就具有长寿基因，从未在中国历史中退场，并作为文化记忆和民族身份认同标识，踵事增华煌煌然流传至今。它是自由灵魂创制的自主唱诗，与当代文明提倡的价值观融洽对接，以“冻龄”的青春、依旧的朝气、仍然的新颖、犹自的率真，睥睨一切反文明、逆人性、悖人情、违真心的文艺。它如一炬燃起，万火引之，千百年来，炬火如故，光焰永不熄灭，自然而然成了中华民族甚至于全人类共同的非物质文化遗产。

3

《诗经》，有说是彼时数百年的诗歌、民歌“总集”。其实从严格意义上说，应该是“选集”。有说该文本经过孔子编选、编排，或删汰、修改和配曲。另有考据却说，将《诗经》形成过程系名于孔子，是经学家的攀附指派，是被误导的“史实”。此考据提供的证据是：“孔子未生以前，《三百》之编已旧，孔子既生而后，《三百》之名未更。”孔子是公元前 551 年生的，而公元前 544 年“吴公子季札来鲁观乐，《诗》之篇次悉与今同……其时孔子年甫八岁”（方玉润）。也就是说，孔子虚龄八岁之时，《诗经》早已成三百篇之定型并在鲁国演唱了。还有说，《诗经》是周宣王时大臣尹吉甫一人所作（李辰冬），实为惊世之说，只是至今认同并依循此方向做稽考者寥寥。

日本学者家井真对中国彝器、钟鼎铭文、上古文字和韵文研究颇深，一定程度体现国外《诗经》研究的学术前沿水平。他认为“《国风》诸篇基本上是各国的各种降神仪礼诗”。一旦据家井真的观点搬演《风》诗演绎方式，从仪礼性和表演性考察，其唱诗动机和原著真义大多变得豁然开朗。当时“国之大事，在祀与戎”（《左传》）。祭祀是巫者（灵媒）引领的。“中国传说中的古代圣王，例如儒家一直讲得很多的尧、舜、禹、汤、文、武、周公，根据很多学者的研究，他们都是大巫。”（李泽厚）在祭祀之中，灵媒“借尸还魂”，将祖神家族的子弟扮作祖神，称之为“尸”，赋予其神灵形象与神格魂魄并对其祭拜，营造亦幻亦真的异境，建构灵媒、凡人与祖神沟通互动的机制，引导人们自由袒露心灵和宣泄情绪。人们沉浸于演诵、献辞、音乐、舞蹈等诸种娱悦游艺方式的通感刺激，展开人与神之间虚拟的交互性对话。

人们崇奉能活着才是世间第一要义，不免因祖神已经不能在人世间与亲人生活在一起而产生歉疚悲悯，同时又相信祖神具有超自然的力量可以保佑后裔。《风》之诗篇，大多是纯粹地向祖神宣叙自己的喜怒哀乐，祖神则在这些宣叙中分享后人的苦与乐，悯惜后裔并承诺赐下福祉。后人对祖神的情感如对活着的长辈，既敬畏又亲昵，既拘谨又撒欢。歌诗娱神娱人，率真朴实，讨喜逗乐，放诞掺入肃穆，情色借壳端庄。灵感一飞扬起来，庄重便夹杂谐谑，神圣性融入凡俗性，催发、生成了一首首口头创编的抒情或叙事歌诗，演唱者都是诗人。“诗人的目的或是益人，或是娱人，或是说出既可愉悦又可裨益人生的言辞”(贺拉斯)。如是语境造就了《风》诗，也开了中国民间群体共同口头创制表演性歌诗的先河。它们是抒真情的歌，是讲真话的诗，其以心灵透亮的魅力成为范本，为此后文艺作品的异同、妍媸等评价立起了圭臬。

4

同样体现国外《诗经》研究学术前沿水平的，是德籍美国学者柯马丁的研究，他本人亦是海外汉学研究的重要人物。通过研究中国竹简、木牍、帛书和纸质典籍，观察近年考古发掘文本，他发现《诗经》

在版本“唯一化”之前，存在文本间相互渗透互文变异的现象，形成了关联的“语料模块”构成的“文本素材库”。柯马丁揭示的《诗经》现象，正是《风》诗的生成符合民间文学—民歌创作规律的体现。今人完全可以想见，在彼时频密的祭祀仪式上表演的各地歌诗精华，是集体创制的运思、主题、题材、唱词的“语料模块”，具有很强的可配置性，经选编、整合，成了多种“复合文本”式的诗篇。这些文本实体，名义上是平行的、各自独立自洽的，其实在单独篇章、篇目数量、构成顺序等方面是互涉的，不同程度地共享“文本素材库”里的“语料模块”元素。

这些同题的不同文本经历演变和繁衍，分别从口耳相传转化成文字，落在竹简、木牍、绢帛等载体上，开始以文字抄本的形态流传。但是，欲考察《诗经》诸多流变文本的时间谱系，欲确定哪些是发源母本，哪些是沿袭拟作，哪些是增删重构，哪些是原本、副本、抄本，以及欲推导谁是各篇章的原创者、谁是首次将三百篇集大成为文本的编选人，如今已经无异于奢望炊沙作饭。

在特定的历史阶段、意识形态、主流阐释意图和文字音韵实用语境里，官署与词臣共谋，最终选定了西汉初毛亨、毛苌所传，东汉郑众、贾逵、郑玄等人都治的《毛诗》来统摄各种驳杂的“复合文本”，以此作为《诗经》“定本”。原先共时性并存的几可与《毛诗》平分秋色的多元写本，在历时性淘洗过程中渐次被废置、消抹，从而湮灭。

侥幸的是，先秦之《诗经》逃过了秦始皇焚书之灾。汉时定本之《诗经》，难免经过再次甄选、修改，其《风》

虽与《雅》《颂》粘合一体，三相对举并称，都有同为经典的身份和地位，但《风》毕竟最终呈了独异的风貌和品性，以自己的民间立场、创制旨趣、诗性特质，同《雅》《颂》大相径庭、大异其趣。从此，它披着如是汉代衣冠，秉持昔日周时民间赋予的素朴风仪、群体精诚、刚健气质、青春神韵、诗性境界，凌空独亮，特立独行，哪怕在孔孟、经学教旨之彀的解读下，也呈现出与其后的骚赋乐府唐诗宋词元曲等文人化、私人化、应制化、纪史化、载道化截然不同的文学向度，品格独秉。尽管它的篇章多微短涓细，看似个人情态意志的溪流，但一旦汇聚流荡成十五国之《风》，整体就顿呈“积水成渊，蛟龙生焉”（荀子）喧豗奔腾、活气张扬之气象，堪称空前绝后的奇观。

5

《风》的诸多篇章句子和词语呈现涵义的不确定性，在表体文字后面蕴含着宽广深叠的解读空间。《风》毕竟是诗，“诗者，吟咏性情也……故其妙处，透彻玲珑，不可凑泊，如空中之音，相中之色，水中之月，镜中之象，言有尽而意无穷”（严羽），读解的进路应归于诗歌，并由此行远自迩。

胡适说：“这一部《诗经》已经被前人闹得乌烟瘴气，莫名其妙了。诗是人的性情的自然表现，心有所感，要怎样写就怎样写，所谓‘诗言志’是也。《诗经·国风》多是男女感情的描写，一般经学家多把这种普遍真挚的作品勉强拿来安到什么文王、武王的历史去；一部活泼泼的文学因为他们这种牵强的解释，便把它的真意完全失掉，这是很可痛惜的！”

本书应该看作是《诗经·风》的“青春版”，倒不是以出版年月新近来示好，而是确实有摆脱经学家“原教旨”的桎梏，回溯《风》的不老生机，主动亲近年轻读者的念头。读《诗经·风》，固然是读其诗，但更重要的还是读其人——彼时制作它、享用它的人。它那历久弥新的感情抒发，保留着时人热血的温度，足以感应到“《风》中之人”的青春神采。特别值得一提的是，《风》中情歌很多，其反映出彼时之情爱交往，或诚挚坦荡率真，或戏谑趣谐幽默，都秉具真实人性、丰沛心智的巨大张力。这种生机勃勃的青春特质，却经常被某些苍老化的释读缠裹着、遮盖着、避绕着。今日的研读，如果不能揭示《风》昔日的鲜活、鲜灵、鲜亮，如果没有新的见解来破局，只是低层次重复把玩其古旧，必然就败兴无味了。恃青春青涩、青春梦多、青春无忌的勇气，将一股活性冲动注入新译和新说，在理念气质的体现与内容器质的营构方面，追求构建自己的传述个性，再现原著与生俱来的古老而朝气蓬勃的青春气质，这是本书的趣旨。

在前人砌垫的基座上，拙作试图再度思考《风》的创制语境、演绎秩序、生成方式、文本结构、内容解读、精义阐释、诗情所在，尽力拓宽对《风》的观察视野，寻找更多元、更宽容的释读可能性，感受其可与当代思维共鸣、共振、连通、吻合的情绪。

其间，或解构某些困囿，或化解某些固弊，或拆分某些篇章，或揭示某些异彩，或倒回起源审视，或祛除某些污名，或洞照某些本意，等等，多有迥异于人的释读。这些具体操作，以质疑、体察、寻绎、反拨，来探求接近原著真义，都贯穿了自主心智的思考。独立之精神，自由之思想，灵心灵感灵慧，新鲜新意新奇，应该是最值得追求的文字品格。倘若已意张扬或呈了出位、颠覆的异端，实属“天地阔，且徜徉”（邵亨贞）的试水，能给方家们多提供一个继续探讨的论题也是有幸的——本意清浅如许。

6

胡适说：“‘读一书而已，则不足以知一书’。多读书，然后可以专读一书。譬如读《诗经》，倘使先读了古今中外的许多歌谣，便觉得《诗经》好懂得多了；倘使读过社会学、人类学，那就懂得更多了；倘使先读过文字学、古音韵学，也可懂得更多，倘使先读过考古学、比较宗教学等，懂得也更多。总之，你读过的书越多，你懂得《诗经》也更多。”

胡适揭示了理解、研读《诗经》，应该“左顾右盼、里应外合”，弄清前因后果，才能左右逢源，也就是强调将各种有关信息关联起来的重要性和必要性。本书“笔记”正是遵照此说要义，致力于分享与《风》诗内外有关联、照应的更多信息。其中包括简说每首诗的内容，对原著做简要分析评点，交流阅读感受和翻译心得，探讨另种解读的可能，引述快意对读比较的相关文字等。

本书还延揽古今中外著名文论家、作家、诗人、艺术家、画家、学者的相关文字，尤其引述了当代民歌。当代民歌，特别是广西山歌，与《风》诗千年对望，竟惊人地声气相投、身遥心迩、灵犀相通。书中延揽近两百位古今中外名人的言说，其中外国人士有七八十位；引用他们的言论语句达五六百则，涉及政治、经济、文化、文学、美学、音乐、舞蹈、绘画、民俗、语言等领域。跨国、跨界、跨文化视野的征引，资料繁多、类比别致、趣味盎然，加持了对《风》推崇、因《风》自信的理性依据。

以这么宽泛的视域资料征引、这么频密的博采呈示、这么丰富多彩的精言援用，来共同阐释、印证《风》的精彩和意义，烘托、标举《风》的伟大和光辉，是本书独特的观察、叙述性格，也是它有别于其他同类书的鲜明面貌。

7

笔者在出版社长期从事外国文学图书编辑、编审工作，还在广西、湖南、四川、安徽、北京的出版社出版过多种本人从外文翻译成中文以及从古文翻译成现代汉语的译著，包括四部俄罗斯情歌集，从中深度体认过韵文翻译的艰辛。无论是将外文译成中文还是将中文译成外文，抑或将古文以现代汉语表述之，译诗之人都有共识：诗无达诂，译无定迻。这种带有否定意味的理念，承认文学审美多元和遐想的自由，包容翻译文本出现异曲同工或是另类不群的可能性，使《风》共时地拥有多种译本成为理所当然。

笔者曾创作十多部音乐剧剧本和戏曲剧本发表于多种杂志，有些在北京、山东等地的剧院演出过。创作这种以唱诗为主要叙事方式的剧本品类，让我养成了乐于字斟句酌推敲声诗的习惯。本次执译《风》时，我持同等认真，以心灵去遥感、体悟《风》诗制作者的心灵，细致入微地去感应、发掘原作的诗情、诗意，遵循翻译规范，译而有据。在古今语言通约、移置过程中，追求思想、内容、文辞密切与原著同步。译文以诗译诗，全部采用七言体，以当代通俗的民歌风格为主。全书译文都保持一定的诗歌文学水准，且具有自家的译语笔风。

8

古往今来，中外学者研究、诠释《诗经》的著作可谓汗牛充栋。先哲们始行于学术荒漠，拔丁抽楔、疏通路径、洞幽发微，渐次破解上古艰涩文字的阻障。许多学者循本从始，让《诗经》的现代汉语翻译一路生花……尽管如此，前人都谦称自己的著述和翻译距离至是至当尚远，叹息尚有许多不够曲尽酣畅之处。这正体现了这部伟大经典的魅力无穷、含蕴宏富，难以穷尽真义，仍然存在有待填补的广阔空间。

我遇《风》诗，《风》诗遇我，喜欢《诗经》多年，灵魂早有感应，选题久就心仪。本次执笔，诗歌、散文、随笔并举，一吐为快。“左牵”新译，“右擎”新说，实为“老夫聊发少年狂”（苏轼）的出手。如果出土的新苗尚可显见，营造的新意尚且可感，实拜国内外大家、方家的研究成果所赐，其间，国内从闻一多、王国维、傅斯年、胡适，国外从柯马丁、家井真的著作中获益最多。借鉴、敛辑他人经验作为阶梯，依托巨人的肩膀，才获当下拙作之站位，实不敢顾盼自雄。诚恳接受来自各方的批评和指教，永远是一个有自知之明的作者应该具备的态度。

《天魅地香——〈诗经·风〉与新民歌的古今交响》不是程式化的刻板语文教本，也与一般推介古典文学、古代文人作品的评点导读有所不同，称之为交响，所指是它有如复调的多声部的织体，是用当代民歌翻译《风》的探索，也是阅读古代民间文学经典《风》的个人化的审美感知笔记。《风》以民间情绪创制而成，应以民间立场的器量品评；《风》本是古老的青春初醪酿就，自具有当得起读者开怀畅饮的品性。

古《风》逢时又青春，含英咀华更宜人。“君诗如民谣，能共天公语”（苏泂），一首首《风》诗，如同霁日高天彩虹晕悬之时的流云，泛着斑斓光艳，飘传袅袅天籁；笔者的新译新说，试图跨越时空去追接那瑰丽的游云，折射那光艳斑斓，回应那天籁袅袅。很期望牵手读者去会见那些永远不老的云上“《风》中之人”，达至“金风玉露一相逢，便胜却人间无数”（秦观）的境界。

《诗经》是中国文学的源头性作品，

《诗经·风》是其文学艺术成就的最高代表，

在人生深处回望经典，

将看到一片明亮与开阔。

目录

周南

召南

邶风

郑风

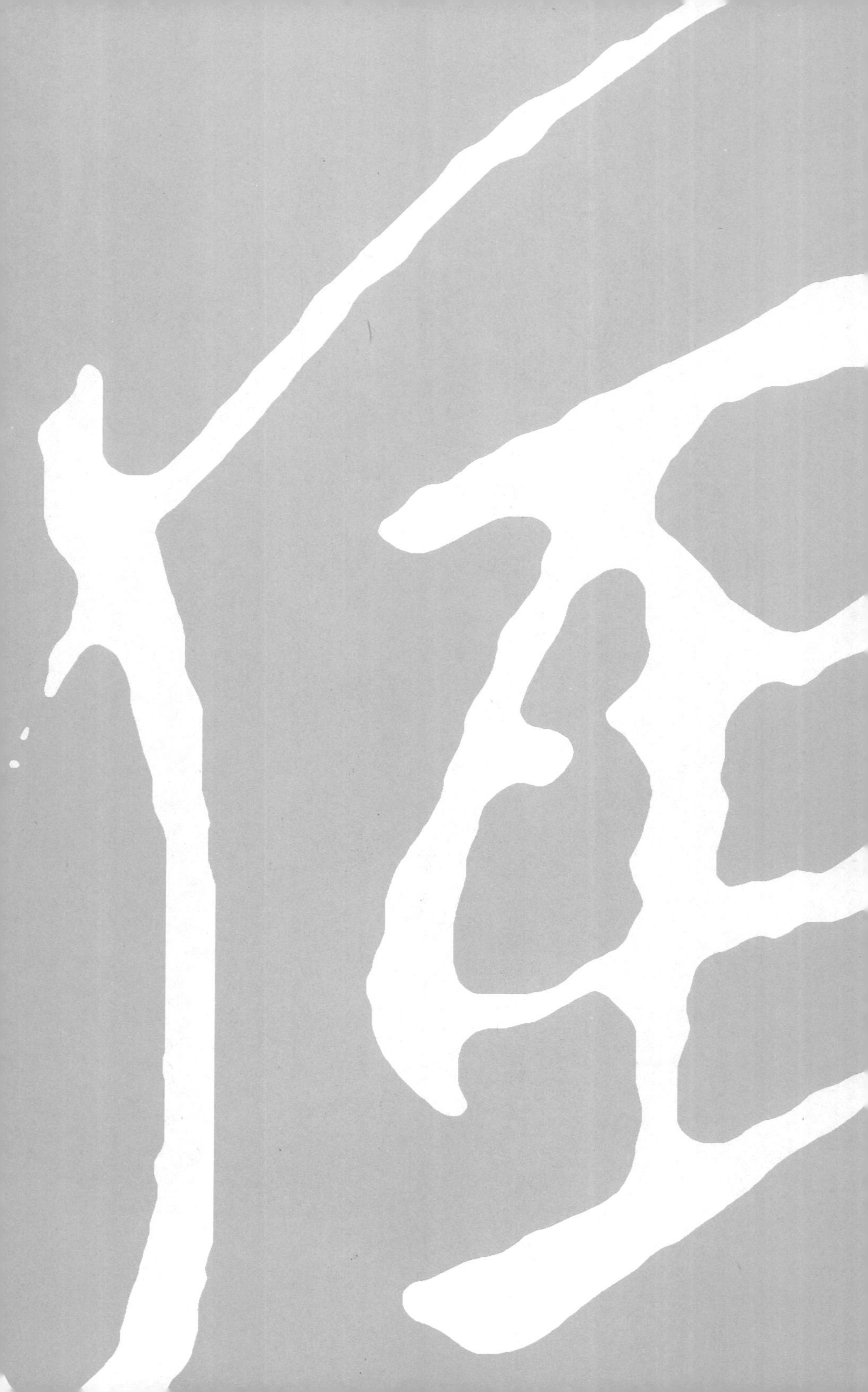

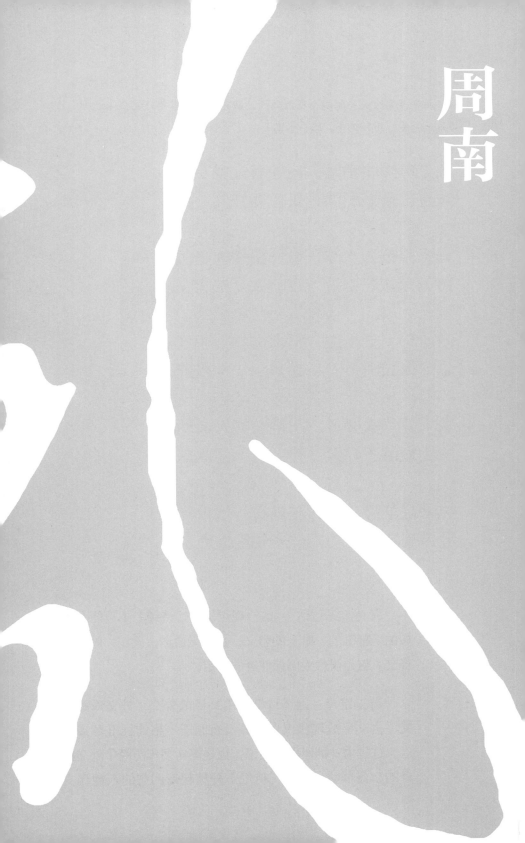

周南

1

关雎

《诗经》开篇：关关雎鸠，在河之洲。窈窕淑女，君子好逑

（关：关关，鸟和鸣声。雎：水鸟）

洲上斑鸠叫咕咕，问妹有夫没有夫。
妹是苗条好配偶，哥想娶妹共一屋。

长短荇菜顺水漂，像妹扭摆软身腰。
白天爱妹好相貌，夜晚做梦都想交。

做梦想交难拢边，但求再梦得相连。
念妹夜长睡不着，翻来翻去像挨煎。

妹采荇菜嫩又多，左挑右掐好灵活。
妹比嫩苗还好看，弹琴邀你同欢乐。

妹采荇菜鲜又好，左拢右齐素手巧。
琴邀靓妹邀不动，莫非要动钟鼓邀？

【笔记】

“《诗》无达诂”，这一观点认定《诗经》不可能有机械的、标准的、唯一的意义，也就无通达、确切、固定的释文。这是汉代大儒董仲舒的断定。

诗无定译。翻译诗歌，中文译成外文，外文译成中文，古文译成现代汉语，都没有囿于一格的标准翻译定本。这是中外翻译界的共识，也是笔者多年历经中外文翻译的亲身体认。试列《诗经》开篇起首四句的八种译文

如下。

1. “关雎鸟关关和唱，在河心小小洲上。好姑娘苗苗条条，哥儿想和她成双。”（余冠英译）
2. “水鸟儿关关和唱，在那河心小洲上。美丽善良的姑娘呀，哥儿想和她成双。”（韦凤娟译）
3. “咕咕叫的杜鹃鸟，鸣叫在河中小岛。那苗条秀美的姑娘，真是君子好配偶。”（何新译）
4. “鱼鹰关关对着唱，停在河中沙洲上。漂亮善良好姑娘，该是君子好对象。”（周振甫译）
5. “水鸟应和关关唱，歌唱在那沙洲上。美丽善良的姑娘，正是我的好对象。”（袁愈荌译）
6. “咯咯叫着的一对鱼鹰，落在黄河的沙洲上。善良美丽的好姑娘，是公子们的好伴当。”（陈振寰译）
7. “雎鸠儿关关呼叫，在河心小小洲岛。好姑娘苗苗条条，配君子白头到老。”（周啸天译）
8. “雎鸠关关相对唱，双栖河里小岛上；纯洁美丽好姑娘，真是我的好对象。”（程俊英译）

译者们真是八仙过海，各显神通，各有所长，有异有同。可见作为经典好诗，潜在的诠释张力就是大。也只有《关雎》这样的经典才经得起多方鉴赏，反复研究。

倘若我们用积极援引相关、比较对读的心态来读本书，定能心胸豁达，轻松愉悦，领略到无限的文学审美气象。

男子发现所爱，爱之却苦于不得接近，情动就直率坦荡抒发。纵然“单相思”，怅惘夹着期盼，也要极力示爱。本诗不啻爱的宣言——有声有色，有情有爱，动静跟踪，情景夹叙；当下当面袒露即时即兴心境，小波微澜，柔软缱绻。

《毛诗序》说它是“后妃之德也。《风》之始也，所以风天下而正夫妇也”——《关雎》分明是即兴逗趣的情致，人生的甜蜜纠结，一时的缠绵思绪，何必扯远，将它与所谓“妃”“德”“风”“正”关联?

朱熹说是反映“周之文王，生有圣德，又得圣女姒氏以为之配”——匪夷所思，已离诗旨，分明是说远了。

马王堆出土的《五行》帛书解释此诗为传达男主人公的急切情欲，但最终控制了对性的“小好”，臣服于合乎社会行为规范的“大好”。《孔子诗论》残简抄本，则说此诗是“以色喻于礼”。

胡适说：“这一部《诗经》已经被前人闹得乌烟瘴气，莫名其妙了。诗是人的性情的自然表现，心有所感，要怎样写就怎样写，所谓‘诗言志’是。《诗经·国风》多是男女感情的描写，一般经学家多把这种普遍真挚的作品勉强拿来安到什么文王、武王的历史上去；一部活泼泼的文学因为他们这种牵强的解释，便把它的真意完全失掉，这是很可痛惜的！”

傅斯年说过，“《风》是自由发展的歌谣，《雅》是有意制作的诗体。故《雅》中诗境或不如《风》多，《风》中文辞或不如《雅》之修饰”。

《诗经》为什么含有“似轻佻”的诗篇？美国汉学家柯马丁说，《孔子诗论》以及帛书《五行》认为，《关雎》和《将仲子》表达的都不是要禁止淫行；相反，它们提供了一种榜样：尽管处在人欲的驱使下，但仍然有合乎仪节的能力——以此来引导正确的行为。《关雎》是从男性的角度提供榜样，《将仲子》则是从女性的角度表现了对情人的规劝。这可归结为一个“谕”字，也就是扬雄所谓的“以讽归于正”。

《风》里的唱诗，出自民间，率性由心。后来一不留神被拢进了皇权控制的太学经院，被官僚政治视为应该垄断、控制的意识形态核心文献，遂被官学者与词臣们动用释经的权威来注疏诠释。这些注疏，动辄微言大义，或涂饰脂粉，或限定锈蚀，固然符合专制逻辑的选择，但是这种非文学性的定义，脱离了民间创制诗歌的初旨本志，扼杀了活气，憋死了正当的愉悦欢乐。

回归《关雎》诗的本体，回到诗心的阐释，素字白文，它就是一首轻盈活泼的谈情说爱的唱诗，堪称绝唱高踪，久无嗣响。如果一定要寻大义，也无非说及了男女之情爱、守矩之天道，要不然怎能成为几千年唱诵不倦的名篇！

我将“关关雎鸠，在河之洲。窈窕淑女，君子好逑”译为“洲上斑鸠叫咕咕，问妹有夫没有夫。妹是苗条好配偶，哥想娶妹共一屋”。《关雎》本就是古代民歌，译文呈现古代民歌《风》与当代山歌风格的和谐对接，是从本诗观察主体的男性角度发出的视觉观感和动情心曲。

将“求之不得，寤寐思服。悠哉悠哉，辗转反侧”译为“做梦想交难拢边，但求再梦得相连。念妹夜长睡不着，翻来翻去像挨煎”，是《风》化入广西山歌母体，获得方言基因后的新生唱诵。

“窈窕淑女，钟鼓乐之”，拙译为“琴邀靓妹邀不动，莫非要动钟鼓邀？”琴瑟是邀请人共欢乐的利器。小伙子先用琴瑟撩妹，旋律的乐音与节奏，高高低低流动在空气里，响动在河流上，爱意弥散，笼罩着眼前的天空和大地，那乐音，像尼采所说的“它在说我，它代替我说，它了解一切”，足够深情真挚的了。可是，尽管很卖力地撩过了，但还是撩不动。这女子可能是娴雅贞静，也可能是冷漠高傲，总之是“窈窕淑女”，不为琴瑟所动。男子不甘，痴爱情绪依然，越发陷进狂热倾慕之中，有求爱不得就永不休歇之势。他极尽想象地去求索能够撩动、逗乐、邀约、示爱的方法。于是，他想到了钟鼓，那形制精美、声音铿锵、声振四方的钟鼓。琴邀不动了，那么用钟鼓邀呢？莫非动用钟鼓巨大的响动来引动、激发，才能博得姑娘的青睐？可是一想，钟鼓岂是轻易动用得了的？那是庙堂祭祀的法器，是请神降临时才敲击的咒物。请神之灵咒重器，谁敢动用来邀妹？因爱欲而放纵逾矩，你何来的肥胆？他终于在“礼”之前，疑惑、忐忑了……一连串问号，结束在求爱进行时。这是《诗经·关雎》广西山歌版剧本情节的终局，看来也不逾越原著的本义。

孔子谓此诗“乐而不淫，哀而不伤”。琴瑟钟鼓，乐实有之，何以淫、哀来做关联对举？读解关键在于对“淫”字的理解。此字有多义，释文不少，大体有贪色、邪乱、强力、过度、放纵等义项。根据孔子此言含有的对《关雎》正面评价的倾向，此“淫”字应作“过度、放纵”解才切意，由此，他这句判断应该解释为“欢快而不放纵，失望而不伤心”。如是，《关雎》作为《诗经》首篇，又因孔子的关切，开了中国情爱诗歌作品的创制和爱欲美学的讨论之先河。

本篇译文追求独特的口头语言译语笔风，使《关雎》译文的整体面貌呈现为广西山歌形式的译本。广西山歌与

《诗经》实有两三千年的缘分，转化才得以如此无缝对接声气相投，身遥心迩灵犀相通。

回到“《诗》无达诂”“诗无定译”的话题，近年，有日本汉学家对《诗经·关雎》版本提出很有意思的见解。境武男认为第一章，即“关关雎鸠，在河之洲。窈窕淑女，君子好逑”，是后人加进去的。家井真干脆认为，不但第一章，连同第三章（“求之不得，寤寐思服。悠哉悠哉，辗转反侧”）都是后人加进去的，第二、四、五章完全可以以《荇菜》为名而独立：

参差荇菜，左右流之。窈窕淑女，寤寐求之。

参差荇菜，左右采之。窈窕淑女，琴瑟友之。

参差荇菜，左右芼之。窈窕淑女，钟鼓乐之。

家井真认为这是祭祀诗，原文的“求之”“友之”“乐之”，其“之”都是指祖灵（又称“祖神”，是人们祈求长寿、平安、谷物丰收、作战胜利的庇护神）。此诗表现的是少女们在宗庙里，作为巫女，整理咒物荇菜，演奏琴瑟钟鼓，唱着祭祀乐歌以悦神，迎候天上祖灵降临。

这观点无疑颠覆了传统的原著构成，是一种文本多元的反映，佐证了《诗经》在西汉定本前就流行许多不同的写本、抄本。近年有不少古代帛书竹简陆续出土，在各类典籍中也发现不少引用的《诗经》异文。支离破碎的残简损帛，已经无法线性编连成章，只能管中窥豹，稍得端倪而已。如果能发掘出完整的《诗经》最原始的、最能反映出世间版本共同依据的源头写本，那才是惊世的发现。

原文

关雎

关关雎鸠，在河之洲。
窈窕淑女，君子好逑。[①]

参差荇菜，左右流之。
窈窕淑女，寤寐求之。[②]

求之不得，寤寐思服。
悠哉悠哉，辗转反侧。[③]

参差荇菜，左右采之。
窈窕淑女，琴瑟友之。

参差荇菜，左右芼之。
窈窕淑女，钟鼓乐之。[④]

【注释】

①关关雎鸠（jūjiū）：两只鱼鹰类水鸟，雌雄相对着“咕咕”鸣叫。洲：水中陆地。窈窕淑女：娴静端庄、有德性的女子。君子好（hǎo）逑：男子的好配偶。 ②参差荇（xìng）菜：长短不齐、根植于水下、叶浮于水面的可食用植物。流之：在水面摆动而不走。寤寐（wùmèi）求之：醒着睡着都想追求。 ③辗转反侧：躺在床上翻来覆去，久久都睡不着。 ④芼（mào）：拔取，采摘。

2 葛覃

葛之覃兮，施于中谷。薄浣我衣，归宁父母
（葛：多年生蔓草。覃：延长，这里指蔓生之藤）

葛藤拖拖挂山上，叶子青青藤条长。
藤上飞落黄鹂鸟，“家家”连叫勾情伤。

葛藤拖拖吊山谷，叶多藤壮根茎粗。
煮纱编织藤葛布，粗细穿起都舒服。

脱去旧衫换新装，里洗外洗去污脏。
清爽了否问婆母，我要回家看亲娘。

【笔记】

我国最早的诗歌发端可说是钟鼎铭文，其主要功用是告天祭祀。铭文多是祭祀时诵唱的歌辞，间或押韵，无疑就是诗歌的雏形。其间多有向某物发誓起咒的文字，这些咒辞据说可以庇佑人们避免遭到邪灵、噩运和疾病的危害，带来好运和吉祥。

《诗经》的《雅》《颂》诗篇，凡保持“钟鼎铭文歌辞”格局的，多将咒辞设于诗歌起首，与诗歌的内容、意义关联起来。《风》继承此格局的余绪，设置具有言灵性质的兴词，赋予其神性笼罩的功能，将咒言暗示与喻体譬喻一起内涵在诗歌之中。

此诗从山谷说到鸟，从藤条说到藤茎，都是平白的直叙。当时人们的审美观念和欣赏水平，决定了他们没有情趣去欣赏大自然的风光和绿树藤蔓的美丽。他们醉心的是带有咒性的物件、有灵性的空间，醉心于其内涵的精神寄寓，以及实际的功能。“葛藤拖拖挂山上，叶子青青藤条长。藤上飞落黄鹂鸟，‘家家’连叫勾情伤”，诗中情绪，就在如此的灵视统摄之下，形成味外之味，意境外的意境。

女子向婆母告假回娘家，这是诗歌想明说的具体内容，但女子心中隐秘的感情，那不便说出的，是留恋娘家的情感。回娘家，也就是归宁，唯归此处才得安宁。于归，说的是女子出嫁，按照人伦和习俗的说法，嫁到夫家才是真正的归属。

眼下这女子已嫁作他人妇，还如此留恋娘家，还如此为黄鹂“家家”之鸣叫动情，也无异于“恨别鸟惊心”（杜甫）了。于是，葛藤、葛布和衣装，以及点题的“家家”鸣叫的黄鹂，都成为带有言灵元素的烘托物，共同营造“归心”似箭的环境。

朱熹说：“凡《诗》之所谓‘风’者，多出于里巷歌谣之作，所谓男女相与咏歌，各言其情者也。”确实如此。这首诗，诗句甚为简单，其氛围融溶一体，笼罩在一种日常劳作、人情世故、人生需求的平淡的精神气质之中，是小女子、新媳妇的吟唱。

原文

葛覃

葛之覃兮，施于中谷，维叶萋萋。
黄鸟于飞，集于灌木，其鸣喈喈。①

葛之覃兮，施于中谷，维叶莫莫。
是刈是濩，为絺为绤，服之无斁。②

言告师氏，言告言归。薄污我私，
薄浣我衣。害浣害否？归宁父母。③

【注释】

①兮：语气词，可读为“啊”。施（yì）：同“移”。维叶萋萋：植物茂盛的样子。下文“维叶莫莫”义同。维：语首助词，无意义。黄鸟：黄莺。喈（jiē）喈：鸟鸣声。 ②刈（yì）：刀割。濩（huò）：水煮。絺（chī）：细葛布。绤（xì）：粗葛布。斁（yì）：厌恶。 ③师氏：此诗指婆婆。言告言归：告假回娘家。薄：语气助词，无意义。污：搓揉着洗以去污。私：常服。衣：见客时穿的礼服。害：什么。归宁：回娘家省亲。

女子与情人隔空千里的苦恋对唱

（卷耳：一种菊科植物，苗可食）

女：

心思不宁采苍耳，采来采去不满筐。
哥你在役我惦念，采来做祭佑情郎。

男：

哥正骑马上高山，坐骑腿软难向前。
且取金杯斟满酒，暂让气缓劲慢添。

哥正骑马上高岗，坐骑疲劳步彷徨。
且取玉杯斟满酒，振我神气重飞扬。

哥正骑马上高丘，坐骑疲软喘咻咻。
随从也累瘫坐倒，真是愁上又加愁！

【笔记】

女子的情郎远赴征役。她采集苍耳为祭品，在路边注入咒语和誓情，祈求祖神保佑情郎平安。万里之外，云天里似乎传来她情郎的歌声，正唱叙他眼下的征程……

这是一支男女对唱的浪漫情歌，也是一首庙堂里的祭祀歌。唱歌的主体分为两方：一方是女子的代言，由女子主唱；另一方是男子的代言，由男子主唱。祭祀仪礼和祈祷气象就由他们营造出来。

祭祀歌，按照规仪，往往就是以这类浪漫歌的形态来演绎的。男女歌舞者，穿红着绿，被咒语感应，附着了灵性，成了灵媒。他们变换角色，一会儿用凡人口气唱凡人的祈祷和愿望，一会儿又用祖神口气唱祖神的祝福和承诺，既代表人，也代表神。天人就是如此沟通的。

这首诗，内容聚焦于思念征人和征途的艰难困苦，可以想象其载歌载舞表演的情绪变化、细节，以及模拟的动作性场面。女子采苍耳做祭品来祭祀，神不守舍，苍耳采来采去，老半天总采不满筐。

男子骑马行军，几度登高跋涉，疲累不堪。岭坡、山岗、女子、男子、苍耳、金杯、玉杯、酒、马，细节密集，构成一幅行役—情爱苦恋图。抚慰、关爱、忧愁、哀叹的情绪，像从四面吹来的风，拂来荡去，交集在空气中，总凝结有苦涩之气味。直到最后，愁上加愁，男子仍然陷于困境不能自拔，绝望的情绪氤氲成绝望的悲凉……

傅斯年对此诗结构曾有困惑：“首章是女子口气，下三章乃若行役在外者之辞，恐有错乱。”傅先生文体结构感特别敏锐，但他只将它当作一人所唱的唱诗，故而见第一章有“嗟我怀人”，出现一个采卷耳的女性“我”，在第二、三、四章却又出现另一个骑马的男性“我”。这两个“我”让他感到逻辑混乱，遂怀疑原著有错乱。

钱锺书解释为“花开两朵，各表一枝”，第一章写妇人，第二章开始则是写丈夫。钱先生切准了叙述内容的变化，初解了傅先生之困惑。但他只讲透了“各表一枝”之其然，没有讲透其“所以然”。

其实，《风》中有些唱诗，并非一人从头到尾唱完。有些篇章是对唱，甚至是多人邻接发声参与的分唱。有时，即便一人所唱，面对多种身份的听众，其朝向和视角也会产生言说含义的不同。另外，是直接向特定对象致辞，还是泛泛客观宣叙，其语言指向色彩也有微妙的传述动机区别。还有，《诗经》中有好些诗篇都呈问答结构。再有，代词的雅俗辞令色彩不同以及人称隐匿不表等，都反映了作品内涵，都是值得细究的。

因此，当一首诗内重复出现同一人称的同一或不同代词，指称对象似有失统一的时候，须摆脱习用的徒诗观，而应持唱诗观，即视其为具有表演性、语言结构带戏剧性的脚本，通过辨析内容来判定其人称所指和身份，再从身份区别来判断分唱的角色分工，即分截出哪些句子是谁发声的、说了些什么，以及所说起始段落是怎么转换结构的。如不秉持这种理念去观察，就会将所有的《诗经》篇目都当作一人从头念诵到尾的诗篇，忽略对语境氛围、听众对象、人物行为、诗句内涵、表演角色分工和演唱次序、面对视角、人称辨析的细究，也就难免陷入阐释不顺当的沟沟坎坎。

深入观察、分析《卷耳》的唱诗构成就能明晰，其演唱主体应该分作两方，一方代言女，一方代言男。从体裁和结构上审视，原著的本体就是“对歌、对唱”，是二声部邻接对唱的唱诗。按照内容可以划分出相应的对唱诗句和发声次序，分别配置给代言女方和代言男方的两个演唱主体。代言女子的一方唱首章，代言男子的一方则唱二、三、四章……

如此，将《卷耳》两方对唱的体裁确定下来，人称、语辞、内容、逻辑诸项，顿时就都妥妥帖帖、顺顺当当、不成问题了。本笔记开头明确给出的判断，就是如此“解码”给的底气。这结构密码，前人似没有如此彻底地破解过。

原文

卷耳

采采卷耳，不盈顷筐。
嗟我怀人，置彼周行。①

陟彼崔嵬，我马虺隤。
我姑酌彼金罍，维以不永怀。②

陟彼高冈，我马玄黄。
我姑酌彼兕觥，维以不永伤。③

陟彼砠矣，我马瘏矣。
我仆痡矣，云何吁矣！④

【注释】①盈：盛满。顷筐：形状前低后高的筐。嗟（jiē）：感叹词。置彼周行（háng）：将它（顷筐）放在大路上。②陟（zhì）：登。崔嵬（wéi）：有石头的土山。虺隤（huītuí）：疲惫腿软。姑：姑且。酌彼金罍（léi）：用青铜铸造的酒杯饮酒。维：发语词。不永怀：不去整天怀想。③玄黄：马过度疲劳而视力模糊。兕觥（sìgōng）：犀牛角做的酒具。不永伤：不为沮丧所累。④砠（jū）：多土的石山。瘏（tú）：马因疲劳过度而生的病。痡（pū）：人疲劳而病。吁（xū）：叹气，忧愁。

4 樛木

灵咒语言和意象笼罩、浸润全诗的文本
（樛：弯曲的树枝）

南国大树降祖灵，树身盘卷葡萄藤。
藤像子孙缠大树，祖灵是树佑子孙。

南国大树降祖灵，藤萝成网树成荫。
藤像子孙盘树下，祖灵是荫遮子孙。

南国大树降祖灵，藤绕树干叶茵茵。
藤像子孙紧缠绕，树是祖灵永庇荫。

【笔记】

树与神，一实一虚，一显一隐。两者通过诗歌语言邂逅，做了神性的关联，就虚实一体了。树，成了神树；神，成了树神。大树实体挺拔，就成了祖灵的化身。

子孙与藤蔓也如是，虽无神性沟通，却互为譬喻象征，子孙是藤蔓，藤蔓是子孙。

藤蔓盘绕、紧缠树干，树干欣然接受，这固定的纠缠依赖与庇荫护佑的关系，就是子孙与祖灵的关系。《风》中没有一首诗是专门写游山玩水的，所有的山水，以及其间的植物、动物，或当了情境背景，或做了比兴语词，或附着上咒誓，都与游览无关。

西周的祭祀有巫术和咒誓活动。官方和贵族祭祀用的青铜祭器上浇铸、镌刻的动物和植物纹样，带有图腾崇拜的色彩。在民间，则将图腾的理念和涵义转注于树木、石头之类的物件，用它们替代青铜祭器施行崇拜仪式。巫术赖以建立的思想原则，按照人类学家弗雷泽的解析，可归结为两个方面：一是“同类相生”，即“果必同因”，认为彼此相似的东西即是相同的东西；二是“接触传递”，即“物体一经互相接触，在中断实体接触后还会继续远距离地互相作用”。前者被称为“顺势巫术”，后者则被称为“接触巫术”。

人们普遍相信，灵媒可以通过语言感应来施行因物件相似或物体相触而奏效的巫术。祭祀灵力的来源，就在于灵媒施咒语、呼诸神，求神赐力，求福求吉，而后据说还“果真灵验”。这就是信奉的基础。

《风》诗里的祭祀内容，有两点是足以引人注目的。一是神祇只是天地山水植物动物这类自然神，没有什么有名有姓的神话故事系列神，或什么神祇阶级谱系，诗里也没有征引什么神话故事。另外，见不到厌劾妖祥、驱鬼除邪、符镇解厌之类的诉求。其质朴单纯，就明显地与后继的楚辞诗歌，画出一条具有艺术特质和时代意义的界线。

本诗是类似图腾的樛木、藤条的实体与灵魂的纠缠，物质、形影与灵性的沟通，也是泛化的、不具名的天神祖神与凡人的对接、拥抱。茂繁缠绕，一旦得到神灵接纳、支撑，生命之光就照亮了祭祀之途。

“乐只君子，福履绥之”“乐只君子，福履将之”“乐只君子，福履成之”，说来说去，就一个意思。偏要铺叙三章，这是《风》中常见的复沓，也称复唱、叠咏的现象。一首诗内，某几章里，同格式同位置的某句，只更换少量词语，一般更换的都是关键字词，以起到或递进思绪、深化主题，或顺此转折透气、更换韵脚的作用。

这种复沓现象，是民间唱诗的常见形态，《圣经》也有如此体现。其短歌似的《雅歌》，有一句“耶路撒冷的众女子啊，我指着羚羊或田野的母鹿嘱咐你们，不要惊动，不要叫醒我所亲爱的，等他自己情愿”，此句在第二章中首次出现，在第三章中完全重复了一次。到第八章，又有所压缩地重复了一次，作“耶路撒冷的众女子啊，我嘱咐你们，不要惊动，不要叫醒我所亲爱的，等他自己情愿”。这显然是追求一种段落感和起伏感，明示情感的转折由低伏往高扬递进，同时也起到维系长篇文字的紧凑性和完整性的作用。

原文

樛木

南有樛木，葛藟累之。
乐只君子，福履绥之。[①]

南有樛木，葛藟荒之。
乐只君子，福履将之。[②]

南有樛木，葛藟萦之。
乐只君子，福履成之。[③]

【注释】

①樛（jiū）木：茎干弯曲的树。葛藟（lěi）累之：葛类植物的藤蔓缠绕攀缘牵挂。乐只君子：快乐的人，此处“君子”解为“祖神”。只：无意义的虚助词。福：福禄。绥：安定。
②荒：覆盖。将：扶助。 ③萦：缠绕。成：成全。

5 螽斯

比兴与灵咒交集的祝祷
（螽斯：蝗虫）

蚂蚱沙沙展翅飞，密密好像雨霏霏。
祝你门庭多贵子，儿孙满堂笑微微。

蚂蚱唰唰亮翅忙，齐飞熙熙又攘攘。
祝你后代多繁盛，熙攘相接人丁旺。

蚂蚱噗噗拍翅密，嘈音不绝风不息。
祝你子嗣长延绵，永世不绝称传奇。

【笔记】

所谓螽斯，也就是蝗虫，又叫蚂蚱。蝗虫，常成群飞翔，古今都是农业上的主要害虫。即便拿来做象征比喻，一般也是比喻变卖家产过活的不肖子弟，以及贪婪的掠取者。此诗祝愿主人家子孙比蝗虫还繁盛，显得十分独特。

蝗虫群黑压压一大片，遮天盖地，飞到哪儿就啃光哪儿，飞到哪里就在哪里造成灾祸。康有为曾描述："漫漫蔽天而来，树木没叶，万顷千稼，连州并邑者，其所谓蝗灾耶！"何等恐怖气象！"愿君收视观三庭，勿与嘉谷生蝗螟"（苏轼），蝗灾历来是世人特别是农人的隐忧。

以此譬喻人家的子孙，不是非常恐怖、十分令人嫌恶吗？但还应看到蝗虫的另一面。其每每麇集，飞起来铺天盖地，雄虫前翅还能够振动发声，倘若群蝗积聚，同时振翅，其声真有轰鸣之效果。据说，蝗虫还有不妒忌不争风吃醋的本性，故而繁殖特别快。

大家族的祝祷贺喜场合，亲友聚集，济济一堂，热热闹闹，一派欢腾气氛。人头攒动，往来交集，恰似蝗虫麇集；主人与客人们应酬呼应，嘈嘈杂杂之响动，恰似蝗群振翅嗡嗡营营。故而以蝗虫之多之嘈为喻，祝福主家子孙兴旺、延绵不绝，烘托出了争先恐后的喜庆气象。这比喻既即景，又近切，既有视觉冲击，又有听觉的刺激反应，通感交融，倒是很贴切之喻，还不无幽默，并无丝毫亵渎的恶意。主家也是从这角度理解，欣然接受了祝祷的善意——这也证明了比喻的得体。

任何物体，都可以从不同的角度观照出正面的意义与反面的意义、积极的意义与消极的意义等反差涵义。因此，以此物作譬取喻，属性、角度、层面、含义，都可以有所不同。《螽斯》的"螽斯羽，诜诜兮""螽斯羽，薨薨兮""螽斯羽，揖揖兮"（"蚂蚱沙沙展翅飞，密密好像雨霏霏""蚂蚱唰唰亮翅忙，齐飞熙熙又攘攘""蚂蚱噗噗拍翅密，嘈音不绝风不息"），这些形容，在蝗虫之百面中，仅取一面，即蝗虫群集遮天蔽日出动，噪声轰鸣飞过天际，此起彼伏相继不断，有声有色之一面，而排拒其带来灾荒等其他侧面。故而可称贴切。

试想《螽斯》如果换一个不是亲友相聚的场合，换一户子孙作恶多端的人家，换一种讥讽抨击的用心，换一种愤恨出言的口气，拎取蝗虫漫天卷地带来灾祸的可怖侧面，来比喻、诅咒主人家后代如蝗虫祸害四邑，也是可行的——而且这比喻不但贴切，还很常见啊！

取蝗虫形象作贬义比喻的，不止国人，洋人也如此。俄罗斯著名诗人普希金曾在一个小县城做小官员。上司叫他到灾区视察。他回来写了一首诗："蝗虫飞呀飞，飞来就落定。落定一切都吃光，从此飞走无音信。"据说隐喻了底层官员们腐败贪婪，盘剥民脂民膏。上司对此颇为光火。这首诗的可贵之处在于表现了普希金疾恶如仇的良心和胆量，但从艺术上来说，没有太多创新含量。同以蝗虫为喻，普希金用以比喻贪官污吏，寓意见俗，手法通常，贬义形象落于常人观；哪如《螽斯》，立意悖反常人思维，轻巧取褒义作喻体，颠覆了常规，手法奇崛大胆，且古今独步，无人再敢跟进、模仿做这样的奇特比喻。

比喻，这种修辞太微妙，张力倒也挺大，有明喻、暗喻、借喻、博喻、倒喻、反喻、缩喻、扩喻、较喻、回喻、曲喻等诸多种类，作为工具招数够多、功能丰富，中外都用。"它是认知的一种基本方式，通过把一种事物看成另一种事物而认识了它。"（乔纳森·卡勒）只有找准两者的共同点，拎出其中一物的特性，与另一物做比较、相提并论，才更突出这一特性。当然，还要限定情景场合，限定人际关系，限定角度与程度，即口子精准、恰到好处，特别是要度量好感情色彩，才不至于引起误解。

每件物体秉具的物质品质、形象品质和精神品质太多元，事物暗含的可以拎出来与他物作比喻的意象，也是多元的。比喻是一把双刃剑，较真起来，此物就是此物，用其他一切物体来比喻此物，永远都不可能是精准恰当的。

深度分析，这首诗还蕴含神秘的灵咒色彩。此诗共三章，说及蝗虫的句子，都在每章开头，都是起兴句。《风》诗的起兴，作为青铜彝器祭祀时代言灵咒谣的绪余，继承了祭祀咒语的冀望和机制，惯性地被赋予灵咒性，具有影响全诗的功能。具体到这首诗，你可以说那些描写蝗虫的诗句，不是为比喻而设的，而是仅为了渲染群蝗纷飞的气氛——祝贺子孙众多才是本诗主旨。但是，这些起兴句子都具有笼罩全诗的灵咒意图，这是明显的；而描写密密麻麻、嗡嗡营营、拍着翅膀的群蝗的那些起兴诗句，在没有其他比喻句子的情况下，怎可能说与祝贺子孙众多的主旨没有关联？谁能说它们不是比喻呢？

《螽斯》的比喻生动成功，同时起兴灵咒的浸润也起了作用。其诗已成为典故，被广为运用。如："又无狂太守，何以解忧思。闻子有贤妇，华堂咏《螽斯》。"（苏轼）此"螽斯"喻子女，这是苏轼羡赞别人多子多福。"关雎螽斯浑未识，鹊巢那得不鸠居。"（陈普）此"螽斯"则是喻《诗经》，这两句意为不读诗书者，难免被人挤兑。"端来丹山凤，况戢螽斯羽。君诗如民谣，能共天公语。"（苏泂）此"况"是发语词，"戢"则是停止、收敛之意，"螽斯"就是直接说蝗虫，头两句是说凤凰飞临张开两翼，蝗虫连忙收起翅膀。

后人的祝祷辞，如广西礼仪山歌，就多以美好的意象来比喻主家子孙了："近水楼台先得月，千年榕树稳生根。福星高照生贵子，老少心宽喜盈门。""孙是龙庭珍宝品，子是麒麟后裔成。长大成龙多本事，升官发财事事能。""锦上添花乖又乖，龙飞凤舞进家来。好年好月添贵子，代代儿孙有权财。"用以比喻儿孙的词语，多系直白俗见，已经流于礼仪俗套，少了《螽斯》这样敢独步一隅、令人耳目一新的文学独创，更少了《风》时代唱诗内含的灵咒秘迹。

原文

螽斯

螽斯羽，诜诜兮。
宜尔子孙，振振兮。①

螽斯羽，薨薨兮。
宜尔子孙，绳绳兮。②

螽斯羽，揖揖兮。
宜尔子孙，蛰蛰兮。③

【注释】

①螽（zhōng）斯：蝗虫一类的昆虫。羽：翅膀。诜（shēn）诜：众多的样子。宜：多，嘈杂。振（zhēn）振：多而成群的样子。 ②薨（hōng）薨：象声词，群虫齐飞的嗡嗡声。绳绳：延绵不绝，繁衍不息。 ③揖揖：群集。蛰蛰：聚集。

6

桃夭

送亲仪礼第一歌

（夭：生机勃勃）

风吹桃枝动摇摇，桃花满树色娇娇。
娇娇妹你要出嫁，带给婆家运气好。

风吹桃枝动摇摇，枝弯结果坠鲜桃。
妹是鲜桃远嫁去，传延后代婆家好。

风吹桃树动摇摇，枝多叶密根茎牢。
妹是根深叶茂树，做了主妇合家好。

【笔记】

夭夭、灼灼、蓁蓁，桃树、桃枝、桃果，春光、色泽、风姿……这一切语词、意象，活色生香，好似在张灯结彩，挂起彩珠旌旗。这一切烘托了这首送亲歌，向家族祖灵祭告，族中一位饱满美丽如桃子般的少女，将要离家，出嫁去了。

何新用一种散文体与诗歌体结合的方式，将第一章翻译为“桃枝摇摇 / 花朵灿烂 / 这姑娘就要出嫁 / 她将有一个新家”。

周振甫则以七言诗歌体裁，将这章译为“桃树年轻枝正好，花开红红开得妙。这个姑娘来出嫁，适宜恰好成了家”。

两人的译文，各有其妙处。

拙译用七言民歌体，翻译这一章为“风吹桃枝动摇摇，桃花满树色娇娇。娇娇妹你要出嫁，带给婆家运气好”。

无论用什么风格的文字来翻译，都难以遮掩它的喜庆气氛。

这送亲唱诗是一首赞美诗。不独赞颂少女的姿容，更是将她宜家、宜室、宜人的美德以及对她未来的期许化作赞美的颂词，仿佛集束的烟花升腾，让场面绚丽飞花。景、物、人、德，以及烘托、称颂、赞美、祝愿，糅合成了丰富的词语、歌谣、景象，构成了喜庆情致之场，素颜傅粉，全都相宜。一片闪亮的彩云，就这样将这待嫁的少女轻轻托起，呈奉给祖灵见证，托付给前来接亲的婆家。

桃子，是灵性与俗性兼具的水果，中外都既将之作为食用之果品，又将之当作美感和性感之意象，形成延绵不绝的“桃色文化”，有讲不完的话题。

我国很早就有“桃弧棘矢，以除其灾”的说法。桃，谐音“逃”，化用为“逃凶”；棘，箴也，可做箭之锋刺也。古秦简有记载，以桃枝为弓，牡棘为矢，羽之鸡羽而射之，狼鬼化为飘风。古人认为，桃树本身有驱邪纳福的神力。白居易就在自己渭曲故居种桃栽柳，“插柳作高林，种桃成老树”。桃子圆润、桃花烂漫、桃林温煦，带出了“人面桃花”“桃花运”“世外桃源”“总把新桃换旧符”这类象征美丽和好运的色香兼具的典故。

在日本，其古代民间和歌《甲子夜话》，也有“新娘欲乘马，隐约可见粉桃花”的情色描绘。当代有位叫聂维娜·马蒙德的女艺术家，其桃色审美特别夸张，代表作品是一个巨大的大理石白桃，象征女性的圣洁、伟大以及高不可攀。即便在当代日常生活中，某些女子健身追求的所谓“蜜桃臀”也还是跳不出“桃色文化”的影响。

《桃夭》可是两三千年前的唱诗啊！它开审美先例，将桃花、桃果、桃叶引入，作为对女子的譬喻。树好亦即人好，人好如同树好。桃花、桃果、桃叶，分别充当每章开头吟咏的譬喻兴词。这少女在最吉利、最光彩的时候，被附着上类感符咒，蒙上了神灵的光罩。少女今后人格的实现、完善，生活滋润、生育多子、兴旺家室，就会一直得到祖神的祝福和护佑。其物质形象的美好，外溢出了多层次的审美和人生含义。

《天方夜谭》中的“芝麻开门”，是一句咒语，知晓了它，便打开了一座宝库。《桃夭》中，处处是吉言咒语，一唱开，苍穹亮堂，四处溢香，流水都淙淙伴唱，福气从四面八方而来。

此诗就如此光灿灿地开了中国诗坛以言灵吉咒和景物描绘颂扬美人的先河，也给出了歌颂美人美貌美体美德的文艺示范。此诗首唱的“桃”，从物质形象外溢成了美与性感的标识。

今世广西贺喜的山歌，仍是同样吉祥的诵唱：“春风吹过家门前，桃花吹进李花园。桃花李花结双蒂，前世修来好姻缘。”“正月里来贺新婚，才子佳人两相陪。秦晋联姻成大礼，凤凰比翼彩虹飞。”“芙蓉牡丹共园栽，有缘自有天安排。夫妻有缘成佳偶，鱼水姻缘天送来。”“喜事堂中闹腾腾，一对新人配成婚。结对鸳鸯同戏水，配对龙凤永不分。”“绿柳红桃醉春光，蝴蝶蜜蜂醉花房。”“喜看红梅多结子，笑看绿竹笋生根。”“一园红杏伴月种，月里嫦娥伴书生。”……

广西山歌在《桃夭》的桃花桃果桃叶形象之外，别开生面，扩展出桃李、凤凰彩虹、芙蓉牡丹、鸳鸯、龙凤、蝴蝶蜜蜂、红梅绿竹、红杏明月等诸般吉祥配对的意象，丰富了婚嫁祝辞的色彩和内涵。当然，究其山歌特色，还是不外《桃夭》开辟的精选相应切合的美物来比喻新人的技巧，山歌色彩纷呈，实是接踵了千年经典的睿智灵性，从而生发出光辉。

“桃之夭夭，灼灼其华。之子于归，宜其室家。”诗句色泽光艳，义理明晰，皎洁如明月，鲜艳如桃色。千里共婵娟，佳句应不独属于中华民族。翻译大家许渊冲先生，曾用英语、法语将《桃夭》弹射出域外。对于此句，他的英语译文是：The peach tree beams so red，How brilliant are its flowers！The maiden’s getting wed，Good for the nuptial bowers. 开眼界了！

桃之夭夭，本形容桃花茂盛鲜艳，因谐音，变异为成语“逃之夭夭”的语源，实与原著内容已风马牛不相及。

原文

桃夭

桃之夭夭，灼灼其华。
之子于归，宜其室家。①

桃之夭夭，有蕡其实。
之子于归，宜其家室。②

桃之夭夭，其叶蓁蓁。
之子于归，宜其家人。③

【注释】

①夭夭：桃花怒放，茂盛而艳丽。灼灼：鲜明貌。之子：这个姑娘。于归：古时称女子出嫁。宜：合适，心仪。室家：结成夫妇。男子有妻叫作有室，女子有夫叫作有家。 ②有：作语气助词用，无实义。蕡（fén）：果实成熟长大。 ③蓁（zhēn）蓁：茂盛。

7

兔罝

赳赳武夫，公侯干城

（兔罝：猎虎之网）

紧密扎桩猎虎网，蹬蹬赶饵进猎场。
武士威武又雄壮，公侯庄园好屏障。

紧密扎牢猎虎网，探准岔道布中央。
武士威武又雄壮，公侯打猎好伴当。

紧密扎好猎虎网，位置找准林中央。
武士威武又雄壮，公侯护卫好担当。

【笔记】

狩猎或田猎，是古代王公贵族重要的休闲活动。其过程，也是他们显摆实力、结交势力、扩大圈子的过程。虎是百兽之王，凶猛异常。猎虎，更能显示王公贵族们敢于冒险的气概，同时，所获取的珍贵虎皮、虎骨、虎肉，也是他们喜欢炫示的不凡战果。然而，有些猎虎行动，往往是出猎展开大阵仗，王公贵族却未必亲到前线“与虎谋皮”，一般还是着其手下武士奔赴危险境地去直面虎威。于是，不论是扎桩捕猎，还是设陷阱置网罗以捕捉，猎虎都是那些武士的英雄用武之地和获取荣耀的场域。

能猎虎的武士，壮乎哉！斯人，阳刚武步，有勇有谋，是世俗社会里的英雄。

如果独立散游乡间，优哉游哉，他们自然是潇洒人物。倘若勇武欲有所依附，“学成文武艺，货与帝王家”，做“屏障”（“干城”）也好，做“伴当”（“好仇”）也好，最后能做个贴身护卫或卫国悍将，或是做个王公家管家护院的得宠家奴，在当时都是有出息的归属。

此诗语言明快，为纯然素朴之赋。所谓赋，按照刘勰《文心雕龙》的说法，“赋者，铺也。铺采摛文，体物写志也”，即是说，赋就是铺排，铺排文采来描写事物、抒情写志。据刘勰说，赋从《诗经》派生出来，到屈原《离骚》之后其长短才开始有所扩充。《兔罝》三言两语，便勾勒出生动的形象，也属这类简练精当的铺排之作。

当然，这形象还属猎人、家奴之类，所揭示的还是仆从之一面。对比后来武士侠客“十步杀一人，千里不留行。事了拂衣去，深藏身与名”（李白）的潇洒，就差了不知几个档次，就显见《兔罝》武士身上烙有的寄身豪门“武夫一个”的印记。

此是描绘赳赳武夫的唱诗。有人将原著之“兔”，按照字面释义直接翻译为“兔子”，如“密密麻麻地结起兔网，叮叮咚咚敲起木桩”，又如“严肃认真结兔网，柱子敲打响叮当”……

倘如此，劳师动众扎桩围猎小小兔子，有何必要？制造此等小小动静的人何以能被称为赳赳武夫？如此奴仆如何受托作“公侯干城”？如同打猫的武松、拔葱的鲁达，难以称好汉！“兔”，此处应作“於菟”解为宜。於菟者，老虎也，楚地古称虎为於菟，其实这也是好些地方对老虎的别称。所以，也有人如此翻译：“张起捕虎的网索，敲响梆鼓咚咚”……

鲁迅就有首“於菟诗”：“无情未必真豪杰，怜子如何不丈夫。知否兴风狂啸者，回眸时看小於菟。”“兴风狂啸者”指的是老虎，“小於菟”即小老虎。《兔罝》应该写的是“丁丁登登”捶木打桩，拉索布网捕猎老虎，这才显出赳赳武夫的英雄本色。

原文

兔罝

肃肃兔罝，椓之丁丁。
赳赳武夫，公侯干城。[①]

肃肃兔罝，施于中逵。
赳赳武夫，公侯好仇。[②]

肃肃兔罝，施于中林。
赳赳武夫，公侯腹心。[③]

【注释】

①肃肃：扎实严密。兔：於菟（wūtú），指老虎。罝（jū）：捕猛兽的网或笼子。椓（zhuó）：敲击。丁（zhēng）丁：象声词，敲击木桩的响声。赳赳武夫：雄壮的武士。公侯：周朝天子属下分公、侯、伯、子、男五等爵位，泛称公侯。干城：干即盾，此指防卫的武士。　②中逵：逵中。逵：交叉路口。仇：同“逑”，搭档。　③中林：野外。

8

芣苢

见重乐音和节奏，不重辞藻的原始劳动唱诗

（芣苢：车前草）

绿叶伏地车前子，结籽采取正逢秋。
采呀快采车前子，一株一株接着收。

采呀快采车前子，一枝一枝细细搜。
采呀快采车前子，每枝捋完梗才丢。

采呀快采车前子，采得一捧衣角兜。
采呀快采车前子，采得满捧围裙收。

【笔记】

这是妇女集体采集车前子（芣苢）的歌谣，其唱诗的品位在于对劳作过程的品味。

采采芣苢，采采芣苢，采采芣苢……薄言之，薄言之，薄言之……

全诗三章十二句，有六个完全重复的句子，另有六句每句只变换一个字。全诗总共四十八字，只用了十二个不同的字，如此单调且重复，何故？

看似单调，其实是有意为之，是特殊的音乐形态所派生。我们无缘直接听到这首歌的音乐，但我们有理由认为，其曲，旋律一定简单、欢快、跳跃，它不想表达什么丰富的内容，只表现简单的采集动作。就好似弹琵琶的轮指，几个手指轮着弹一个音，弹出的诚然是一个音，却是滚动着呈示，别有一番情致。这种歌曲主要强化动作性、节奏性和舞蹈性。歌词被弱化为音韵，呈单一纯粹的内容，与衬词一道滚动，重复地化进了歌曲的节拍。

《诗经》中多有一唱三叹的诗篇，也许就是多人参与歌唱的唱诗。其唱，包括领唱和伴唱。领唱唱主要的歌词；伴唱则是唱衬托的帮腔，或重复唱领唱唱的歌词，或唱没有内容只体现韵律、节奏和情绪的拟声衬词。

德国艺术史家格罗塞在其《艺术的起源》中说，“最低级文明的抒情诗，其主要的性质是音乐，诗的意义只不过占次要地位而已”。在某种情况下，人们甚至“不惜牺牲诗歌的意义来成全诗歌的形式”，例如某些地区的人尽管会娴熟地唱很多家乡的歌谣，但对其中的歌词意义茫然无知。甚至有艺术史家干脆认为，“原始的抒情诗都是一些没有意义的语言”。

这也正应和了黑格尔所言，“音节和韵是诗的原始的唯一的愉悦感官的芬芳气息，甚至比所谓富于意象的富丽词藻还更重要”。而英国作家赫士列特提醒我们，“应当让耳朵玩味使它愉悦的音响，让它领略在形象的创造和安排中所表现的音节的巧妙的暗合和出乎意料的重复”。尼采说得更透彻，“对于他人来说是形式的东西，相反，对于艺术家来说却是内容”。

而最具有实况色彩的描述，还是苏珊·朗格说的，当“言辞和音乐共同出现时……音乐吞没了言辞；不仅仅是纯粹的词语和文句，而且连文学的言语结构和诗都被吞没了”。柯马丁则说，《诗经》“在拟声的重叠字和谐音悦耳的叠韵字情形中，声音的存在比细小的语义差别重要”。真好像就是说的《芣苢》。

掉了上述书袋，回溯《诗经》的《风》《雅》《颂》主要是以音乐形态和功能区别来划分的，道理也许就在于彼时音乐的权重大于歌词内容分类吧。

作为虚词虚字的衬词帮助诗歌构成谐音和节奏的美感，在某些《风》诗中的重要性未必小于词句的意义，它是为结构整体而生的。我们大可以不必忌讳《芣苢》的原始性，以及由此导致的简朴气质，且将这首只用了十二个不同的字的《芣苢》视为“轻忽唱词，见重音乐韵味”的“低级文明的”悦耳抒情诗。就当它是一首人声和自然的和声组合而成的抒情舞曲好了，如此也无损其独特，不减弱其精彩啊！何况，我们还可以帮歌词宣示：本歌词是古代原始性的歌诗，就是有意如此，以怠慢语义的方式来突出内心的欢快节奏，又如何？

阳光明媚，叶绿衣红，群歌袅然，岭坡山歌叠句不息，声韵律动，动风动云。采摘车前子，一株株采，一枝枝采，一把把采，一串串采，一捧捧采，翻衣角来兜起，卷扎围裙来收起。大场面，呼朋邀友；大特写，专注手头。手头六个动作，采（选取），有（摘取），掇（拾取），捋（顺枝条脱取），袺（手执衣襟以兜起），襭（翻转衣襟兜扎起），搞活了场面，把身边劳作演绎得变化多端，有条有理。条理，就是滋味。有滋有味，有细节，有层次，一边把玩，一边复沓吟咏。有声，有色，还有优美的动作……

采摘自己栽种的小植物果实，如此反复吟咏，足见对劳作、生活的热爱，情实心生，油然而出。生活之树常绿。单调、艰苦劳作之所以不倦，固然是因为生计的必需，但能苦中取乐，更在于心态的豁达，犹如《芣苢》中的女子，要不然哪还有至今仍在田地里坚持劳作的农家？

这样的诗，就不是另一时代的人作得出来的了，如此形质才配称为心里的歌。哪怕它词少句简，也是可以穿透岁月、穿透生活、穿透灵魂的唱诗。

清代方玉润有一解说可亮人眼目。他说："夫佳诗不必尽皆征实，自鸣天籁，一片好音，尤足令人低回无限。若实而按之，兴会索然矣。读者试平心静气，涵泳此诗，恍听田家妇女，三三五五，于平原绣野、风和日丽中群歌互答，余音袅袅，若远若近，忽断忽续，不知其情之何以移而神之何以旷。则此诗可不必细绎而自得其妙焉。"此方氏，就无愧为方家了。毕竟，人的精神状态，还是他关注的焦点。看来，古人之解，还是方玉润有诗心！

芣苢是一种有药用功效的植物，据说有止咳、利尿、明目等作用，结籽甚多，生命力强。闻一多还通过训诂，考证出芣苢有“宜子的功用”，认为芣苢本义是“胚胎”。《芣苢》的内容在闻一多眼里，就是上古社会农妇们自豪宣示性本能的演出，显然涉及性意味的宣泄了。这是极有趣味的一解。

原文

芣苢

采采芣苢，薄言采之。
采采芣苢，薄言有之。[①]

采采芣苢，薄言掇之。
采采芣苢，薄言捋之。[②]

采采芣苢，薄言袺之。
采采芣苢，薄言襭之。[③]

【注释】

①芣苢（fúyǐ）：植物名，即车前子。薄言：发语词，无意义。有：摘取，收起。 ②掇：拾取。捋（luō）：顺枝条脱取。 ③袺（jié）：手执衣襟以兜起。襭（xié）：翻转衣襟兜扎起。

9 汉广

祭祀降神：如果女神愿嫁我，喂饱骏马去接她

（汉：汉水）

男：

南方有树高入云，树高荫稀不歇人。
汉水女神不可攀，漂浮朦胧难相亲。

女：

汉水茫茫江水长，会游也难游过江。
长江宽宽翻激浪，筏漂也难保吉祥。

男：

荆条杂贱也生花，随时都能割回家。
如果女神愿嫁我，喂饱骏马去接她。

女：

汉水茫茫江水长，会游也难游过江。
长江宽宽翻激浪，筏漂也难保吉祥。

男：

荆条杂贱生得韧，割来编篓随我心。
如果女神愿嫁我，喂马赶车去接亲。

女：

汉水茫茫江水长，会游也难游过江。
长江宽宽翻激浪，筏漂也难保吉祥。

【笔记】

这是一首祭祀汉水女神以求丰饶的歌诗。

《论语·先进》有段文字，正可以作为后人对此场景的注解。那记叙是“莫春者，春服既成，冠者五六人，童子六七人，浴乎沂，风乎舞雩，咏而归”，意为暮春时节，人们成群结队去河边祭神。他们穿戴祭祀的礼服，洗干净身体，按照习俗规仪跳起舞蹈去迎神、降神，敬献颂歌，奉上贡品。

本唱诗男主祭领唱，少女扮的女神伴唱，男女对唱。祭祀歌以情歌的形态对女神表示亲昵，来祈祷吉祥平安和丰年。

“南有乔木”，却无人在其下休闲，或不可在其下休息，不是因其高，而是因其系神圣之树，是神灵附着的地方，只可对其以神灵视之。这是祭祀诗歌起首的带神咒内容的起兴句子。其水泽边的神女，飘逸玄幻，高不可攀，令人绮想，又自是当然了。

“游女”，并非游来荡去的女子，更不是在游泳的女子，而是好似漂浮于水面朦朦胧胧的女神。这女神实际却是装扮成神祇的载歌载舞的少女，承载着祭祀之需。人们赋予她神性，她遂成了可望不可即的漂浮朦胧难以接近的女神代言人，也成了祭祷唱诵的客体，人们渴盼亲近的甜蜜的“诗想”艳遇对象。

“荆条杂贱也生花，随时都能割回家。如果女神愿嫁我，喂饱骏马去接她。”（“翘翘错薪，言刈其楚；之子于归，言秣其马。”）男歌手出言暧昧，过分亲昵了吧，居然还敢向神女求爱、求亲，太僭越，太放肆了啊！人向神求爱，无异于以三寸之绳就万仞之深，太匪夷所思了！

其实大可不必对此较真！因这是祭祀乐歌造气氛的扮角表演，对待女神的态度，既神圣化，又世俗化，是祭祀习性的表达，是娱神也娱人所必需的，也是人与神的默契，无关乎亵渎和冒犯。

《诗经·小雅》中，有首《车舝》(舝，同“辖”，意为插在车轴两端不让车轮脱出的键）也是咏赴神婚之祭，以祈与丰收女神结缡获一年丰产，祈神诉求和表演性更为明显。我将其中相关诗句译出如下：“咯吱辗地跑车轮，驱车为去祭女神。神婚不为鱼水欢，求得赐福当结亲。结缡不作肌肤近，但得酒祭也欢心”“纵使不能同缠绵，歌舞也要共一回”“我将翻坡上高岗，砍捆柴薪来暖房。暖房柴薪柞木垛，婚房火旺呈吉祥”“此番祭祀求神婚，为祈丰收好年成”。

祭祀往往要求的就是“荆艳楚舞”，要极力打造出靓丽朦胧的神，营造一种明媚欢乐且带狎艳怅惘的戏剧性气氛，使人与神的精神亲切融合在一起，这就是祭祀中神秘的艳遇—神婚文化逻辑。

所谓“举一纲而万目张，解一卷而众篇明”，后续《风》诗有类似的篇章，都可做如是解读。

马克思说，“任何神话都是用想象和借助想象以征服自然力，支配自然力，把自然力加以形象化；因而，随着这些自然力实际上被支配，神话也就消失了”。这正好可以做一个精彩的注解——因生产力低、认识水平低，《风》时代才产生如此朴实的人与神之间通姻的绮想。

祭祀中的人神艳遇—神婚文化，启示了后世的文学遐想。如屈原《楚辞·九歌·少司命》：“与女沐兮咸池，晞女发兮阳之阿。望美人兮未来，临风怳兮浩歌。”“我”想和心上人在太阳沐浴的地方沐浴，在太阳出山的地方一起晒干头发，苦盼却盼不来，失意怅惘，只得临风大放悲声。又如曹植邂逅洛水之神的《洛神赋》……

《汉广》的结构曾令傅斯年颇为蹙眉，他说“此诗颇费解……此诗初章言不可求，次章、卒章言已及会晤，送之而归；江汉茫茫，依旧不可得”。其实，本诗篇正体现了参与演唱的男女二人（或二组）二声部的安排，以及所唱句子的分工。不呈线性的一问一答紧密呼应，其内容也就呈现为男组主唱具体的叙事乐章，女组重复唱烘托情绪的感叹乐章。

现今拙译，似已逻辑清楚，义理通达。本诗的“内容非他，即形式之转化为内容；形式非他，即内容之转化为形式”（黑格尔）。本译文之所以能让其回归原形原义，就因为其恢复了原著男女对歌的格局，内容和形式因之一目了然：男子主唱，女子唱复沓的副歌。有关的唱词段落“各司其唱”，全诗整体顿显合理顺当，其结构章法自然无懈可击。

汉广

南有乔木，不可休思；
汉有游女，不可求思。
汉之广矣，不可泳思；
江之永矣，不可方思。①

翘翘错薪，言刈其楚；
之子于归，言秣其马。
汉之广矣，不可泳思；
江之永矣，不可方思。②

翘翘错薪，言刈其蒌；
之子于归，言秣其驹。
汉之广矣，不可泳思；
江之永矣，不可方思。③

【注释】①休：休息。思：语尾助词。求：追求，亲近。汉之广矣，不可泳思：汉水太宽，难以游泳过去。江之永矣，不可方思：长江太长，筏子难渡。方：指木、竹做的渡筏。 ②翘翘错薪：荒芜错落丛生的杂草柴薪。刈（yì）：割。楚：植物名，荆条。之子：这女子。言秣（mò）其马：喂饱马儿去接她。 ③蒌（lóu）：蒌蒿，草本植物，叶子可喂马。

纵有官禁不理会，父母想管也成空

（汝：汝水。坟：堤岸）

汝水岸边树成行，剔走叶子透见光。
等个阿哥没见来，情饥性渴心发慌。

汝水岸边树成排，砍光树枝眼界开。
所等阿哥看见了，他不弃我如约来。

鲂鱼情急尾巴红，欢爱烈火两情浓。
纵然官禁不理会，父母在旁当瞎聋。

【笔记】

“等个阿哥没见来，情饥性渴心发慌”“鲂鱼情急尾巴红，欢爱烈火两情浓”（“未见君子，惄如调饥”“鲂鱼赪尾，王室如燬”），女子候在宗族家庙旁边，未见时饥渴难耐，见面后就放纵如入无人之境，是这首诗想表达的两层意思。

其解读所依据的关键是“惄如调饥”“鲂鱼赪尾”之释义。闻一多曾考释民间习俗、民间歌谣和《诗经》中有关“鱼”的隐义。汉乐府有民歌《江南》，内容为“江南可采莲，莲叶何田田。鱼戏莲叶间：鱼戏莲叶东，鱼戏莲叶西，鱼戏莲叶南，鱼戏莲叶北”。闻一多认为，此“鱼”为男之喻，此“莲”为女之喻，鱼与莲作水中戏，是暗喻配偶、情侣之情爱嬉戏，也是原始繁殖仪式的演绎。他指出民间习俗、民间歌谣和《诗经》中有关打鱼、钓鱼的内容无不隐指求偶、求婚，烹鱼、吃鱼无不比喻合欢或婚配。

对于《汝坟》，闻一多也说过，“惄如调饥”的“饥”，是古代的一种隐语，指性行为；“鲂鱼赪尾”，则形容性的冲动像火一样热烈。

食色性也，饥饿本能从来就与人类生存息息相关。“纵有官禁不理会，父母在旁当瞎聋”（“虽则如燬，父母孔迩”），尽管礼教在上，但是到了情急情烈之时，情人饥渴难耐，也顾忌理睬不得那么多，目空一切，依然行欢好之事。“父母在旁当瞎聋”固然是一种假设，是一种不管不顾的口气而已，但这假设大胆撒泼到了极端，真的是漠视一切的极致了！

闻一多从人情人性之角度，综合考虑当时鼓励生育、礼教松弛的背景，解读彼时先民的男女交往，曾将《诗经》中有关情欲的诗句分为“明言性交”“隐喻性交”“暗示性交”“联想性交”“象征性交”五大类。他在《〈诗经〉的性欲观》中说：“认清了《左传》是一部秽史，《诗经》是一部淫诗，我们才能看到春秋时代的真面目。”“淫诗”一说，当是一种对于礼教解读的反动，其实揭橥的是彼时男女情爱的无所挂碍，以及《诗经》对于两性情爱叙述的坦荡。

彼时诸侯国又多又小，战争频仍，死亡率高，是依靠战争来扩张领土、“洗牌”更迭的年代。在那样的背景下，人口多就成为国力强盛的保障。相传周文王十五岁就生子，又有说当时男二十而娶，女十五而嫁。这或许可以说明急迫增加人口的《诗经》年代之人对婚育年龄的态度，其时对男女情爱交往的干预和管制也是相对松弛的。及至汉代，据说有女子十五岁还不出嫁就会被罚款的规定，这一规定在一些地方甚至延续至唐代。宋代，规定婚嫁年龄分别为男十五岁、女十三岁，过了这一年龄还未婚嫁就要罚款。明代规定男子必须在十六岁娶妻，女子则要在十四岁嫁人。司马迁《史记·孔子世家》有“纥与颜氏女野合而生孔子”的记载，言明孔子是非婚所生，甚至还有传说孔子是“老阳少阴”所生。连《史记》都不将野合生子视作污点，也没见后世有诟病孔父的言辞。

如果说闻一多关于古代对男女交往之管制有松弛一面的揭示在过去被认为是惊世骇俗甚至过于滚烫之说，那么在当下，在中国古代历史研究成果更加明白、深刻的今天，如能更客观地直面彼时文艺作品对真实生活的折射，便可领略闻一多观点的亮色。

对于古人如何传授这类涉性诗篇，柯马丁认为这其实是表演和接受的问题：“当孔子用‘雅言’诵读和传授诗歌时，仪式化表演的力量很容易控制‘好色’的字面表达，同时给听众一种庄严和举止得体的印象。”他还说《孔子诗论》也是“给《诗》的表演以及《诗》与人类感情趋向的关系以相同的关注”，指出“对于《孔子诗论》中的孔子而言，有关好色的表达不仅不是一个问题，还反而是为道德教化服务的强有力的诗性方式”。柯马丁认为，这些涉及音乐与感情、言说与文采、主观理念与客观体认人情世俗的陈述，体现了《孔子诗论》“比任何其他古代文献更明晰地将这些因素彼此联系在一起”。

融贯这些信息审视《汝坟》通篇，对原诗原义的理解就顿显清晰，顿见原著言情色彩之急迫和浓烈合乎情理的缘由。还原《汝坟》之风趣，才能看清那个年代的情歌就是如此坦荡、率真、滚烫，才能看清那个年代的人灵魂是那么充实、精神是那么松弛、心理是那么无挂碍。此情犹如古印度诗歌《伐致呵利三百咏》之描述:“在这人生大海中，海鱼为它的渔翁，将名为女人的钓鱼钩下抛，不久便钓上贪恋唇边美味的人之鱼，放在情欲之火上煎熬。”

比较一下第三章的译文是很有兴味的。

不按照闻一多“性意味”观点解读的译文，试举四例:“鲂鱼劳累尾巴红，王室差遣烈火同，虽然差遣如烈火，父母近在要供奉。”又:“鲂鱼劳累尾巴红，王朝像火烧相同。虽则像火烧那样，父母很近要供奉。”又:“鲂鱼累得红了尾巴，王家的差事火样急。虽然王事急如火呀，父母在近旁怎忘记！”又:“鳊鱼红尾为疲劳，官家虐政像火烧。虽然虐政像火烧，爹娘很近莫忘掉。”四个译例，都出自名家手笔，然无论内容还是语词、逻辑都与前两章严重脱节，令人费解。

按照闻一多涉性观点解读的译文，试举两例。一为何新译:“像鲤鱼急红了尾巴——/像王宫中燃起大火——/只因心急如焚/也不顾父母就在近旁……”二为拙译:“鲂鱼情急尾巴红，欢爱烈火两情浓。纵有官禁不理会，父母在旁当瞎聋。”此二例的译文，与前两章对接，显然内容无缝接合，逻辑也顿显顺畅。

各国历代民歌中，都有蕴含性意味的情歌。何以人们都乐此不疲，迷恋男欢女爱的描述，热衷咏唱那种火辣辣的歌谣?大概是男女肉身之躯，终会归于尘土，唯有基因还有精神遗产——涉性情歌会传承不息。因此，人们不倦地唱情、唱爱、唱性，唱与性分割不断的情，唱与基因紧密相连的性，将之当作超越个人自身的使命，把自己的生物基因和精神基因传承下去。或真如叔本华的幽默言说——那些永无休止的绯闻闲话，都应被理解为一个种族幽灵，在盘算下一代的组成方式。这种维护生殖利益、积极解除人生焦虑的言说，自有其合理因素。

王国维在《人间词话》中，对如何判定诗作淫鄙有过高论。他说：“‘昔为倡家女，今为荡子妇。荡子行不归，空床难独守。’‘何不策高足，先据要路津？无为久贫贱，轗轲长苦辛。’可谓淫鄙之尤。然无视为淫词、鄙词者，以其真也。五代、北宋之大词人亦然。非无淫词，读之者但觉其亲切动人。非无鄙词，但觉其精力弥满。可知淫词与鄙词之病，非淫与鄙之病，而游词之病也。”游词，指浮而不实的话或题外话、浪费笔墨的老生常谈等。可见，王国维关注和肯定的还是作品的“真”，即感情之真切，以及“精力弥满”，即富于生命的活力。

《汝坟》前两章的句数、句法、格式都相同，都是“遵彼汝坟”打头，想必是套入同一旋律的两段歌词。第三章的句法和格式变了，以“鲂鱼赪尾”打头，显然是在原来合成一体的两个规整的词曲段落之后增添了一段新旋律并随之套入一段新歌词，应类似当今所说的 B 段吧。

显见“两岸青山相对出”，帆影四季总不同，《风》诗唱词与音乐的配置，是不时变化着的，是会根据歌词内容和曲调变化来做相应变换调整的。由此也可探讨《风》文本作为声诗与音乐的关联。

原文

汝坟

遵彼汝坟，伐其条枚；
未见君子，惄如调饥。①

遵彼汝坟，伐其条肄；
既见君子，不我遐弃。②

鲂鱼赪尾，王室如燬；
虽则如燬，父母孔迩。③

【注释】

①遵彼汝坟：沿着汝水河岸。汝：汝水，源出河南省。条：树枝。枚：树干。惄（nì）：忧愁。调：早上。饥：此处指约会的欲望、性欲望。 ②肄：砍去了又重生的小树枝。遐：远。③鲂鱼赪（chēng）尾：传说鲂鱼劳累后或求偶时尾巴会变红。燬（huǐ）：烈火。孔：很，甚。迩：近。

11 麟之趾

麒麟麒麟来我方，唱你祥瑞献华章

麒麟麒麟来我方，高贵出身貌堂堂。
有蹄不去踏芳草，赞你温和送词章。

麒麟麒麟来我方，家姓显赫威名扬。
有角不去抵人众，颂你仁爱呈诗章。

麒麟麒麟来我方，家族延绵万年长。
有势不觉独来往，唱你祥瑞献华章。

【笔记】

《诗经》之所以叫“经”，是因为它不是一般的经典，它几乎可以被视为受天启的人类心灵、情感的经书，是华夏文明中载着历史记忆和文化记忆的最素朴的正典。这部正典过往的光辉，仍然照亮着今天，太值得我们去了解和享用。“在紧张的社会竞争中，《诗经》就像是润滑剂，能够让德行和知识更加相契相合，让‘无用’在‘有用’中寻得一丝生存空间，让人找寻到一块心灵的绿地。人的精神和灵魂，总有一天是会寻根的，总会走到传统里去，那就会走到我们文化的源头《诗经》里去。”（郭慕清）

麒麟，就是传统文化中带有象征吉祥意义的灵物。《麟之趾》原著句子甚少，字数也少，句型短，加之文字具有不确定性，当下读来似感简单空洞，也似没有太多阅读价值。其实，以麟为题材，就是《诗经》年代象征物的定格；写它几个侧面，就是褒扬它的高贵和德行。这些都是《诗经》年代社会价值观和文化价值观的投射，带有历史性的印记。故而译文内容以相应丰富的创新来加持细化，才可使读者深入了解诗篇的初旨，珍惜它的阅读价值。

此诗原著每章由一句三言、两句四言构成，每章仅十一字，全文三章只有三十三字，其中还有十二字是虚词。欲以诗译诗，除了紧扣原著祭祀诗的特性，还须拉长句子，添加文字，才能使麒麟的形象和内涵丰满明晰起来，使之成为一首当代形制的诗歌。

麒麟，雄曰麒，雌曰麟，麇身、牛尾、狼蹄，有一角，是传说中的动物，被赞颂为瑞兽，被视作吉利祥瑞的象征动物。君王们崇信，获得麒麟就象征着政通人和、国家强大。麟之趾，即麒麟之足。一般比喻有仁德、才智的人，就称其“志拟龙潜，德配麟趾”（陆云）。麟趾另有子孙繁多之喻，此义显然不在本诗之中。

此诗句子短而数量少，今援引中外文诗歌互译的技巧，以添加附注文字、注释文字来垫厚、丰富文本的方式，将有关麒麟蹄、角、势等性状及其蕴含的德行等补译文中。“有蹄不去踏芳草”“有角不去抵人众”“有势不党独来往”，事辞何其相称！译文句子虽有抻长却不离谱，是扣紧原文字词生发而成的，麒麟的形象与其精神内涵由此丰满明晰起来了。

《麟之趾》原文三章，每章三句，全诗共九句，我将之译成每章四句，全诗十二句。译文句数与原文句数不同，外国文学翻译界是不怎么刻意苛责的。如英国著名学者唐安石（John Turner）就将李白《黄鹤楼送孟浩然之广陵》原文四句翻译成八句。又如有俄文译者翻译毛泽东《沁园春·雪》时，译文就比原文增多了六句。晏殊“无可奈何花落去，似曾相识燕归来”原文两句，许渊冲有英法两种文字的译文，英文版译文为两句，法文版译文为三句。

原文

麟之趾

麟之趾，振振公子，于嗟麟兮。①
麟之定，振振公姓，于嗟麟兮。②
麟之角，振振公族，于嗟麟兮。

【注释】

①麟之趾：麒麟之足。振（zhēn）振：诚实、仁厚。于（xū）嗟：叹息，此处表达“麒麟真是值得赞美呀”。②定：额头。

召南

12

鹊巢

有位小姐要出嫁，百辆迎送满城跑

喜鹊报喜窝筑成，斑鸠飞来当主人。
有位小姐要出嫁，百辆车子来家迎。

喜鹊报喜筑成窝，斑鸠来霸尾拖拖。
有位小姐要出嫁，百辆来接显摆多。

喜鹊报喜窝筑好，斑鸠孵子当襁褓。
有位小姐要出嫁，百辆迎送满城跑。

【笔记】

鹊巢鸠占，意为喜鹊筑窝，斑鸠占据。这个成语的语源就在《鹊巢》这首诗里。按胡适的说法，“维”在本诗中相当于“呵”，本诗每章开头可读为“呵，鹊有巢”。

诗分三章，每章头两句写鹊与鸠，后两句写妇与车。此诗之微妙在于，你可以说所有头两句不是比喻仅是起兴，说的都是其他事，与后两句无关；也可以说所有头两句都是比喻，都切切实实关联起了后两句的所指。这正是《诗经》好些诗篇典型的开头格局，即用咒物起吟。这咒物，说它是比喻，又不一定是很切合欲表达内容的比喻；说它是与内容无关的单纯的起兴，又隐含有灵性暗示的蛛丝马迹，是对起首的有关主旨的提醒。

在本诗中，喜鹊与斑鸠、新嫁娘与车马，诸种元素在一个场域里，似无逻辑联系，却有其内涵的牵扯。“喜鹊报喜窝筑好，斑鸠孵子当襁褓”（“维鹊有巢，维鸠盈之”），可说是讽刺鹊巢鸠占。但是，“有位小姐要出嫁，百辆迎送满城跑”（“之子于归，百两成之”），又可说是女子显摆。可是，占巢与嫁女，这两件事之间有什么逻辑联系呢？

在世俗事务层次，确实难解，但是从感受灵性笼罩着四维，万事万物无一不相连的角度看，《鹊巢》诗本体，创作出来就是不可分割的诗整体啊！它就是它，它就是有灵性光照的，带着创作者自主意志、艺术个性的表达。拿它与别的作品对比，可以；叫它与别的作品趋同，不必。

从结构来说，它是双线并行伸展、情节互为映耀的唱诗。一边是对小窝巢生活的关照，一边是对大场面的渲染，不涉善与恶的对比，不做矛盾纠葛的叙述，不做评价，不做暗示，只管展开丰富缤纷的世相。因感受可以任由旁观者自己去表达，解读就随心所欲了，这种阅读，不亦快哉！

原文

鹊巢

维鹊有巢，维鸠居之。
之子于归，百两御之。[①]

维鹊有巢，维鸠方之。
之子于归，百两将之。[②]

维鹊有巢，维鸠盈之。
之子于归，百两成之。[③]

【注释】

①维：语气助词。之子于归：这个女子出嫁。两：辆，迎亲的车马。御（yà）：迎迓，迎送。②方：占有。将：送。③盈：满。成：成礼。

13

采蘩

祭祀端丽妆整齐，祭罢卸妆归平昔

（蘩：白蒿，用于祭祀）

哪里采来这白蒿？水塘池沼江中岛。
问你采来做什么？采给宗庙做祭醮。

还有哪里可采捡？山脚小溪涧水边。
采来还可做什么？采给家庙祭祖先。

祭祀端丽妆整齐，日夜忙活宗庙里。
采蒿醮祷参祭毕，祭罢卸妆归往昔。

【笔记】

此诗为女子在祭祀仪式上所唱，表达得以参与祭祀的喜悦。

从起头始，明快活泼的情绪就一直流淌着。互相问答，问祭品、问来源、问用途……跳荡着欢快言语的声响和节奏。忙碌的场景，更铺展出准备祭祀的隆重和场面的热闹。

宗庙最根本的含义是一族祖先的灵屋。在《诗经》里，宗、家、宫、庙、寝、堂、屋、室、公，都是对家庙、宗庙的称呼。在此举行的仪礼主要有冠礼、婚礼、即位礼、聘礼等，其中最重要的是祖灵祭祀。

本是神圣的祭场，因为自信可与自家祖灵近距离亲近，就成为娱神娱己的场合，也成了许多人的世俗乐园。其间，女子因参与采集祭祀用的香草，参与了准备事务，自有一份得意。

“祭祀端丽妆整齐，日夜忙活宗庙里。采蒿醮祷参祭毕，祭罢卸妆归往昔。”（“被之僮僮，夙夜在公。被之祁祁，薄言还归。”）祭祀场上，人们穿着盛装，佩戴首饰，梳妆打扮，就是为了端端庄庄地参与祭祀，也趁热闹，抓住难得的参与社会活动的机会。对于女子，这机会是稍纵即逝的，祭祀完毕，她们就要回到平淡无味的生活中去了。

《风》多是土俗民歌，所谓“公侯之事”“公侯之宫”，即是家庙、村落圣地、神社，也指此地举办的公共集体祭祀事务。女子们采集祭祀之草，“问你采来做什么？采给宗庙做祭醮”“采来还可做什么？采给家庙祭祖先”。家庙、宗庙是民间、家族精神寄放之处。宗庙既是物质的，也是精神的，民众小心翼翼地看待，人人都精心呵护。正像里尔克所说，“当灵魂失去庙宇，雨水就会滴在心上”。民众就是时时小心，生怕什么时候不经意就得罪了祖灵。

此诗透露了有关婚俗的一些信息。《毛诗序》说：“古之将嫁女者，必先礼之于宗室，牲用鱼，芼之以蘋、藻。”此诗的本意，或许就是有女出嫁，这女子和她的女友们一起采蘩以备祭祀。而祭品应是鱼，通过类感巫术的符咒力，使鱼的多产繁殖能力感应女子，让其多孕以求子孙满堂。

原文

采蘩

于以采蘩？于沼于沚。
于以用之？公侯之事。①

于以采蘩？于涧之中。
于以用之？公侯之宫。

被之僮僮，夙夜在公。
被之祁祁，薄言还归。②

【注释】

①于以：在何处。蘩（fán）：白蒿。沼：沼泽。沚：水中小沙洲。于以用之：用来干什么事。事：指祭祀地点，也指祭祀活动。后文“公侯之宫”的“宫”、“夙夜在公”的“公”同。 ②被：髲（bì），妇人头上的假发。僮（tóng）僮：童童，首饰盛貌。夙：早。祁祁：形容首饰盛、华丽。薄言还归：等祭祀完毕才回家。

14

草虫

得见得亲终成欢，妹心畅快如醉酒
（草虫：蚱蜢，蝈蝈）

草莽蚱蜢叫唧唧，奔奔跳跳不停息。
久不见哥今约见，心跳怦怦紧又急。
得见得亲终成欢，享尽快意心喜极。

爬上南山路隘隘，说是上山采蕨菜。
实是念哥今约见，心跳咚咚饥难耐。
得见得亲终成欢，我心满足得安泰。

爬上南山路陡陡，说是去采野豌豆。

实是念哥今约见，焦渴急盼搅心头。
得见得亲终成欢，妹心畅快如醉酒。

【笔记】

言情三章，每章起头两句似起兴又似譬喻。其实不必剥离计较，各章前后部分都已经融为一体，是眼前情景和行动的具体描写。

三章都写幽会。“草莽蚱蜢叫唧唧，奔奔跳跳不停息”“爬上南山路隘隘”“爬上南山路陡陡”，或许是三次，或许就是一次，莫去纠结它。只关注人物心情变化，从焦急到平静、气顺、快乐。情绪平复，最终“妹心畅快如醉酒”（“我心则夷”），全拜“得见得亲终成欢”（“亦既见止，亦既觏止”）所赐。

性渴望的纠结，寻爱的不辞劳苦，性满足的舒畅，通过环境、所思、行动的叙述，连贯起来了，形成本诗书写情感很匀称的“三段体”。本译文以“成欢”二字来翻译，表达其暧昧朦胧的美意，与此诗的性意味相吻合从而达意。

此诗“觏”字可有两种解释。觏，遇见也；觏，交媾也。此诗原文，在“见”后面又出现“觏”，是递进的两种不同的动作。“见”字已表达了遇见、看见的动作，故将其后的“觏”字沿递进一层之义解读为交媾之意才切合其修辞文义。而将“觏”确定解读为交媾，此诗就是一首涉及性爱的诗歌，译文如上，也就可算切实达意。

如果一定要按照另一种理解，将“觏”解读为遇见、看见，也无不可。该女子约见的所谓“君子”，遂可能是女子的情人，亦可解释为祖神（灵媒扮演）。倘若如此，这首诗既可以视为不涉性爱的一般情歌，也可以看成祭神诗歌。具体内容则或是那女子急迫渴望见到情人，或是渴望在祭祀中有幸见到灵媒。见到情人，与见到灵媒，感受都是相同的，都十分兴奋、十分满足。由此，这诗歌的内涵则要做新的审视，整体解读需做新的调整，译文会因之得出两种新方案。

《诗》无达诂。《风》有时咄咄逼人，有时抛出一团疑丝，坏笑着提供一些模糊的、似是而非的信息作为考卷，供读者思索、解读、回答。有时，人们捕捉到它给出的一个关键词，一点点新意，就足以催生万千解读，进而摧毁一座传统的阐释大厦。《风》的魅力之一，就在于它的不确定性，如同神秘的古堡，外壳难以一箭穿透，偏又不时从箭楼射窗投射出一线异常的光芒，诱惑人跟着去追捕。

此诗运用了几个叠词。叠词，也称叠字，即两个相同的字组成一个词。其功能是强化形象形容，使诗文节奏缓慢、音调和美。《草虫》里，喓喓是虫叫声，趯趯是虫跳状，忡忡是心跳感，惙惙是惶惑感。诗以这些叠字建构其独特的语感，富于音乐性。

如直接将这些叠字古词搬运进当代语体的译文，定然匪夷所思。故须另外物色当代语词与之对应。我请来一串叠词放在译文里：唧唧、奔奔、跳跳、怦怦、隘隘、咚咚、陡陡，共七个，对应了其内容和风格，强化了其叠词语感节奏的形貌和趣味。

后人诗句因叠字流芳的，莫过于李清照——“寻寻觅觅，冷冷清清，凄凄惨惨戚戚”，造语奇隽，七个叠词如一条金链甩响，声音清脆，光色闪闪。

英国著名翻译家阿瑟·韦利（Arthur Waley）用英语翻译汉语古诗，也成功地以英文叠词配对了中文叠字的珠链。《古诗十九首》中“青青河畔草，郁郁园中柳。盈盈楼上女，皎皎当窗牖。娥娥红粉妆，纤纤出素手”几句，汉语原文共含六个叠词。他翻译为“Green，green，/ The grass by the river-bank./ Thick，thick，/ The willow trees in the garden./Sad，sad，/ The lady in the tower./ White，white，/ Sitting at the casement window./ Fair，fair，/ Her red-powdered face./Small，small，/ She puts out her pale hand.”中文叠字就这样被英文叠词对应了起来，算一朵奇葩！

原文

草虫

喓喓草虫，趯趯阜螽。
未见君子，忧心忡忡。
亦既见止，亦既觏止，
我心则降。①

陟彼南山，言采其蕨。
未见君子，忧心惙惙。
亦既见止，亦既觏止，
我心则说。②

陟彼南山，言采其薇。
未见君子，我心伤悲。
亦既见止，亦既觏止，
我心则夷。③

【注释】

①喓（yāo）喓：虫鸣声。趯（tì）趯：跳跃状。阜螽：蚱蜢。忡忡：心神不宁。止：同“之”，指情人。觏（gòu）：遇见，或交媾。降：平和下来。 ②陟：登高。言：乃。蕨：草本植物。据说春季采蕨时节正是男女求爱之时。惙（chuò）惙：心慌意乱。说（yuè）：悦，欢喜。 ③薇：野豌豆。夷：平静，安宁。

15 采蘋

女子们得以参加祭祀劳作的开心

（蘋：浮萍类植物）

问你从哪采来蘋？南山溪涧绿莹莹。
问你从哪采得藻？沟渠池塘绿森森。

所采蘋藻放哪里？圆箩来装方筐蓄。
蘋藻什么炊具煮？锅鼎釜锜都用起。

祭祀贡品哪摆放？宗庙天井设明堂。
今天谁人做主祭？少女祭司真漂亮！

【笔记】

你一言，我一语，唧唧喳喳。这些轻快而详细的问答，可不是闹着玩的，说的都是肃穆的祭祀事体。这忙碌的一隅，手不停脚不歇、嘴巴也不停不歇的全是女性，连祭台中心站着的也是一个漂亮女孩。她们开心、得意，这是她们在宗庙劳作、为祭祀做辅助服务的机会。她们为此而骄傲、兴奋。

按照那时的习俗，祭祖礼仪上的巫者都是善于唱歌念诵的，且多是瞽者（盲人），因为据说只有瞽者才能专注于音乐的神性。祭祀时一般都要挑选一个或者几个家族后裔扮演祖神，担当助祭。他们承受灵咒之后，获得祖神的魂魄，成了可做祖神代言的尸，此尸并非尸体的尸，而是像祖神一样可以通天接地受人祭拜的偶像，所谓“借尸还魂”是也。当然，尸通常是最漂亮最圣洁的童男童女，才能通灵，才配作为敦睦宗族的使者，将天界诸神的意志转达人间。今天挑选的这女孩够美的了，不禁让人赞叹！

在古代祭祀中，为求雨、求丰年，凡人给象征雨水和谷物丰收的男神或女神配佳偶，在一些地方是少不了的礼仪程式。有典籍记载，最惨烈的奉祭牺牲是活人，还多是童男童女。战国时期西门豹故事中的河伯娶妻，说的就是当年魏国邺地人们为了求雨，给水神河伯配佳偶，将童男童女活活地抛向河里。

《诗经》记述的祭祀活动，也多有神婚场面。但绝无魏国邺地以真人做牺牲的残酷惨烈景象，而是模拟、表演性的，有轻松愉快的歌舞伴随。神，以及配给神的佳偶，都是由主祭者或者少男少女扮演的。

给神婚配的景象无独有偶。弗雷泽记述有古巴比伦和古埃及等地为神配佳偶的现象。神殿里摆放一张床，住一名女子，她就是奉献给某位神的佳偶。那名女子作为神的配偶，永远不能与任何凡人发生性关系。希腊的一些城市却有所不同，设定的是男女神互相结合，例如天神宙斯与谷物女神得墨忒耳联姻，由男女祭司分别扮演男女神的角色。在火炬熄灭后，他们在神秘的仪式中交媾。交媾是戏剧性的或象征性的，据说在祭祀前他们都吃了一种由毒芹提炼的药物而暂时失去性能力。交媾仪式完成，祭司再次出现，便宣布天神赐福给凡人了。

无论中外，祭祀唱诗的场景，经常表现出唱诗者心身融合、亦真亦幻的情调，而非程式化的演艺点缀。它背后蕴含的是人们对体验天人合一快感的渴望，颇为动人心魄，这对全场都特别有诱惑力，让人产生代入感，颇能成为引导群体参与的驱动力。

《采蘋》的问答，调用各种盛放、烹煮的器具，显出使用者参与的热闹和忙碌。场面真实感人，散发出全场同频的兴奋，这全是祭祀活动的生活气息啊。这首歌，与《采蘩》是一个格局，都是祭祀上唱的表现女子参与祭祀劳作的喜悦之歌。

原文

采蘋

于以采蘋？南涧之滨。
于以采藻？于彼行潦。①

于以盛之？维筐及筥。
于以湘之？维锜及釜。②

于以奠之？宗室牖下。
谁其尸之？有齐季女。③

【注释】

①于以：在何处。行：洐，水沟。潦（lǎo）：积水处。 ②维：语气助词。筥（jǔ）：圆形的竹器。湘：烹煮。锜（qí）、釜：均为金属炊具，锜有三足，釜无足。 ③牖（yǒu）：窗。谁其尸之：谁来主持祭祀，或谁来扮演偶像。尸，指灵媒，也可指扮祖神而受人祭拜的偶像。齐（zhāi）：同“斋”，庄重恭敬。季女：少女。

16 甘棠

言灵咒誓：蔽芾甘棠，勿翦勿伐
（甘棠：杜梨、棠梨）

莫砍这棵棠梨树，留它枝叶自成荫。
当年召伯搭草舍，棠梨树下聚贤明。

莫劈这棵棠梨树，枝繁叶茂自成荫。
当年召伯树下坐，农桑诸事问平民。

莫修莫剪棠梨树，留它树大自成荫。
当年召伯爱此树，常来歇息常驻停。

【笔记】

有人要砍一棵树，人们不舍，央请让其继续长大以成庇荫。原来这树与召伯有关。他是人们怀念的人物，留住此树，睹物思人，就留住了人们对他的怀想。因诗中有“召伯”二字，看来是一首纪实诗。读这类诗，尽可不陷于史实考证的深井，跳脱纪实的计较，去追求更空灵的诗情精神。

作为《风》的诗，释义应添加一层意义的考量，就是诗中咒性的存在。虽然中国文学史界公认《诗经》为中国诗歌的开始，但按照日本学者家井真的研究，在《诗经》产生前，及至西周，宗庙明器钟鼎上的铭文使用韵文进行镌刻的情况就已增多。这些铭文作为宗庙祭祀的咒词，也是歌唱的唱诗，以四字句为主，还押韵，有的已经是相当成熟的诗歌了。

咒本是中性词。《诗经》中“咒”这一字的使用，极少取其诸如诅咒、咒詈、咒罚、咒怨等贬义义项，而多取诸如咒愿、咒延、咒祝、咒誓、咒祷等褒义或中性的释义义项。

咒文信仰，源于言灵信仰，人们相信语言是有灵魂的，被加持了灵咒的语言、人物或物件有神秘莫测的灵助力量。

因此，神巫施行法术的咒祝口诀或谣曲，就既代表人间的祝祷誓言，又代表天神和祖神的灵性和意志，据说带着超自然超凡俗的力量。王建《隐者居》有句“朱书护身咒，水噀断邪刀”，说的是彼时山里的生活，反映了神巫的做派和灵咒理念在民间根深蒂固的影响。咒有吉咒与恶咒两种，前者祈福消灾，后者招灾引难。咒誓之所以神圣，是因为它是由天神保障落实灵验的愿言。

《诗经》大约形成于公元前 6 世纪中期，可以说是脱胎于祭祀咒诗、彝器铭文。《风》虽已不专作咒辞，但其运思和形制还承袭旧制格局的形迹余绪，时人创制歌诗时，仍然随思维惯性，自行归依咒性来起兴，企望全诗依然能够笼罩在祖神灵光之下，因此《风》诗与咒辞文化结下了不解之缘。

如此去考量处处笼罩着咒性的《甘棠》，其树，其荫，其人，就意味深长了很多。古人有“木魅”的记述，内容是树可成精。树本体，得天赋或人为，或可生灵，或能成妖，或可助人，或可害人。

在《风》中，树是神灵的化身，是护佑人们的庇荫，是人们行为的见证，是人们倾诉的聆听者，是人们活动的参与者，还是人格的塑造者。人们唯有敬畏它，而绝不可毁损它。意识到兴词的功能，诗的内涵就会扩展抻长开来，显示出诗句里物体和咒性密不可分的暗喻关联。正如刘禹锡说的“从发坡头向东望，春风处处有甘棠”。

后世诸子百家中，孔子、孟子、庄子、荀子、韩非子等人的评论文字，暗喻、隐喻、启发性特色十分明显，这可以说或多或少都受到了《诗经》言灵咒誓之兴比文化的影响。

言灵咒辞文化，就是相信咒辞的庇荫能力或破坏力量。国人追求咒语吉言暗示，喜欢从经典取义命名，就是这种信仰的遗风。俗有命名取字应当“女《诗经》，男《楚辞》，文《论语》，武《周易》”的说法，人们爱从这些经典的词句、含义和典故中取义择字，按照“男女文武”，即按照性别或对孩子成长的期望，给自己的孩子取名，以期得到吉祥和赐福。这不单是看重语词的文雅吉利，还隐含依仗灵咒保佑一生的意思，可见言灵咒辞文化含蕴之深、潜藏之无形。

著名作家巴金，本名李芾甘，就从本首《甘棠》“蔽芾甘棠，勿翦勿伐”取名。古今很多名人，确实都从《诗经》取语词来命名。秦始皇之子扶苏，其名就从《诗经·郑风·山有扶苏》“山有扶苏”取义。周邦彦、吴敬梓、王国维也从《诗经》取名。林徽因（林徽音）从《大雅·思齐》“大姒嗣徽音，则百斯男”取义。贺敬之从《周颂·敬之》“敬之敬之！天维显思”取义。张闻天则从《小雅·鸿雁之什》“鹤鸣于九皋，声闻于天”取名。此外，梁思成、屠呦呦……他们的名字都来自《诗经》语词。

鲁迅好些笔名和外号，取义也来自《诗经》。例如其外号自名“猫头鹰”，就来自《豳风·鸱鸮》“鸱鸮鸱鸮，既取我子，无毁我室”，鸱鸮，就是猫头鹰。他的笔名桃椎、黄棘，取义也从《魏风》中忧时伤己的《园有桃》而来。

看来，也许言灵咒辞真带有玄奥幽秘之信息，它们“或词隐密微，或气藏谶纬，莫究天人之际，罕甄神秘之心”（李峤），无形之中延绵氤氲，还能永久缭绕不散，神不知鬼不觉地在做某种心理暗示、行为指引，不声不响地影响着与它们缠联的世人。上述这些以《诗经》文辞取义起名的名人，难说其名对其人格塑造和人生业绩不起灵效性的作用；其在世间出名，难说不是沾了《诗经》语词的灵咒之光啊！

原文

甘棠

蔽芾甘棠，勿翦勿伐，召伯所茇。[①]

蔽芾甘棠，勿翦勿败，召伯所憩。[②]

蔽芾甘棠，勿翦勿拜，召伯所说。[③]

【注释】①蔽芾（fèi）：茂盛。甘棠：棠梨、杜梨。召伯：召地的伯爵，未考定为何人。茇（bá）：住草舍。 ②败：毁坏。憩：休息。 ③拜：拔、伐。说（shuì）：休息。

17

行露

抗婚诗：谁谓女无家？何以速我讼？虽速我讼，亦不女从

路面露水漉漉湿，泥黏脚板声哧哧。
谁人黢黑愿抵冷，冒夜赶路不趁时？

谁讲雀嘴角无用，就可任叮瓦穿窿？
谁讲你今打单身，就可幽禁逼我从？
娶我你本无道理，还来吓我上诉讼！

谁讲鼠牙不尖利，随它将墙啃穿去？
谁讲你今尚未婚，就可公开来相逼？
纵你公开来相逼，我也不做你家媳！

笔记

抗婚诗。精彩在于对该女子所陷境况的暗示、描绘十分生动。“路面露水漉漉湿，泥黏脚板声哧哧。谁人黢黑愿抵冷，冒夜赶路不趁时？”（“厌浥行露，岂不夙夜？谓行多露。”）黢黑的夜晚、泥泞的道路、屋瓦穿窿的住房、墙体穿孔的住家等，都是很精当的处境描绘。在如此困顿糟糕的环境下，面临男方的死缠硬逼，女子决绝拒婚，自己决定解脱的出路。这是何等的自主抉择啊！

抗婚诗往往折射了古代妇女地位的低下。这首却摆脱常见的妇女逆来顺受的形象，真正在据理力争地抗婚，塑造了一个不妥协、不苟且的奇女子形象。

看看这首诗歌的押韵，第五句“何以穿我屋”，第七句“何以速我狱”，句末的“屋”字与“狱”字，是押宽韵的。其后诗句的末尾一字，“狱”与“足”，“牙”与“家”，“墉”与“讼”“从”，也是押韵的。这些先秦文字制作的唱诗，或句句押韵，或隔句押韵，或押花韵（交错或频频换韵），注重押韵的格局，奠定了往后汉语诗歌韵律、押韵方式的基础。

汉代定本的《诗经》的许多字、词，我们至今大体都还能读懂，它开创的押韵方法至今都还在通行，它追求的文字节奏至今仍不失韵味。我们不得不为中国文字而骄傲，不得不为祖先的智慧而骄傲！其博大精深，经历数千年文化变幻颠扑，仍然朝气蓬勃，这等不凡的生命活力，一下就与同被称为世界四大古文字的其他三家——古埃及文字、玛雅文字和楔形文字区别开来。因为如今它们已经是“死去了”的文字，其整体“复活”，还有待专家们继续研读。

《毛诗序》说此诗“衰乱之俗微，贞信之教兴，强暴之男，不能侵陵贞女也”。所评还算靠谱。

翻译过程，常有原诗激发引动译者灵感，使译文相应也有好句迭出的情况，由此译者可享一份惊喜和乐趣。如原诗“谁谓雀无角，何以穿我屋?”“谁谓鼠无牙，何以穿我墉”，我将“何以”作“可以”解，顿时疏通以往没有疏通过的文义，增添了诘问的俏皮，且具雄辩力度。我译为“谁讲雀嘴角无用，就可任叮瓦穿窿?”“谁讲鼠牙不尖利，随它将墙啃穿去?”抗辩气势顿变凌厉，反问得让对方语塞，是新颖的释读表达。译成七言后，容量更大了一些，表达也更从容。

又如“谁谓女无家? 何以速我狱? 虽速我狱，室家不足”“谁谓女无家? 何以速我讼? 虽速我讼，亦不女从”，这两句是释读本诗的关键句子。以往有著名学人译为“谁说你家没婆娘，凭啥逼我坐牢房”“谁说你家没婆娘，凭啥逼我上公堂”；另有著名学人译为“谁说女儿没婆家? 怎么催我进监狱?“谁说女儿没婆家? 怎么催迫告我状?”本属“你情我不愿”的私家事情，扯到进牢房、上公堂，未免牵强，不符合逻辑。症结在于没有吃透原著真义，具体表现为对“狱”“讼”两字误读，翻译时选择义项有欠切准。

查《汉语大词典》：狱，有“牢狱”的义项，也可解释为“监禁”“争讼“诉讼”；讼，释义固然是“诉讼”，但也通“公”，意为公开、明说。《行露》这桩婚姻不遂之事，原文没有提供适合诉诸司法解决的信息，故而“狱”“讼”两字的解释，应避绕司法内容作义项选择。因之，我译为“谁讲你今打单身，就可幽禁逼我从? 娶我你本无道理，还来吓我上诉讼”“谁讲你今尚未婚，就可公开来相逼? 纵你公开来相逼，我也不做你家媳”。将“狱”

释读为“幽禁”，“讼”释读为“公开”，含义止步于日常口角，文气顿时顺畅，也符合原文内容伸展的逻辑。

为理解《诗经》真义，对于其原文语言文字的考究，闻一多一直主张必须走得更远。1934 年，张清常拜见闻一多时，闻一多启发他说：“有个问题可供你们搞语言的人考虑。今天所见《诗经》的本子，汉《熹平石经》、唐《开成石经》是刻在石头上的，齐鲁韩毛四家各本是后代抄本转木刻本，文字都已去古甚远，不是《诗经》时代的面貌。如果你利用在文字学的知识，把《诗经》用两周金文写了下来，换句话说，也就是使《诗经》恢复西周东周当时的文字面貌，这对于你研究《诗经》，研究上古语言，会有很大帮助的。”

据载，闻一多本人真的用籀文复原了多篇《诗经》原文，其中公开出版的有《关雎》《葛覃》《卷耳》《樛木》《螽斯》《桃夭》《兔罝》《芣苢》《汉广》《汝坟》《麟之趾》《鹊巢》《采蘋》《草虫》等十多篇。把《诗经》还原为《诗经》时代的文字，真正读懂之，这是绝对的正理。可是，到现在，还有谁能如闻一多用籀文写《诗经》来研究啊！

原文

行露

厌浥行露，岂不夙夜？
谓行多露。①

谁谓雀无角，何以穿我屋？
谁谓女无家，何以速我狱？
虽速我狱，室家不足！②

谁谓鼠无牙，何以穿我墉？
谁谓女无家，何以速我讼？
虽速我讼，亦不女从！③

【注释】①厌浥（yìyì）行露：路面透湿，露水湿漉漉。岂不夙夜：何不想早行。谓行多露：奈何怕路上露水太多。谓：此处同“畏”，惧怕，与后句“谓”意不同。 ②角：喙。女：汝，你。家：家室，或家族势力。速：招致。狱：牢狱；官司，诉讼。室家不足：结婚的理由不足。男子有妻曰室，女子有夫曰家。 ③墉（yōng）：墙。讼：公开，明说。女从：从汝，顺从你。

18 羔羊

灵媒志得意满的炫示显摆
（羔羊：小羊。此处指以羔皮为裘）

羔皮大衣毛亮亮，五十金线缝衣装。
祭祀宴罢回家走，一路显摆秀风光。

羔皮制作皮大衣，五百金线针脚密。
颠颠倒倒回家走，解斋酒宴拼酒力。

白羊羔皮衣阔绰，千丝万线来缝合。
趔趔趄趄不辨路，天天祭祀有酒喝。

羔皮制作的大衣，是灵媒在祭祀仪式上穿着的祭服、礼服。每场祭祀有两次宴会。第一次是正式的祭祀宴，由灵媒主持，致酒、奉餐、供果品，主要是敬奉祖神享用的，按照仪礼的规矩进行，其时的宴饮酒食，由灵媒和代表祖神的尸享用。祭祀供神的宴饮完毕，接着是解斋宴，此时的宴饮才是轮到众人大啖的聚餐。两次宴饮，灵媒都是人们奉承的焦点，可想而知，他免不了和众人一样放开肚皮和酒量，饮酒的量远比旁人大，每次宴罢，灵媒都难免成了步履蹒跚的“酒囊饭袋”。

此诗三章，每章半写衣着，半写饮酒。一个职业的灵媒，华贵的羔皮大衣披身，喝得醉醺醺的，走路趔趔趄趄。对羔皮大衣缝制细节的细腻转述，所谓“素丝五紽”“素丝五緎”“素丝五总”，或说缝制经纬，或说打结形式，或说针脚密度，无一不炫示做工的精致、细密考究。此人穿着讲究，地位不低，招摇显摆，人生得意。他在祭祀上放开酒量，痛快宴饮至踉踉跄跄，从灵媒的身份回归到人的身份，半醉半醒时，满怀得意，这种人生状态很真实。

《诗经》中，对灵媒亦神亦人的做派和宴飨状态多有描绘，以《小雅·宾之初筵》所述最为淋漓尽致。其中相关文段，笔者试译如下：“主祭也喝醉醺醺，又笑又闹又歌吟，踢翻果品撒一地，趔趄乱舞不正经。迷糊一个酒醉人，露乖哪里还清醒？傩面歪戴头上转，一舞再舞脚不停。尸醉正合送出门，祭祖朝天祭才成，要是尸醉酒席上，祭祀失败白费心，祭祀事大规矩多，送神礼仪切切行。”这段信息，直接反映了祭祀酒宴上，尸与灵媒亦人亦神，乐于享受祭祀酒食的状态。人们尽力以酒肉敬奉他、讨好他，不怕他喝酒，就怕他不喝。彼时他也自认是神，理所当然地接受敬奉。既是神，当然要有神的海量，于是对来敬酒者全都不拒，放量豪饮，一直饮到迷糊颠醉，举止失态，狂歌乱舞，打翻果盘……此时，人们大为高兴，他们等待的就是这一时刻：终于把尸和灵媒伺候周到了，神酒足饭饱了、高兴了，人们就可以送神走了，神就可以归天去给人间办正事，给凡人赐福了。人们用力一推，把醉醺醺的尸和灵媒推到户外去……这种娱神娱己、人神同乐的气氛，是祭祀最实质的初衷。“趔趔趄趄不辨路，天天祭祀有酒喝”，就是灵媒生活的常态。

此诗似三格漫画，三两个动静，两三句话语，就奉献出了一个活脱脱的灵媒形象。足可见我国诗歌始创时期，艺术描绘的意趣以及攫取画面的不凡技巧。如果需用图解来注释这一灵媒形象，东汉的说唱俑或可相应。那些俳优俑，幽默、诙谐、滑稽，表情生动丰富，摇头晃脑，脚步不稳，表情已被定格下来。虽与《诗经》远隔了许多年代，还可做彼时祭祀酒后灵媒的情状写照啊！

原文

羔羊

羔羊之皮，素丝五紽。
退食自公，委蛇委蛇。①

羔羊之革，素丝五緎。
委蛇委蛇，自公退食。②

羔羊之缝，素丝五总。
委蛇委蛇，退食自公。③

【注释】

①紽（tuó）：交互打结成小辫。退食自公：从公庙、公膳食罢回家。委蛇（wēiyí）：如逶迤之曲折前进，形容步履悠闲。 ②緎（yù）：缝织工艺。 ③总（zōng）：缝制工艺，细密绞结。

振振君子，归哉归哉：祭祀雷神的唱诗

（殷：雷声）

滚滚雷吼震天响，响在南山山顶上。
何时你才息大怒？我实不宁心慌慌，
雷王雷王祈求你，收煞威怒免惊惶。

滚滚雷吼震响天，响在南山山侧边。
何时你才息大怒？我实不安心胆颤，
雷王雷王祈求你，收煞威怒赐吉安。

滚滚雷吼声如炸，响在南山山脚下。
何时你才息大怒？我正出走避惊怕，
雷王雷王祈求你，收煞威怒莫惊吓！

【笔记】

古人想象神灵，将人形赋予了神，顺带将人格也赋予了神，人与神就同了形貌、同了语言，就常可对话。然千不该万不该，人不该将人格赋予雷神，因为一旦将人格赋予雷神，人就自引灾难了。所谓“殷其雷”，“滚滚雷吼震天响”，人的一切都要经过雷神天眼的审视，雷声一响，雷、云、天、火一体，令人心惊肉跳、顶礼膜拜。

雷神在天，喜怒无常，与凡人的联系若即若离，执一板巨斧乱劈。天雷滚滚，好似在做某种威胁、震慑和警示。人心惶惶不安，不知彼时为何雷霆震怒，不知是否与自己的罪错有关，也不知什么时候会突遭致命的一劈。为避不测之祸患，须祈祷以上达天听。这首《殷其雷》就是这样的祈祷诗。

“振振君子，归哉归哉”——有人解读为“我的丈夫真勤奋，快快回来乐相逢”。还有人解读为“诚实忠厚好君子，快快回来莫彷徨”。似都不得原义。

此诗写雷，原著是“振振君子”，也就是“震震君子”啊，是隆隆作响自高空而来的君子啊！不是雷神哪有震震之声威，哪可称什么“振振君子”！收煞威风，不发声响，祈请你归回高天，不再惊扰世间凡人——这才是此诗“归哉归哉”之原意。此诗作祈祷诗解读，或可接近真义。

“何时你才息大怒？我实不宁心慌慌。”“雷王雷王祈求你，收煞威怒莫惊吓！”（“何斯违斯？莫敢或遑”“振振君子，归哉归哉！”）人，是弱小者，一辈子都得提心吊胆不断反省自己，才得以安宁。雷神啊，收起震怒吧，回归高天深处，恩赐我们逢凶化吉心绪安宁！

祭祀灵媒是“拟神化”的，以其镜像似的虚拟神祇的形象，造就了人神对话的机制和合理性。《风》诗时代的所有神祇，如雷神等，还只是自然神祇，也就是说，此时的神还没有名字，还没有往后神话、传说那类阶级谱系，《风》诗还没有受神话故事的神祇文化染指。雷，作为一种初始神，当时就代表了天。雷声，无异于天神的发话。雷神的威力和盛怒，善恶兼具。世人唯有怀敬畏之心，去恶扬善，小心翼翼投合雷神脾性。

《风》时代所涉及的祭祀诉求，尽是求雨、求丰年、求寿元这类祈福纳吉的内容，而绝少祛灾、驱鬼、辟邪这类诉求，也就是连“借刀杀鬼”“借刀杀魔”的意念都还没有。由此可探知《风》年代民风如何淳朴，也可以探知当时人性的纯度。

有时，不是一个具体景象就能转化为普遍意义的。古诗文里的雷神文化，有庞大的“家族”，同是雷，不至于总是这么直接着力威慑于人，也不至于都这么恐怖。它可以是伟大力量和开天辟地的象征，也可以是天公对人间的隆隆鼓动，还可以是借用大自然力量喻说人间具有化温柔为刚硬的声威。

如班固《窦将军北征颂》：“雷震九原，电曜高阙，金光镜野，武旂罥日。”

如金圣叹喟叹：“呜呼！天闻若雷，岂必真在苍苍，神目如电，岂必真在冥冥，可不畏哉！可不畏哉！”

如柳宗元的《雷塘祷雨文》为求请雷神赐雨，更为讨好：“惟神之居，为坎为雷，专此二象，宅于岩隈。风马云车，肃焉徘徊，能泽地产，以祛人灾。”

如张维屏则有诗咏春雷，写出了一心融融的爱、一派期望的情：“造物无言却有情，每于寒尽觉春生。千红万紫安排著，只待新雷第一声。”

如广西古歌里，雷王还有一副护花使者的面孔：“我是雷王来护花，如今护花到你家。明年得子把愿还，还了花愿花才发。”

或可谓，《殷其雷》之雷，是《风》诗原始古朴无羁无绊之雷；班固之雷，是军鼓声惊天动地之雷；金圣叹之雷，是水浒上空云中潜藏暴戾之雷；柳宗元之雷，是风驰电掣万事皆能之雷；张维屏之雷，是接受过教化能善解人意之雷；广西古歌之雷，是暴戾被婴儿赤子软化之雷……一雷竟有百变身！

郭沫若笔下之雷，是1942年全民抗战之时正义力量的象征。他的话剧《屈原》有段《雷电颂》，写了风、雷、电。其雷如天帝的龙车，“轰隆隆的”，“车轮子滚动”着，剧中的屈原向它发出邀请：“我要漂流到那没有阴谋、没有污秽、没有自私自利的没有人的小岛上去呀！我要和着你，和着你的声音，和着那茫茫的大海，一同跳进那没有边际的没有限制的自由里去！”代表了国人投入抗战的决心，以及对脱离日本帝国主义蹂躏的自由中国的向往。

这首《殷其雷》还透露了上古音乐信息的若干端倪，最能典型、明晰地体现祭祀中主唱、领唱和伴唱、合唱的分工，这种结构也证明了这首《殷其雷》是一首祭祀乐歌；考察其曲式结构，还能分清其主歌、主部和副歌、副部的配置。

具体来说，其主唱、领唱部分（即主歌、主部）是“殷其雷，在南山之阳。何斯违斯？莫敢或遑”“殷其雷，在南山之侧。何斯违斯？莫敢遑息”“殷其雷，在南山之下。何斯违斯？莫敢遑处”。伴唱、合唱部分（即副歌、副部）则是三章都相同的“振振君子，归哉归哉！”

这揭示了其主歌主要功能是叙事，表达内容主干；副歌的功能则是抒情，重复加深印象。这上古的具有典型意义的曲式，无论功能还是设置，都恰与当代歌曲作曲法两段体的曲式相吻合。王莘的《歌唱祖国》就是这样，它分有主歌、副歌，只是它的副歌（“五星红旗迎风飘扬……

从今走向繁荣富强”）置于前，主歌（“越过高山，越过平原……我们团结友爱坚强如钢”）置于后而已。

读过一篇介绍现代著名音乐理论家杨荫浏的文章，说他依据《诗经》文本结构，分析出《诗经》使用了十种音乐曲式。由此可见时人对音乐的了解和运作声诗的水平之高，实在太值得今人赞叹！

原文

殷其雷

殷其雷，在南山之阳。
何斯违斯？莫敢或遑。
振振君子，归哉归哉！①

殷其雷，在南山之侧。
何斯违斯？莫敢遑息。
振振君子，归哉归哉！②

殷其雷，在南山之下。
何斯违斯？莫敢遑处。
振振君子，归哉归哉！

【注释】

①殷：雷声。何斯违斯：（你）何时才离开这里。斯：前“斯”指时间，后“斯”指地点。违：离开、远去。或：稍微。遑：安闲休息。振振君子：指天雷。　②遑息：同“遑”。

20 摽有梅

梅子结果报婚讯，后生排队来求亲

（摽：打落）

梅子结果报婚讯，树上挂果已七成。
七成正是好年华，后生排队来求亲。

梅子挂果报婚信，落下七成剩三成。
三成临近韶华尾，待嫁还是好时辰。

梅子落果报婚情，快要落尽用筐清。
锦绣年华到头了，只消媒求就允婚。

【笔记】

古来将各种季节里花开时节的时间段称为“花信”，也将之转注到瓜果的成长过程。这首诗别致，以“花信”方式譬喻女子婚前成长的各个时段节点。

此诗将少女婚龄的三个阶段，用花果长势为喻，分为“迨其吉”“迨其今”“迨其谓”，即“七成正是好年华”“三成临近韶华尾”“锦绣年华到头了”，把好年华、韶华尾、韶华即将消逝三个节点揭示得很形象、很有趣、很到位，意味深长，充满了提醒少女适时婚恋的关爱，还依稀流露出岁月的紧迫感。

按照《周礼·媒氏》，“令男三十而娶，女二十而嫁……中春之月，令会男女。于是时也，奔者不禁。若无故而不用令者，罚之。司男女之无夫家者而会之”。男子二十弱冠成年，女十五许嫁而笄，所谓“令男三十而娶，女二十而嫁”，当是男子必须三十岁前、女子必须二十岁前婚嫁。男女及时婚嫁，以发展人口，是基于当时立国、战争等需求的基本国策。故而，男女交往环境相对宽松，与其后的礼教管束不可同日而语，但这同时也加重了青年们必须及时婚配的压力——古代青年们的社交活动毕竟极少，如果只靠媒妁搭桥，青年们又大多不甘。

读爱情诗，细究一下角色们的婚恋年龄，会有异趣。少女爱情这类故事，是最让人喜欢品尝的醇酿。她们的行为无法用理智来控制，更无法用城府来指引，其因年龄不拘俗世规范诉求，其命运或悲或喜，大多精彩动人，甚至惊世骇俗。希腊特洛伊故事，惊世美女海伦被帕里斯诱引到特洛伊城的时候是十四岁。莎士比亚笔下的罗密欧向朱丽叶求爱时，朱丽叶也是十四岁。《孔雀东南飞》焦仲卿之妻刘兰芝，十七已为“君妇”。王绂诗说“东家少妇年十五，嫁得良人出为贾”，崔颢诗说“十五嫁王昌，盈盈入画堂”。《牡丹亭》杜丽娘十六岁。徐志摩示爱于林徽因的时候，林徽因也才十六岁。倘若用礼教或当代道德来绑架他们，一个个都不免灰头土脸，低头难以见人。实际上，他们恋爱，都是“迨其吉”的时节，是历来为人所津津乐道的清纯尤物，是少男少女读者的心肝至宝，是文学中的经典形象。可见人们读爱情诗，还是聚焦“纯”“醇”二字。有纯质，才有醇香！

“恻恻轻寒翦翦风，小梅飘雪杏花红”（韩偓），少女们游戏时唱《摽有梅》这歌诗，老妪们给少女们传授人生道法，男士们也模仿女性口气戏谑发声……何其有人情味道！小女子们对未来充满憧憬，对命运寄托无限遐想，情绪轻松，纯洁无邪，跳跃活泼，温情可鉴。它是庶民女性情感的声音，当然，更是女子们对于人生、人情和生活做细细的体验品味。

原文

摽有梅

摽有梅，其实七兮。
求我庶士，迨其吉兮。[①]

摽有梅，其实三兮。
求我庶士，迨其今兮。[②]

摽有梅，顷筐塈之。
求我庶士，迨其谓之。[③]

【注释】

①摽（biào）：打落。有：语气助词。其实七兮：梅树的果子还有七成。庶士：普通百姓人家的小伙子。迨（dài）：及、赶得上；正是。吉：大好时光。②今：即时、适时。③顷筐：前口平后渐高的簸箕。塈（jì）：取。谓：所定之时，恰是时候。

21

小星

官大官小不同命，闲死大官累死兵

东方星小星不明，三三五五不成群。
我向宗庙吐苦水，日夜公务忙不停。
官大官小不同命，闲死大官累死兵。

东方星小星不明，三三五五不成群。
刚想上床同妻睡，被令急差夜出行。
官大官小不同命，乐死大官屈死兵。

【笔记】

这是小官吏、差役辈向祖神自述的境况和抱怨。自谓无人正视，被差来遣去，劳苦劳碌却无功，感到不公平却又无奈。特别憋屈的是，夜半也不得安宁，经常是香衾暖榻之乐被无端干扰，随时被派出差，废弃了与妻室的夜生活，几乎不是人过的日子。自己很像三三五五零散在天穹里光亮微弱的小星。这比喻确是形象生动，切人切事。

先秦诗文精炼，词汇量甚少，但是《诗经》中复沓的诗句所作变化的字词，辨析起来令人叫绝。这首《小星》，对比“寔命不同”和“寔命不犹”，前者意在表象的“不同”，后者意为命运的“不如”，变化就很精细。“抱衾与裯”，明说和暗喻交集，大有可以展开释义的空间。

将它们翻译为七言体现代汉语，难在如何既符合现代汉语的特性又使译文诗性化，还难在其神、意、味三者蕴涵那么精妙，但与当代话语不甚兼容，如何令当代读者依傍译文读通读懂，读出味道？我尝试用民歌体，增加句数来充实解释，使内容更明白。“我向宗庙吐苦水，日夜公务忙不停。官大官小不同命，闲死大官累死兵。”“刚想上床同妻睡，被令急差夜出行。官大官小不同命，乐死大官屈死兵。”这类口语化的译文，或可表达一二。

当然，对于此诗定然还有其他解读，遂将带出其他译法。《诗经》内涵丰富，难穷其解，实是其诱惑力所在之一，也是读者、译者不满足于现状，屡屡追求新译作的理由。

“抱衾与裯”这句值得注意，可深入探讨。有典籍解释“抱衾与裯”是“将妻子进御于君侍寝”，意为把妻子作礼物送去陪君主过夜。也还有说，“抱衾与裯”，简化就是“抱衾裯”，也作“抱襟裯”，后来成了“侍寝”的代词，也借用来指小妾。大概此诗描绘的主人公不受待见，被呼来唤去的忍辱负重形象，很像富人家中的小妾，于是，不知从何时开始，诗的标题“小星”成了“小妾”的代名词。

原文

小星

嘒彼小星，三五在东。
肃肃宵征，夙夜在公。
寔命不同。①

嘒彼小星，维参与昴。
肃肃宵征，抱衾与裯。
寔命不犹。②

【注释】①嘒（huì）：微光闪烁。三五：参三星、昴五星；或约数，指三五个。肃：速，疾行。宵征：夜行。在公：办公事。寔：实。　②参、昴：都是星名，二十八宿之一。抱：抛。衾（qīn）：被子。裯（chóu）：单被；床帐。犹：如、同。

22 江有汜

大江分支又合流，我歌当哭诉忧愁
（汜：从主流分出后又汇入主流的小河）

大江分支又合流，哥你远走今回头。
回头竟然不睬我，我守空房恨悠悠。

大江分流淤成洲，哥你远走今回头。
回头不与我相处，留我空生无尽忧。

大江分支又合流，哥你远走今回头。
回头不经我家过，我歌当哭诉忧愁。

【笔记】

这首诗的解读有些热闹。《毛诗序》说是褒扬媵妾之叹。古时贵族女出嫁，从嫁的侄女和妹妹称为媵妾。《诗三家义集疏》说此诗反映的是侄娣（媵妾）恨悔。《诗经原始》认为是商人之妾被弃，又“不忍忘其夫”，仍心怀对方回心转意之期待而“啸歌以自遣”。

今人译此诗，译文各有异。韦凤娟译作弃妇诗，袁愈荌译为媵女不得从嫁的怨词，陈振寰理解为“伺妾怨怪后娶正室的歌”，何新认为是女子新嫁时对旧爱的骄矜之诗，周振甫当作恋人怄气的嘴皮纠葛，程俊英则认为是弃妇哀怨自怜……

《诗》无达诂，诗无定译。一篇原著，可以生发无数演绎作品，这状况可能是许多原著作者本人没有预想过的。这正如亚里士多德所说，“掷石子者可掌握石子到将其掷出之前，而非之后”。唱诗制作过程是作者可控的，制作出来唱开之后，如何解读、阐释，甚至被改写、改编，只好任由他人了。

这首诗，也许视为恋人之间的矛盾为宜，也就是不涉上述译本的婚姻，不涉媵妾身份，不涉妾室与正室的关系等，这样，人物身份和背景会更纯粹些，解读起来，想象力也易于发挥。

背弃大江的分支复合、分流淤积，这诸种自然界变化情态，都带有咒语的神性，也暗含天理和某种暗示。男子背叛，如江水之“有汜”“有渚”“有沱”，不再给她送东西（“以”），不同她亲热（“与”），不带她一起走（“过”），就是过家门而不入了，“我守空房恨悠悠”啊，男子遗弃她而去了。其无情已经不可转圜，女子已经丧失了自信和等待的力量，只有以歌当哭，自叹自解。

怨妇诗，是独具古代中国特色的诗歌文化。从表面看，大多是被丈夫抛弃、被婆婆刁难的妇人的怨叹。最著名的大概是篇幅较长的诗歌《孔雀东南飞》，焦仲卿之妻，虽说刚强，但也算一个软弱女子形象。《江有汜》这类记述情人之间矛盾的诗歌亦可视为怨妇诗。怨妇诗虽有“妇”字附着，但是未必都是妇人所写。古代，特别是《诗经》年代，能有多少妇人识字、写诗、作歌诗呢，这类诗歌显然多是男子代言代笔。

原文

江有汜

江有汜，之子归，不我以。
不我以，其后也悔。①

江有渚，之子归，不我与。
不我与，其后也处。②

江有沱，之子归，不我过。
不我过，其啸也歌。③

【注释】

①汜（sì）：从主流分出然后又汇入主流的小河。之子归：此处指他归去。不我以：不送东西给我。 ②渚：洲，水中的小块陆地。不我与：不和我在一起，不与我亲热。处：忧愁。③沱：可以停船的水湾，或支流。不我过：不带我走。其啸也歌：“啸歌者，即号歌，谓哭而有言，其言又有节调也。”（闻一多）

野有死麕，白茅包之。有女怀春，吉士诱之
（麕：獐，鹿类）

香獐野地睡春觉，趴地满身沾白茅。
妹躺草野春心动，情哥惜春把妹撩。

春树在林枝叶稠，香獐春梦梦幽幽。
哥清妹衣针茅草，掀见玉体肤如绸。

央哥慢慢脱妹衣，轻脱裙襟放整齐。
莫要惊动野狗叫，莫惹路人来生疑。

【笔记】

原始古朴的情色诗歌。

没有春季大自然景物元素的交代，却处处流露春光。幽幽林子，入梦獐子，分明是怀春隐秘心理的烘托。环境描述，情感交会，抚爱互动，诸般动感柔曼，都彰显细腻。聚焦晕染了诗意的情色画面，引发“情哥惜春把妹撩”“掀见玉体肤如绸”（“吉士诱之”“有女如玉”）的诱惑，酿就“舒而脱脱兮，无感我帨兮，无使尨也吠”的姑娘羞涩就范的呢喃。我译为“央哥慢慢脱妹衣，轻脱裙襟放整齐。莫要惊动野狗叫，莫惹路人来生疑”，正是当代民歌语言情调的转述。

通篇盈溢春情、春意、春光、春色、春心、春梦，一派青春的气息和怀春的欲求。那古老林间野地的清新空气，仍能弥漫到今天，古时香草的芬芳，仍能隐隐氤氲鼻息。这就是《野有死麕》所达的极致，也是今日诗由于缺乏如此自由自主的率真而不能至的境界。

此诗野有死麕之“死”，解读和翻译最可回味。此“死”，前人译者多认为指的就是真的死亡。如胡适就说此诗是“男子打死野麕，包以献女子”，即此诗是男子献死麕勾引女子之诗。

周振甫译文：“野地里有死獐子，用白茅草包裹它。有个姑娘动了心，吉祥的人引诱她。树林里有死小树，野地里有死鹿。白茅草搓纯来捆着它，有个女儿美如玉……”

余冠英译文：“死獐子撂在荒郊，白茅草把它来包。姑娘啊心儿动了，小伙子把她来撩。森林里砍倒小树，野地里躺着死鹿，茅草索一齐捆住。姑娘啊像块美玉……”

程俊英的翻译是：“打死小鹿撂荒郊，洁白茅草把它包。有位姑娘春心动，小伙上前把话挑。砍下小木当烛烧，拾起死鹿在荒郊。白茅捆扎当礼物，如玉姑娘接受了……”

袁愈荌译为：“獐子尸体丢荒郊……荒郊地里有死鹿……”

何新译为：“田野上有一头獐鹿死了……田野中有死去的獐鹿……”

向熹译为：“野地有只死獐子……有只死鹿在地上……”

上述翻译片段，在译者笔下，獐鹿难免一死。

倘若按照上述翻译导出此歌诗的场景，必是如此：一只死獐子被撂在小树林里，那怀春妹妹与多情哥哥就在这具血腥的动物尸体近旁，行了一番鱼水之乐……林子之大，美景处处，何至于猴急到如此“饥不择地”“急而食之”的地步！在大煞风景的血淋淋的兽尸近旁，行极乐美事，如此重实物交换而忽略情调交流，怎么说得过去？

欲探究此诗的真义，关键在于探求此诗“死”字的真义。笔者为考究这个“死”字，查阅多种资料，最后找到《汉语大词典》，查到“死”字字条的第九个释义义项：“指蛰伏。……郭璞注：‘此亦蛰类也。谓之死者，言其蛰无所知如死耳。’”此释义说得很明白，蛰伏如死，是不死的蛰伏，是不死的假死；无所知如死，是如死的无所知，不是真死。此义项特别切合对《野有死麕》情景的解读。獐子根本不是死的，只是在休眠，卧着如死而已。“死”字一通，顿时全诗皆通，诗境诗意随之一变。

笔者将“野有死麕”译为“香獐野地睡春觉”，还原出一只“不死的香獐”，也就还原出了一个春意盈盈的郊野，复原了那个引发春情跃动的温柔乡，转述了原著的快意缠绵趣味。

原文

野有死麕

野有死麕，白茅包之。
有女怀春，吉士诱之。[1]

林有朴樕，野有死麕。
白茅纯束，有女如玉。[2]

舒而脱脱兮，
无感我帨兮，
无使尨也吠。[3]

【注释】

①麕（jūn）：獐，鹿类。死：此处是睡着无所知如死。怀春：爱慕异性之情。 ②朴樕（sù）：一种灌木，古人结婚时燃为烛。纯：捆。 ③舒：从容。脱（tuì）脱：缓慢。无感我帨（shuì）：不要弄散我的佩巾。感：撼。帨：拴在腰上的佩巾、围腰。尨（máng）：狗。

24

何彼秾矣

用甚线饵钓此鱼，聘甚大礼娶此女
（秾：繁盛貌）

谁车帐幔恁豪华？车篷生树开梨花。
花朵裳帏饰车马，堪比王姬富贵家。

谁家有女恁艳丽？美过桃花颜如玉。
车马辚辚载婵娟，美如王公侯爵女。

用甚线饵钓此鱼，聘甚大礼娶此女？
羡看豪车载佳人，高贵王公侯爵侣。

状写王公贵族富家女子出嫁时壮观、豪华、富丽的婚庆队伍。

诗似纪实，因有平王、齐侯、王姬等名姓官衔字眼贯串其间。然而，他们是谁，虽有考据，却一直众说纷纭。

姑且将这些华贵名姓视为家世高贵的喻体，才符合诗歌咏诵普适题材的本体。其诗意，主要聚焦的还是“有周佳丽本神仙，冰雪颜容桃李年”，一个美丽女子，一个婚嫁阵仗。

日本学者赤冢忠认为:“《诗经》中的花原本都供奉于神社或宗庙，被认为是具有招迎神灵之力的咒物，而祭礼和咒物的存在正是兴词形成的基础。”此诗“唐棣之华”的“华”，无疑是歌咏起兴的咒物，象征庄严豪华的婚礼队伍。

诗里最耐人寻味的句子是“其钓维何？维丝伊缗”。有译者译为“钓鱼是用什么绳？是用丝线来做成”；也有译者译为“她的钓鱼用什么？用丝线做钓绳”；还有译者译为“钓鱼要用什么绳？长丝两股做钓纶”。都将“丝”“缗”直译为钓鱼线。似无可无不可。

按闻一多的说法，《诗经》中的“钓鱼”“吃鱼”，是求偶合欢的隐语。据此，“其钓维何？维丝伊缗”中的“钓”和“丝”“缗”应有婚姻情爱的含义才切合。

因之，此句的本义应解读为：鱼，就是她；线，就是饵，是聘礼，是财富、地位以及手段。钓鱼的主体，就是娶她的人。据此释读，拙译最后译为“用甚线饵钓此鱼？聘甚大礼娶此女？”就将原文“钓”“丝”“缗”与鱼饵、聘礼、新嫁娘之间的关联和隐喻的意义体现出来了。同时，这发问的口气也隐含了旁观者的艳羡、幽默、无奈——敢将这豪门女子当大鱼看，敢拿这桩婚姻当交易看，也是带有邪恶、妒忌意味的啊！最后一句译文还点明“羡看豪车载佳人，高贵王公侯爵侣”，就顿时使旁观者绝望、醒悟过来了，企图想“钓此鱼”“娶此女”当然无异于望洋兴叹了。其实这都是原文的内涵，译者只是深入“探矿”从深井中挖掘出来而已。

朱熹说：“读书，须是看着他那缝罅处，方寻得道理透彻。若不见得缝罅，无由入得。看见缝罅时，脉络自开。”所谓“缝罅”，指的就是理解问题的关键门径、核心焦点，找不到就会无从深入、浅尝辄止。“钓鱼”“吃鱼”正是朱熹指出的解读《何彼秾矣》的“缝罅”，由此钻进去，果然脉络顿明。

原文

何彼秾矣

何彼秾矣？唐棣之华。
曷不肃雍？王姬之车。[1]

何彼秾矣？华如桃李。
平王之孙，齐侯之子。[2]

其钓维何？维丝伊缗。
齐侯之子，平王之孙。[3]

【注释】

①何彼秾（nóng）矣：为什么它如此华丽？秾：浓密华丽。唐棣：棠梨。曷：何、怎么。肃：恭敬、严肃。雍：和谐。 ②平王：东周平王姬宜臼。 ③其钓维何：用什么钓具来钓她？用什么钓饵才钓得到她？缗（mín）：合股的丝绳，此指钓鱼线。

猎手的能耐与风度

（驺虞：天子的掌马官，代指猎人）

芦苇丛丛长得密，猎手打猎钻荆棘。
射杀几头大野猪，如此猎人堪称奇。

芦苇丛丛长得高，猎手打猎进蓬蒿。
射中几头小野猪，如此猎人称英豪。

【笔记】

打猎纪实。此人是天子掌马官或猎人，身手不凡。

三言两语的速写，把他写活了。当然，不只写其箭法，还主要用他的赫赫战绩来说话，让人不得不发出“于嗟乎驺虞”的感慨。这样的生活短故事，有情节，更见人物形象，是高度提炼之功。

“壹发五豝”，不是一箭射了五头大猪的夸张之语。“壹”，在现代汉语中是“一”的大写，也有“一”的意思，但在此诗里，“壹”是个无意义的发语词、虚字。“五”，在此则不是精确的数量词，而是泛言其多的虚数。

文学作品中，使用约数、概数，是一种修辞手法，《风》诗对此驾轻就熟。如果说，一到十作为数量词应用，庶几还显得严谨或神秘，那百、千、万、亿的运用，就自由放开了。比如平日说“诗三百”，谁会去计较其确数呢？约数、概数，本就摇曳多姿，形貌模糊难以捕捉。说“六十许”，就不必较真其准确到个位的数目。说“绕树三匝”，也不必去铆劲追究具体绕了多少圈。至于“五十上下”“六十左右”“七十开外”，以及“三五”“六七”“七八”等，均是概数、约数的运用，倘若要计较确数，就“多情反被无情恼”了。数字文化，话题不尽。这首诗的概数、约数运用，还是很灵动得体的。

公元前544年，春秋吴国公子季扎到鲁、齐、晋、郑、卫诸国访问，在鲁国听完了《诗经》的全部演唱。听完《周南》和《召南》音乐时，他说：“美哉！始基之矣，犹未也；然勤而不怨矣。”认为彼时周的教化基础已打好，虽还不够完善，但足以引导民众勤劳生活了。

季扎是吴王寿梦最小的儿子，吴王去世，国人欲立他为王，他坚辞不受，不爱江山唯爱音乐，才有听完《诗经》演唱的浪漫之旅。左丘明的《左传》有载季扎听《诗经》音乐后的一系列感受，这是历史上第一次最具体、最集束涉及《诗经》音乐的文字。季扎在鲁看《诗经》演出时，孔子尚年幼，故而《左传》中对季扎观周乐的记述兼有历史和文艺审美的价值。

例如，季扎在鲁国看完邶、鄘、卫三国国风的演唱后，他感慨说：“美哉渊乎！忧而不困者也。吾闻卫康叔、武公之德如是，其卫风乎？”又如，他对《郑风》的感受是：“美哉！其细已甚，民弗堪也，是其先亡乎？”再如，对《秦风》他赞美道：“此乃谓夏声，夫能夏则大。大之至也，其周之旧乎？”此外，他评论《豳风》，说其“乐而不淫”，后来孔子评《关雎》也说“乐而不淫”。季扎关于《诗经》音乐的评论，还包括有对《颂》的长篇评议，是很可品味的。

原文

驺虞

彼茁者葭，
壹发五豝，
于嗟乎驺虞。①

彼茁者蓬，
壹发五豵，
于嗟乎驺虞。②

【注释】

①茁：草刚从地上冒出来的样子。葭（jiā）：芦苇。壹：数量词“一”，或说发语词。发：射箭。豝（bā）：母猪。驺虞：猎人。 ②蓬：蓬蒿。豵（zōng）：小猪，一岁曰豵。

邶风

26 柏舟

我心匪石，不可转也。我心匪席，不可卷也

（柏舟：柏木制的小船。《鄘风》也有同名诗）

贵重柏木一艘船，被弃无用漂水面。
一夜烦闷难安睡，疙瘩不解结心间。
不是浇愁没有酒，百感飘游才无眠。

我心不是青铜镜，不可美丑都容进。
我有几个亲兄弟，解忧难靠作依凭。
也找旁人听倾诉，讨得别人厌恶听。

我心不是小石块，不可随手翻转来。
我心不是草席垫，不可随意卷又开。
我人身正尊严在，不可任人脚乱踹。

越思越想越愁烦，小人算计我难安。
受诬被谗多少次，蒙冤遭陷苦连连。
往事桩桩静回想，捶胸跺足悲难言。

太阳月亮照四方，何我见黑不见光？
愁事一件接一件，像洗不尽脏衣裳。
静心细想怨千迭，无翅逃离难飞翔。

【笔记】

有解此诗是写爱国忧己的情怀，也有解是写忠臣仁而不遇，还有说是失宠于君王的姬妾怨词，或是写某贵妇见侮于众妾的诗，历来都有驳议。另外，此诗是出于男子手笔，还是出于女子手笔，或为男子代女子的口气之作，讨论也是莫衷一是。笔者宁可避绕历史背景的挖掘考据，不做扩张引申，回归诗歌文本本体，视之为某人对周遭恶劣的人际关系境况之怨怼。

此诗起首以柏舟起兴，亦可解为以贵重柏木造的船被弃为喻引出心境，接着细数导致忧思哀伤的情由，而后讲述无法解脱的情境，以及其人格尊严的始终独立不屈。试想一个“威仪棣棣”（“我人身正尊严在”）之人，居然“愠于群小”（“小人算计我难安”），这情状真是“如水益深，如火益热”。但是，此情诉之内心、告知兄弟、言与旁人，都无法排遣愁思，也得不到任何慰藉与同情，相反还遭到冷漠和反感，这心情是多么的憋屈！此诗最有艺术价值之处，在于有自己的独特感受，以及有相应的独特表述，曲写了深忧长恨，婉转掩抑了幽怨哀叹。整首诗章法、谋篇布局、起兴、比喻、抒发、遣词，都可圈可点。

“我心匪鉴，不可以茹”“我心匪石，不可转也。我心匪席，不可卷也”，比喻贴切，用词精巧，音调沉着，语义坚定，实乃个性化的语言也。仅凭这几句，此诗就足以流芳百世。

对于这几句原著，历来有不少译文，都试图表达自己个性化的翻译，真是百花齐放，各美其美。

1. “我的心不是镜子，不可以照。”“我的心不是磨石，不可以转。我的心不是席子，不可以卷。”（周振甫译）
2. “我心不比青铜镜，是好是歹都留影。”“我心难把石

头比，哪能随人来转移。我心难把席子比，哪能要卷就卷起。”（余冠英译）

3. “我的心不像一面镜子，无法把一切包容。”“我的心不像一块石头，不能随意地拨动。我的心不是一条席子，不能随意地舒卷。”（何新译）

4. “我心不是那明镜，不能好丑都照尽。”“我心不比那磐石，更比磐石难转移。我心不比那草席，更比草席难卷起。”（袁愈荌译）

拙译为：“我心不是青铜镜，不可美丑都容进。”“我心不是小石块，不可随手翻转来。我心不是草席垫，不可随意卷又开。”

至于“日居月诸，胡迭而微。心之忧矣，如匪浣衣”，原著读起来好似易懂，译文成诗着实不易。终勉为其难，我译为“太阳月亮照四方，何我见黑不见光？愁事一件接一件，像洗不尽脏衣裳”，或尚可表达时时受憋屈、处处不如意，比任何人都糟糕之感。

俞平伯曾高度评价这首诗：“五章一气呵成，娓娓而下，将胸中之愁思、身世之畸零，宛转申诉出来。通篇措词委宛幽抑，取喻起兴巧密工细，在素朴的《诗经》中是不易多得之作。”

原文

柏舟

汎彼柏舟，亦汎其流。
耿耿不寐，如有隐忧。
微我无酒，以敖以游。①

我心匪鉴，不可以茹。
亦有兄弟，不可以据。
薄言往愬，逢彼之怒。②

我心匪石，不可转也。
我心匪席，不可卷也。
威仪棣棣，不可选也。③

忧心悄悄，愠于群小。
覯闵既多，受侮不少。
静言思之，寤辟有摽。④

日居月诸，胡迭而微。
心之忧矣，如匪浣衣。
静言思之，不能奋飞。⑤

【注释】

①汎（fàn）：泛，漂浮。柏舟：柏木制的小船。耿耿：有事在心。微：并非。敖：遨，遨游。 ②鉴：镜子。茹：容纳，装进。据：依靠。薄：语气助词。愬（sù）：告诉。逢彼之怒：碰上他们发怒。 ③威仪棣棣：仪容态度雍娴。选（suàn）：通“算”，数，计算。 ④悄悄：忧愁的样子。愠于群小：被小人们怨恨。覯：遇见。闵（mǐn）：构陷，谗言。静：安静。寤：睡醒。辟：心口。一说通“擗”，拍胸口。有：又。摽：捶胸响出声。 ⑤居：语尾助词。诸：语尾助词。胡迭而微：为什么总是昏暗。胡：为何。迭：更迭，总是。微：昏暗。如匪浣衣：像没有洗过的衣裳。

27 绿衣

悼亡唱诗：我思古人，实获我心

绿色外衫黄内衣，睹物伤情思故妻。
心伤从外伤到里，情殇深深何能息！

上装绿色下装黄，睹物思妻情凄凉。
心伤上崩下又塌，断肠悲情何能忘！

绿色丝线绿色衣，线是你纺布你织。
念昔故妻常指点，使我一生无差池。

纵有厚衣穿身上，无你在旁也寒凉。
我思故妻揪心痛，你我同心世无双。

【笔记】

怀念故妻之作。

“绿衣黄里”，指绿衣；“绿衣黄裳”，指黄裤。按习俗，这是祭祀者的着装。此男子曾经穿着这套衣裳悼念故妻，如今睹物自然伤情。

其悲伤烙印深刻，点点滴滴犹有记忆。从衣裳的色泽到形制，从上装到内衣，从针针线线到季节感应，从日常起居到叮嘱话语，都有昔日夫妻相亲相爱的情感印记。这一丝一毫的印记，即是一丝一毫痛楚的留痕，情伤处处，刻痕深深，已难痊愈。情殇附着在衣裳的细节和色泽上，诗作所述的悲怆似可捕捉，自然、真实、生动且立体可感，让人印象至深。

悼念亡妻的诗词，是古代诗歌文化里的感人题材。《绿衣》悼念的主体是丈夫，亡者是妻室。世上诗文多见男悼女而少见女悼男，可能并不涉及孰多情孰薄情的问题，主因还是男女受教育程度导致的诗文写作能力存在极大的差异。彼时毕竟男子强势，他们的诗文多于女性也成了必然。

因悼念的是身边人物，本诗细节丰满，情调悲怆。人同此心，多易于产生共情，进而引动同情而将类似感受代入。

这种悼唁题材专用的文体，被称为诔文。刘勰《文心雕龙》说诔文的章法是："详夫诔之为制，盖选言录行，传体而颂文，荣始而哀终。"即以小传的体例，用赞颂的文辞，列举死者生前的德行；开头叙述其功德和荣耀，结尾表述哀痛之情。广义来说，诔文也是散文体裁的一种，古代很早就开始有悼亡的文字，可以说，最肇始的悼唁文，就是《绿衣》这类悼亡唱诗。

最著名的悼念亡妻的诗，应是潘岳的《悼亡诗三首》。其中有："望庐思其人，入室想所历。帏屏无仿佛，翰墨有余迹。流芳未及歇，遗挂犹在壁。怅恍如或存，回遑忡惊惕。"写亡妻已逝，他感觉她音容笑貌依稀仍在，屋里好似她余香犹存，真实得似有触有闻，不禁令他惊悚恍惚……三首诗，叙述淋漓尽致，感情宛然凄凉，篇幅虽长，却句句细腻，情感深厚，引人共情。刘勰对此评价颇高，说潘岳巧于叙述悲哀的感情，达到抒写贴切的境界，因而赢得代代美誉，让文人们都心服口服。

传播更广的应推元稹的几首悼亡诗，这得益于其间有易于口耳相传的句子，如"诚知此恨人人有，贫贱夫妻百事哀""曾经沧海难为水，除却巫山不是云"，生成了千年流传、千万人耳熟能详的俗语、成语。此外，苏轼的"十年生死两茫茫，不思量，自难忘"，以及陆游的"伤心桥下春波绿，曾是惊鸿照影来""梦断香消四十年，沈园柳老不吹绵。此身行作稽山土，犹吊遗踪一泫然"，也堪称缠绵悱恻，是哀戚难已的悲悼名句。

《诗经》里出现了好几首悼亡诗，应该说是开启我国古代悼亡诗之门的首批作品。

原文

绿衣

绿兮衣兮，绿衣黄里。
心之忧矣，曷维其已！①

绿兮衣兮，绿衣黄裳。
心之忧矣，曷维其亡！②

绿兮丝兮，女所治兮。
我思古人，俾无訧兮！③

絺兮绤兮，凄其以风。
我思古人，实获我心！④

【注释】①里：在里面的衣服。从上下来说，衣在上，裳在下；从内外说，衣在外，裳在里。曷（hé）：何。维：语助词。已：止息。 ②黄裳：在里面的衣服，或裙。亡：停止，或忘。 ③治：织，制作。古人：已故之人。俾（bǐ）无訧（yóu）兮：使我不致有过失，亦即让我一生顺当。俾：使。訧：同"尤"，过失、罪错。 ④絺：细葛布。绤：粗葛布。

28

燕燕

说明王室也有真情深情的婚嫁记叙

燕子双双展翅膀，前后紧随高飞翔。
妹你今天远嫁去，兄我远送心惆怅。
不待妹影看不见，兄我早已泪盈眶。

燕子双双展翅飞，飞上飞下紧相随。
妹你今天远嫁去，兄送心疼如蜂锥。
妹影渐渐看不见，兄仍呆站泪双垂。

燕子双双飞不停，上下呼应有回音。

妹你今天远嫁去，兄我远送到荒林。
荒林迷蒙不见妹，剩我难舍离别人。

妹你为人讲诚信，厚道待人最真诚。
性格温柔又和蔼，品行善良最宜人。
嘱你遵循先君旨，以慰兄我拳拳心。

【笔记】

论及兄妹关系，无论是传说还是事实，人类历史上的确存在兄妹成婚的阶段，这是人类祖先杂乱的原始配偶生活所致，彼时社会关系长期靠母系血缘婚姻维持。这种血亲之间的婚姻，经过漫长的岁月，才形成对于兄妹血亲婚姻的禁忌，终结于男权父系世系基础的设立，以专偶制巩固了下来。但是，人类的潜意识里，对于兄妹之间的暧昧心理仍然留有深刻的记忆。

后来所谓的男女之情，即一般所说爱情，就特指了没有血缘关系的两性互好的情感。兄妹之情，是有血缘关系的情感，成了受禁忌制约的男女亲情。毕竟从小一起长大，一旦妹子嫁作人妇，即使嫁近都难再见面，如嫁远则不啻永别。此一别离，无异心口被撕裂一块。即使君王嫁妹，也人同此心，心同此理。

送妹远嫁，别情依依，不无缠绵。离别意味着眼前之人如燕子飞翔而去，从此再难朝夕相处。那番惆怅、缠绵，必如一条长长的丝线牵引揪心。古人送嫁，一般仅限送出家门即视为至礼。此番是君王送妹出嫁，却大破前例，不拘泥礼法，而远送于野。可见两人情感之深。

“瞻望弗及，泣涕如雨”（“不待妹影看不见，兄我早已泪盈眶”），“瞻望弗及，伫立以泣”（“妹影渐渐看不见，兄仍呆站泪双垂”），“瞻望弗及，实劳我心”（“荒林迷蒙不见妹，剩我难舍离别人”），泪落如豆，哀音低低，送者的别情随离人远去，哀凄之情层层递进，越走越发哀凄，可见伤怀悲情之深。何况，这确实是个明白事理、性格温婉的好妹子，更是使主人公感到难舍难分。“数声风笛离亭晚，君向潇湘我向秦”（郑谷），即便时代、身份、场合不同，即便是不同寻常的王室家人的送别，借此两句后人之诗来表达，仍是那么自洽得当。其悲凉就悲凉在“离情”二字，这毕竟是人性人情的抒发，是人皆可感的共情。

以起兴或比喻做开卷意象，叙写场景，互诉情怀，互致告慰，质朴赠答就是别情离意，这些都是古代送别诗的情景要素。这首《燕燕》，这些方面的艺术表达可称完美，不愧古代送别诗的样板。

最独特的精彩，还是起和兴几个对句，以及对于燕子飞翔形态的描写，淋漓尽致地展开了环境的烘托和心理活动的感应。燕燕，是成双成对的燕子。称燕子为“燕燕”或也是对之亲昵的体现。“燕燕于飞”妹子远嫁，此番却是拆了对子的送别，对亲昵之情的撕裂。“燕燕于飞，差池其羽”“燕燕于飞，颉之颃之”“燕燕于飞，下上其音”，就是“燕子双双展翅膀，前后紧随高飞翔”“燕子双双展翅飞，上上下下紧相随”“燕子双双飞不停，上下呼应有回音”，燕子前后左右双双翻飞，声音唧唧互相呼应，一派有声有色有动感的动态环境，其不同形态的飞翔层次和情状，暗示了人物不平静的心灵起伏激荡，暗喻了不甘别离的难分难舍，也暗含了撕心裂肺痛苦心理无从宣泄的情态。

对这首诗，朱熹评赞说，“不知古人文字之美，词气温和，义理精密如此！秦、汉以后，无此等语。某读《诗》，于此数句……深诵叹之”“譬如画工一般，直是写得他精神出”。清代王士祯还称之为“万古送别之祖”，大概是见重其情感书写足以形成后人的范式。这种王室也有真性情的书写，承认人类都有超阶级的人性人情的共性，是先人们早熟的智慧和真知。

原文

燕燕

燕燕于飞，差池其羽。
之子于归，远送于野。
瞻望弗及，泣涕如雨。[①]

燕燕于飞，颉之颃之。
之子于归，远于将之。
瞻望弗及，伫立以泣。[②]

燕燕于飞，下上其音。
之子于归，远送于南。
瞻望弗及，实劳我心。[③]

仲氏任只，其心塞渊。
终温且惠，淑慎其身。
先君之思，以勖寡人。[④]

【注释】①差池其羽：羽毛参差不齐。之子于归：这姑娘出嫁。弗：不。②颉（xié）、颃（háng）：往上飞、朝下飞。将：送。③音：鸣叫。南：野外，或南方。劳：愁苦。④仲氏：排行第二的少女，对此女的称呼。任：信任；或说是姓，是对此女的称呼。只：语尾助词。塞：实在。渊：深渊。终温且惠：既温柔又贤惠。淑：善良。勖（xù）：勉励、安慰。寡人：君王自称。

29 日月

怨了太阳怨月亮，枉费日夜照四方

怨了太阳怨月亮，枉费日夜照四方。
天下竟让这种人，旧情似水全泼光。

正常伦理他不顾，枉做我夫不同房！

怨你日月挂得高，枉费日夜光普照。
世间竟让这种人，损伤旧情丢旧好。
我痴盼回夫妻情，他黑冷脸作回报！

怨你日月照得宽，枉费日夜照河山。
世上竟让这种人，名声品行抛一边。
夫妻情分他丢弃，断我鸳梦难重圆！

怨你日月亮光光，枉从东方转西方。
父母养我不到头，嫁出受苦何心伤。
夫妻恩爱半路断，苦向谁诉愁断肠！

【笔记】

日月，何其伟大。古人对大自然的崇拜，从膜拜日月开始。《尚书·尧典》就记叙有古代先民“宾日”于东、“饯日”于西的礼俗。《史记》则有天子祭祀“地祇”神的记载。亲天敬地，如祀生灵，开创了原始信仰中“万物有灵”的先河，赋予了人类顽强、乐观生活的精神底气。

日月甚伟，却总是循规蹈矩，运周于天，各行其轨，不怠慢，也不僭越。人，何其渺小，却胆敢恣肆妄为，自恃为大，敢于跨矩越轨，抛妻弃妇，违背婚姻人伦！

此诗四章，即是被遗弃之妇人痛心疾首斥诉自家男人悖了天理。

这首诗怨气很大。呼天喊地，怨情深深。妇人将日月视作天理良心的监督者，每章兴词都附着咒语，拉扯太阳、月亮及时光出来见证、告知、质问。问完天地，还抱怨父母……

其实，这小女子所期望的那种理想的至少必须稳定的婚姻，千百年来都有许多人在背叛。她对婚姻遭背叛原因的发问，也是自古以来许多人都想探询的问题。可是，纵有扭转乾坤之力，谁又能扭动人心？日月运周、洪荒幽明，都是巨变，但是什么巨变都拗不过爱人、夫妻之间的情变！

从《风》时代开始，《日月》就显示了什么是叫天天不应，叫地地不灵，逼迫双亲助力也无济于事，就这样人们白白悲叹了两三千年……读《日月》，其实就是多读一个爱情、婚姻被背叛的印证。

有首佚名汉诗非常有趣，“枯鱼过河泣，何时悔复及。作书与鲂鱮，相教慎出入”，说的是一条濒死的鱼，流着悔恨之泪，被拉过河去。它给活鱼们写信作诗，叫它们吸取它的教训，不要轻易出入。言外之意就是如果出入太多，就容易被人们捕捞去。此诗可相应视为影射、劝诫女子们，不要轻易就把自己嫁出去，以免陷入悲惨的结局。婚姻之事体，感情的维系和变化，外人是无法预测和干预的，也唯多自省自防为上。

读《诗经》原著，一直有一种敬畏和神秘感，源自其语言和押韵的生命力。先秦到东汉它就已经口头传播或文字流传，从上古汉语到现代汉语两三千年的时代变迁，虽经各地方言与历代官话的跨区域跨族群交流融合，有些篇章用现代汉语来朗读，其押韵居然还是很流畅，且很符合当下规范。

比如这首《日月》原文，用现代汉语拼音分析，第一章押的是 u 韵，其头一句以及所有双数句规规矩矩全押；第二章押 ao 韵，三个双数句，毫无遗漏走板现象；第三章押 ang 韵；第四章押 u 韵。应押韵的部位，全都符合现代汉语诗歌押韵的要求，居然没有一句是例外的。难道在过去，在那遥远的上古，其读音也如现代汉语？足见古汉语寿命的绵长、生命力之强大、内涵文化密码的神奇。

如果说《日月》语言尚有当代人觉得晦涩难解之处，那么，《秦风·蒹葭》就奇了："蒹葭苍苍，白露为霜。所谓伊人，在水一方。溯洄从之，道阻且长。溯游从之，宛在水中央。"其用韵合范，语言畅晓，简直可说是愉快跨越了时空。要不是铁板钉钉早昭示于古代书版，真可以拿去糊弄，说是出自当代人的手笔。

原文

日月

日居月诸，照临下土。乃如之人兮，逝不古处。胡能有定？宁不我顾？①

日居月诸，下土是冒。乃如之人兮，逝不相好。胡能有定？宁不我报？②

日居月诸，出自东方。乃如之人兮，德音无良。胡能有定？俾也可忘。③

日居月诸，东方自出。父兮母兮，畜我不卒。胡能有定？报我不述？④

【注释】

①居、诸：助词。朱熹说"日居月诸"是"呼而诉之"。逝：发语词。古处：旧日相处之情。胡能有定：何以能够停止、终结。或何以能够按照正常事理来做。定：停止。宁不：难道不。我顾：想念我，理睬我；与我亲热。②下土是冒：（日月之光）覆盖大地。冒：覆盖。报：搭理。 ③德音无良：德行名声丑恶。俾：使。 ④畜我不卒：不能终生养育我。畜：养。不述：言不循义理，做事不讲道理。

那夜大雨夹风暴，哥妹趁势猛调笑
（终风：暴且疾的终日风暴）

那夜大雨夹风暴，哥妹趁势猛调笑。
狂野放浪太离谱，是爱是恼情难表！

有夜昏暗风雨临，哥来探妹表爱心。
要是这次不探望，哪知哥妹两痴情。

今逢大雨又大风，终夜黑云遮天空。
床上念哥打喷嚏，但盼鼻通情也通。

浓云块块黑沉沉，天空滚滚闷雷声。
但愿喷嚏成雷响，也作滚滚帮传情。

【笔记】

是戏谑情歌吗？所以才有那么浓厚的调笑色彩，反反复复的絮叨，抱怨又那么多，还有缠缠绵绵的期望。

前两章八句写的是：风雨天，一男一女调笑嬉闹。全是倒叙，回顾旧情，尽是卿卿我我的密切来往、笑笑闹闹的怨尤、爱爱恨恨的纠结、甜甜蜜蜜的回忆，哪有情缘离断的影子？简直“打是情，骂是爱”！爱，在打闹中成长。

后两章，接连又来了个风雨天。这次，风雨来了，不见所爱来呵护。这次可不是调笑，而是深切的期盼，无着落地等待。女子估计男子来不了了：应来却不来，她难以安眠。抱怨无计，期望没个准，独自辗转难眠。她又期盼，又宽容，不断自言自语，可是那男子何以听得到她的怨尤！她翻来覆去睡不着，一腔思念落空，心冷人冷，弄得不住打喷嚏，忍不住胡思乱想。竟恨不得她打喷嚏的声音能像雷声轰响那样传到情人那里，把他召唤过来。真是"愿得一心人，白头不相离"（卓文君），痴情痴心到可怜可叹的地步了。

读《终风》，品其押韵，心里再次为之一震：其作为上古文字，转写成汉代用的文字之后，字形和音韵竟然还可以同现代汉语如此兼容、顺畅沟通！"终风且暴，顾我则笑。谑浪笑敖，中心是悼"，暴、笑、敖、悼，四句句末押的都是 ao 韵；"终风且曀，不日有曀。寤言不寐，愿言则嚏"，曀、曀、嚏，押的都是 i 韵，寐为 ei 韵，宽韵亦属 i 韵。两章所押之韵，与现代汉语可相通读。即使在其不完全押韵句，"终风且霾，惠然肯来。莫往莫来，悠悠我思""曀曀其阴，虺虺其雷。寤言不寐，愿言则怀"，其押韵形态，作宽韵视之，也大体与现代汉语押韵的实用办法相似。

世界有四大古文字：古埃及文字、楔形文字、玛雅文字以及汉字。前三种古老文字，历代经年做了一定的解读，但是识读相当有限，体量也不够大，特别是沉埋多年，缺乏经年实用的实践、发展机会，词量太少，已经不足够在实际生活中使用。唯有我们汉字，从商代甲骨文开始成熟，后经历金文、大篆、小篆、隶书、楷书，一脉衔接，一直连贯发展着、使用着，沿袭至今，依然生气勃勃。其象形、意义和声音的联合构形，其六书构字形态，多方言同读一个汉字均能沟通的状况，含有多少文化奥秘！老祖宗的智慧绝对令我们钦敬！

闻一多认为《终风》的“谑浪笑敖”是一种性虐待式的关系，此解读显然受到弗洛伊德的直接影响。其实，此诗俏皮活泼，视角变化跳跃，情绪翻腾、折腾、闹腾，起伏跌宕，正是男女间打情骂俏之花样，与其说其虐，还不如说其谑，是谐谑戏谑。其怨其怼，其黏其腻，其乐其喜，其思其幻，以及隐匿的受虐快意，乐趣与抱怨随行，诸种情绪的变化等，都表现在各色情状之中，都交集在交互的亲热爱恋的语言和行为里，光斑闪闪，令人目不暇接。在《风》之情诗中，此诗是自具独异艺术个性和趣味的一首。

原文

终风

终风且暴，顾我则笑。
谑浪笑敖，中心是悼。①

终风且霾，惠然肯来。
莫往莫来，悠悠我思。②

终风且曀，不日有曀。
寤言不寐，愿言则嚏。③

曀曀其阴，虺虺其雷。
寤言不寐，愿言则怀。④

【注释】

①终：终日，或既。敖：傲，摆架子，放纵。中心：心中。悼：悲伤。
②霾（mái）：天空昏暗，空气混浊。悠：忧。
③曀（yì）：天阴沉。不日：没有太阳，或说不到一天的时间。有：又。寤言：醒着说话。愿言则嚏：但愿他打喷嚏。据说打喷嚏是被别人念叨。或解为自己打喷嚏。
④虺（huī）虺：象声词，雷声。怀：怀念。

31

击鼓

上古盟誓：死生契阔，与子成说。执子之手，与子偕老

战鼓擂得咚咚响，龙腾虎跃练刀枪。
本愿只去筑工事，不想被派上战场。

跟随名将孙子仲，攻了陈国又攻宋。
战罢不让我回乡，乡愁悲情在心中。

异乡哪里好安身？战马走失影难寻。
今后我魂归何处？势必眼前荒野林。

曾与妻别情绵绵，海誓山盟发誓言：
永生与你同携手，白头相伴到阴间。

哀叹如今隔天远，不能再聚心难安。
别情长长难终止，殃我誓言成妄言！

【笔记】

《大美百科全书》对《诗经》是这样介绍的：“上古中国文学可考的最早作品是青铜器和甲骨上的铭文，其中最古老的为出自西元前十五世纪左右的商代……真正最早的中国诗歌见于《诗经》，约成于西元前十至七世纪［原文如此］之间……这些诗篇是一个民族唱出他们的爱恋、渴慕、尊崇、虔敬、身处乱世的悲鸣，以及对虐政和战祸的怨懑等的文字乐章。”

作为一首徭役类戍边征战诗，《击鼓》正是《大美百科全书》所说的“身处乱世的悲鸣，以及对虐政和战祸的怨懑等的文字乐章”，专写徭役的苦情和别离的悲情。

此类诗，有书写英雄豪情壮志和专写苦役别情两种路数。显然这首诗属于后者。

主人公本无英雄抱负，却被安排去了英雄用武之地，被动演绎英雄故事。这与他出征的初心距离了千里万里，是他悲情的开始。于是一切经历都带着惶惶然：遥遥不知归期，戍边荒林，战马走失还担心成为漂泊异乡的野鬼，背离了道别时对妻子许下的诺言，背负了不尽的愧疚和伤心……对自己所遭际的不顺不幸多有不甘，却无奈无助无法左右情势的恶变。

本诗叙事层次清楚，悲怆绝望，离情别意格外沉重：与妻子远隔千山万水之遥，互相心心呼唤，看来有生之年却难以还乡，只得互相鼓劲，互期生还相聚之冀望。言情古老，情弥当今。

最是沉重、动人的，应该还是这四句：“死生契阔，与子成说。执子之手，与子偕老。”这是流传极广的名句，历来译文各显春秋。

1. “苦生苦死在一道，曾经和你约过了。紧紧握着你的手，愿意白头同偕老。”（袁愈荌译）
2. “从此生离死别 难忘结下的誓言——‘我愿紧紧握住你的手啊 与你一同活到老。’”（何新译）
3. “‘生和死都在一块’，我和你誓言不改。让咱俩手儿相搀，活到老永不分开。”（余冠英译）
4. “想起生离死别时，跟你对天发过誓。当时拉着你的

手：‘跟你相伴到白头！’”（陈振寰译）

5. “死活和契合远隔，同您成功相说。握着您的手，同您到老不脱。”（周振甫译）

6. “‘死生永远不分离’，对你誓言记心里。我曾紧紧握你手，和你到老在一起。”（程俊英译）

7. “誓同死生志如金，你我约言记在心。紧紧握住你的手，白头偕老永不分。”（向熹译）

我翻译为“曾与妻别情绵绵，海誓山盟发誓言：永生与你同携手，白头相伴到阴间。”

征夫气短，怨妇恨长。相聚无望几成绝望，坚如磐石的盟誓也被轰击得粉碎。本就是确确实实真情实意的海誓山盟，在残酷的现实面前，不得不变成了不能兑现的妄言。最终男子只能是“哀叹如今隔天远，不能再聚心难安。别情长长难终止，殃我誓言成妄言”！

改编自张爱玲同名小说的电影《倾城之恋》有一段电话对话。

范柳原：我爱你！……我忘记问你一声，你爱我吗？

白流苏：你早知道我为什么来香港。

范柳原：……流苏，你根本不爱我……《诗经》上有首诗……“死生契阔，与子成说。执子之手，与子偕老”……我看那是最悲哀的一首诗了。生与死还有离别都是大事，不由我们支配的……

看来，范柳原深刻理解了《击鼓》里的名句。

原文

击鼓

击鼓其镗，踊跃用兵。
土国城漕，我独南行。①

从孙子仲，平陈与宋。
不我以归，忧心有忡。②

爰居爰处，爰丧其马。
于以求之，于林之下。③

死生契阔，与子成说。
执子之手，与子偕老。④

于嗟阔兮，不我活兮。
于嗟洵兮，不我信兮。⑤

【注释】

①其：语气助词。镗：此处作象声词，鼓声。土：做动词用，兴土木。漕：卫国属地。 ②孙子仲：卫国领兵统帅。平陈与宋：平定陈国与宋国。不我以归：不让我回家。忡：心神不定。 ③爰（yuán）：何处，哪里。处：歇息。丧：丢失。于以求之：在何处找到我们。 ④死生契阔：死生聚散。契：合，团聚。阔：离散。与子成说：与你昔日的约定。成：旧日，以往。偕：同。 ⑤于嗟：吁嗟，感叹词。不我活兮：我们不能相聚了。活：佸，会面、聚会。洵：久远；一说孤独。不我信兮：我不能信守诺言了。此处“信”做动词用。

32

凯风

母爱之歌：凯风自南，吹彼棘心
（凯：欢乐，暖和）

南来暖风风飘飘，催长枣树嫩幼苗。
儿像小树暖风长，苗壮全靠娘辛劳。

南来暖风风习习，枣树长成有劲力。
枉费娘亲多照护，儿子只叹无出息。

地底泉水清又凉，清凉滋润全城邦。
此城有户七个子，成才母爱恩情长。

黄雀婉转日夜鸣，啼啭都是颂母音。
七个儿子成人了，其谁酬得慈母心？

【笔记】

《凯风》，题义为欢乐、暖和之风，是一首歌颂母爱的诗。其魅力，在于朴素、真诚和大爱的抒写，还在于它留有极大的解读和诠释、发挥的空间。其文学寿命延宕千年，艺术感染力今日犹存。

暖风习习、泉水清冽、黄雀啼鸣，都是母爱的情致。成长的嫩苗、众多儿子的成长，都是母亲含辛茹苦、心血浇灌的证明。所有比喻、烘托和叙述，都聚焦于母亲圣善的丰功伟绩。

儿子们感叹"我无令人"("儿子只叹无出息")，并非儿子们真的就没有什么作为和出息，谦词是也。在母亲一生的辛劳和奉献面前，儿子获得再多再高的成就，再多的别人称颂的荣誉，比起母爱，也微不足道，何敢炫示？儿子们自愧"莫慰母心"("其谁酬得慈母心")，也是谦词。并非儿子们不孝顺、不懂慰藉，辜负了慈母之爱。普天下母爱巨大，重如泰山。母爱之大贯穿大半生直至终老，何尝期望索取子女报答，子女又何以能够酬报得了大恩？"凯风自南"，暖风和煦，母子情长，人伦情理绵绵，人生哲理深深，都在这两句感慨喟叹之中。

有则民间诗话，说的是古代一个妇人"有子二人"的故事。有一年，妇人的双胞胎儿子分别中了当年的文武状元，亲友们都来欢宴祝贺。亲友中有人即席以桌上碗圆筷尖形象出题，要这两个状元作诗助兴，并限定不准文绉绉太高深，要作大家都懂得的诗。大儿子随口吟道："我的笔儿尖，我的砚儿圆。文章三甲好，中个文状元。”赢得一片掌声。小儿子接着吟道：“我的箭儿尖，我的弓儿圆。马上射三箭，中了武状元。”也博得一片叫好声。亲友们知道女主人虽裹了小脚，但也读过几天书，于是哄闹请她也来几句。女主人信口而出道：“我的脚儿尖，我的肚儿圆。一胎生两子，文武两状元。”大家一致欢呼，称道妇人的诗比状元儿子的诗还好。好在哪里呢？好就好在表现了做母亲的自豪，反映了母爱的无与伦比。

“黄雀婉转日夜鸣，啼啭都是颂母音”，慈母永远是儿女们自省自励的动力，母爱也因此成了人们永远讴歌的题材，也是文学反映人生的永恒命题。

此诗说及妇人有七子。七，这个数字，在传统文化中蕴藏有许多涵义。《凯风》用“七”，绝非轻易放过喻意。从谐音来说，七，齐也，齐全也。《凯风》是训诲诗，估摸此妇人就是为了教化孝道而虚构的母亲形象，母有七子，取齐全之意而已。七，也被视为祥瑞的数字以及神秘的数字，平常所说的北斗七星、七彩长虹、七情六欲、七夕相会、七重宝塔、七日来复、七年之痒、头七之禁、老子七善、七仙女等，都与七有关。它还被视为起始轮回循环的周期，有“三生万物，逢七必变”的说法，暗示了宏大的宇宙观。如果扯得更远，七大洲、七音阶、七日创世等，时空、文化衍绎蕴含的意义就更难说尽了。

《凯风》之后，不知有多少母爱题材的诗歌接踵。“老母一百岁，常念八十儿”（民谣），“年少不知父母恩，半生糊涂半生人”（佚名），“白头老母遮门啼，挽断衫袖留不止”（韩愈），“人见生男生女好，不知男女催人老”（王建），“谁言寸草心，报得三春晖”（孟郊），“遂令天下父母心，不重生男重生女”（白居易），“我母本强健，今年说眼昏。

顾怜为客子，尤喜读书孙”(王冕)，“父母本是在世佛，何须千里拜灵山”(王守仁)，等等。

最脍炙人口、耳熟能详的金句是“可怜天下父母心”。原诗是这样的：“世间爹妈情最真，泪血融入儿女身，殚竭心力终为子，可怜天下父母心。”这是清朝慈禧太后祝福母亲富察氏七十大寿的祝寿献诗。这是慈禧太后传世的唯一诗作，却足以彪炳于诗坛。

这首《凯风》的“棘心”，是说某种酸枣木特别硬，难以长大，其心又十分柔嫩，诗中以此自比作为人子的稚弱，以棘木长成不易喻母亲抚养子女之艰。后世文学作品里，如“凯风何故棘心吹，不语停针添线迟”（丁上左），“应将嬴女乘鸾扇，更助南风长棘心”（苏轼），都承有此意。闻一多对此“棘心”做了一番创造性的解读和点化，创作了一组著名的爱国诗。

时当 1925 年，闻一多在国外留学，当时澳门、香港、台湾、威海卫、广州湾、九龙、旅顺与大连等地还处于被列强割占或租借的状态之下。他将祖国比作母亲，以此七处领土比喻为儿子，将盼望回归之情比喻为母亲思念儿子、儿子思念母亲之情，以这些地名为分题，以拟人的手法作第一人称呼告，写了七首总题名为《七子之歌》的爱国诗（顺旅与大连同在一首)。其中《澳门》一首，其情怀浪涛的激荡，让人读之不禁泪目。

你可知“妈港”不是我的真名姓？……
我离开你的襁褓太久了，母亲！
但是他们掳去的是我的肉体，
你依然保管着我内心的灵魂。
三百年来梦寐不忘的生母啊！

请叫儿的乳名，叫我一声“澳门”！

母亲！我要回来，母亲！

根据此词谱写的歌曲《七子之歌》，于1999年12月作为迎接澳门回归的主题曲，以深怀眷恋的音调响遍了中华大地，传遍了世界。这是闻一多深沉的中国心，也是他深得中华优秀传统文化《凯风》真谛的表达。这足以证明《凯风》强劲的艺术生命活力。

1969年，在异地思念母亲的时候，我也写过一首题为《母爱》的诗：

说吧，谁剜下了一块心头肉肉，

你的命也就是她的命，

从此，她的心系你的一切痛痒，

谛听你的人生脚步，

分分秒秒，时时刻刻，

年年月月，直至她的终生。

说吧，什么最大？

我知道你会说地球，说太阳，说宇宙。

我说，比起母爱来，它们不过是一粒小小的尘沙。

别再徒劳地挖空心思，

你会永远寻找不到合适的语词来比喻她。

企图用什么名目来比喻母爱，

不是矫情，就是对母爱的亵渎。

这是青年时期写的诗，读过的人都叫好。此后我再也写不出比这首更好的同题诗了。

原文

凯风

凯风自南，吹彼棘心。
棘心夭夭，母氏劬劳。①

凯风自南，吹彼棘薪。
母氏圣善，我无令人。②

爰有寒泉，在浚之下。
有子七人，母氏劳苦。③

睍睆黄鸟，载好其音。
有子七人，莫慰母心。④

【注释】

①凯：和风。棘心：酸枣树之心，柔嫩，喻人幼时的稚弱，后以此喻人子思亲之心。劬（qú）：辛苦。②棘薪：可当柴烧的酸枣树枝。我无令人：我们没有出息。③爰：哪里，何处。寒泉：全年常冷之泉水。浚（xùn）：卫国地名。④睍睆（xiànhuǎn）：鸟鸣声清脆，一说美丽。

33 雄雉

雄雉于飞，下上其音：怀念戍边情人的凄苦
（雄雉：雄野鸡）

雄鸟拍翅低飞翔，找寻雌鸟老伴当。
妹念的人难相见，云遮水隔在远方。

雄鸟声声叫卿卿，高低都是凄凉音。
深深记得哥的爱，痴得劳神又苦心。

日月万年跨洪荒，妹的思念比它长。
世间道路无尽头，哥你归期路茫茫。

只怨朝中坏人多，正义德行都沦丧。

不贪名利不结党，祝愿哥莫遭祸殃！

【笔记】

这是怀念丈夫的诗歌。一只雄鸟拍翅低飞，一位敏感的妇人自视为一只雌鸟，触景生情，引动心底爱情的波澜。妇人眼中，雄鸟似亲昵呼唤，像在勾起妇人求偶的回应。妇人怀着的恋情本就凄苦，这呼唤使她更深地陷于孤单的痛苦之中。她所思念的人，正服役在远方。“雄鸟声声叫卿卿，高低都是凄凉音。深深记得哥的爱，痴得劳神又苦心。”此唱诗就是如此悲凉的篇章。

更令人气丧的是，“日月万年跨洪荒，妹的思念比它长。世间道路无尽头，哥你归期路茫茫”（“瞻彼日月，悠悠我思。道之云远，曷云能来”），大有张衡“我所思兮在泰山，欲往从之梁父艰”之势。爱人归家之路茫茫，思念就此成了无期，幽怨之外更有哀伤。唯有遥遥两地各自保重，自求安好。当然，“安好”的要义，永远是学贤人做好人。她也自信，他会“不贪名利不结党”“莫遭祸殃”。

“雄雉于飞，泄泄其羽”“雄雉于飞，下上其音”，似单纯起兴以及环境描写，其实以雄雉比喻君子；“泄泄其羽”则是一种落难状态，隐喻了妻子遥遥念夫而不得接近之凤愁鸾怨的悲苦。

一首怀念亲人的诗，在常理之中，能如此退让、隐忍，还有向前看、自珍自重的激励，就超越了一般闺怨诗的单纯怀远之情，添了一重厚重和力度。显然这是受过礼教熏陶之女子，才能站在如此角度作如此唱诗。

陈震《读诗识小录》评说《雄雉》，“篇法上虚下实，前三章曼声长吟，愁叹之音也；后一章心惧语急，悚切之旨也。全诗皆为‘不臧’而言，文阵单行直走”。此说甚切。

原文

雄雉

雄雉于飞，泄泄其羽。
我之怀矣，自诒伊阻。①

雄雉于飞，下上其音。
展矣君子，实劳我心。②

瞻彼日月，悠悠我思。
道之云远，曷云能来！③

百尔君子，不知德行。
不忮不求，何用不臧？④

【注释】

①雉：野鸡，山鸡。泄（yì）泄：慢慢飞。我之怀矣：我所怀念的人。自诒（yí）伊阻：留下来，和他天各一方。自诒：独自遗留。伊：他。阻：阻隔。 ②展：诚实。 ③瞻彼日月：看那时光流逝。曷：如何。云：语助词。 ④百尔君子：你等诸位君子。忮（zhì）：忌恨。求：贪心。臧：善；顺当妥帖。

34 匏有苦叶

情话自说、答非所问："背弓唱"的开山作
（匏：葫芦）

女：

叶枯葫芦做浮漂，渡越济水不需桥。

男：

水深葫芦拴腰过，水浅提衣蹚一遭。

女：

有浪涌来河水涨，有声传来雌鸟唱。

男：

水不淹轴可过河，阿妹爱哥莫空讲。

女：

雎雄争发求偶声，日出预告好时辰。

男：

哥想娶妹择佳期，打算趁河未结冰。

女：

艄公摇船来招我，别人过河我不过。
别人上船我不上，留岸守等另个哥。

【笔记】

从来没有作品如同本书这样，从文本特性，特别是从祭祀唱本的特性，来剖析、揭示这首诗——这是一首祭祀水神的诗歌，用的是男女对唱的格局。

历来的解读考量，多偏离原著的祭祀唱诗属性，对于其形制、结构、叙述方式、人称等，笼而统之，都按照一般诗歌格式的规范、制式视之，故而据以翻译出的译文就难免尴尬不顺。最要命的是，这些尴尬不顺，往往让读者误解，以为是原文结构不顺、文本粗疏，让原著来背了译文不当的黑锅。傅斯年就曾评价此诗“义未详，四章不接，恐已错乱”。

我以男女对唱歌词视之，分解出男女角色所唱部分，顿时四章语气顺畅、逻辑贯通，诗意一目了然。人们从中能读出女子扮演成遥不可及的美丽女神，与男子共同演绎祭祀场面的精彩，体验《风》诗呈送的令人浮想联翩的带有戏剧情节的一个小段子，领略其既原始又非常别致的创意。

这首诗微妙之处，是一男一女两人好似在倾情对唱，其实是自说自话，答非所问。而这样的“自说自话”，却似乎都是互为呼应的祭祀歌舞诵唱内容，唱的共同主题都是过河和情爱。

前三章的对歌，其环境的渲染、比喻、诉求，好似丝丝入扣，句句都互相紧贴，前呼后应。细读却可分辨，他们之所唱，分明是若即若离，各怀有所想，各另有所谋，对唱只是表象。再细细审读就发现，他们越唱越显出诉求之相背。到第四章，女歌者的“别人上船我不上，留岸守等另个哥”，一句点题，点破谜底，才豁然开朗：女方一直神游物外，原来是另有图思，一直照应、盼等的不是近身这男子，而是他人！

他们的对唱方式，实际就是戏曲里的“背弓唱”，即两人同在一处，两人都在说话，话题似乎相同，但是并不相互沟通，不互相交流碰撞，也不需对方回应对答，各人唱的只是各人的心理活动，甚至两人的面部朝向都不是面对面的，而是背对背的，故而叫“背弓唱”。此诗的诗句，好似共时的句句对应生发，使男子误以为女子是和他对话。其实女子是在自说自话。男子分明是自作多情搭讪了女子而不自知。戏剧性就体现在这里了。

这首诗实属俏皮睿智、构思别致的歌诗极品，可谓开了日后戏曲“背弓唱”对话段子的先河，实在难得！

唱诗里讲的是过河，以匏为渡河器具。匏是类似葫芦的植物。《风》里涉及很多植物，许多是作起兴咒词用，因古今语言差异、释义不同，理解起来似是而非，常让当代读者困惑。如荇菜，就是当今的一种水草；木瓜，就是贴梗海棠；芣苢，就是薏仁；楚，就是荆条；棘，就是酸枣树；葑，就是芜菁；菲，就是萝卜；葛藟，就是葛藤；杞，就是桑树……

据统计，《诗经》中出现草类113种、木75种、鸟39种、兽67种、鱼20种、虫29种，历代描画绘本不少。据说绘本中，尤以日本学者细井徇1848年前后组织绘制的《诗经名物图解》最为有名，共十册，全彩色，工细求真，很有古朴气象。近年国内已经引进出版，获得很高评价。

顺带一提，日本学人研究《诗经》的历史也较为悠久，亦形成了不少研究成果。据江口尚纯调查，日本江户时代（1603—1868）有关《诗经》的著述有近500种，是中国《四库全书》《续修四库全书》所收诗类总和的近四倍，至今尚存150种。

有的日本学者崇拜《诗经》到了视之为神圣的地步。如八田繇把中国研究《诗经》的经典著作《诗序》比作君，把自己比作臣，声言谁挑战《诗序》犹如无礼于君，自己必“诛之如鹰鹯之逐鸟雀”。笃信一尊，狠挖深井，必有收获，这是学术探讨的规律。近年日本汉学家多角度地深入研究《诗经》，取得不凡的成果，其“狠挖深井”的功夫，值得褒扬。本书就从他们的研究成果中吸取了许多智慧。

原文

匏有苦叶

匏有苦叶，济有深涉。
深则厉，浅则揭。①

有弥济盈，有鷕雉鸣。
济盈不濡轨，雉鸣求其牡。②

雝雝鸣雁，旭日始旦。
士如归妻，迨冰未泮。③

招招舟子，人涉卬否。
人涉卬否，卬须我友。④

【注释】①匏（páo）：匏瓜，葫芦的一种，对半剖开可做水瓢。涉水带着它可增加浮力。苦：枯。济：水名。涉：渡，渡口。另有徒步过河之意。厉：连衣涉水；拴匏瓜在身渡水；裸身渡水。揭（qì）：提起衣服涉水；将匏瓜扛在肩头涉水。 ②弥：深水。盈：河水涨满。鷕（yǎo）：象声词，野鸡的叫声。济盈不濡轨：济水没有深到漫至车轴，意思就是车辆可以继续过河。濡：沾湿。轨：车子轮轴的两头。雉鸣求其牡：雌鸟鸣叫求偶。牡：雄性。 ③雝（yōng）雝：象声词，雁叫声；雁声和谐。如：如果。归妻：娶妻；男子做上门婿。迨（dài）：趁着。泮（pàn）：融化，一说封冻。
④招招：摇手相招。舟子：船夫。涉：过河。卬（áng）：我，女性第一人称代词，类似当今自称“小女子我”。人涉卬否，卬须我友：别人过河但我不过，我要等待我的相好。须：等待。

35 谷风

弃妇叹：萝卜头菜拔回去，叶与根茎怎能离
（谷风：来自溪谷之和风）

山谷刮风风凄凄，阴云带雨雨更密。
我本劳碌做主妇，倒挨抛弃眼泪滴。
萝卜头菜拔回去，叶与根茎怎能离？
“与你同生又同死”，旧日誓言你背弃。

心怀悲愤难出声，脚步移动重千斤。
赌气出门我离家，你无一丝挽留情。
都说荼菜比荠苦，比起我苦算甜品。
你又新享再婚乐，黏腻亲过兄弟情。

泾水一比渭水浊，渭水澄澈也自清。
你只顾你新婚乐，不再理我太绝情。
你不与我共枕寝，不再抚摸我的身。
如今年轻遭嫌恶，忧我年老废与兴。

行船使桨会用力，管理家事我得体。
深水浅水如何渡，里外处事我调理。
家里这有那没有，积攒家业我奔走。
邻里有灾或有难，我都救助帮排忧。

多年爱意付东流，你把我恩视为仇。
将我德行全抹杀，看作旧货不堪留。
当年谋生苦重重，与你颠沛熬贫穷。
现今生计转好了，翻脸视我为毒虫。

平时腌菜缺时用，年年备足好过冬。
别人见你新婚笑，哪知靠我遮贫穷。
斥我吼我声汹汹，驱赶我去做苦工。
往日恩爱再不见，终知旧情一场空！

【笔记】

怨妇忧愤，悲叹不息。妇人是干练女子，勤俭持家、操持家务，全心投入奉献，却被丈夫无情辜负、背叛。双方共苦却不能同甘，贫贱时相依，富贵了则相忘，丈夫抛弃结发妻子，另寻新欢。妇人不得不悲泣哀诉，向世人苦诉其冤屈，伸张不甘。

今与昔时序交错，正叙倒叙交集，形式起伏跌宕，有特殊的感染力。精彩、精当的句子颇多，真切、深刻、生动，所罗列的琐屑生活细节密集而颇有生活气息。与其说是男子代撰，不如说此诗真的出自弃妇之口。

“毋逝我梁，毋发我笱”从字面释读，应直译为“不要上我的拦鱼坝，不要启用我的捉鱼筌”，终译为“你不与我共枕寝，不再抚摸我的身”，是从家井真《〈诗经〉原意研究》之说：“《诗经》中恋爱诗、婚姻诗里的‘笱’‘梁’等，也都与‘鱼’一样象征女性。具体而言，就是以‘笱’等的形状象征女性性器官，以‘鱼’的多产象征女性的生殖能力。”

此诗原文的“逝”“发”，其释义相当于现代汉语的“来到”“启用”，都是及物动词，其后的宾语“梁”“笱”，释义则语义双关，从字面看似可认为有原字义的“鱼梁”“鱼荃”之意，但在此诗此处，联系上下文审视，却分明实指女性身体。

“采葑采菲，无以下体”（“萝卜头菜拔回去，叶与根茎怎能离”），“谁谓荼苦，其甘如荠”（“都说荼菜比荠苦，比起我苦算甜品”），“既阻我德，贾用不售”（“将我德行全抹杀，看作旧货不堪留”），或比喻贴切，或感受真深，或叙述准确，饱含文采和情思。

“你又新享再婚乐，黏腻亲过兄弟情”（“宴尔新昏，如兄如弟”），对夫妇、兄弟感情的比较和评价，打有礼教的烙印。按照旧时的人伦亲情次序，有“兄弟如手足，妻子如衣服”的说法：老婆可随时丢换，兄弟血肉相连不可隔断。此处说这男子珍视新婚之乐赛过兄弟之情，被女子抨击为出格悖逆，这种价值观很有时代色彩。

“别人见你新婚笑，哪知靠我遮贫穷”（“宴尔新昏，以我御穷”），正是汉诗《羽林郎》所谓“男儿爱后妇，女子重前夫”。看来这也不是富庶人家，需靠“旧妇”劳苦撑起一家的经济，弥补、遮掩贫穷之态，情状极悲凉，有苦难言。这类题材的作品古今都有。

西班牙思想家乌纳穆诺在《生命的悲剧意识》中说：“世界和生命里，最富悲剧性格的是爱。爱是幻象的产物，也是醒悟的根源。爱是悲伤的慰藉；它是对抗死亡的唯一药剂，因为它就是死亡的兄弟。经由被爱者作为媒体，爱狂热地追寻某种超越的事物，而当它发现并非如此时，它便感到失望。”

这首诗，可能是弃妇独自私下唱，也可能是对祖灵倾诉哀怨。总之，其足可代表一部分女子的心声。

原文

谷风

习习谷风，以阴以雨。黾勉同心，不宜有怒。
采葑采菲，无以下体。德音莫违，及尔同死。①

行道迟迟，中心有违。不远伊迩，薄送我畿。
谁谓荼苦，其甘如荠。宴尔新昏，如兄如弟。②

泾以渭浊，湜湜其沚。宴尔新昏，不我屑以。
毋逝我梁，毋发我笱。我躬不阅，遑恤我后。③

就其深矣，方之舟之。就其浅矣，泳之游之。
何有何亡，黾勉求之。凡民有丧，匍匐救之。④

不我能慉，反以我为雠。既阻我德，贾用不售。
昔育恐育鞫，及尔颠覆。既生既育，比予于毒。⑤

我有旨蓄，亦以御冬。宴尔新昏，以我御穷。
有洸有溃，既诒我肄。不念昔者，伊余来塈。⑥

【注释】

①谷风：东风；来自山谷的风。黾（mǐn）勉：努力。葑（fēng）：芜菁，也称蔓菁，大头菜。菲：萝卜一类的菜。无以下体：因嫌弃是地下之物而不采下面的根茎。下体：根茎。德音莫违：好的言语和品质不要背弃。及尔同死：与你白头偕老。 ②中心有违：心中不情愿。迩：近。薄：急急忙忙。畿（jī）：门槛。荼：苦菜。荠：荠菜，味甜。宴尔新昏：快乐新婚。宴：快乐。昏：通“婚”。 ③泾以渭浊：泾渭两水，一清一浊。泾比新妇，渭比自己。湜（shí）湜其沚（zhǐ）：渭水澄澈之时也是水清见河底的。湜：水清见底的样子。沚：河底。不我屑以：不以我为洁，不肯和我在一起。毋逝我梁，毋发我笱：据闻一多说，这两句是古老的性含义隐语。逝：去，往。梁：石堰，拦鱼的水坝。发：打开；一说通“拔”，弄乱。笱（gǒu）：捕鱼的竹篓。躬：自身。阅：容纳。遑：何况，哪里来得及。恤：顾虑、怜悯，顾及。 ④就其深矣：在它深时。方：筏，此作动词，用筏渡河。舟：作动词用，用船渡河。泳：潜水渡河。此四句以渡河来比喻持家有方。何有何亡：无论有还是没有，有困难还是无困难。民：人，此指邻里。丧：灾难，困难。匍匐救之：爬过去救助。匍匐：爬行。 ⑤慉（xù）：爱，“不我能慉”即“不再爱我”。雠（chóu）：仇，仇人。阻：拒绝。贾（gǔ）用：买卖货物。生：生计。育恐

育鞠：常处于恐惧穷困之中。闻一多解为有恐有惧。育：生活，生计；长；一说应为有（又）。鞠（jū）：穷困。颠覆：生活艰难困苦。既生既育，比予于毒：生活好了，生计顺当了，把我看成毒药。 ⑥旨蓄：美味的腌菜。以我御穷：靠我抵御穷困。洸（guāng）：水势汹涌貌，形容凶暴。溃：水冲破堤防貌，形容发怒的样子。既诒我肄：尽留劳苦之事给我做。既：尽。诒：遗留。肄：劳苦。伊：唯。余：我。来：语助词。塈（jì）：休息；慰的假借字，指爱。此句说毕竟你曾经也爱过我。

夜了夜了天灰灰，为何恁夜人不归

（式：发语词。微：昏黑，将暮）

夜了夜了天灰灰，为何恁夜人不归？
不是官家劳役重，夜露霜浓谁不回？

夜了夜了天灰灰，为何恁夜人不归？
不替王家造富贵，谁泡泥浆不敢回？

【笔记】

《诗经》年代，值西周时，统治者经常征用民众服劳役、服兵役。民夫往往远离家乡，辞别父母妻儿，荒废家中事务，苦不堪言。这首诗就是人们难以承受徭役强度的写照。

此诗的别致之处在于设问。让极普通常见的事象，打了个滚，拐了个弯，折了个角，以问为答，以此出彩。

其反诘双方及反诘内容，以“胡不”“胡为”反诘句的两次反复做巧妙设置。每章发问，“夜了夜了天灰灰，为何恁夜人不归”，（“式微式微，胡不归”）是他人问我，是直接之问，是探寻之问；每章答问，“不是官家劳役重，夜露霜浓谁不回”“不替王家造富贵，谁泡泥浆不敢回”，（“微君之故，胡为乎中露”“微君之躬，胡为乎泥中”）则是我答他人，是以问代答，以问作答，不答之答。

问问相接，似没完没了，问题的答案却在问与问之间明朗，受苦不愿明说、受压抑而难以舒张的心情愈发透露了出来。这以问代答和不答之答，原是沉重的叹息啊！

文似看山不喜平，让叙述起伏一下，拐一下弯，转换一下角度，就可写出文学趣味。此谓一例。

这一问一答之间，感情起伏跌宕，全是出自内心的喟叹和愤懑，可以想象其音乐效果，必然是以一当十，放大了情绪的感染力。

说起音乐的效用和意义，想起孔夫子弦歌教《诗经》，是唱诵奏三位一体一起教的，可见郑重其事。《孔子家语》说，“君子好乐，为无骄也；小人好乐，为无慑也”，大概是说，君子喜好的音乐，其类型是不骄不纵的，或者说，是其不骄纵的体现。小人喜好的音乐，其类型则是心无敬畏的，或者说，是他们缺乏敬畏之心的体现。照孔子这么说，小人喜好音乐，左也不是右也不是，分明有否定小人赏乐的权利了。

到西汉，《礼记·乐记》说“凡音之起，由人心生也……感于物而动，故形于声”，说得很靠谱。但说“礼以道其志，乐以和其声，政以一其行，刑以防其奸。礼、乐、刑、政，其极一也，所以同民心而出治道也”，就将音乐功能和地位抬得很高了。及至审查、评价具体作品时，《乐记》将宫商角徵羽五声，比附君臣民事物五种关系，断定“郑、卫之音，乱世之音也”“桑间濮上之音，亡国之音也”，遂从形态到内容将政治散漫、在下位者不尊长上、私情流行难以纠正等弊端，都归为音乐之过，则简直是武断了。显然是经学家欲将音乐用于政治、礼教，实际上又管控不了，分类套用得也很勉强尴尬，故有此偏激指责。

如此小人小唱作的《式微》，何曾想担负什么意识形态大任，体现什么教化精神？短短的上下两句，简单地重复一段，句句都是诘问，无非以心生之情、情生之音乐，宣泄、扩大心底喟叹而已，结果是那么生动、入心，表达得实在成功！

原文

式微

式微式微，胡不归？
微君之故，胡为乎中露？①

式微式微，胡不归？
微君之躬，胡为乎泥中？②

【注释】

①式微：天要黑了。胡不归：为何还不回家。微：非。君：统治者。中露：露中，为了押韵而倒置语词顺序。

②躬：身体。

37 旄丘

马任你策车你驾，不来接我你挟嫌
（旄丘：前高后低的土山）

葛藤生长在高山，天天拔节天天看。
爱我的人你在哪？为何久久不来见？

你今安家在哪里？必有新人在陪伴。
为何恁久不会我？必有隐秘在其间。

穿狐着裘车背反，车该东行却西辕。
马任你策车你驾，不来接我你挟嫌。

卑微无助难发声，无家可归一妇人。
听我轻声复长叹，你却装聋佯不闻。

【笔记】

失恋自是以胡思乱想来打发时间。情绪不佳，葛藤的节疤、唧唧的鸟语，都不堪入眼入耳；狐裘飞毛，都飘飞出凛冽的寒意。

单思，或叫单相思，因没有情人来呼应，是最悲凉的境况，但也是无比汹涌澎湃的刺激。失恋人原本无力掀动波浪，但失恋引发的悲愤动力，能量足以掀起滔天巨浪。

“爱我的人你在哪？为何久久不来见？”“你今安家在哪里？必有新人在陪伴。为何恁久不会我？必有隐秘在其间。”（“叔兮伯兮，何多日也？”“何其处也？必有与也。何其久也？必有以也。”）一步步想象情人背叛自己与他人燕好的场景，像吞下苦涩的海水。“穿狐着裘车背反，车该东行却西辕。马任你策车你驾，不来接我你挟嫌。”“卑微无助难发声，无家可归一妇人。听我轻声复长叹，你却装聋佯不闻。”（“狐裘蒙戎，匪车不东。叔兮伯兮，靡所与同。”“琐兮尾兮，流离之子。叔兮伯兮，褎如充耳。”）估计情人再不回头了，绝望透顶，才能留下如此刻骨铭心的缠绵哀歌。

这是写得很凄美纯粹的情歌，无论环境描写，抑或心理刻画，都堪称上乘。

在那歌舞乐一体的时代，这首歌诗，演绎起来必然缠绵悱恻，生动感人。几个诘问句（“何诞之节兮？”“何多日也？”“何其处也？”“何其久也？”），几个感叹句（“叔兮伯兮”“琐兮尾兮”），是本歌诗的特色设置，随之以自问自答、自叹自怜的配置，丰满、完善了文学的表达。即使没有听到原著的配乐，都可以随文学情绪的起伏想象音乐节律的跳动，遐思古人心灵的震荡。

有些歌词，不一定本身就具备音乐性，仗着好曲谱配对之后，才成了“好歌词”。而有些歌词生来就具音乐性，即使作为不配乐的“徒诗”，朗诵起来都会朗朗上口音韵感人，配上好曲谱插上音乐的翅膀，当然会加持感染力量。《旄丘》即是后者，读来节奏和谐，起伏有致，强弱有对比，高低见处置，似自带有乐音。

原文

旄丘

旄丘之葛兮，何诞之节兮？
叔兮伯兮，何多日也？①

何其处也？必有与也。
何其久也？必有以也。②

狐裘蒙戎，匪车不东。
叔兮伯兮，靡所与同。③

琐兮尾兮，流离之子。
叔兮伯兮，褎如充耳。④

【注释】

①旄（máo）丘：前高后低的土山。葛：藤萝类攀附植物。诞之节：延长其枝节。叔、伯：对贵族的称呼；对长辈的称呼；对爱人的称呼。 ②何其处也：为什么不动身。与：同伴。以：原因。 ③蒙戎：读作“龙茸”，纷乱蓬松之状。匪：彼；非。不东：该向东去却向西，方向错。靡：无。 ④琐：细小。尾：同“微”，卑微。褎（yòu）如充耳：服饰华美，德行却与之不匹配。也有一说为塞耳不闻。

38 简兮

公侯赐酒示欢喜，西方舞者美似神

（简：威猛，武勇；巨大的鼓声）

咚咚大鼓大气派，乐舞大阵大铺开。
日头正中光映耀，方相居中站头排。

高大威武又英俊，他当领舞舞中庭。
扑腾力劲像猛虎，十指扣绳如钩钉。

左手挥支绿竹笛，右手舞束锦鸡羽。
假面赤红汗油亮，公侯赐酒示欢喜。

132

高山榛栗栗子硬，山脚苦苓苓叶嫩。
问我赞赏哪一个？西方舞者好后生。
问这后生何其美？西方舞者美似神。

【笔记】

《诗经》年代，从乡村到宫廷，都有与祭祀有关的舞蹈，尤以宫廷舞蹈规模为大，有时舞者多达几百人。舞蹈有文武两套，武舞的舞者执戈和盾，文舞的舞者执羽毛和龠（形状像笛的竹管乐器）。舞者起舞的同时，有伴唱队在一旁呐喊伴唱。领舞者或浓妆覆脸，或戴傩面，一般称为“方相”。

此诗领舞的方相，显然是祭祀的灵媒。戴着傩面出场，显示他与傩面象征的神格，是神的化身。他雄姿英发，声色不凡，刚猛异常，又柔美迷人。说他表演驾车，是“执辔如组”，那真是了不得啊！那时每部车子配四匹马，每匹马两条缰绳，八根缰绳中，有两根系在车上，六根抓在驾车人手中，以牵扯力度的不同，来控制马匹方向和快慢。功能分组不同的缰绳在手，能掌控得有条有理，如同编织机杼，是非常不易的，何况舞者要徒手模拟表演出如同真的手中有绳驾车飞奔的味道！舞者的文舞和武舞，刚柔相济，技压全场，活色生香，自然引动旁观者对之痴情倾慕，连主家公侯都不禁赐酒褒赏。

《周礼·夏官司马第四》有关于方相的记载：“方相氏掌蒙熊皮，黄金四目，玄衣朱裳，执戈扬盾，帅百隶而时傩，以索室驱疫。”方相作法驱魔去疫，正好与歌舞表演构成方相两个方面的功能。

结尾画龙点睛，表明此歌诗中的方相是从西方来的。是不远的西边，还是遥远的西域？不打紧，总之是外来和尚会念经。赞赏异质文化审美，将异方乐舞视为赏心悦目的艺术来接受，透露了古人宽广包容美学观的端倪，这样的内涵使这首诗更有意义。这领舞方相让人痴迷的原因，大概是他还可能是祭祀的灵媒，是主祭之人，带领一班人马作集体祭拜之舞。如此之人，颜值自不用说，舞姿自然潇洒，舞艺当然出色。

此诗中提到舞者是拿着管乐器载歌载舞的文傩，与《周礼》提到的“执戈扬盾”驱疫分别体现一文一武两类风格。《诗经》中涉及不少乐器，如打击乐器有钟、鼓、缶、磬、贲、镛、应、田、瘨、钲等。弹拨乐器有琴、瑟等。吹奏乐器有簧、笙、埙、篪、箫、管等。这二三十种乐器，分别用土石、金属、竹木制成，具有各种大小形制。显然，各种风格的音乐，它们都可应付裕如。可见音乐在祭祀和日常生活中的作用，以及乐器的适应功能。这些乐器认真细说起来，必是一部大书。

这首诗的画面感很强，有大场面，也有特写镜头，还配之以绚丽色彩，真似一幅画。南宋宫廷画家马和之就曾遵高宗和孝宗两朝皇帝旨意，为《诗经》配图，凡二十卷共三百幅，如今传世数十幅，内容涉《陈风》《鹿鸣之什》等，从中可了解宋人如何图解《诗经》。

原文

简兮

简兮简兮，方将万舞。
日之方中，在前上处。①

硕人俣俣，公庭万舞。
有力如虎，执辔如组。②

左手执龠，右手秉翟。
赫如渥赭，公言锡爵。③

山有榛，隰有苓。
云谁之思？西方美人。
彼美人兮，西方之人兮。④

【注释】

①简：勇武貌，或鼓声的象声词。方将：就要（开始）；据谐音推断，或说的就是领舞者方相。万舞：规模宏大的舞蹈。文舞者握雉羽、籥、乐器，模仿雉鸡春情求偶；武舞者执盾矛等兵器，模仿战斗搏击。日之方中：太阳在天穹的正中央，即中午。前上处：前排上头的地方。　②俣（yǔ）俣：英武壮美。公庭：公堂，庙堂，庭院，操场。辔（pèi）：缰绳。组：丝织的宽带。　③龠（yuè）：笛状乐器。秉翟（dí）：拿着野鸡尾羽。赫：红色。渥：涂抹甚厚。赭：红褐色，红土。公：君主，公侯。锡爵：打赏一杯酒。锡：赐，赏赐。爵：古代一种酒具。　④榛：一种乔木。隰（xí）：低湿之处。苓：甘草，一说苍耳，一说地黄。西方：或说周国，它在卫国的西边。美：此处指舞者。

且驾马车出游去，乡愁撒向奈何天

脚下泉水飘罗带，从那淇水飘过来。
思念卫国我家乡，哪日情愫不在怀。
昔日陪嫁侍女在，聚聊乡愁话题开。

记得启程从泲地，祭饮送别过祢邑。
时我出嫁远行了，别过父母亲兄弟。
告别众位姑和姨，辞行姐妹情依依。

还记途中过干邑，言邑宿饯备酒席。
在此轮轴涂油脂，检修车键弄扎实。
车离卫国奔驰快，半路不曾有闪失。

卫国最思思肥泉，思念不已长嗟叹。
须城漕镇常牵挂，远离难见意绵绵。
且驾马车出游去，乡愁撒向奈何天。

【笔记】

此诗怀旧怀乡。所回忆的是当初出嫁的情景，因是新娘，出嫁途中虽然不必介入大事，但必然关注一路留踪，故经连起来点线清晰，过程完备，细节无遗，更少不了对家人的念念怀想。

此女或出身名门，嫁给公侯，作为年轻女子，前程不由自主，婚姻也属政治联姻，身不由己。其嫁去远方，远离父母兄弟产生的无助甚至恐惧的情绪，应属人之常情。

事情愈发历久，凄凉思念情绪愈深。故而她对往事的回忆、思念，所产生的悲凉，往往能引起旁人的共鸣。

此诗谋篇成熟，有完整的格局。起头提到淇水，结尾点到肥泉，都不离母国水泽，一水融溶，带出了女子思乡“我心悠悠”的流动起伏的形象。“驾言出游，以写我忧”（“且驾马车出游去，乡愁撒向奈何天”），倒是不错的排遣愁绪的潇洒。

汉有无名氏《古歌》唱道：“高田种小麦，终久不成穗。男儿在他乡，焉得不憔悴。”其实，女子嫁去他乡，如果与丈夫无话可谈，比男人还要无助，还要孤独凄凉。因为她几乎无社交，每天面对的就是令人厌倦甚至深恶痛绝的执掌中馈职责，以及与那些说是家人又无深厚亲情的婆家成员相处。远嫁女性的孤独悲凉，此义属深刻人性，古久普适，《泉水》早已揭橥，实属难得。

原文

泉水

毖彼泉水，亦流于淇。
有怀于卫，靡日不思。
娈彼诸姬，聊与之谋。①

出宿于泲，饮饯于祢。
女子有行，远父母兄弟。
问我诸姑，遂及伯姊。②

出宿于干，饮饯于言。
载脂载辖，还车言迈。
遄臻于卫，不瑕有害？③

我思肥泉，兹之永叹。
思须与漕，我心悠悠。
驾言出游，以写我忧。④

【注释】

①毖（bì）：泌，水流动貌。淇：淇水。靡：无。娈（luán）：美好貌。诸姬：各位姓姬的女子，或诸位女子。聊与之谋：且和她们闲聊。 ②泲（jǐ）、祢（nǐ）：都是卫国地名。后文干、言、须、漕同。行：出嫁。问：告别。伯姊：姑伯姊妹。 ③载：发语词。脂：做动词用，涂抹油膏在车轴上。辖：做动词用，插稳车轴两头的金属键。还车：调转车头。迈：远行。遄（chuán）臻：迅速到达。不瑕有害：该不会有害处。 ④肥泉：水名，或开篇那“流于淇”泉水的源头。兹：滋，增多。悠：忧，悠长。写：倾吐，抒怀。

忐忑：抱怨哀叹有何用，命运天定向谁说

独自一走出北门，烦恼缠身难开心。
囊里空空真拮据，谁人晓得我艰辛。
抱怨哀叹有何用，命运只怪天注定！

王室当差活路多，政事杂务都交我。
回家还遇冷眼看，家人贬我无奈何。
抱怨哀叹有何用，命运天定向谁说！

王室差事总称急，大小交我紧相逼。
回家还得遭冷遇，家人挖苦来揶揄。
抱怨哀叹有何用，命运天定已定局！

【笔记】

主人公应该是一个小小的办差公人，地位卑微，经济拮据，还受尽歧视、挤兑，遭到同事的冷眼，经常被任意摆布，跑许多额外的差事。笼罩在这种黯黑的氛围下，透气都会不顺畅。

本诗的抒写简朴而沉重。其揭示的世态人情，堪称饱蘸世故笔墨，迄今观赏、对照世情，并不过时。它会给一代代同阶层的人带来极强的共情感受，产生极亲切的代入感。

《北门》每章七句，其间都有三句感叹句，就是相同的“已焉哉！天实为之，谓之何哉！”这三句，译者也曾尝试按照原文对应以三句来译。但感觉译成现代汉语后，三句排布，读来很别扭，终发现是节律不够均衡所致——传统规整诗歌、山歌，一般都是双数句。原著七个句子，古文读得还算顺当，但译成七句现代汉语，句数单了，读来就似瘸腿一般。遂将每章七句压缩译成六句，压缩后并没有丢失原意，节奏果然顺当了很多。

翻译诗歌，译文的句数与原文诗句的数目不符，不妨碍成为名译，范例是匈牙利裴多菲《自由与爱情》的中文译文。裴多菲原文六句。

著名诗人飞白将此诗翻译为:“自由，爱情——/我的全部憧憬！/作为爱情的代价我不惜/付出生命，/但为了自由啊，我甘愿/付出爱情。”译文六句。

著名作家殷夫翻译为:“生命诚可贵，爱情价更高。若为自由故，二者皆可抛。”译文仅四句。

飞白的翻译忠实原文，带有诠释展开的色彩，译法周正。译文句数为六句，与原著相符。殷夫的翻译则以中国传统五言诗行文，韵律节奏句法都相应呈现经典五绝做派，尽管译文只有四句就打住，比原著少了两句，却不失原著的精髓。历来被引用最多的，还是殷译。

翻译是不同文字交集震荡后的结果，译事规律中外大体相似。先秦古文移译成现代汉语，《诗经》翻译成当代语体诗歌，无非移和变，内容挪移，文字转换，形制变化，此时，译文与原著已经没有关系，译文需亲和本己的语言文字方可成章，这才是硬道理。得其奥秘者得顺遂，顺其规律者得变通。

原文

北门

出自北门，忧心殷殷。
终窭且贫，莫知我艰。
已焉哉！天实为之，
谓之何哉！①

王事适我，政事一埤益我。
我入自外，室人交遍谪我。
已焉哉！天实为之，
谓之何哉！②

王事敦我，政事一埤遗我。
我入自外，室人交遍摧我。
已焉哉！天实为之，
谓之何哉！③

【注释】①殷殷：忧伤。终窭（jù）且贫：既贫穷又拮据。已焉哉！天实为之，谓之何哉：就这样了，天意注定，没什么可说的。②适：通“擿”（zhì），摔掷，扔，塞。政事一埤益我：政事一起堆加在我身上。一：全都。埤（pí）益：增加。我入自外：我从外边回来。室人交遍谪我：家人都纷纷指责挖苦我。谪：指摘、责备。③敦：催促，敦进，逼紧。遗：交给。摧：逼迫，拆台。

41

北风

群体逃亡图：一众乡亲出逃去，同离故土视如归

北风猛吹透骨寒，雨雪夹杂行路难。
一众乡亲出逃去，携手共扶同出关。
情急不容再犹豫，一心唯有直向前。

北风猛烈呼呼吹，暴雨夹雪雨飞飞。
一众乡亲出逃去，辞别故土视如归。
情急不容再犹豫，一意出走再不回。

赤红莫过红狐狸，乌黑不比黑乌鸦。
一众乡亲出逃去，幸得同车是良机。
情急不容再犹豫，一起出走赶路急。

【笔记】

行动和情态密切交融，生动状写了愁惨、困苦、艰险、急迫的态势，也深刻描绘了一众相邀、协力出逃的画面，展现了众人决绝逃离、永不回头的坚强意志。

此诗没有具体历史背景和事件的纪实，可说是去国出逃，也可说是背离一隅的出走，总归是一次毫不犹豫的集体冒险。风雪交加，互相扶持，乘车赶路，一路情境渲染，很震撼人心。唯这情状，才使得这次秘密行动意味深长，内蕴的文学张力极大，像是一部惊心动魄的电影剧本。

整首诗，都是这么急迫决绝的语言："北风其凉，雨雪其雱。惠而好我，携手同行。其虚其邪？既亟只且！"——情势非常危急，非常紧迫！"莫赤匪狐，莫黑匪乌"，用赤狐狸和黑乌鸦这两类不祥之物，暗示须警惕坏人阻遏本次逃亡行动，更加强了本次群体出走行为的危机感。

在叙述部分，三章都连用了结构相同、只换一字的句法："携手同行""携手同归""携手同车"。这三句，每句都紧接文字完全相同的"其虚其邪？既亟只且！"连续短促的节奏造成急迫感，制造了紧急的情势。

最惊人的是，整首唱诗，竟然贴切地犹如一首当代大合唱的歌词！主部叙事，就是开头四句：如第一章的

“北风其凉，雨雪其雱。惠而好我，携手同行”副部抒情，就是最末两句：“其虚其邪？既亟只且！”三章结构相同，显示了其音乐章法的端倪，真是绝妙的古今切合的好例证！由此可见《风》文学、音乐结构运思的当代性，当然，也可说，由此可见当代歌词、音乐创作的构思体现了《风》的传承。

雨雪飘飞、扶老携幼、顶风冒雪的群体行进，真是色彩浓重气象愁惨的“集体逃亡图”。逃民们要将自己的肉体和精神都带离这个地域的行为，是对此地统治者强大势力的反抗！

没有严苛的暴政或恐怖的祸乱，民众不至于如此惊慌不安以至群体逃亡。这首诗的题材和情状以及神秘气氛，在《诗经》中少见，有很高的艺术价值。

原文

北风

北风其凉，雨雪其雱。
惠而好我，携手同行。
其虚其邪？既亟只且！①

北风其喈，雨雪其霏。
惠而好我，携手同归。
其虚其邪？既亟只且！②

莫赤匪狐，莫黑匪乌。
惠而好我，携手同车。
其虚其邪？既亟只且！

【注释】

①雨：作动词，下雨雪。雱（pāng）：形容雪大。惠：关爱。其虚其邪：岂能犹豫、狐疑、迟缓。虚：空阔，徐缓。邪：通“徐”，慢而狐疑。亟：急。只且（jū）：语尾助词。表感叹。 ②喈（jiē）：疾速。霏：雨雪大。

42

静女

妹在牧场采野花，送我荑草和奇葩

（静女：淑女）

靓妹平日你害羞，今天约我会城头。
躲躲藏藏人不见，逗哥寻觅猛搔首。

妹你终于露了脸，送我一根红笛管。
管上花纹真漂亮，像妹花容光鲜鲜。

妹在牧场采野花，送我荑草和奇葩。
花美哥我不在意，在意妹送情分大。

【笔记】

情歌。此妹，因调皮而俏，因情致而媚，因羞涩而娇，因洵美香草而将哥牵动迷倒。这是可以延展成一个爱情故事的短诗，如同一段人物灵动鲜活的短视频。

女子送男子“彤管”，这彤管究竟是什么东西，后人有解读，一说是草茎类，一说是竹管类，没有谁说得清是何物。既如此，根据“彤管有炜”，既是红色鲜亮之管，且解读为“红笛管”。笛管可吹奏，吹奏出乐音，遂增添了约会时的情趣。

这首诗属《邶风》。八九千年前沉埋于邶国故地贾湖山野的一支骨笛，1987 年在河南舞阳县因考古挖掘而重见天日。其开七孔，符合当代乐理，可吹出一定的音阶，出土时还可以吹出好听的曲调。《静女》的“彤管”与贾湖骨笛是否有关且不去论，但是它们的文化版图、地域亲缘相接紧密，显然可视为同声同气一脉相连，令人产生遐想。

此诗诗意，全由日常生活细节提炼。小儿女约会，互赠信物，一赠再赠，感情格外热乎，心思细腻周全。“风”中之人，玩些意外的打趣，还玩悬疑，玩捉迷藏，逗乐讨喜，果然玩出了惊喜，玩出了情趣和甜蜜，玩出了性情。唯此，情人间的相见渴求、逗趣取乐才永不厌倦。

最后一章，前人有的译文甚可对读：

1. “自从野外归来送我荑，确实美丽又怪异。不是认为你美丽，因为是美人的赠贻。”（周振甫译）
2. “牧场嫩草为我采，我爱草儿美得怪。不是你草儿美得怪，打从美人手里来。”（余冠英译）
3. “郊外送茅表她爱，嫩茅确实美得怪。不是嫩茅有多美，只因美人送得来。”（程俊英译）
4. “野外归来送白茅，实在漂亮又奇妙。不是白茅多奇妙，美人赠送价值高。”（向熹译）

这章我译作“妹在牧场采野花，送我荑草和奇葩。花美哥我不在意，在意妹送情分大”。意为只见重当下，见重此时此地，见重妹送的信物，其余各事，都任风吹走，不放心上。何况这妹子，确实是个既羞涩又调皮，既淑娴又多情的静女呢！

这首诗印证了德国文论家莱辛的一段金言，他在其美学名著《拉奥孔》中说：“诗想在描绘物体美时能和艺术［此处指绘画——作者按］争胜，还可用另外一种方法，那就是化美为媚。媚就是在动态中的美，因此，媚由诗人去写，要比由画家去写较适宜。……在诗里，媚却保持住它的本色，它是一种一纵即逝而却令人百看不厌的美。它是飘来忽去的。因为我们回忆一种动态，比起回忆一种单纯的形状或颜色，一般要容易得多，也生动得多，所以在这一点上，媚比起美来，所产生的效果更强烈。”照此说，美固定于绘画里，是定格了的；媚飘忽于主体行动和客体想象之中，是动态进行时的。静女之所以美，就因为有动态的柔媚之美。

这“邶国之春”，是千娇百媚的言情美文，是充溢着阳光和芬芳的韵文歌唱。它的节奏带戏剧性，徐徐缓缓，如孟庭苇所唱“羞答答的玫瑰静悄悄地开，慢慢地绽放她留给我的情怀”，从困惑渐入佳境，轻灵，率性，纵情。也许它本来就是一支穿插在祭祀中的表演歌曲，见动作见场景，见人情见性情。想象起来，它那载歌载舞的表演，动态的美，“洵美且异”的笑靥，简直是“嫣然一笑，瞬息间在人世间展开天堂”（莱辛）。当年一定很诱惑魅人、摇撼心旌。起初我感觉《静女》美，但无适当的话来表达。终意识到其美在媚，应该算是说到位了，着实要感谢莱辛的点醒。

原文

静女

静女其姝，俟我于城隅。
爱而不见，搔首踟蹰。①

静女其娈，贻我彤管。
彤管有炜，说怿女美。②

自牧归荑，洵美且异。
匪女之为美，美人之贻。③

【注释】

①静女：淑女，娴静的女子。姝（shū）：美好。俟（sì）：等待。爱："薆"的假借字，隐蔽。踟蹰（chíchú）：迟疑徘徊。　②娈：年轻漂亮。贻：赠送。彤管：红色的管状茅管或竹管。炜（wěi）：鲜亮。说怿（yuèyì）：喜悦；喜欢。女（rǔ）：同"汝"，此处指彤管。　③自牧：采自放牧之野地。归（kuì）：通"馈"，赠送。荑（tí）：初生的茅。洵：诚然。

43 新台

戏谑：本想嫁个好郎君，嫁了蛤蟆无奈何
（新台：台名，建在黄河边）

高台新筑几堂皇，河面涨水漕四方。
本想嫁个好郎君，挨嫁蛤蟆悲断肠！

高台新筑高巍巍，河里涨水浪推推。
本想嫁个好郎君，挨嫁蛤蟆泪飞飞！

河面捉鱼架网多，渔网莫想捕天鹅。
本想嫁个好郎君，嫁了蛤蟆无奈何！

【笔记】

真的是一唱三叹！三章诗，此女子都在重复一个意思：我本有“燕婉之求”，一个诗意美好的冀望和梦想，要嫁个好郎君，可是——我挨嫁给癞蛤蟆了！籧篨、鸿，都是蟾蜍类动物（从闻一多说），也是对鸡胸、驼背之人的称呼。嫁与这种人，此女子心中悲苦，但她不是只讲大白话，而是每章都用了起兴，一句赋分别搭上了三句不同的起兴，重复、强化渲染，如是，才引人触目，才生动，才引动话题。

此诗据余冠英之解读，为“卫国人民对于卫宣公的讽刺。卫宣公娶了他儿子的新娘，人民憎恶这件丑事，将他比做癞虾蟆”。周振甫的解读大体与余冠英同。他们依据的都是《毛诗序》的说法。最后一句，周译为“鱼网设备为捕鱼，蛤蟆入网空怜渠。求的安顺夫婿好，得这蛤蟆怎么了”。

《毛诗序》说此诗讽刺某某公侯，不知有何依据。从此诗本体来看，并没有讽刺特定个人的词语和指涉句子的印迹。不如跳出无稽的纪实背景，摆脱美人喟叹的落俗框框，探求它的另一种可能性，挖掘更有趣的诗意。根据《风》唱诗多生发于祭礼的设定，《新台》显然可解读为祭祀的唱诗。

临水筑台，新台高峻。起兴句子唱的这“新台”，是祭祀的祭坛，在河边新建，用于开台设祭。演唱此歌诗的女子应该是灵媒，或者是灵媒指导的表演者。她念念有词、絮絮叨叨，说自己本想嫁个好郎君，却被迫嫁了个癞蛤蟆。此诗就是她逗乐神祇的表演。

而这祷告诉愿词，并非她本己本心的诉说，所说及的事情，也并非她的亲身经历，而是她所扮角色的故事，是在替这角色倾吐内心私密。“渔网莫想捕天鹅”，也就是该角色向神表达自己既接受现实，又无可奈何，只得认命的戏剧性结局。这种戏剧性，是祭祀场面的祭祀诗特有的献演风格，具备讨好在场祭祀人以及讨好神祇的搞笑格调。

在场的人们认为，祭祷仪式上，总有一双耳朵在空中专注着，默默地倾听歌者的唱诗。那双最耐心倾听的耳朵，就是神祇。但是，祭祀的过程，你不能尽用索然无味的言语和嘈杂的音响去打发他，别忘了，你还得求他给你赐福，你必须先要使尽你的招数去娱乐他、讨好他，伺候得他大饱耳福，满心欢喜，他才会心甘情愿大大方方地赐福予你。同时你还要意识到，还有无数双耳朵也在听着呢，那就是所有的在场参加祭祀的人。他们也同样不满足于味道寡淡的祈祷，也需要欣赏欢乐唱诗和精彩舞蹈，才不枉参加这次祭祀的聚会。唱诗能娱神、能娱人，才是歌者必须追求的极致。

《新台》的语词和情节十分夸张，语言很生动，自贬、自谑的色彩十分浓重，显出了悲情和绝望情绪，歌者所代言的角色的命运因此令人同情。其嘻哈戏谑的意味很浓，足可称臻达了人神同乐的程度。这才是神祇和在场人听了都心满意足的奇情异趣，这才是歌诗《新台》最终的追求，也是它的来由。佯装，虚构，是它制作和演绎的心机。它本身实是一首带有模式化表演力度美学特征的戏谑唱诗。

戏谑，是一种“审丑”机制催生的行为。在德国文艺理论家莱辛那里，可以找到行动的依据和理由。他在《拉奥孔》中说，“丑在诗人的描绘里，常由形体丑陋所引起的那种反感被冲淡了，就效果说，丑仿佛已失其为丑了，丑才可以成为诗人所利用的题材。诗人不应为丑本身而去利用丑，但他却可以利用丑作为一种组成因素，去产生和加强某种混合的情感。在缺乏纯然愉快的情感时，诗人就须利用这种混合的情感，来供我们娱乐。这种混合的情感就是可笑性和可怖性所伴随的情感”。《新台》早早地就会运用这样的手法，利用“丑”的因素，来增益唱诗的可笑性和可怖性，激发场域里的欢乐。莱辛言说的道理，却是在《新台》面世的许多年之后才产生的啊！

《新台》祭祀中的搞笑戏谑之所以得以实现，其实最应该感谢的就是灵媒。灵媒不但组织了祭祀，还找出了调动大家喧腾的噱头，作为演员夸张演绎，娱了神，也娱了人。正如英国戏剧家霍·史密斯所说，“倘若在荒唐的书卷中尚有一页可读，那便是演员的那一页：他们流干自己的泪水而使观众涕零，用今天的笑语为未来增添欢声”。

由此诗还可推想其音乐的谐趣活泼。王国维正是由《诗经》传留的文字，来推断《诗经》音乐风格，以《诗经》押韵的频率和押有韵脚的句子长短来研究《风》《雅》《颂》分类的。他说：“窃谓《风》《雅》《颂》之别，当于声求之。《颂》之所以异于《风》《雅》者，虽不可得而知，今就其著者言之，则《颂》之声较《风》《雅》为缓也。”从文学本的字、词、语句、段落的构成来推断音乐的疾徐，确实拓开了一条研究的思路。

《新台》的曲调、曲谱，朦胧漂浮在远古虚空之中了，再也没有谁能够捕捉回来。对《新台》音乐，我们着实也“不可得而知”。叔本华说：“音乐是跟有形世界完全独立的，完全无视有形世界的，即使没有世界也能够在某一形式上存在的；这是别种艺术所不及的地方。”这话听着很具诱惑力，可惜，不可捉摸。现今只得跟着王国维，仅凭其神工意匠的唱诗词句，来揣摩音乐形态的《新台》，想象其旋律和节奏的精彩了。

原文

新台

新台有泚，河水弥弥。
燕婉之求，籧篨不鲜。①

新台有洒，河水浼浼。
燕婉之求，籧篨不殄。②

鱼网之设，鸿则离之。
燕婉之求，得此戚施。③

【注释】

①新台：台名。泚（cǐ）：鲜明。弥：大水弥漫。燕婉：美好和顺，容貌俊俏。籧篨（qúchú）：矮胖驼背鸡胸的丑陋的人；一说蟾蜍、癞蛤蟆。鲜：善。②洒（cuǐ）：高峻，鲜明。浼（měi）浼：河水涨满。殄（tiǎn）：本义为灭绝，一说善，或说为珍、美。③设：设置。鸿：蛤蟆（闻一多说）；大雁。离：通“罹”，遭受。戚施：短肩缩颈、鸡胸驼背等丑陋不堪的样子。

44 二子乘舟

杀机四伏：同船同父不同命，避灾避祸念心头

二子同舟去远行，船儿漂浮影不明。
同船同父不同母，惦兄惦弟各有人。

二子同舟去远游，船影消逝心忧忧。
同船同父不同命，避灾避祸念心头。

【笔记】

这是一首有故事的诗。其中有两个版本可以一述。

那是卫宣公时代。他有三个儿子分别名为伋、寿、朔。伋是太子，寿、朔则是卫宣公后娶的宣姜所生。宣姜与朔密谋欲杀掉伋，立寿为太子。寿不同意他们的阴谋。有次，伋乘船远行，宣姜趁机派杀手同船，布置他在船上暗地将伋沉而杀之。寿见不能制止母亲的恶行，遂登舟与兄同行，让杀手不能沉杀兄长。

另一版本是，宣姜与亲生儿子朔构陷太子伋，使伋与卫宣公生了嫌隙。有次太子伋奉命出行，卫宣公派人跟踪欲追杀之。另一王子叫寿，知悉此隐情，告知伋，并劝伋不要出行。伋却以皇命不可违而执意前往。为保护伋，寿也陪同一道前去。伋半路喝酒至醉，停下休息。寿在伋的旗子下继续前行。杀手误以为寿是伋，诛杀之。伋赶到现场，痛心疾首，对杀手们说："国君要你们杀的是我呀！寿是无辜的呀！请你们杀掉我好了！"杀手们真的又杀掉了伋。

自古无情帝王家。龙袍仅一件，皇子都想穿。如是，不知有多少皇室子孙相残相杀的故事。最典型的是唐太宗李世民上位前，亲手射死亲哥李建成，还诛杀亲弟李元吉，终于掌握唐朝权柄……皇家子弑父、父诛子的故事，是一部长长的历史题材连续剧。

本文采纳第一个版本，将此诗释读为悲悯诗。

船影远去、徐徐消逝，影儿朦胧，前景迷茫，杀机四伏，悬念重重。"同船同父不同母，惦兄惦弟各有人"（"愿言思子，中心养养"），揭示了事件背景的复杂和微妙。"同船同父不同命，避灾避祸念心头"（"愿言思子，不瑕有害"），暗示了眼下一舟的漂浮看似平和，却隐藏着十分险恶的凶兆。兄弟同舟，心情大不一样。一位是不知情者，自是无忧无虑。另一位是知险情者，不禁为之捏一把汗。整首诗，云山雾海，欲说还休，意味深长，真义其实都在诗外。太子伋的宽厚甚至软弱懦怯，王子寿的善良和正义，都隐约透露了出来。

当然，这些阐发出来的情节，主要依据的是译文的释读。原文太精炼短小，又含蓄过深，未必合适逐字逐句细腻讲透。翻译一些特殊的古诗，一旦涉及史实，便觉得好似讲不清、道不明。如只读其简短的几行诗句，情犹可感，义却朦胧，实尤混沌。因而，译诗时，逢着有故事的部分，稍微填补些文字，结合史实充实一下，将原著背后所述提拎出来，加以解释和适当丰满，看来是必需的。《二子乘舟》的译文就是如此。

对于兄弟关系，说得极好的是南北朝颜之推的《颜氏家训》:“兄弟者，分形连气之人也。”“二亲既殁，兄弟相顾，当如形之与影，声之与响，爱先人之遗体，惜己身之分气，非兄弟何念哉？”就是说，兄弟好似身体分开却气息相通的一个人。双亲去世后，兄弟之间应该互相照顾，亲密得如同身体与影子不可分开，也如同声音和回声一样紧密连在一起，要互相珍爱父母传留下来的躯体，珍惜自己身上流动着的父母的血脉。

不过，我认为，关于兄弟关系，说得最朴素、透彻的，还是《诗经·小雅·常棣》中“兄弟孔怀”的表述。常见的解释是，所谓孔，是“大”的意思，“深刻”的意思，或“非常”的意思。所谓怀，则是“怀念”的意思，“关怀”的意思，或“想念”的意思。依此释义，“孔怀”就是“深深的怀想”。这样的解读，我总嫌隔靴搔痒。其实，哪用这么曲里拐弯，哪有这么多释义的义项！照我说，以《风》之朴实，构词平直，此词语释读之一或可望文生义，“兄弟孔怀”，就是“兄弟是同一孔所出生，同一怀所乳大之人”。

历来帝王家父子、兄弟关系多呈冷酷、凌厉。曹植《七步诗》的创作背景以及诗歌魅力，是人们耳熟能详的。“煮豆持作羹，漉菽以为汁。萁在釜下燃，豆在釜中泣。本是同根生，相煎何太急？”真是无比凄凉，又暗含了多少愤懑与谴责。

原文

二子乘舟

二子乘舟，汎汎其景。
愿言思子，中心养养。①

二子乘舟，汎汎其逝。
愿言思子，不瑕有害？②

【注释】

①汎：泛。景：通“憬”，远行貌。愿：思念。养养：担忧，忧虑。 ②不瑕：不无。害：灾难，祸殃。

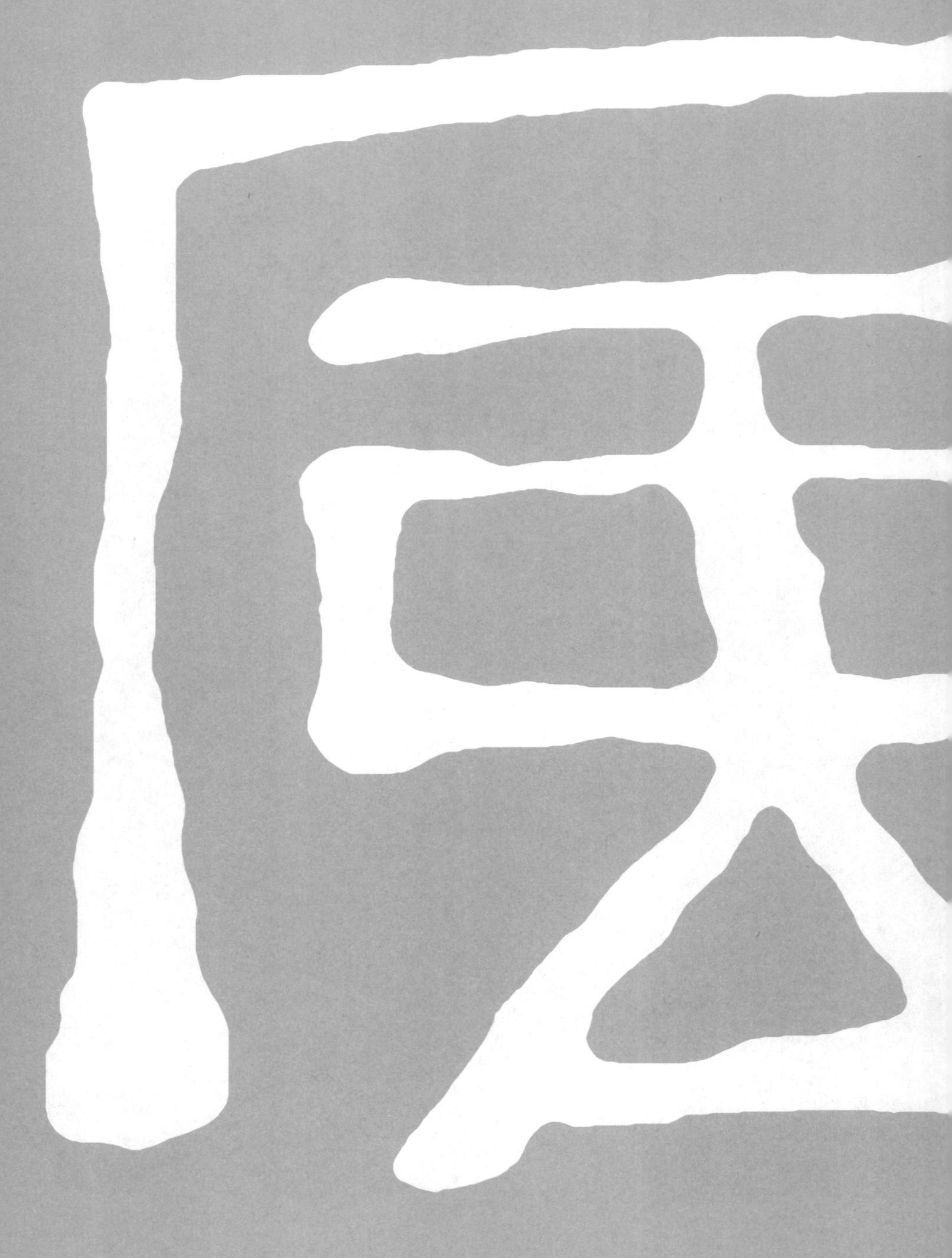

鄘风

45

柏舟

娘亲恩情天地大，为何不顺我姻缘

（柏舟：柏木造的船。《鄘风》也有同名诗）

阿哥摇着柏木船，人帅船轻河中间。
两绺额发垂眉上，天赐情郎好少年。
发誓爱他爱到死，敬告大地敬告天。
娘亲恩情天地大，为何不顺我姻缘？

阿哥摇着柏木船，人帅船轻靠岸边。
两绺额发风吹动，天赐佳偶好同年。
发誓跟他跟到底，敬告大地敬告天。
娘亲恩情天地大，为何不遂我心愿？

【笔记】

掌舵河上，额发飘拂，潇洒追风……如此俊美少年，一下子就征服了少女之心，俘虏了少女本人。

她当即祈求天神，敬告天地，敬告娘亲，表述自己一门心思追爱的心愿：发誓爱他爱到死。

这种坦白纯真、迅速火辣的表达，今人都难比拼。我们不得不用一个词语来形容这小女子的豪雄：壮哉！

事与愿违，母亲不同意她的选择。“发誓跟他跟到底，敬告大地敬告天。娘亲恩情天地大，为何不遂我心愿？”母亲的话大如天，女儿只有呼天抢地。豪雄的女子，只能如此落败。世俗人伦与个人情感，孰强孰弱，可以窥见。

《诗经》反映的商周时期婚姻，出嫁女子开始从夫居住，子女由父系计算世系。当时婚嫁管控，是靠“父母之命，媒妁之言”。当然，那时的情形与后世礼教的严密监控和压抑，还是有所不同的。在某种情况下，例如因战火频仍人口骤减，私奔并不总是受到追究，子女还是有一定自主权的。于是，礼教与自由的冲突，表现于社会、家庭与子女的矛盾，爱情观与道德观时常纠结撞击。如何调剂和让渡子女婚恋自主诉求，成为家庭悲喜剧的常见主题。

于是，婚恋诗在《诗经》里就不断闪烁着珠光。爱恋痴迷、卿卿我我的故事固然闪光，而悲喜怨怼、分分合合、打打闹闹的细节，又如何不出异彩！甜腻苦涩都是诗，犹如这首《柏舟》，就从头到尾贯串追求爱恋的自主，尚在单恋的思绪宣泄，也潜伏着不惜向家长挑战的张弓之势。

原文

柏舟

泛彼柏舟，在彼中河。
髧彼两髦，实维我仪。
之死矢靡它。
母也天只！不谅人只！①

泛彼柏舟，在彼河侧。
髧彼两髦，实维我特。
之死矢靡慝。
母也天只！不谅人只！②

【注释】

①泛：泛。中河：河中。髧（dàn）：头发下垂。两髦：未成年男子前额披发留齐垂于眉毛上，分两边扎成辫子。维：为。仪：心仪，配偶。 之：到。矢：通“誓”，发誓。靡它：无他心，无二心。母也天只：母亲啊，苍天啊。只，语气助词。谅：体谅，体察。 ②特：匹配之人，配偶。靡：不。慝（tè）：通“忒”，变更。

46 墙有茨

宫廷秽行最腥臭，真是做得讲不得

（茨：蒺藜）

断墙长满蒺藜草，枝叶交错难清扫。
宫闱丑闻最卑劣，难于启口来传晓。
一旦着实讲出来，恶臭千年也难消。

断墙长满绿蒺藜，根枝交叉难清理。
宫廷传言最神叨，怎可轻易就解谜。
谁人敢讲可说清，恶事井深不见底。

断墙长满蒺藜多，根茎纠缠难尽割。
宫廷秽行最腥臭，真是做得讲不得。
丑事若当故事讲，听者耳朵都龌龊。

【笔记】

说了却没说透，欲说却又打住。但是，所说话题实际已经预先定性定质，听者与说者双方都心照不宣。这就是敏感话题的语境，当然更是诗中指明的宫闱私密话语语境。

这首诗，生动地揭示这种宫闱话语语境，它并非国家政事要事，却又与之有千丝万缕的关联，它似乎不是大事，有时却比大事还要敏感，还要有诱惑力。姑且说它是宫闱八卦吧，说起它来，人们总是津津有味，然而根茎缠绕，须得用尽心思方可揣摩真意。与其说是话语拐弯言说不畅通，不如说是人人嗓子里都长了蒺藜。不说，如鲠在喉，不吐不快。说，惹祸上身，囹圄伺候。这就是封建专制极权下的宫闱八卦与口舌之禁对平民的诱惑和威慑。

如此宫闱八卦形态，延宕了两三千年，形成一个循环圈。解剖《风》时代之后任何一个封建王朝有关当朝大事的小道消息传播的言语形态和传言做派，即可回观当年宫闱八卦的端倪。

这首诗的本体，所言道理十分简单，话语却曲里拐弯、神秘兮兮，就是因为其背景的复杂、故事的曲折、所涉事件人物地位的显赫，从而导致平民百姓不说就如鲠在喉，说了又怕被钳口甚至丧命。它的事在后来揭开，才让读者详知就里。

此诗有说是一首纪实的宫廷生活讽喻诗。卫宣公死后，继其位的儿子惠公尚年幼。惠公有个同父异母哥哥名叫顽，与惠公的母亲长年私通，生下了三子两女。这种污秽宫廷的事，尽人皆知，但谁都不敢明说。据说这就是这首诗闪烁其词的原因，刚好客观印证了这首诗产生的时候，所抨击的“其人”还“在其位”，位高权重，所以不能公开、直白讲其恶行、丑事，只得暗流潜行，虽如此，照样得以传播，照样能够扩散。这也彰显了这首诗的新闻性和当下感，尤为可贵。

宫廷、贵族舆论话语代表统治阶级和集团的利益，其诉求、是非和价值嬗变往往紧密跟随改朝换代时政变化而日异月更，其掩饰劣迹和罪恶的心计是须臾不轻易忽略的，注定具备阴暗性。而代言民众心绪的话语，虽“致吾心良知之天理于事事物物，则事事物物皆得其理矣”（王守仁），代表着民众对世事的判断，但由于权力的不对称，民众是弱势的一方，其对皇室的非议和诟病欲言又止或似舌弊耳聋，注定了具备含沙射影的隐匿特性。

这首诗三章都用茨，即蒺藜做起兴和比喻，十分精确生动，铺排的赋言也很得当，表述得很完美，艺术感染力很强。据明人谢榛之统计，《诗经》中用赋 720 次，用比 110 次，用兴 370 次。《风》中兴词实为实词，语法与比词同位，功能相似。那么，比与兴，相加则有 480 次之多了，可见是多么重要的艺术表现手法。《墙有茨》生动体现了这一点。

原文

墙有茨

墙有茨，不可扫也。
中冓之言，不可道也。
所可道也，言之丑也。①

墙有茨，不可襄也。
中冓之言，不可详也。
所可详也，言之长也。②

墙有茨，不可束也。
中冓之言，不可读也。
所可读也，言之辱也。③

【注释】

①茨（cí）：蒺藜，果有刺。不可扫也：不可扫除，暗喻宫廷内丑不可外扬。中冓（gòu）：密室，宫闱，隐秘之处。 ②襄：除掉。详：详细说。长：说来话长。 ③束：捆走，扫除干净。读：公开明说，宣扬。辱：羞辱。

邦之媛：《诗经》中最浓墨重彩的美女
（君子偕老：可与高贵丈夫偕老的终身伴侣）

恁美相貌是天生，堪做君子偕老人。
玉笄六副插秀发，彩珠六颗垂耳根。
画图披风如水软，雍容端丽似山清。
举止礼数都得体，纵遇不淑也安分！

穿起礼服更端丽，丝绣锦鸡五彩衣。
本真秀发似浓云，不需假发来遮蔽。
耳环晃眼宝石琢，发簪工精金镶玉。
皮肤娇嫩额方正，天艳地绝一仙女！

最美红白配套衫，白得洁净红得鲜，
红纱外袍刚合体，白绸裙衫贴身穿。
衣装衬人人更美，天庭饱满好容颜。
这种佳人世罕有，倾城倾国真婵娟！

【笔记】

《诗经》里凡有歌颂美女的诗，多被一些后人出于维护经典尊严和礼教训诫的理由，作以志反情的经学解读。对《关雎》曾这样，对这首《君子偕老》也曾这样。

细读这整首诗，都是称颂褒扬此夫人美貌美饰之词句。读后的感受，只能借用《神曲》作者但丁凝视所爱美女贝雅特丽齐的感受来表达："……我转向贝雅特丽齐/

她自己；但她遍体璀璨。那么使我目眩以致 / 我的视力无法承担”。

可是也有说这首诗是讽刺某贵妇宣淫的，以丽词来写她的丑行。倘若这是一首贬斥妇人宣淫之诗，何以如此不吝篇幅，从头到尾倾力颂扬一个女子之美？何以全诗浓墨重彩，几达细寻其肤寸地将一美人名状得如此惊艳？倘真如此，审美心态何其畸形扭曲？实乃匪夷所思。

始悟今读《诗经》，凡遇到这类所谓纪实类或“被纪实类”的诗篇，倘若不愿被绑架进两眼一抹黑的经院去读经解义，唯有寻诗中之境，读诗中之人，品诗中之情，方可求得亮光来烛照心灵。

清代陈奂对此诗就有独到之见。他认为“子之”即“子是”“有子若是”，“不淑，如之何”即“如之何不淑”，实属反诘，即诘问女主有何不淑，认为其无不当也。今从陈奂说，将此诗作颂扬佳人之义来解。将一美人名状得如此惊艳，体艳句娇，足可称淋漓尽致，今古少见。

说到美人，不免想起了《庄子》的诡谲奇问：“毛嫱丽姬，人之所美也；鱼见之深入，鸟见之高飞，麋鹿见之决骤。四者孰知天下之正色哉？”意思就是，毛嫱和丽姬（西施）是天下公认的美女。但是，漂亮的鱼儿见了她们赶紧躲到深水里去，漂亮的鸟儿见了她们赶忙高高飞走，漂亮的麋鹿见了她们急忙逃跑。人、鱼、鸟、麋鹿，这四者谁才知道何为道地正宗的美呢？最聪明的人，面临这诡异的发问，也许都会语塞。前人的朴实思维，怎敌得过后人的刁钻，《诗经》的单纯素朴怎敌得过《庄子》“巧舌如簧”！

不管怎么说，《君子偕老》中的女子毕竟还是天生丽质。美，天生的美，也许是美人的第一品格。美国作家吉姆·哈里逊说，美代表着“天生的不公平”。

美女之美为普通女性树立了一种不可能达到的理想境界，是她们终生的焦虑所在，故而从古到今，不知有多少化妆品消费于女性的粉饰之中。

我阅读过的对于女子化妆最寒碜的非议，莫过于古罗马诗人马提尔的这段揶揄：“你只是一个谎言的组合。你人在罗马，而你的头发却长在莱茵河畔；夜晚，你将丝质的睡袍搁在一边时，你也将牙齿搁在一边；为了过夜，你将整个人的三分之二都锁在盒子里……这样就没有一个男人会说，我爱你，因为你不是他所爱的那种人，也没人爱你的那个样子。”

同是古罗马诗人的奥维德也说：“你的矫饰毫无疑问该让它终止。看到你脸上流下的那一串浓腻的脂粉，谁能不感到恶心？我为什么要知道那给你的皮肤带来白皙的东西都是些什么？”

《君子偕老》虽有衣饰首饰的描绘，其人却无需胭脂粉黛的抹饰，美色天成。

此诗涉及古代各样服饰、珠宝、首饰的名称，争相闪烁出自己独特的辉泽，翻译时很难从现代汉语中找到能精准对应的词语。说诗是不可翻译的，首先指的就是起始语言、文字、词汇一经转换立马变形、变质。翻译《君子偕老》可作一证。

既然今人需要求解，勉为其难还得翻译古诗。译古诗，最高成就是，以诗歌体裁来译诗，译出来的文本是诗。其间最重要的是内容、语言以及形式今古融融，也就是钱锺书说的：文学翻译的最高标准是“化”。把作品从一国文字转变为另一国文字，既没有因语文习惯的差异而生硬牵扯，又能保持原有的风味，那就算入了“化境”。“化”也就是变的最高境界，变而化之才得通。钱先生说的是外国文学翻译，其实，使用现代汉语翻译古诗《风》也当如是。

原文

君子偕老

君子偕老，副笄六珈。
委委佗佗，如山如河，
象服是宜。子之不淑，
云如之何？①

玼兮玼兮，其之翟也。
鬒发如云，不屑髢也。
玉之瑱也，象之揥也，
扬且之晳也。
胡然而天也？
胡然而帝也？②

瑳兮瑳兮，其之展也。
蒙彼绉絺，是绁袢也。
子之清扬，扬且之颜也。
展如之人兮，邦之媛也。③

【注释】

①君子：某王公。偕老：指伴侣。副：一副。或说一副假髻。笄（jī）：束发用的簪子，女子到十五岁始把头发绾起来用笄固定，称及笄。珈：笄上的玉饰，垂珠六颗叫六珈。委委佗佗：庄重从容自得的步态。如山如河：深沉庄重与柔美妩媚相宜。象服：绘有制式图案的礼服。宜：合适。子之不淑：遇人不淑。云：发语词。 ②玼（cǐ）：花纹鲜亮。翟：绣织有野鸡的礼服。鬒（zhěn）：头发浓密黑亮。不屑：不需要。髢（tì）：填垫装衬的假发。瑱（tiàn）：冠冕上垂挂在两侧的挂饰，或说耳坠。揥（tì）：梳发簪。扬且之晳：玉石般白皙的肤色。扬：玉。胡然而天：如天仙一般。而：如。帝：帝子。 ③瑳（cuō）：玉色鲜亮。展：红纱或白绸礼服。蒙彼绉絺：披在其上细薄的绉纱。蒙：遮盖，披在某物上。绁袢（xièfán）：夏季穿的白色薄内衣。清扬：眉清目朗。展：真的，确实。媛：美女。

哪里甜菜最好采？要采就来沫南方

哪里甜菜最好采？要采就来沫南方。
哪个女子我最恋？最恋姜家大姑娘。
我俩密会桑林里，还曾亲热角楼上。
事毕送我淇水边，多情偎我意绵长。

哪里莱菜最好采？要采就来沫北方。
哪个女子我最恋？最恋弋家大姑娘。
我俩密会桑林里，也曾亲热角楼上。
事毕送我淇水边，痴我不舍恋情长。

哪里蔓菁最好采？要采就来沫东方。
哪个姑娘我最恋？最恋庸家大姑娘。
我俩密会桑林里，也曾亲热角楼上。
事毕送我淇水边，恋死恋活恋断肠。

【笔记】

解一：淡淡的，甜甜的，浓浓的，爱情的感受太值得回味。三个男子争先恐后地回味恋爱史。日月运周亿万年，人性千古都不变，故而三个女子给予三个男子的爱是相同的。

解二：三段都是同一个男子唱的，孟姜、孟弋、孟庸，都是他的相好。

它是三幅画面的格局，内容平行，各自先后叙述，是古代田野荒郊的情爱故事。在同一曲调里，唱三遍结构和内容几乎相同的歌词。其歌唱洋溢出的花草芬芳和暧昧气息，情调都是一样的。

青春朴实，青春坦荡，青春欢乐，青春宝贵，古代的青春气息，可以绵延至今。《桑中》的歌诗表演，令人联想到当代流行歌曲《小芳》：“村里有个姑娘叫小芳，长得好看又善良……”唱的也是在乡间邂逅村姑，情浓得手，而后以不尽回忆编成歌诗，真似受了《桑中》直接熏沐。只是进入当代城市的钢筋水泥森林之后，尽管吉他和电声喋喋不休还在弹唱往事，暴晒旧情，对往事的追忆似乎召之即来，可是那“小芳”却只能留在乡野。歌手的一腔怅惘，立马变得矫情虚张。远不如《桑中》只截取片段诵唱女子深度的缠绵那么真诚有趣。

解一将这首诗一分为三，割出来给三个歌手来分唱，是此前的《诗经》导读书从未有过的划分。这得益于美国汉学家夏含夷、柯马丁等人见解的启发。

他们都立足于《诗经》文本形式、语言形式的细致分析，包括韵脚的变化、人称代词的变化以及相应角色的变化，以此解析诗篇表演性文本与日常口语文本的区别，厘清描述性和规定性功能的区别。夏含夷指出，《诗经》好些诗篇其实是仪式参与者的群体表演，人们以此与祖先对话。柯马丁指出，不同韵脚、不同人称代词、不同身份、不同口气的结合代表了不同声音，整个诗篇都暗含有不同参加者的多重声音。这些观点与家井真的意见不谋而合，给予本书的启示良多，让笔者能够在《诗经》形制的划分和理解上打开更宽广的思路。

柯马丁认为，随着新的考古发现以及新方法、新技术的应用与新的国际合作的开展，对早期中国文明的全方位研究正在进入一个前所未有而充满机遇的时代。尽管两千多年的中国学术传统铸就了对中国文明基本面向的理解，但今日之研究仍有着巨大的潜力可以丰富或质疑构成这些理解的要素。他对妨碍学术研究的本土主义有足够的警惕和质疑。他主张包括《诗经》研究在内的中国古典文化研究，应不受任何民族主义或本土主义思维的限制，不但要从中国来看中国，还应从世界来看中国，卓越学术的定义就是从世界各地吸取精华。

对于《诗经》的研究，国外的许多学者近年都有更新鲜的成果问世，国内学者亦有新绩。借助国际化与比较性的研究进路，解除保守防备的姿态，避免自我边缘化，相信我国的“本土诗经研究”和“海外诗经研究”一样，会有更大的成果相继而出。

原文

桑中

爰采唐矣？沫之乡矣。
云谁之思？美孟姜矣。
期我乎桑中，要我乎上宫，
送我乎淇之上矣。①

爰采麦矣？沫之北矣。
云谁之思？美孟弋矣。
期我乎桑中，要我乎上宫，
送我乎淇之上矣。②

爰采葑矣？沫之东矣。
云谁之思？美孟庸矣。
期我乎桑中，要我乎上宫，
送我乎淇之上矣。③

【注释】

①爰：在哪里。采：收割，采集。唐：菟丝子。沬（mèi）：卫国之邑。 云：无意义的助词。谁之思：思谁。孟姜：姓姜的大姑娘。孟：兄弟姐妹中排行最大的。姜：一般是贵族的姓氏。期：约定时日。桑中：地名。要：邀，约。上宫：城楼角，或地名。淇：淇水。 ②麦：莱菜。弋（yì）：贵族姓氏。 ③葑：芜菁。庸：贵族姓氏。

那人卑劣又丑恶，凭甚当王显国威

（奔奔：鸟类雌雄相随而飞）

隼鸟疾疾展翅飞，鹊鸟迟迟不相随。
那人卑劣又丑恶，怎堪做兄作长辈？

喜鹊缓缓不相随，隼鸟凌厉展翅飞。
那人卑劣又丑恶，凭甚当王显国威？

【笔记】

此诗体现疑惑愤懑，用赋言叙述的形式，以起兴为表，简言八句，就让说理和叙述生动了起来，也让情势紧张凝重了起来。

一般来说，兴，是游离于赋的起势文字；赋，是与兴无关的叙述铺陈。但《诗经》不尽然。《诗经》的诗，每首都好似有魂魄伴随、神灵笼罩，诗情缭绕有神秘的云丝。那一丝神秘的云，就是其兴辞。那生动对比的形象就是比喻。起兴与比喻，词语功能连在了一起。

这首便是这样。感觉到一定有所指，所指一定是个“大人物”。但它的讲述，吞吞吐吐，隐晦艰涩，似乎开口时舌头都是僵硬的。

两章的兴与赋之间好似王顾左右而言他、前言不搭后语，但是，隐隐地，又让人感觉到黏黏难脱的隐约关联。“隼鸟疾疾展翅飞，鹊鸟迟迟不相随”（“鹑之奔奔，鹊之彊彊”），以飞禽的感情暗示了人的密切感情，还暗喻了兄弟、君臣的关系。这关系，显然是若即若离、难分难离，但又紧密牵扯而难以脱离斩断的。为此，通篇才有无奈的感觉。

如此深切的关系，以如此深切的警觉来述及，还如此瞻前顾后、首鼠两端地躲闪，必是不说则如鲠在喉，说了则有诽谤长辈、国君，或妄议了国家大事之罪，招来的必是杀身之祸，才害怕得如此心惊肉跳。终归这一定是“君之视臣如土芥，则臣视君如寇仇”（孟子）的激烈反弹，要不然不会那么决绝。

难为《鹑之奔奔》，为诟病君主、腹诽恶政提心吊胆了两三千年。它也为后世留下一幅心理图鉴，所勾画的图鉴，无疑，许多皇亲国戚、臣属、小官吏辈之心理图鉴也可与之重叠。对帝王口是心非的许多两面人，就是这样催生出来的。

原文

鹑之奔奔

鹑之奔奔，鹊之彊彊。
人之无良，我以为兄。①

鹊之彊彊，鹑之奔奔。
人之无良，我以为君。②

【注释】

①彊彊：相随。无良：缺乏道德修养，秉性恶劣。 ②君：君主、尊长。或有所指。

50 定之方中

定之方中，作于楚宫：祭天的唱诗

（定：星名，古人以其位置确定兴建宫室的时间。

方中：正中位置）

营室星宿正方中，大王巨擘建楚宫。
日影测时定方位，打下基座起势雄。
榛树栗树栽成片，特种漆树种泡桐。
日后能有制琴木，将赖今日植树功。

登上高丘旧城台，楚地一望入眼来。
新城耸立高坡上，与山同高雄阔开。
栽种农桑择良田，卜卦吉辞示好彩。
天遂人愿呈祥瑞，动土无险可释怀。

正逢细雨好时节，速令臣仆不停歇。
早起驾车巡四下，夜宿桑林绿荫遮。
王公如此费心血，劳绩充实建勋业。
初饲马驹三百骑，今衍三千嘶风烈。

【笔记】

这首诗是在祭祀中为楚丘某诸侯王公歌功颂德的，带有极其明显的颂诗体色彩。此类歌功颂德诗，在《雅》《颂》中不少，在《风》中却只偶尔出现。由此也可见《风》诗专注于民间生活，民间立场突出，与统治阶级旨趣迥异。

歌功颂德诗篇，无外乎歌颂王侯是时的统治业绩。祭祀时，一般都是一水的吉利颂词：太平瑞应，风物卓异，国无夭伤，岁无荒年，关梁不闭，道无掳掠，风不鸣条，雨不破块，等等，以告慰天神祖神，也统一民众给予统治者良好评价的口径。

按照家井真的研究，祭祀时，须以祖灵其真人之像来祭祖灵，最好由死者的后辈子孙来扮演装神，是为祖神附着之像，也是祖灵附着之身。“周代祭祀祖先的礼制，有人装神，其名为尸。当尸进入宗庙走到他的位置上的时候，由主祭者跪拜，请尸安坐，这叫做妥。当献上酒食的时候，有人劝尸饮酒吃饭，这叫做侑。”（高亨）尸作为祖灵替身饮食罢，舞蹈念咒沟通神与人的关系。主祭遂代祭主念诵祭祷辞。

古埃及、古希腊、古罗马，这些古文明祭祀仪式的主祭者，都戴面具。他们的共识不一定就是以为戴假面就与神仙合为一体了，但是，依照他们祭诵的动静恣肆张扬大异于常的表现，绝对可以判断，佩戴面具才能够放得开，才能够按照自己的喜好随心所欲地设计，表演神明的姿态。

祭主就是王室公侯，有时巫者（灵媒）就是他们自己。在祭辞中，他们无不列数自己功德来祭告祖灵，也就是向祖灵汇报，并把一切业绩都归功于祖灵的庇荫，祈求祖灵继续恩赐大吉大福，以助他们继续再创大业。《定之方中》就是如此仪礼中的祷词。

祭主作为王公，从过去时切入，在祷词中反映他定点筑城，规划出的版图雄阔。“定之方中，作于楚宫。揆之以日，作于楚室”，透露筑城建房第一要义不是居住条件，而是地理方位是否吉祥。按照古代建筑规制，必是王宫建在正中，其前左侧建宗庙，右侧建土地庙，意为左敬祖宗，右敬社稷。社是土地，稷是谷神。此唱诗体现，当年十分注重看天象。白天运用圭表测日影，用表竿的影像位置和日影长度来确定天地之中心和地理最平稳的区域；晚上则观测营室星宿分布的位置。“定之方中”之“定”就是多颗星星构成的营室星宿，“方中”即是指“昏中而正”，“昏”即是黄昏之后天幕已黑的时间。“定之方中”整句意思是，当年王宫的建筑，是十月间经过晚间观察天象，在营室星宿已布成方形之吉时才开工的。所交代的这种时间讲究、宅地选址、建筑布局、修造过程，是一套阴阳堪舆的择吉之术。君王、王公要筑城，必须亲力亲为把握定点和开工时间。

他植树种桑，养马放牧，所建功业无不述及。“树之榛栗，椅桐梓漆，爰伐琴瑟”，这几句透露了一个文化信息，炫示王公在征伐的武功之外，还有细致的文雅，种了榛树、栗树、椅树、桐树、梓树、漆树，供日后制琴之用。当时用琴不会太少，不然何以当作一件大事来规划？如此看来，此地文明程度还颇高。

其眼光超前，还有值得一提的细节——当初此公开发城域，始拥马驹三百，后率臣民发展农牧，如今马匹已经超过三千……这是歌功颂德列数的，也许是概数，但必然是拿得出手的业绩，祖灵得知，该是何等欣慰！“颂者，美盛德之形容，以其成功告于神明者也”（《大序》）。本诗带有强烈的颂歌色彩，通过祭祀礼仪的唱诵，宣示君王德行，凝聚民心民望，将君王的功业传述为永恒。这颂歌是典型的祝嘏祷词，过去时与现在时交错叙述，是一篇很有价值的叙事诗。

原文

定之方中

定之方中，作于楚宫。
揆之以日，作于楚室。
树之榛栗，椅桐梓漆，
爰伐琴瑟。①

升彼虚矣，以望楚矣。
望楚与堂，景山与京。
降观于桑，卜云其吉，
终然允臧。②

灵雨既零，命彼倌人。
星言夙驾，说于桑田。
匪直也人，秉心塞渊，
騋牝三千。③

【注释】

①定：星宿名，亦称营室星，宜定其方位，以造宫室。作于：建造。楚宫：指楚丘的宫庙。揆（kuí）：度，测量，观测日影。也就是以圭影来观测确定方位。楚室：楚丘的公庙。树：种植。榛、栗：果仁可食的落叶乔木。椅桐梓漆：指可以制作琴瑟的山桐子、梧桐、梓树、漆树。爰伐琴瑟：等这些树长大以后砍来做琴瑟。 ②升：登临。虚：故城，丘墟。楚：楚丘。堂：楚丘旁的地名。景山：山名。京：高丘。降：向下，下来。桑：桑林。卜云其吉：占卜辞说吉利。终：最后。允：确实。臧：好，善。 ③灵雨：好雨。零：下雨。倌人：驾车的侍者。星言：晴然，雨停星现。言：语助词。夙驾：早上来驾车。说（shuì）：税，停下休息。匪：彼，那个。直：正直。秉心：用心。塞：外邪不入，诚实。渊：深沉。騋（lái）：七尺以上高大的马。牝（pìn）：雌性。三千：言其多的约数。

51

蝃蝀

阿妹自己拿主意，私奔自主定佳期

（蝃蝀：虹）

彩虹东挂弯又曲，手指彩虹犯禁忌。
阿妹嫁人自选郎，父母兄弟她背离。

彩虹高挂挂在西，西边日头东边雨。
阿妹嫁人自选郎，背离父母和兄弟。

阿妹自己拿主意，私奔自主定佳期。
媒妁之言她免了，父意母命她不依。

【笔记】

禁忌指的是违反忌讳的言行，涉及神圣、非凡，或禁止、危险之事物，习俗常据其特别内涵制订出许多约束常人的规矩。正如唐代苏拯所说，“阴阳家有书，卜筑多禁忌”。

禁忌具有危险性以及惩罚特征。习俗常被人们认定为天道神理，赋予其无形的灵力，灵力还会转移传递，据说冒犯之就会引来伤害，以及祸延近旁。它的惩罚，对道德、意图、情感，一律不加甄别，只机械归咎于言行。唯具有超强反灵力者，才能祓除灾殃。

彩虹，也称霓虹，有“阳虹阴霓”之含义。《诗经》年代叫蝃蝀。它有多彩绚丽之气象，很受民间喜爱和崇拜。又因其“神龙首尾都不见”，天穹只现一弯的神奇，古代视之为神秘之物敬而远之。不可思议的是，居然传说它贯有淫邪之气。据说“阴阳不和，婚姻错乱，淫风流行，男美于女，女美于男，互相奔随之时，则此气盛”。如用手指头直接指示之，手指就会像虹那样弯曲，还会将邪气引导入身体。

这神秘的传说，就这样成了一个禁忌，这禁忌又演变成了一桩劝诫的比喻。这首诗，就是以这比喻为铁律，劝诫子女谈婚论嫁必须遵循父母之命、媒妁之言。蹈常袭故之婚，方为本分守贞之婚。逾矩自作主张，就像以手指了蝃蝀，将对自身极其不利。

生活在不尽的禁忌之中，当然就会有反禁忌之行动。《蝃蝀》中的女子大胆，不顾父母之命媒妁之言，自主婚姻，敢于私奔。禁忌说天上之虹有淫邪之气不可用手指去指，她却偏偏去指了。都说婚姻要有父母之命媒妁之言，她却偏偏选择私奔了。当然，她被谴责了。但是，她遵循了自己的意愿，完成了自己的择偶选择。“乃如之人也”（这个女子啊），应该是卫道者的无奈惊呼。

作为一个女子，对父母的感情与对爱人的感情，都是人世间最纯真的挚爱至爱，都出自最原始、最本能的人性之生发。但是，这两种爱毕竟是有区别的。对父母的爱，是源自血缘的，永远回报不了的，因而是割不断的，永恒的，终生的。而对爱人的感情，虽发自天然，出于纯真，却不能保障一定是永恒的终生之爱，也就是说，难免有可能两情疲劳、感情褪色、见异思迁、移情别恋。这是古今中外无数客观事实证实的。

故而，父母总是多了一份关切，难免介入甚至束缚儿女们的婚恋选择，社会、道德、宗法也倾向于支持父母的这份监督、审视、允准，甚至包办的权力。择偶本是子女自己的权利，条件本应由自己认定，但由于子女认为终生都报答不了父母的养育之恩，且血亲难断，于是在择偶之时，一般都不得不服从宗法的规仪，得先需父母的允许、经媒妁之言说。而《蝃蝀》女子却是异类，居然实行反叛之道，“乃如之人也，怀昏姻也。大无信也，不知命也”，何其叛逆！彼时，她一定有自己认为的十分充足的理由，有一个急切的情势推动，加上有一个豹子胆，才敢于如此动作啊。这阿妹算是反对包办婚姻的先行者了。

原文

蝃蝀

蝃蝀在东，莫之敢指。
女子有行，远父母兄弟。①

朝隮于西，崇朝其雨。
女子有行，远兄弟父母。②

乃如之人也，怀昏姻也。
大无信也，不知命也！③

【注释】

①蝃蝀（dìdōng）在东，莫之敢指：虹现在东，是日暮之时，据说是不祥之兆，或说有淫邪之气，没有人敢指它。又有说虹是美人，旦为朝云，暮为行雨。蝃蝀：虹。有行：此处指私奔而后出嫁。 ②隮（jī）：虹。崇朝：终朝，整个早上。崇：终。 ③怀：坏，败坏。昏姻：婚姻。无信：无视媒妁之言。知命：父母之意愿。

52 相鼠

相鼠有皮，人而无仪。人而无仪，不死何为

哪个老鼠没有皮？庙堂的人却无义。
无义活来做什么？不如快点找死去！

哪个老鼠无牙齿？庙堂的人却无耻。
无耻活来做什么？赖死赖活有何益！

哪个老鼠没身体？庙堂的人不守义。
无义活来做什么？不如快快去找死！

【笔记】

据说这是讽刺周朝统治者的诗歌。

这是民众泼辣恶毒的咒骂，快人快语的宣泄，只有大恶之人、“大坏”之人，才配得起这番大骂。骂的背后，常常骂出身份、级别、档次。

居神圣庙堂的神圣之人，被毒骂一贬到底，连老鼠都不如，甚至还被咒去死。敢如此对庙堂人厉言指斥，可见人们对他们恨之入骨和蔑视之深，如鲠在喉非骂不可。“人而无仪，不死何为”“人而无止，不死何俟”“人而无礼，胡不遄死”，都是够尖锐刻毒的詈骂。礼，就是理，就是法，就是义。此诗贵就贵在胆气贲张，语言直露，戾气如硝烟甚为浓烈，对稷蜂社鼠毫不客气。

唐代牛僧孺编《玄怪录》有则议论:“天下之居者、行者、耕者、桑者、交货者、歌舞者之中，人鬼各半。鬼则自知非人，而人则不识也。”这里说的鬼，大体也就指的是大坏之人吧。天下坏事之大，莫如窃国。所谓“窃国者侯”，说的是只有庙堂之人，才可危害最大，最无耻而不守大礼大义，才可做大坏之事。最大的坏人自然在庙堂里。最大的恶，最大的鬼，自然也在这里才可寻。

恶人恶事，会给百姓带来痛苦和苦难，还带来精神上的困扰。与《诗经》同时代产生的印度民歌集《伐致呵利》称恶人恶事以及不愉快的事为“心中的苦”。彼国时人的七苦是:“昼间苍白的月轮，青春已逝的荡妇，空无莲花的池塘，出语不文的美貌，惟财是好的主子，永遭穷困的善人，混入王廷的恶徒:这是我心中的七苦。”这比《相鼠》所谓的恶，更进入了精神广度和深度。

对于善恶，主张“知行合一”的王守仁，制定有“心学四诀”:“无善无恶是心之体，有善有恶是意之动，知善知恶的是良知，为善去恶是格物。”重了事功，也讲了义理，既是修行的教导，也是哲理的总结。特别是对于恶行产生的必然、内因，所谓“意之动”，给予了足够的警惕和揭示。

俄国作家陀思妥耶夫斯基关于恶，有很独到的论述。俄罗斯哲学家尼·别尔嘉耶夫转述道，陀思妥耶夫斯基“对恶的态度是复杂的。从一方面说，恶就是恶，应该揭露，应该很快消灭。但从另一方面来说，恶是人的精神体验，是人的生活道路。人在自己的生活道路中可能由于所体验的恶而使自己丰富起来。对此应当这样理解:恶本身并不能使人丰富起来，使人丰富起来的是那种为克服恶而激发起来的精神力量。如果有谁为了丰富自身而向恶投降，那么，他无论如何不会使自身丰富，而且会自我毁灭”。读到《相鼠》这样的涉及恶的题材，听听哲人论恶，也是很有裨益的。

其实民众自有天眼，好人坏人，哪能看走眼去！公侯级、国君级大人物一旦被视为“坏人”，即使在位，也免不了被骂，只是由于畏惧权势，民众有所忌惮，一时畏缩一角，暗地发泄腹诽，悄声放射言语的冷箭，暗地里骂骂而已。一旦倒台，墙倒众人推，跟着骂的人最多，也骂得最解恨解气。那利箭的强劲，是不受威权和时代更迭而衰弱的。《相鼠》此诗，对大坏的人大骂出口，谁说人不识鬼呢？可见，既是鬼，就逃不过民众的法眼，古今中外如此，概莫能外。

原文

相鼠

相鼠有皮，人而无仪。
人而无仪，不死何为？①

相鼠有齿，人而无止。
人而无止，不死何俟？②

相鼠有体，人而无礼。
人而无礼，胡不遄死？③

【注释】①相鼠：鼠之相。相：样子。仪：举止，行止。 ②止：仪容举止。俟：等待。 ③礼：礼教，道德。遄：迅速。

53

干旄

良马高车招贤才，试问贤达怎迟疑

（旄：一种顶端用牦牛尾装饰的旗子）

车队奔驰飘彩旗，牦牛尾巴旗杆系。
旗帜边齿金丝缀，驷马前躯马蹄疾。
良马高车招贤才，试问贤达怎迟疑？

车过城边彩旗飘，旗画鹰隼甚雄枭。
旗杆飘飞红绦带，五马前导卷尘高。
如此阵仗招贤才，试问贤达怎回报？

车过城中马蹄欢，锦鸡尾羽秀旗杆。
旗边飘坠璎珞带，六马开道卷尘烟。
如此阵势招贤才，试问贤达怎等闲？

【笔记】

先秦时，采取世袭制度安排官职。后来人们渐渐意识到近亲繁殖的局限和弊端，于是统治阶级开始有限度地让渡出一些官职，采取举荐和招贤的方式网罗人才。当时曾有统治者发招贤诏、贴招贤榜，还筑招贤台并置财货于上吸引贤士投奔。《干旄》此诗，写的就是官方大张旗鼓地向社会招贤的动作。彩旗飘飘，马蹄疾驰，车队辚辚，烟尘滚滚……声盈耳，色炫目，气势非同小可，风中都飘传了迅急的音调。

旗帜猎猎迎风，旗面精致讲究，骏马急速奔驰，如此阵仗，似为战事，实是以车辆拉载着丰厚悬赏，为招揽贤才铺排场面。这等造势，可见求贤若渴诚心可鉴。一路掠影、一路疾呼、一路招摇的景象，被《干旄》定格，给后世留下了古代统治者曾经有过的大张旗鼓招聘人才的情状。《干旄》唱诗好似一幅会讲故事的图画，留下了一则历史轶事。

后世曹操求贤也曾如此若渴，除了在各种场合以各种方式招聘人才，还利用其大诗人的魅力，怀《干旄》之气势，依仗车马声色造势之同时，他举重若轻，备诗酒朝四方轻吁：“月明星稀，乌鹊南飞。绕树三匝，何枝可依？……青青子衿，悠悠我心。但为君故，沉吟至今……呦呦鹿鸣，食野之苹。我有嘉宾，鼓瑟吹笙。”

曹操一首《短歌行》，铺开万条心路，引来千年贤才俊彦的向往。他不拘一格、隐处求才、知人善任、赏罚分明，此用贤之道举重若轻，这才不愧是呼应了《干旄》招贤之势，发扬光大了《风》诗传统，古今映耀，熠熠生辉。

原文

干旄

孑孑干旄，在浚之郊。
素丝纰之，良马四之。
彼姝者子，何以畀之？①

孑孑干旟，在浚之都。
素丝组之，良马五之。
彼姝者子，何以予之？②

孑孑干旌，在浚之城。
素丝祝之，良马六之。
彼姝者子，何以告之？③

【注释】①孑（jié）孑：高高独立。干：旗杆。浚：地名。素丝：白色丝线。纰（pí）：在衣物上镶边。良马四之：四匹骏马拉车前引。此处的“四”和下文的“五”“六”都是概述。彼姝者子：那位贤者。畀（bì）：给予。　②旟（yú）：有鸟隼图像绘绣于其上的旗子。都：地名。组：编织、编结。下文“祝”同。　③旌（jīng）：以牛尾和鸟羽饰在顶端的旗子。城：土地宽大的封邑。告：忠告。

奇女如斯：君子大夫请听好，别再多舌把我挡

驰马驱车回母国，卫国沦丧心难安。
车马不厌路遥远，车回半路受阻拦。
大夫远道来劝阻，愈劝我心愈忾然。

纵使你们不赞成，我绝不返不回程。
你们看法实大谬，唯我看远又看深。
纵使你们不同意，我也不能折回去。
你们看法都大错，唯我深思又熟虑。

182 一路驰驱过山冈，停采贝母缓心伤。
纵然女子愁善感，却有主见定主张。
许国大夫责难我，实多胆怯少担当。

疾驰母国原野上，麦苗蓬勃呈希望。
我将吁请大国助，纾难解忧救我邦。

君子大夫请听好，别再多舌把我挡。
劝阻理由百种多，不如亲身我前往。

【笔记】

据解这是一首纪实诗歌。许穆夫人是卫国嫁出去之女。译文中所谓“母国”就是许穆夫人出生的卫国。她闻悉故国卫国被破，特从许国驱车奔往卫国。途中许国大夫

们闻讯赶来劝阻，让她不要前往危亡之地。她却直陈见解，决不折转回程……

此诗据说是许穆夫人自叙，如果真的如此，那么，许穆夫人应当是我国第一位女诗人了。惜乎这是数百年之后史家补叙的，且搁下不当它是信史。即使如此，将之当作一般叙事诗歌，此诗也是非常值得一读的，细究其文学形象塑造大有意趣，处处可圈可点。

一个大气雍容大无畏的女主人公，长途驱车疾驰，奔赴母国纾难。她在众位公侯大臣之间，沉着陈词："大夫跋涉，我心则忧。""视尔不臧，我思不远。""视尔不臧，我思不閟。""控于大邦，谁因谁极。""大夫君子，无我有尤。百尔所思，不如我所之。"

这些反驳语言，慷慨激昂，语句铿锵，力排众议，将其临悲不伤、力压群雄的凛然壮举，反映得有声有色。她倒海翻江的雄辩狂泻，一时盖得左右竟无一男儿之话语声音。

路边的贝母，减轻了她的忧虑；母国茂密蓬勃生长的麦苗，让她看到生机和希望。她沉着决断，心怀谋略，大胆介入国事，敢于担当，前往危亡之地。巾帼不让须眉，被描绘得很生动。她似一抹亮色，顿使已显得黯然的天穹重现希望之光。哪怕只将它当作一首单纯的叙事诗来看，这种风骨高傲的世家奇女子，无论诚还是情与德，都无愧于母国，其飒爽形象，熠熠闪光，碾压了一众舌儒颓臣，在古代诗歌文学画廊里，还极为少见。

这类说不清道不明具体历史人物指涉的《风》诗，正好给读者的释读放飞诠释的翅膀，读者尽管自由飞扬在艺术的天空，再无史实绳索的牵扯，也尽可逃离经学的羁绊。当代加拿大钢琴家格伦·古尔德在其《古尔德读本》中这样评说贝多芬的最后三首奏鸣曲：“这些奏鸣曲是无畏者于漫长旅行中的一次短暂却充满田园诗意的逗留。或许，这些作品并未屈服于他者对其启示录般的描述、界定，甚至归类。音乐是一种有韧性的艺术，它总是显得温柔顺从且贤明自如，能灵活地适应各种环境，因此要将音乐捏成人们想要的样子并不是什么难事，然而正如这些摆在我们面前的作品，当它引领人们走向幸福之巅时，对于听者而言，更快乐的途径是不去多此一举。”说的是音乐、听众，其实也可以接过来评述《风》及其读者。

原文

载驰

载驰载驱，归唁卫侯。
驱马悠悠，言至于漕。
大夫跋涉，我心则忧。①

既不我嘉，不能旋反。
视尔不臧，我思不远。
既不我嘉，不能旋济。
视尔不臧，我思不閟。②

陟彼阿丘，言采其蝱。
女子善怀，亦各有行。
许人尤之，众稚且狂。③

我行其野，芃芃其麦。
控于大邦，谁因谁极。④

大夫君子，无我有尤。
百尔所思，不如我所之。⑤

【注释】

①载驰载驱：快马驱策。唁（yàn）：吊丧。卫侯：卫文公，一说卫戴公。言至于漕：劝说之人到漕来。漕：卫国地名。大夫：许国追来劝阻许穆夫人回卫国的诸臣。　②既不我嘉：全都不赞许我。不能旋反：（我）也不能回头。旋：回转。视尔不臧，我思不远：你们的看法不对，我难道不比你们看得深远？臧：好。远：深远。济：渡水，过河。我思不閟（bì）：我的看法还是对的，行得通的。閟：闭，闭塞。　③蝱（méng）：贝母，据说可治抑郁。善怀：常常多愁善感。行：道理。许人：许国大夫们。尤：责怪、埋怨。众稚且狂：骄横狂妄。稚：骄横。　④芃（péng）芃：很茂盛。控于大邦，谁因谁极：求告大国问谁能驰援。控：求告，求援。因：亲近，可靠，凭借。极：济，救助。　⑤无我有尤：我没有什么可责备的。百尔所思，不如我所之：你们的百般主意，全不如我的一个行动。

卫风

55

淇奥

有匪君子，如切如磋，如琢如磨：《诗经》第一男神

（淇：淇水。奥：河岸弯曲之处）

淇水弯弯绕竹篁，文雅君子淇水旁。
精如骨雕象牙磋，美像宝石玉生光。
身材高大禀威严，相貌堂堂持端庄。
如此君子难遇见，教人终生不可忘。

淇水弯弯竹林青，文雅君子淇水临。
帽耳摇摇碧珠挂，帽缝莹莹缀玉星。
身材高大禀威严，相貌堂堂人彬彬。
如此君子难遇见，教人终日念在心。

淇水弯弯绿竹浓，文雅君子秀清风。
修身贵过金银器，养性美如圭璧琮。
广为仁爱阔心胸，稳如扶手可倚重。
平易近人真讨喜，嫉恶如仇最谦恭。

【笔记】

在《圣经》中，有一段描写美男子的诗篇。其《雅歌》第五章这样描绘道：“我的良人，白而且红，超乎万人之上。他的头像至真的金子。他的头发厚密累垂，黑如乌鸦。他的眼如溪水旁的鸽子眼，用奶洗净，安得合式。他的两腮如香花畦，如香草台。他的嘴唇像百合花，且滴下没药汁。他的两手好像金管，镶嵌水苍玉。他的身体如同雕刻的象牙，周围镶嵌蓝宝石。他的腿好像白玉石柱，安

在精金座上。他的形状如利巴嫩，且佳美如香柏树。他的口极其甘甜。他全然可爱。”

早于这首《雅歌》两三百年前产生的《淇奥》也是一首相当精彩的称颂男性美的诗歌。它不独取其豪雄刚勇之角度，而且选他文雅秀美之侧面，凡身材、相貌各端，面面俱到。《礼记》有说，“古之君子必佩玉”。为使其形象更立体、饱满，笔者在译诗时调用了牙雕、玉石、宝珠等珍品，以其绚丽光色和名贵美誉，映耀出一个高大威严又净无纤痕的高贵美男子形象。诗中没有忽略对于美男子性格、品行的赞美，特别突出对他修身养性的肯定，也因此，这幅“人物画像”才可称是格调高雅的艺术品。这淇水男子，可谓“《诗经》第一男神”。其艺术形象的立体性，堪称超过了上述《圣经·雅歌》的诗篇。

这男子无论颜值、衣着、饰物，还是德行、脾性，都相当完美。如此十全十美，又是在水边竹林现身，人间哪得几回见？唯仙境，才有如此神仙气质的完人！

此景此境，山林水泽，当是祭祀水神的气氛营造出来的玄幻之境吧，也是祭祀的在场者其感受和理想融溶交集生发之境吧！唯此境，才有如此气质之人；唯此气质，才可匹配如此理想化的高不可攀的格调。

看来，被称颂的对象很可能是操作祭祀的男性灵媒，除此岂能还有俗人可与之比肩！灵媒因是偶像，又因是天神化身，自然被膜拜，被讴歌。人们实因是对天神的赞美，甚至含有情爱代入之意，才不吝啬最美的语言，以最丰富的想象、最理想的塑造，将最敬畏和喜爱之激情来奉献予他。如是，才有如此毫不保留、感情奔放张扬以至膜拜的赞美诗。

《毛诗序》说此诗是称颂卫国武公之诗。《诗经》好些地方出现“君子”一词，一般指君王、灵媒、智者、夫君或寻常男子。《风》中的山林边水泽旁，多是祭祀山神、水神、祖神的灵媒作法之地。理学家常爱将民间朴素的对天神的亲近和赞美，转移成对统治阶级的敬畏与赞美，为此常硬将《风》中的“君子”释读为君王。殊不知，统治阶级和君王给人们的印象已成定式，他们比民众高了那么多阶级，或享了那么多福，或作了那么多孽，民众心中有数。他们妄图骗取民众真心的敬畏、赞美，却着实不配，民众也心有不甘。

百姓毋宁移情去崇奉赞颂一个既虚化又可视、既缥缈又存在，在自己心里塑造的理想化的偶像灵媒，如同两千年后的泰戈尔称颂其理想中的恋人——“你的双脚被我心切望的热光染得绯红，我的落日之歌的搜集者！我的痛苦之酒使你唇儿苦甜。你是我一个人的，我一个人的，我寂寥的梦幻中的居住者！”

民间立场与官方立场，所展现的态度截然不同。在创作上，二者差异就体现在这诗歌是作者自主生发的，还是被他人引导诱发又规范过的。前者顺天然，后者逆天意。《风》坚执民间立场和自主好恶，赞颂统治阶级和帝王的诗甚少，这是其最可贵之处，也是其艺术生命长盛不衰的奥秘。

原文

淇奥

瞻彼淇奥，绿竹猗猗。
有匪君子，如切如磋，
如琢如磨。瑟兮僩兮，
赫兮咺兮，有匪君子，
终不可谖兮。①

瞻彼淇奥，绿竹青青。
有匪君子，充耳琇莹，
会弁如星。瑟兮僩兮，
赫兮咺兮，有匪君子，
终不可谖兮。②

瞻彼淇奥，绿竹如箦。
有匪君子，如金如锡，
如圭如璧。宽兮绰兮，
猗重较兮，善戏谑兮，
不为虐兮。③

【注释】①猗（yī）猗：美盛貌。匪：有文采。如切如磋，如琢如磨：加工骨头为切，加工象牙为磋，加工玉为琢，加工石为磨。瑟：庄重。僩（xiàn）：威严，有威仪。赫：明亮。咺（xuān）：显著貌。谖（xuān）：忘记。②青（jīng）青：菁菁，草木繁茂。充耳琇（xiù）莹：帽子两耳装饰着闪光的玉石。会（kuài）：接缝，此处指玉缀于帽缝。弁：鹿皮帽。③箦（zé）：通“积”，堆积，言竹密。圭：大典时捧在手上的上端尖下端方的条形玉板。璧：中有圆孔的圆板玉器。宽：胸襟宽阔。绰：脾气温和。猗重较兮：足可倚靠。猗：倚。重：双重。较：车上供人扶靠的横木。戏谑：说笑，开玩笑。虐：过分，无节制。

56 考槃

隐逸唱诗的先声
（考槃：新屋筑成的庆典和喜悦）

筑屋所乐在涧边，隐居涤尘胸怀宽。
自睡自语自歌咏，佳趣铭心不外言。

筑屋所乐在山隅，隐迹孤僻最超逸。
独睡独醒独吟诵，难得潇洒永忘机。

筑屋所乐在山岭，隐世徘徊自宽心。
孤坐孤卧孤长啸，此乐不说他人听。

【笔记】

这首诗写隐者徜徉山水之间，自得其乐，也许可称为我国隐逸诗的先声。其语言恬淡，意境幽远，心情旷达，道尽了隐逸生活的闲适舒畅、自由自在、物事舍得、忘情忘机之乐。

筑屋山水间，偏居一隅。林泉高致，枕石漱流，任暖阳沐身、山月窥人，盘桓其间，享涧芳袭袂，不从众，不多言，无多事，独乐乐，自乐乐……这些元素是描绘隐居者形象的标配景致与心绪，也是出世者对理想中的隐逸境地的向往。古诗对闲情逸致的唱叙，似以《考槃》为发端。

《考槃》中的隐逸人，非贵族莫属。其身份、来历及其为何如此抉择，皆不可考。但他的情调、简朴、纯粹，不刻意于哲思，与庄子提倡的某种潇洒真人不同，其真实生活方式也与后世官宦文人归田隐居生活截然不同。

庄子说："古之真人，不知说生，不知恶死；其出不䜣，其入不距；翛然而往，翛然而来而已矣。"也就是说，庄子认为，能称为"真人"的人，对活着无所谓喜，对死去无所谓恶，不为生而欢欣，不因死而有所抵触，将人生视作潇潇洒洒走个来回而已。

后世失意官宦和不得志文人，常将隐逸挂于嘴边，不得势时口头似不在意，标榜欲脱离官场以求清闲，实则不舍不甘，牵肠挂肚的仍是名缰利锁。如元好问《鹧鸪天》:“身外虚名一羽轻，封侯何必胜躬耕。田园活计浑闲在，诗酒风流属老成。”封侯和躬耕，以孰胜谁高来比较，潜意识就分明仍有贵贱的排列，对功名利禄，似疏却恋，考其行止，还属无病呻吟。

《风》时代的隐逸，没有后来者庄子《逍遥游》哲思的清高，不能期望其能如大鹏“水击三千里，抟扶摇而上者九万里，去以六月息者也”那般浪漫潇洒，也无“至人无己，神人无功，圣人无名”的全舍觉悟。《风》时代不是科举文化炽盛、官场文化成熟、文人交往频繁的年代，至少仕者功名的概念尚呈淡薄，也还尚少“诗酒社，水云乡。可堪醉墨几淋浪”（辛弃疾）的文人笔墨雅兴和风流交集。

后人多赞誉苏轼的《行香子·述怀》:“清夜无尘，月色如银。酒斟时，须满十分。浮名浮利，虚苦劳神。叹隙中驹，石中火，梦中身。虽抱文章，开口谁亲。且陶陶，乐尽天真。几时归去，作个闲人。对一张琴，一壶酒，一溪云。”诗意淡然，美则美矣，其憧憬的云水隐逸生活却依然依赖琴和酒、诗和书，与《考槃》彻底非物质的“敲盘”特性相比，还是差了个简朴的档次。苏东坡的一个“闲”字犹隐隐牵扯尘世，怀有一胸书香，哪还有天真可言？远不如《考槃》那般决绝做世外俗人的散淡洒脱。

相较于后世的隐逸行为和理念，《风》里所道的“考槃”单纯得多。它仅是一种素朴的没有什么需放下、需舍得的休闲，如孟子所说，“无为其所不为，无欲其所不欲，如此而已矣”。如果能做到孟子倡导的“居天下之广居”和“养吾浩然之气”，那修炼“考槃”的隐逸之人，就几达圣人矣。

彻头彻尾孤独感受的意义，应该是像法国画家保罗·塞尚所说，“孤独对我是最合适的东西。孤独的时候，至少谁也无法来统治我了”。这是彻底的放松和解放，彻底的摆脱和隔绝，彻底的自由和自主之价值。

此诗可另有一解：这是祭祀仪礼上，灵媒的表演。灵媒是天神的代言者，自诩无为，潇洒逍遥，诱引人们以人生无意义、避世忘机为生活念想，以此摆脱被日常忙碌烦忧纠缠的精神困扰。由此无疑也可以演绎出甚有亮点的阐释，又可以写成一篇新的读诗笔记。《诗经》蕴含丰富，一诗可多解，由此又可为证。

原文

考槃

考槃在涧，硕人之宽。
独寐寤言，永矢弗谖。①

考槃在阿，硕人之薖。
独寐寤歌，永矢弗过。②

考槃在陆，硕人之轴。
独寐寤宿，永矢弗告。③

【注释】

①考槃（pán）：成德乐道，赞“贤者隐处涧谷之间”。一说言自得之乐。考：成，完成，建成。亦可解读为敲击。槃：盘桓；或器物名。涧：山中流水的小沟。硕人之宽：高士、隐者视之宽阔的居处。独寐寤言：独自睡、醒、对话。永矢弗谖：永远难以忘记。矢：誓。弗：不。 ②阿：山坡。薖（kē）：空；宽大。过：过失；或交往。 ③陆：高而平之处。轴：车轴，引申为盘旋、徘徊之处。告：告诉、宣扬。

巧笑倩兮，美目盼兮：《诗经》第一美袖

（硕人：身体壮实的美人。古人以女子身材高大为美）

美人壮硕又靓丽，锦袍外罩薄风衣。
齐侯之女初出嫁，嫁给卫侯做娇妻。
齐国太子称贤妹，邢国侯前亲小姨，
谭公又是她妹婿，一门姻牵几贵戚！

纤手荑芽嫩兮兮，皮肤润白如凝脂。
颈项白净骨肉匀，玉齿晶亮瓜子齐。
天庭饱满额方正，眉作蚕蛾弯触须。
酒窝蓄笑唇吐香，秋波流媚春带雨。

美人颀长好容颜，车停城郊待王宣。
四匹骏马气轩昂，护齿马嚼包帛绢。
车身前后羽屏遮，静候大王来接见。
文武识趣早退朝，怕碍君主意缠绵。

黄河流水浪奔奔，折流向北卷啸声。
唰啦一网得此女，鱼水泼泼任翻腾。
芦苇狄苇高挺挺，陪嫁族女标婷婷。
护卫武士雄赳赳，从嫁阵仗羡煞人。

【笔记】

此诗首章，将所颂美人的身世，与什么齐侯、卫侯、齐太子、邢国侯、谭公等一大串贵胄家族全拉扯到一起，如果煞有介事去考证较真，一一理清，诗读起来恐怕也就索然无味了。且用“身世高贵”笼而统之。

回到诗歌本体。罗列“一门姻牵几贵戚”，可视为拿这众多贵胄的权财当量来作类比的喻体，比照此女家世高贵不输众亲的分量，夸张其关系网十分了得。作为写作技巧，这切入点和手法，着实大胆罕见。拉这么多要人来左铺右垫，自然垫高了其身份地位。从这不凡的家族、亲戚背景，进入塑造美人的一个侧面，自然为其最终的立体化呈现，画上了绚丽的第一笔。

此诗不凡处，自然有对美人颜值的描述。以赋来铺叙，从身段，到肤色，到齿、眸、眉、唇、额头、颈项，再到眼波、笑靥……无不扫描过一轮。同时也没有忽略她周遭与她相关的一系列物事的情态：那陪伺她的不俗的扈从、侍女群，骏马、车饰以及送行阵仗的行止，君王的见重待迎蓄势，旁人（主要是大臣们）的反应，以及与性遐想不无关联的黄河浪奔奔、鱼群任翻腾……这一切叙述得气势煊赫，活色生香。以如此多彩的富丽来聚焦烘托一个美丽女子的尊贵典雅、豪奢的氛围和出行的气势，也是炫示了这雍容华贵的女子不凡气质形成的生活环境和社会条件。

《诗经》中直接写美女的诗篇不多，如《硕人》这般，篇幅如此之长，呈示侧面如此之多，叙述如此细致、如此摘艳熏香，真属罕见。《君子偕老》也是写美女的佳作，篇幅体量也相当，聊可与《硕人》共分秋色。如果硬要寻隙索瘢，只惜乎《君子偕老》太醉心于描摹颜值、服饰，笔墨过于琐屑，而忽略对美人家世背景、气质、客观环境作多侧面的立体烘托、揭示，形象略嫌平板，艺术格调遂感稍次。《硕人》则是多方位、多维度、无死角地展现一个美女，呈送出一个家世显赫的有质感、有体量、有温度、有气派的丰润佳人。

姚际恒在《诗经通论》里评价《硕人》——“千古颂美人无出其右”。的确，《硕人》此女，堪称《诗经》第一女神、千古第一美女！汉代有一首据传是李延年写的诗，可以借来做注解：“北方有佳人，绝世而独立。一顾倾人城，再顾倾人国。宁不知倾城与倾国，佳人难再得。”

此诗好些语词翻译起来颇费心思，如“领如蝤蛴，齿如瓠犀，螓首蛾眉”。蝤蛴，天牛的幼虫，色白身长；瓠犀，瓠瓜的子；螓，似蝉而小，头宽而方正；蛾眉，蛾蚕的触角，细长而曲。这些语词首现于先秦古文，在其后古典文学的语境里，经历多年移植、运用，经历从形象到抽象的语词释义提炼、含义认同的过程，早已超越原物物质性状和图形，被抽象地接受，定格为女性美的典型元素，足可条件反射一般“望文生义”的象征。

倘若译文泥古，逐字按照释义照搬描摹，刻画出来的女子形象定然会让读者感到匪夷所思。曾有人将“领如蝤蛴”这句译为“嫩白的脖子像蝤蛴一条”“脖子柔润，像天牛的幼虫”“颈项比那木虫白”，等等。这些译文，似忠于原著，但将魅力十足的美人玉颈比喻为“幼虫”甚至是朽木腐屑中蠕动的小小“木虫”，实在让人难以产生好的观感。笔者将“手如柔荑，肤如凝脂，领如蝤蛴，齿如瓠犀，螓首蛾眉”翻译为“纤手荑芽嫩兮兮，皮肤润白如凝脂。颈项白净骨肉匀，玉齿晶亮瓜子齐。天庭饱满额方正，眉作蚕蛾弯触须”。译文纳入了七言诗歌之彀，语言采用诗性的叙述。

那句描写美女情态的“巧笑倩兮，美目盼兮”，堪称描述美女风情的千古绝唱。所绘出的笑靥，真的是眼波流转、情思飞扬，那风致嫣然、情思灵动的风姿，在传神的勾画里，令人无限遐想，引得多少后人膜拜不及。真如清代诗人王世祯所说：“‘生香真色人难学’，为‘丹青女易描，真色人难学’所从出。千古诗文之诀，尽此七字。”《硕人》凭这一句对眼波“真色”的描绘，就足以艳压《君子偕老》对美女全身的扫描，永远占住了描述美女的同类古诗的高峰，无人再敢擢其锋缨，堪称中国夸赞美人的第一绝句。

这名句“巧笑倩兮，美目盼兮”，前人译文各出其彩。

1. “巧妙笑时酒窝好，美目盼时眼波俏。”（周振甫译）
2. “轻巧的笑流动在嘴角，那眼儿黑白分明多么美好。”（余冠英译）
3. “轻盈笑时酒窝俏，黑白分明眼波妙。”（袁愈荌译）
4. “迷人一笑真妖媚，美丽的眼睛黑白分明。”（何新译）
5. “嫣然一笑多妩媚啊，黑白分明的眸子闪闪亮！”（陈振寰译）
6. “唇边的笑涡真美丽，美目流转无限情意。”（韦凤娟译）
7. “一笑酒窝更多姿，秋水一泓转眼时。”（程俊英译）
8. “启齿一笑现酒窝，回眸流盼令人迷。”（向熹译）

拙译是“酒窝蓄笑唇吐香，秋波流媚春带雨”。

最堪匹配的还是曹植《美女篇》中的“顾眄遗光采，长啸气若兰”，以及曹雪芹《红楼梦》描写林黛玉的名句

"两弯似蹙非蹙罥烟眉，一双似喜非喜含情目"。二曹的金句，虽不是译文，却堪称点化激活了《硕人》"巧笑倩兮，美目盼兮"的情致。

《硕人》原文"施罛濊濊，鳣鲔发发"，是撒网带出声音，鱼儿跃腾出响动，"濊濊""发发"这两个绘声绘色的拟声词，在这语境里无疑都兼有男女欢爱的情色暗示和联想，着实生动绝妙。如何译此句，也颇费思量。如今搬动拟声词"唰啦""泼泼"来对应相助，勉力以"唰啦一网得此女，鱼水泼泼任翻腾"表述，或可算是在保留格调的前提下勉强相应，表达出了原文隐隐蕴含的性遐想。

稍迟于《诗经》诞生的《圣经》，有一首描写美人的诗篇可以对读。其《雅歌》第四章有如此片段："我的佳偶，你甚美丽！你甚美丽！你的眼在帕子内好像鸽子眼。你的头发如同山羊群卧在基列山旁。你的牙齿如新剪毛的一群母羊，洗净上来，个个都有双生，没有一只丧掉子的。你的唇好像一条朱红线，你的嘴也秀美。你的两太阳在帕子内如同一块石榴。你的颈项好像大卫建造收藏军器的高台，其上悬挂一千盾牌，都是勇士的藤牌。你的两乳好像百合花中吃草的一对小鹿，就是母鹿双生的。"它比喻美人的喻体多是周边的动物或生活场景，与《硕人》的细腻大相径庭。

《诗经》四言短句居多。现当代七言诗的译文，实是"变《三百篇》之体而为长句，变短什而为长篇，于是感情之发表，更为宛转矣"（王国维）。按照著名翻译家翁显良的启示，翻译要义是对应原意，只要认为对应了原意，该以切对切时，就以切对切；该以不切为切时，则以不切为切。

以诗译诗，是许多老一辈译家的执念。先化身成原著作者入诗，而后从原诗里跳出来，诗的译文就是一首诗，才堪称妙合之译。此理念的阐发，以郭沫若的表述最为极端。他说：“译雪莱的诗，是要使我成为雪莱，是要使雪莱成为我自己。……我和他合而为一了。他的诗便如像我自己的诗。我译他的诗，便如像我自己在创作的一样。”

笔者译《硕人》以及其他《风》诗的体验，没有强烈到“我是雪莱，雪莱是我”那种精性灵血互渗的程度，但是，“我译他的诗，便如像我自己在创作的一样”的感受，却的确是时时都有的。有得意译文出自笔下之时，不由产生“我幸遇《风》，《风》幸遇我”的亲切感和宿命感。

原文

硕人

硕人其颀，衣锦褧衣。
齐侯之子，卫侯之妻。
东宫之妹，邢侯之姨，
谭公维私。①

手如柔荑，肤如凝脂，
领如蝤蛴，齿如瓠犀，
螓首蛾眉。巧笑倩兮，
美目盼兮。②

硕人敖敖，说于农郊。
四牡有骄，朱幩镳镳，
翟茀以朝。大夫夙退，
无使君劳。③

河水洋洋，北流活活。
施罛濊濊，鳣鲔发发，
葭菼揭揭。庶姜孽孽，
庶士有朅。④

【注释】

①颀：修长。衣锦：穿锦。褧（jiǒng）衣：罩衣；披风。齐侯之子：齐侯的女儿。东宫：居东宫之太子。姨：姨妹或姨姐。谭公维私：谭国国君是她的姐夫或妹夫。 ②柔荑：去皮后的嫩茅芽。蝤蛴（qiúqí）：天牛的幼虫，圆筒形，身白而长。瓠（hù）犀：瓠瓜的子。螓（qín）：像蝉而小，额头宽而方正的虫。蛾眉：蚕蛾触角般细长弯曲的眉毛。倩：笑靥可感。盼：眼神灵动。 ③敖敖：身材高。说于农郊：在近郊停下来休息。说：税，停，休息。牡：雄兽，此处指公马。骄：肥硕。朱幩（fén）：缠着马嚼子两边的红丝布。镳（biāo）镳：盛多貌。翟茀（dífú）以朝：坐着车子去朝见君主。翟茀：古代贵族妇女乘坐的以野鸡羽毛装饰车帘的车子。大夫夙退，无使君劳：大臣们识趣地早早退去，免得君主劳累于朝政而误了“宫闱大事”。夙：早。 ④北流活（guō）活：此处指黄河向北流。活活：流水声。罛（gū）：渔网。濊（huò）濊：撒网入水的声音。鳣（zhān）：鳇鱼。鲔（wěi）：鲟鱼。发（bō）发：鱼尾在水中拨动的声音。葭：芦苇。菼（tǎn）：荻苇。揭揭：修长飘扬貌。庶姜：姜氏家族的陪嫁众女。孽孽：盛装华贵。庶士：随嫁的奴仆护卫。朅（qiè）：勇武壮硕。

58

氓

氓之蚩蚩，抱布贸丝。匪来贸丝，来即我谋

（氓：男子代称）

那天你曾笑痴痴，拿币说来换蚕丝。
其实哪是换东西，是来诱我做鸳侣。
事毕送你渡淇水，送到顿丘才别离。
时不允婚非我意，是你无媒无婚契。
别时请你消怨气，相约金秋才迎娶。

从此幽会在城垣，时时盼你望复关。
每当盼你不见人，常常丧气泪涟涟。
一旦等你终于到，言多语谐笑开颜。
你说已经请卜卦，卦象祥瑞尽吉言。
吉日那天驾车到，载我嫁妆结良缘。

桑树叶子密层层，满树嫩叶叶青青。
小小斑鸠要灵醒，贪吃桑葚会迷情。
告知天下姑娘们，别恋男人情太深。
男士结情情短暂，说变甩手就脱身。
女子结情情专一，半途遭变误终生。

绿叶变枯挂树上，风吹叶落满地黄。
自从嫁进你家门，三年困苦苦难当。
苦情如水漫车帷，同你排险终过江。
为妻持家无过错，你却过河丢拐杖。

为夫为父你放纵，律己信条全丢光。

回想为妇整三年，家务操劳天复天。
早起晚睡成习惯，没有一刻得安眠。
谦恭温柔顺遂你，讨得凶暴粗鄙言。
兄弟对此不知情，讥我对你有亏欠。
独自静心细思量，蒙冤泪流暗幽怨。

本想白头共情缘，不料越老越积怨。
淇水宽宽也有边，漯水洋洋也有岸。
回想未曾婚嫁时，你我说笑从不倦。
山盟海誓犹在耳，何曾想过恨或冤。
今你翻脸情分断，往事不堪莫留连。

【笔记】

这首诗反映了一对男女从相识、谈爱、成婚到婚变的全过程，是被抛弃的妇人诉苦之言。

它以喜悦、痴恋、虐待、情变，构成情感变化的节点。从“氓之蚩蚩，抱布贸丝。匪来贸丝，来即我谋”（“那天你曾笑痴痴，拿币说来换蚕丝。其实哪是换东西，是来诱我做鸳侣”），到“言既遂矣，至于暴矣”（“谦恭温柔顺遂你，讨得凶暴粗鄙言”）情感的反差，一个女子婚姻悲剧的道路就这样脉络清晰地反映了出来。一桩初始得不到父母祝福的自主婚恋，到跨入婚姻后的悲剧，竟成这个女子的宿命。“反是不思，亦已焉哉”，往事虽不如烟，但也别再重提吧！“山盟海誓犹在耳，何曾想过恨或冤。

今你翻脸情分断，往事不堪莫留连。”结尾也算自我安慰和豁达解脱，遂完成了女子形象的塑造。

此诗六章，采取今昔对比的方式。其起承转合并不统贯一气到底，而是在第三章放下叙事，作一个间歇，停下来专门形成一章插叙议论，使章法来一个跌宕折转。这种夹叙夹议，让讲述透口气暂时缓了下来，使叙事停顿一下，形成情绪起伏。

这起伏包含的劝诫，可说是最早对人性开掘的金句之一，对男女情爱差异有深刻的剖析："于嗟女兮，无与士耽。士之耽兮，犹可说也。女之耽兮，不可说也。"

这金句，引无数译者竞折腰，踊跃挥笔转述：

1. "可叹的姑娘啊，不要同男人爱过分。男人的爱过分，要摆脱还可以讲。姑娘的爱过分，要摆脱不可以讲。"（周振甫译）
2. "姑娘们啊，见着男人不要和他缠！男子们寻欢，说甩马上甩；女人沾上了，摆也摆不开。"（余冠英译）
3. "啊呀呀，漂亮的姑娘们，结交男子莫过分。男子要和女子混，一朝甩去不费劲。要是女子恋男人，受了玩弄难脱身。"（向熹译）
4. "唉呀年青姑娘们，见了男人别胡缠。男人要把女人缠，说甩就甩他不管。女人若是恋男人，撒手摆脱难上难。"（程俊英译）

拙译是"告知天下姑娘们，别恋男人情太深。男士结情情短暂，说变甩手就脱身。女子结情情专一，半途遭变误终生"。

总之，这道理堪称颠扑不破。《氓》由于有了此段插话，文、意之峰突起，故事导向朝深奥曲折转去，使接下去的讲述更富说服力和吸引力。

中国古代爱情诗，两情浓烈之时，常以山盟海誓来表示情感的坚定和稳固。为表示诚意，不惧今后誓言灵验、兑现与否，不惜今后也许会有神判介入惩治食言之罪错。然而，尽管对天起誓，对神起誓，都无碍人之情变，无碍弃妇的产生。从《氓》时代至今，时时可见情人誓言的无力和虚假。

《诗经》里，以弃妇、婚变、怨女为题材的诗时见，但同类诗中，论生活气息浓厚、谋篇布局讲究、情节结构完整、细节丰富生动、叙事气象新颖，没有能超出《氓》的。其情节富于张力，结构与小说必需的叙述要素多有亲缘之处，具备被他种文体再创作的潜质，堪称《风》之精品。

曹植《种葛篇》可与此诗对读，作为《氓》诗最后一章的延伸："与君初婚时，结发恩义深。欢爱在枕席，宿昔同衣衾。窃慕棠棣篇，好乐和瑟琴。行年将晚暮，佳人怀异心……"

读《氓》，日本的青冢赤云读出一种新意。他认为，"此篇为歌咏被外乡人诱拐的农村少女的悲哀"。标新立异，引人注目。只可惜读的是转引，无缘知其详说。

原文

氓

氓之蚩蚩，抱布贸丝。
匪来贸丝，来即我谋。
送子涉淇，至于顿丘。
匪我愆期，子无良媒。
将子无怒，秋以为期。①

乘彼垝垣，以望复关。
不见复关，泣涕涟涟。
既见复关，载笑载言。
尔卜尔筮，体无咎言。
以尔车来，以我贿迁。②

桑之未落，其叶沃若。
于嗟鸠兮，无食桑葚。
于嗟女兮，无与士耽。
士之耽兮，犹可说也。
女之耽兮，不可说也。③

桑之落矣，其黄而陨。
自我徂尔，三岁食贫。
淇水汤汤，渐车帷裳。
女也不爽，士贰其行。
士也罔极，二三其德。④

三岁为妇，靡室劳矣。
夙兴夜寐，靡有朝矣。
言既遂矣，至于暴矣。
兄弟不知，咥其笑矣。
静言思之，躬自悼矣。⑤

及尔偕老，老使我怨。
淇则有岸，隰则有泮。
总角之宴，言笑晏晏。
信誓旦旦，不思其反。
反是不思，亦已焉哉。⑥

【注释】

①氓（méng）：民，男子。蚩（chī）蚩：憨厚貌。抱布：拿钱来。贸：买卖，交易。即：接近、靠近。谋：商量；说媒。顿丘：地名。愆（qiān）期：误时、拖延。媒：媒人。将：愿，请。 ②乘：登。垝垣（guǐyuán）：倒塌的土墙。复关：地名。涟涟：泪流满面。载：又，且。卜：烧灼龟甲观察裂纹以判吉凶。筮（shì）：排列蓍草组合以判吉凶。体：卦象。咎：此处指凶兆。贿：财物，嫁妆。 ③沃若：嫩叶光鲜。桑葚：桑树的果实。有说鸠食桑葚过多会迷醉。耽：过度沉溺。说（tuō）：脱，脱身，解脱。 ④其黄而陨：枯黄飘落。自我徂（cú）尔：自从我嫁到你家。徂尔：到你家，嫁给你。食贫：过贫苦的日子。汤汤：水势浩荡。渐（jiān）车帷裳：水漫至车轮弄湿了帷幔和衣服。渐：浸湿。女也不爽，士贰其行：女子无过，男子硬要追究、挑剔。不爽：没有差错。贰："貣"（tè）的误字，差错。罔极：错误超常。罔：无。极：标准。二三：不专一，无定性。 ⑤靡：没有。室劳：指家务事。夙兴：早晨起来。遂：顺从；久。咥（xì）：讥笑。躬：自身。悼：悲哀。 ⑥及尔偕老：同你白头偕老的愿望。隰：低洼之地。泮：畔，岸边。总角：古代儿童将发辫扎成两个短牛角状。宴：快乐。信誓旦旦：誓言诚恳。不思其反：没想到会变心。已焉哉：算了吧。

曾经将妹当鱼钓，可惜线短不能及

钓竿修修长又细，哥在淇水钓大鱼。
曾经将妹当鱼钓，可惜线短不能及。

河水源头在左面，淇水水流在右边。
自妹远嫁哥惦念，胜你父兄长挂牵。

河源出左无改变，淇水右流没变迁。
犹记笑靥皓齿白，轻步碎玉落庭轩。

淇水悠悠水长流，桧木造桨松造舟。
怀旧难逢故人面，且驾舟游解积忧。

【笔记】

这首诗，应是男子思恋女子之诗。

对自己思恋但已远嫁、离别父母兄弟的女子，理解其处境以及对她的怀恋等诸种情愫，都融通于回顾之中。“岂不尔思？远莫致之”，笔者用“曾经将妹当鱼钓，可惜线短不能及”译读，依据的是“籊籊竹竿，以钓于淇”的自然环境起兴描绘，以及解嘲的意趣。这是这首诗最精彩、最有世俗趣味、最有心理内涵、最耐人寻味的诗句。而后的段落，就是寻常之情的庸常表述，最后归结到“怀旧难逢故人面，且驾舟游解积忧”，也还算是表达了豁达心态。

用祭祀泛化的观点来看，这首诗如果解读为祭祀诗，就更有扩展想象的张力。在水边祭祀水神，绿水悠悠，诉说不休，神迹却仍旧不见……

把神女当作家人，想请动她出现，那就虚构一番昔日相处细节，细数家常琐事，请神女聆听诉求……这是祭祀的惯用套路，也是人们乐此不疲的场面。如此展开描述进而解读，又将是另有一番诱惑的至美场景！

李白《惜余春赋》就是如此抻长《竹竿》意趣的文字。他笔下的那天，风魂欲断，泪洒江河，春意难留，心绪紧追女神缥缈，思无限，念佳期，想游女，愁帝子，惜余春，缱绻于瑶草哀歌之怨，“恨不得挂长绳于青天，系此西飞之白日”……明显地致敬了《竹竿》的诗情画意，但作了更饱满生动的发挥和描绘。大诗人学诗，运思点化融通的气象自当不同凡响，出手之所成，当然成了自家风韵。

《诗经》是李白抵拒当时齐梁柔靡之风的利器和创新的借鉴。他特别留恋和推崇《诗经》的四言形式，曾说“兴寄深微，五言不如四言，七言又其靡也，况使束于声调俳优哉”，意思就是，论言简意深，最好是四言，五言次之，七言又次之了，至于那些以讲究声律为要的所谓杂言说唱更是根本上不了台面。据统计，他一生引用、化用《诗经》作品 173 首，《诗经》对他影响之大，由此可见一斑。

原文

竹竿

籊籊竹竿，以钓于淇。
岂不尔思？远莫致之。[①]

泉源在左，淇水在右。
女子有行，远兄弟父母。[②]

淇水在右，泉源在左。
巧笑之瑳，佩玉之傩。[③]

淇水滺滺，桧楫松舟。
驾言出游，以写我忧。[④]

【注释】①籊（tì）籊：尖细修长貌。岂不尔思：怎不思念你。致：到达。 ②泉源：水名。行：出嫁。 ③巧笑：乖巧的笑容。瑳：开口露齿之笑。傩（nuó）：娜，婀娜，形容走路身姿轻盈。 ④滺（yōu）滺：河水畅流。桧（guì）楫：桧木做的船桨。松舟：松木做的船。

60 芄兰

哥枉有刀不割肉，不解衣带枉成年
（芄兰：萝藦，其荚实两两相对成叉形）

萝藦叶卷玉锥尖，冤家显摆挂佩件。
此锥含义哥懵懂，妹秀风情哥不见。
哥枉有刀不割肉，不宽衣带傻悠闲。

萝藦叶尖扳指圆，冤家显摆套圈圈。
此圈含义哥懵懂，妹盼风情难成欢。
哥枉有刀不割肉，不解衣带枉成年。

【笔记】

本诗从闻一多说，作爱情诗解读。

古代有“琐物崇拜”、佩物禳镇之风俗习惯，某些金玉制品、植物枝条、动物角骨，都被认为是有法力的物件而被制作成佩饰挂件，当作辟邪的吉祥物。其中有些小物品或隐含有性意味，或作为陪嫁物件供房中助兴、抒发情趣，或作为谈情说爱时示爱的信物，总之意味深长，也深得年轻男女青睐。当然，这些都是比较私密的玩物和有长久纪念意义的私下赠品。

此诗的意趣在于涉及少女与少男春情朦胧情爱之时，两相明显的因年龄差别带来的性意识反差——小女子性觉醒早于小伙子。这情状在原著中是用“知”“甲”二字表达的。

按照上古文字的典籍解析，“知”有“知道”“知识”的义项，还另有“匹”“合”“交”“接”等义项。如“乐莫乐兮新相知”“我欲与君相知，长命无绝衰”，句子里的“知”，与“匹”“交”一样，照闻一多说，“有泛言之义，又有迳指通淫之义”。闻一多还说，“本诗（《芄兰》）及《女曰鸡鸣》之知字，则迳谓通淫之事”。“甲”，狎也。闻一多说，“‘不我甲’即‘不我合’，谓不与我交合也”。坊间对此诗之解读，多属不知所云，原因就是忽略了闻一多的揭示，导致释义离题甚远，不切真意就匪夷所思。

小女子早熟，敏锐感知到佩饰玉锥、扳指暗示的佩者已适龄，可以与之亲近的性含义。她怀着春情，期盼男子的回应，与她作相应的亲近，以至成欢。谁知那小伙子竟懵然未知，只将此类物件作为一般玩具来猎奇把玩。毫无应和的表示。岂知那物件，在小女子的认知里，是寓意两人已成年，送出此物实是对小伙子做了宽衣解带的暗示和召唤。小伙子却不解风情，优哉游哉傻乎乎地四下闲逛。这就变成女子一厢情愿，终不顺遂，虚度了时光，旷了女子，伤了春情。这是以小女子口气叹喟的唱诗。戏剧意味由此而生。

由于“此锥含义哥懵懂”“此圈含义哥懵懂”，故“妹秀风情哥不见”“妹盼风情难成欢”——男子近似迟钝愚憨，不解那锥子和扳指的性含义，难以明白女子求欢之暗示。青年女子怀春不遇，幽怨心焦可鉴。那青年男子幼稚朴实，无异于“自废武功”。“哥枉有刀不割肉，不解衣带枉成年”，这两句译文，笔者自以为够贴切、够含蓄、够耐人品味了，生动地表述这女子的哀怨、男子的懵然，重现这一番啼笑皆非的尴尬絮叨。

方玉润考证，“孔子未生以前，《三百》之编已旧；孔子既生而后，《三百》之名未更。吴公子季札来鲁观乐，《诗》之篇次悉与今同，其时孔子年甫八岁。”也就是说，孔子起码是在八岁以后才知晓有《诗经》的存在。早熟早慧的孔夫子，何时开读《诗经》，对于《芄兰》如何解读，已属不可考据。但他对于《诗经》之美，确是终生推崇的。

孔子曾被后人抬到高天，也曾被后人贬到深谷。褒也好，贬也好，许多理由都属误读误解，或被有意构陷，或被故意曲解。他对《诗经》魅力之见重，就常常被人们以宣扬他的正名学说为由掩盖了去。日本美学家今道友信说：“孔子是与儒教不同的大思想家。孔子认为，艺术在人生中，占据着比学术还要高的位置。孔子认为学术从明确的概念定义出发，最后仍以定义为终结，这叫‘正名’。而儒教则将正名解释为只包含正君臣名分这一政治、社会学的意义。……孔子认为，人的精神在学术处于定义界限之内，是不能充分进行活动的。因而他说‘兴于诗’。这是在说，语言艺术的象征力量超过了学术界限，巧妙地暗示出不可做出定义的精神状态，把人的精神引导到超越学术的价值上。”

从孔子致力弘扬的语言艺术象征力来说，《芄兰》喻说的正是人性最美好、最可宝贵的特性之一——天真。特别是在泯灭人情人性的虚伪的非真实的文艺中沉浸太久而致审美疲劳之后，天真作品给人带来的乐趣和惊喜，是特别珍贵的。

德国诗人席勒曾说：“人类只有在玩耍的时候才是完整的。”尼采则说：“在真正的男人心中，隐藏着一个希望玩耍的孩子。”天真是人类形成的先决条件之一，是基本的“真人”的人性。《芄兰》中，男女天真成长的图像，打上了《风》时代人物和物件细节的烙印，今天读来，还让我们感受到，尽管日月运周，岁月变化，小儿女青梅竹马天真的“风月朦胧”人性总是永恒不变。

《芄兰》纯属精神状态的产物，不关涉什么重大意义，更不体现什么礼教。只有质朴得近似童趣的少年情爱初萌的感觉，男女性觉醒差异之趣味，才活跃扑面地展示了一种审美意趣，才是日常生活气息真真实实的反映。《风》真意之所在，是揭示身边的寻常生活情趣，多超逸学术界限。此诗具有题材选择的独特意蕴，以及对人生某阶段生理、心理揭示的意义，还贵在早在那时，就有人注意到了涉及性心理差别的题材。

原文

芄兰

芄兰之支，童子佩觿。
虽则佩觿，能不我知。
容兮遂兮，垂带悸兮。①

芄兰之叶，童子佩韘。
虽则佩韘，能不我甲。
容兮遂兮，垂带悸兮。②

【注释】

①支：枝条。童子：对小伙子的戏谑称呼。觿（xī）：形状像锥子的解绳结的用具，玉觿是象征已成年的佩饰。能不我知：岂不与我相匹合。能：乃、而；宁、岂。知：匹合。容：不能割物之佩刀；一说得意而摇摇摆摆走路的样子。遂：舒展貌。垂带悸兮：腰带下垂抖动。 ②韘（shè）：扳指，又称指圈，射箭勾弓弦时为保护右手大拇指套在其上的兽骨小筒圈，也是象征已经成年的佩饰。不我甲：不与我交合。甲：狎，交合。

61 河广

谁谓河广？一苇杭之
（河：黄河）

谁说黄河河面宽？芦苇编筏渡对岸。
谁说宋国很遥远？欲见只需踮脚尖。

谁说黄河河面宽？渡过只需一小船。
谁说宋国很遥远？早去午归仅半天。

【笔记】

“谁谓河广？一苇杭之。”

——谁说黄河河面宽？芦苇编筏渡对岸。

“谁谓宋远？跂予望之。”

——谁说宋国很遥远？欲见只需踮脚尖。

“谁谓河广？曾不容刀。”

——谁说黄河河面宽？渡过只需一小船。

“谁谓宋远？曾不崇朝。”

——谁说宋国很遥远？早去午归仅半天。

这样极度夸张的语言，句句贴切，句句精彩！将一个普通的道理，说得至简、至白、至透、至彻、至坚决。它流淌得那么自然，看来是脱口而出，是不经锤炼就尖锐无比的言语利器。

但是，欲问这首诗是爱国诗还是爱情诗，或者是哲理诗，可能无人能说一个准。诗无达诂，或诗无定诂，好诗歌可随人解读，内涵有无尽的张力，这些品格和特质，就在这诗里表现出来了。

这种句式、句法，具有随意更换地名、句子的可能性，就像数学公式，构架固定，留出变数的空白，只需填入有关数字即可。如黄河，可改为长江或其他江，宋国可改为鲁国或其他国，改罢套用即可通行。这种并非特指的创作，而是率性可变的语词形态，充分体现了民歌群体参与创作、群体参与修改，放之四海都亲切，几乎无固定文本的特质。后来的填字游戏或是由此格式渐变形成的。

这正证实了柯马丁指出的《诗经》尚未定型时，呈现一种“文本素材语料库”的状态。其间集体创制散作的运思、主题、题材、唱词等诸种语料模块，具有很强的可配置性和兼容性，可以经选编，整合成多种“复合文本”式的诗篇。

原文

河广

谁谓河广？一苇杭之。
谁谓宋远？跂予望之。[1]

谁谓河广？曾不容刀。
谁谓宋远？曾不崇朝。[2]

【注释】

①河：黄河。卫国和宋国隔黄河相望。一苇杭之：芦苇编筏即可渡河到对岸。跂（qǐ）：踮起脚。②刀：舠，小船。

62 伯兮

头痛这是念夫病，病根不除病怎好

（伯：女子对丈夫的称呼）

我夫威武又雄壮，义士英杰守国邦。
丈二殳棍拿在手，勇打前锋护我王。

自从夫君东征去，蓬头垢面无心理。
绝非没有膏油沐，为谁梳妆为谁洗？

期盼云雨盼甘露，偏偏红火日头出。
不见夫归头益痛，谁人经得这般苦！

人劝我找忘忧草，种植屋后驱烦恼。
头痛这是念夫病，病根不除病怎好！

【笔记】

写思念戍边丈夫的一个女子之情态。

这女子蓬头垢面，不梳不洗，不施膏油，只因丈夫从役相离，难归难至。她念夫念得头都痛，甘愿忍受相思苦，思念丈夫到生病了也心甘情愿——可她真的甘愿如此吗？

那么，“焉得谖草，言树之背”，忘忧草可解决吗？也未必。那忘忧草也许能让她忘忧，但倘若一并连夫君都忘掉，那不更糟糕吗？所以还是甘愿念夫念出病，纵使相思病难好。这逻辑真是一种自虐奇思！

这首诗，反映出底层民众对统治者的容忍度非常高。底层民众在社会生活和精神生活上都承受着沉重的压迫，陷入深深的苦难之中。但是，人们必须接受压迫带来的苦难，容忍苦难的折磨。因为要是稍有反抗，便会遭到统治阶级的镇压，承受更大的苦难。

按照《礼记·辨名记》，当时“五人曰茂，十人曰选，百人曰俊，千人曰英，倍英曰贤，万人曰杰，万杰曰圣”。杰是傑的简体字，傑和桀是古今字。妇人的丈夫是“邦之桀兮”，桀，就是万里挑一的英杰，是有地位之人。夫妻分离，天长日久，“其雨其雨，杲杲出日”（“期盼云雨盼甘露，偏偏红火日头出”）就是一种性苦闷的透露，必有悔教夫婿觅封侯的时候。但又能如何呢？只得将苦熬变作顺其自然。一旦熬到自觉以此为骄傲，以苦难为自豪为得意，那就是民众最愚昧、最可悲的时刻了。

这首诗对苦恋的书写、对徭役的愤恨，不着重于对痛苦的形容和宣泄，而是另笔往反向走，先逆来顺受，顺势接受，继而朝更深处开掘出心底的畸形状态，揭示准备自虐的残酷打算。这就别开了一个艺术生面，顿使这首诗的苦难叙事和悲情，在众多的同题材诗中脱颖而出。这首诗深刻揭示了愚民和顺民的由来，其别开了一个艺术生面的地方是，揭示冀望有药可治的悲情，到头来变成更深重的苦难和悲哀。

原文

伯兮

伯兮朅兮，邦之桀兮。
伯也执殳，为王前驱。①

自伯之东，首如飞蓬。
岂无膏沐？谁适为容！②

其雨其雨，杲杲出日。
愿言思伯，甘心首疾。③

焉得谖草，言树之背。
愿言思伯，使我心痗。④

【注释】

①朅：勇武壮硕。桀：英杰，英雄。殳（shū）：一种杖类兵器，一丈二尺长。前驱：开路前锋。 ②蓬：草名，遇风飞旋，故又名飞篷。膏沐：洗发的用品。适：悦，取悦。容：修饰容貌。 ③其雨：祈雨，希望下雨；也有性象征的含义。杲（gǎo）杲：光明灿烂。愿言：殷切思念的样子。首疾：头痛。 ④谖草：萱草，又称忘忧草。背：北，北堂。痗（mèi）：忧思成病。

63 有狐

有狐绥绥，在彼淇梁。心之忧矣，之子无裳

（狐：此诗中比喻男性）

哥像狐狸光溜溜，独蹚淇水下堰口。
妹真替哥难为情，连片遮挡都没有。

哥像狐狸光溜溜，蹚水至腰过渡口。
妹真替哥难为情，连条衣带都没有。

哥像狐狸光溜溜，蹚过淇水岸边走。
妹真替哥难为情，连件衣裳都没有。

【笔记】

这首诗，以“有狐绥绥”起首，一个裸身的男人，突兀而出，惊叹亮相。此诗涉及裸人，是《风》诗的独一无二。

服饰与羞耻的关系，以及遮羞与教化的关系，是个很有趣的话题。德国美学家格罗塞曾讨论这一话题。有人认为，最初人是一丝不挂的，后来只挂一丝在腰间，是感觉羞耻所致。有的人则认为，腰间之所以挂那一丝，是装饰所需。格罗塞则认为，衣着习惯导致羞耻心理的生成，指出人的羞耻心并非与生俱来，当代家庭中的孩子在接受文明教育以前，会毫无羞色地袒露他们幼小的器官……无衣着而羞耻的教化是后天的。

这些观点林林总总，莫衷一是，但是，衣着遮羞这一教化，至少早在《风》时代以前就已经建立。这首诗冲击着教化，以“裸狐”（实是裸人）起兴，似乎有些诡秘，它确确实实咏唱了一个裸人一丝不挂蹚涉过江的全过程，行为十分乖谬。玄虚中含有什么玄奥？是着意悖反衣着羞耻教化的行为吗？可人们竟还拿来公开唱诵……怎么想都觉得吊诡！

闻一多说此诗是一首调情诗。这说法似乎把读者带到“解读室”的大门边了。可是，这是一首什么样的调情诗，是在什么地方唱的调情诗？还是得拿到相应的钥匙，开启第二道大门，才得以登进释然的堂奥。

作为民间土风歌诗，《风》与《雅》《颂》最大的区别，就是《风》禀具独自的民间功利，它不着重歌功颂德，而偏重日常生活感情抒发，偏重娱乐功能。其娱乐，是既娱神又娱己。民间祭祀都在乡间祖庙进行，对于祖神、天神，既当神祇看，又当自家已逝的前辈、家人看。祭祀场面往往偏重搞笑的戏剧效果，着力营造祭祀场面天人合一、和谐、欢乐一家亲的气氛。这就是打开解读第二道大门的钥匙。

打开这祭祀的大门。一个男子主祭者乐呵呵的，不是在与格罗塞讨论什么衣着与羞耻的问题，而是主动接受人们嘲讽戏谑。人们纷纷取笑他，“哥像狐狸光溜溜……连片遮挡都没有”“哥像狐狸光溜溜……连条衣带都没有”“哥像狐狸光溜溜……连件衣裳都没有”。人们笑他的狼狈，笑他的尴尬，众人群起而哄之。

他是真的赤身露体了？为什么如此？他是什么人？一切似乎都不重要。重要的是大家都众口一词唱说他赤身露体，更重要的是，他也默认自己被编排，被“赤身露体”。更有趣的是，他十分乐意接受人们对此的嘲弄、奚落，并和他们一同逗趣、取乐，把这场戏谑推向高潮。“妹真替哥难为情”，唱歌女子们的调皮泼顽，跃然纸上。

某人赤身露体，有违教化，这就是这场祭祀寻找到的能引动全场活跃情绪的噱头，也是既能讨好天神和祖神，让他们开心、满意，又能逗乐民众自己的搞笑话题。灵媒既是祖神的替身，又是祭祀民众之一员，还是他本己。他中规中矩地穿着祭祀礼服，却任人们对他任意奚落，笑他裸身。正是他主动扮演主角，与祭祀民众共谋，合演了这场闹剧，如此而已。这就是《有狐》这首调情诗歌，以嬉笑怒骂佯狂之态，登堂入室演唱，并大受欢迎的原因。

无独有偶，后世广西也有首搞笑山歌，与此非常类似。女唱：“哥郎当，脱了裤子过龙江。上面戴顶烂草帽，下面吊节猪大肠。”此歌在一次山歌会上唱诵，唱得人们狂笑。这哥真吊儿郎当到敢公然脱裤子过江吗？这正是妹编排来搞笑的！哥也接受了嘲弄，加持了搞笑的气氛。妹调皮，哥装傻，于是一起烘托出戏谑的情绪。搞笑思路，今古一辙，这分明就是《有狐》的“千年呼应”“世纪回声”。

王国维说：“诗人视一切外物，皆游戏之材料也。然其游戏，则以热心为之。故诙谐与严肃二性质，亦不可缺一也。”其“游戏”，指的是游戏性；“严重”，指的是严肃性；“热心”，指的是认真。趣谐与谐谑，是一种游戏性的打趣文字。看其是轻薄出言还是热心为之，就可以审视它是否娱情娱性，是否守正道德规范的底线。《有狐》，就是一首既搞笑，又没有违背道德规范，能给人以健康的娱乐的作品。

原文

有狐

有狐绥绥，在彼淇梁。
心之忧矣，之子无裳。①

有狐绥绥，在彼淇厉。
心之忧矣，之子无带。②

有狐绥绥，在彼淇侧。
心之忧矣，之子无服。③

【注释】①绥绥：独行求偶貌。梁：河梁，河中可过人或拦鱼的垒石堰坎。裳：裤子，下衣。　②厉：河水深至腰部的地方。带：衣带。　③侧：岸边。

64 木瓜

千年礼仪：投我以木瓜，报之以琼琚

阿妹给哥送木瓜，哥送佩玉报答她。
不是客套示回赠，永结情缘明作答。

阿妹给哥送木桃，哥将红玉赠娇娇。
不是应酬作回礼，明示永愿结相好。

阿妹给哥送木李，哥给阿妹送黑玉。
不是应酬当回报，明示哥妹结缡意。

【笔记】

收获时节，男女对歌，互相赠物以传情、定情、宣示婚约。本诗四句一章，三章句法相同，套用同一曲调做复沓叠咏歌唱。赠送木瓜、木桃、木李，回赠以美玉，烙上了古代投果谈婚的印记。

《木瓜》里说的是男女赠答的示爱传情。但是，其名句被简缩为“投桃报李”，经两三千年的广泛演绎运用，已经超越了男女示爱、定情的含义。它的含义演进定型后，形成两个内涵。其一，倘若赠他人礼品，就要赠送人家喜欢的东西。其二，即便别人送你以价值轻微之物，礼轻情意重，你也当回馈他以珍贵的礼品。

琼瑶，本就是美玉。《木瓜》一诗彰显了礼尚往来，展示了纯正、大方、诚挚的感恩之爱，将别人的示好、赠物看作施恩，受施者应该感恩回报，这种情分，是人与人之间理应珍惜的，故而国人有“人情大过天”的说法。这是具有中华民族传统美德典型性的表征。“琼瑶”彼物，以及这词语，天长日久，不知不觉跨越了物质特性，增持了美德美誉的精神特质，成了友善、温和、珍贵、美好的象征。

当代作家琼瑶（本名陈喆），其笔名就是自“投我以木桃，报之以琼瑶”取义。她创作了《一帘幽梦》《心有千千结》《还珠格格》《庭院深深》等许多小说和影视作品，风靡一时，也堪称“手出琼瑶”了。

《木瓜》是《风》里被传诵、引用得很广泛的经典名篇。所谓经典，无非是具备重要性、权威性、典型性、广泛性特质的作品，是人们见识人类文明成果的最有说服力的例证，也是人们互相印证情商、智商，沟通健康情绪的标尺。

推介传播经典，外国音乐的商演界做得不错。每到年底，都有机构统计、公布该年度商演次数最多的一批经典曲目。这些年，列在一二位的都是莫扎特和贝多芬，两大师轮流居于冠亚军之座。居第三位及以后的，大体是海顿、勃拉姆斯、柴可夫斯基、德沃夏克、肖斯塔科维奇、马勒等一众音乐家，基本就是以上名单，组合变化不大。贝多芬说过：“音乐应当使人的精神爆发出火花。”这每年都“爆发出火花”的资讯，颇能满足我这样的音乐爱好者的好奇心。

翻译《风》，我就特别想知道作为经典，《风》被引用、提及最多的篇目是哪些，只可惜似乎难以找到具有统计意义的有关资料。

原文

木瓜

投我以木瓜，报之以琼琚。
匪报也，永以为好也！①

投我以木桃，报之以琼瑶。
匪报也，永以为好也！②

投我以木李，报之以琼玖。
匪报也，永以为好也！③

【注释】

①琼：赤色玉，亦泛指美玉。琚：佩玉。匪报：不是客套酬谢。　②瑶：似玉的美石，泛指美玉。　③玖：似玉的浅黑色美石。

王风

65

黍离

黍离之悲：知我者，谓我心忧；不知我者，谓我何求

（黍：小米。离：一行行）

黍子排排长成行，黍地旁边长高粱。
野地徘徊慢慢走，心神悲怆尽彷徨。
熟人说我心忧伤，路人疑我有异想。
苍天在上难告知，是谁弄我恁悲凉？

黍子排排长成行，黍旁抽穗长高粱。
野地徘徊慢慢走，神思懵懂醉晃荡。
熟人说我心忧伤，路人疑我有异想。

苍天在上难告知，是谁弄我恁悲伤？

黍子排排长成行，黍串结籽长高粱。
野地徘徊慢慢走，心口如堵憋得慌。
熟人说我心忧伤，路人疑我有异想。
苍天在上难告知，是谁弄我恁悲怆？

【笔记】

这首诗的意趣，在于欲说还休的朦胧，在于道不尽说不明的沉重心情。

主人公在野地徘徊，复沓三番地说自己忧伤，说自己发愁。到底忧些什么、愁些什么？没有明说。他还说，知他的人说他忧。可谁是他的“知我者”呢？也没有明说。

要弄明白他忧的是什么，必得先弄清他的身份。他到底是达官贵人，还是国君皇族，抑或平民百姓？所忧是至大的国事，还是平民生活的琐屑？

此诗原文只表述了世事游移变化、离乱后的悲怆情念，似巨大的石头滚落，沉重地蹍过心胸，但是字面并不介绍引发这番悲怆情念的具体世事是什么。从春到秋，只知其心情十分沉重，而不知其为何心情如此沉重。国崩？家塌？丧失家人友人？……都毫无暗示和交代。如此不着天不着地，一切均有可能，则任何人的任何悲伤心绪都可代入抒发了。于是，这首伤情诗，其朦胧，其含糊，倒成一个优点了，作为唱诗，它不拘泥史实背景，包容度由此就显得很大，具有许多维度的阐释空间。

《黍离》在原著白文之外，对应历史，据说确有一篇大文章。有说其实隐含了某古国的衰落消亡史。《毛诗序》说："周大夫行役，至于宗周，过故宗庙宫室，尽为禾黍，闵周室之颠覆，彷徨不忍去，而作是诗也。"而因宗周已灭，这首追思宗周的祭祀歌诗已不能入"雅"乐，故而被降等级编入《风》中。于是"黍离之悲"成了亡国导致礼崩乐坏的典故，许浑《金陵怀古》就以"松楸远近千官冢，禾黍高低六代宫"怀古伤情，作西周以及其后数个朝代消亡的描绘。说黍离之悲是亡国之悲，是很有象征性的。照此说，此诗内涵不但不单薄，还另含有一番宏大叙事，抒发的是亡国之忧。

近年四川三星堆遗址发掘成果异常辉煌。有人将此与《黍离》挂连，说：黍，蜀也，夏禹故乡祖地，古蓉三星堆文化发祥地是也。《黍离》之悲，暗射之地就是蜀地，《黍离》之忧就是黍地宗周亡国之忧，如今四川三星堆发掘所出土的大放异彩的文物正可为当时的历史做佐证云云。究竟《黍离》与三星堆有何关联，还在考证之中，真相还是云里雾里一片迷蒙。如是解读全诗，又使它笼罩在新的谜一样的朦胧里。这事情的真相，尽管交由考古学家去研究揭秘。

回到这唱诗，它文本确实可称《风》里的迷宫，曲里拐弯的过程，布有多重迷障。不过，迷蒙中，还是可见有一颗星星亮着。这是一颗“诗句之星”。作为千古名句，它永恒地闪亮着，帮助人们表达一种说不清道不明、似可说不可说，难以与人沟通也不屑与人沟通的心绪。这语文苍穹里的诗句明星，就是“知我者，谓我心忧；不知我者，谓我何求”。

“知我者，谓我心忧；不知我者，谓我何求”，这诗句是整句古代汉语能与现代汉语零距离对接相通的典范，它通俗得不能再通俗，不需要翻译，当代人就能读懂，并能一字不改地照搬运用于自己的日常生活中。但当代学人为了体现自己文本的译文特性和表达个性，还是努力做了转述的尝试。

1. “知道我的说我心烦恼，不知道我的问我把谁找。”（余冠英译）
2. “了解的说我心忧愁，不了解我的说我有要求。”（袁愈荌译）
3. “理解我的说我心忧，不理解我的说我有什么贪求。”（陈振寰译）
4. “理解我——知我心中烦忧；不理解我——以为我作何寻求。”（何新译）
5. “了解我的，说我心里忧伤；不了解我的，问我在把什么寻找。”（韦凤娟译）

6. “知道我的人说我心在发愁，不知道我的人说我有什么要求。”（周振甫译）

7. “知心人说我心烦忧，局外人当我啥要求。”（程俊英译）

拙译为“熟人知我心忧伤，路人疑我有异想”。

数种译文，各有千秋。但是认真计较起来，这些译本，无论思绪的宣泄，抑或表达的精准、文字的简练，以及诵读的顺畅，无一能与原著比肩，有的甚至还对原作有所误读和曲解。这不禁令我再次朝天叹喟：经典厉害，《诗经》厉害！

原文

黍离

彼黍离离，彼稷之苗。行迈靡靡，中心摇摇。知我者，谓我心忧；不知我者，谓我何求。悠悠苍天！此何人哉？①

彼黍离离，彼稷之穗。行迈靡靡，中心如醉。知我者，谓我心忧；不知我者，谓我何求。悠悠苍天！此何人哉？

彼黍离离，彼稷之实。行迈靡靡，中心如噎。知我者，谓我心忧；不知我者，谓我何求。悠悠苍天！此何人哉？

【注释】

①离离：行列整齐；繁茂。稷：谷子；高粱。行迈：远行。靡靡：行步缓慢。摇摇：心神不定。此何人哉：谁造成的呢？

夫君服役太孤凄，云雨饥渴怎得济

（役：在外服役）

夫君远行外服役，遥遥不知他归期。
征人居住无定所，不如鸡有歇巢居。
日头出了复又落，牛羊归栏得栖息。
夫君服役仍奔波，叫我怎能不相思！

夫君远行外服役，有年无月无归期。
征人不停走四方，不如鸡有横木憩。
日头出了复又落，牛羊下山得聚集。
夫君服役太孤凄，云雨饥渴怎得济！

【笔记】

力役、兵役、杂役，统称徭役，是古代统治者强加于平民百姓身上的无偿社会劳务和军务，繁多、频繁且苛严。相传秦时男子从17岁到60岁都要服徭役，这是极其不合理的沉重负荷。韩非子就将徭役与国泰民安直接关联起来，说“徭役少则民安，民安则下无重权，下无重权则权势灭，权势灭则德在上矣”。《风》中有好些描述徭役带给平民不幸的诗歌，可从另一个角度做韩非子高论的佐证和注解。

本诗怀念征人。太阳升落，鸡栖横木，牛羊归栏，等等，这些昔日夫妻共享的家庭生活场景和细节，一下子被提拎铺排出来。这一铺排，相当于拿眼前这和平安宁的一切，与远方征人奔波艰苦的生活作比较。

这些场面，都内蕴有昔日征人在家时的家庭生活气息，有缱绻爱情和亲情，更聚焦女子当下孤独无依的悲苦心境。日头出了复又落，多少个日日夜夜如此啊，愁肠九转，相思之情更加浓烈。有典型环境的描绘为先导，心理言说就有了强度。

陶宗仪有说："乔吉博学多能，以乐府称，尝云：'作乐府亦有法，曰凤头、猪肚、豹尾六字是也。'"所谓凤头，是指一篇文章或诗歌开头漂亮、夺目；猪肚，则是中间内含丰厚，言之有物；豹尾，则指结尾别出心裁，收煞有力。

本诗以朴实的叙述语言进入，开门见山，说征夫居无定所，人不如鸡，开头就很别致漂亮。中间生活细节极多，内容充实，包括将开头提及的鸡之巢居，进一步细化为栖居于木架，足可称作猪肚。最动人处在其结尾，以"君子于役，苟无饥渴"作收煞，真可谓甩出了一条响鞭，是很有力的豹尾。

"君子于役，苟无饥渴"一句，周振甫翻译为"先生在服劳役，愿他没有饥和渴"，余冠英翻译为"丈夫当兵去得远，但愿他粗茶淡饭不为难"，程俊英译为"丈夫服役在远方，会否忍饥饿肚肠"，都属果腹之忧。

而按照闻一多对《诗经》中"饥"与"渴"都有性含义的揭示，以及考察本诗的逻辑内涵，此二句其实是说及了久别夫妇的性饥渴，是表达该妇人对昔日欢爱的忆念，是心之所必思、欲之所必想、爱之所必恋，是挂牵夫君必然的性惦念。唯将个人隐秘却实属恒常的生活之事置于诗中，才显出本唱诗感情的诚挚、深切、真实、可贵。

故而，这两句笔者翻译为：“夫君服役太孤凄，云雨饥渴怎得济！”由此转述出征夫之妇心底的隐匿渴望，冀望能早日与夫君相聚的念想，当是合情合理的人性化的题中应有之义。此份至密，撩起了个人化感受隐私帷幕的一角。词语虽软和，似不经意一笔带过，却置于结尾，实为内蕴了迫不及待和不得不发，深刻控诉徭役对民众日常、正常的夫妻生活的伤害。其力度可谓入木三分，其切入角度是后人诗中少见的。《风》贵真、贵平实、贵切入生活，由此可见。

原文

君子于役

君子于役，不知其期，
曷至哉？鸡栖于埘，
日之夕矣，羊牛下来。
君子于役，如之何勿思！①

君子于役，不日不月，
曷其有佸？鸡栖于桀，
日之夕矣，羊牛下括。
君子于役，苟无饥渴！②

【注释】

①于役：正服役中。曷至哉：何时回家。曷：何，此处指何时。埘（shí）：土墙上凿出的鸡窝。下来：下山坡。如之何勿思：如何不思。②不日不月：没有期限。佸（huó）：聚会，此处指与丈夫团聚。桀：木架。饥渴：此处指性饥渴。

坦坦荡荡，潇潇洒洒，君子阳阳

（阳阳：快乐，得意洋洋）

夫君唱《房》喜洋洋，左手恣意舞笙簧，
右手拉我入室去，快乐难言意飞扬。

夫君唱《敖》乐陶陶，左手舞束彩翎毛，
右手召我同游戏，真是快意乐逍遥！

【笔记】

这首喜洋洋、乐陶陶之诗，是尽可以让人轻松愉快驰骋想象的文字。

舞动步蹈，手执玩物，夫妻携手，入室游戏，歌舞同欢，快意逍遥……是肌肤之亲密，还是感情之放飞？对此，自然庄者见庄，谐者见谐，“淫者见淫”，智者见智。别人如何解读不重要，对主人公来说却绝对是够日常、够私密的了。二人世界，得此非常的快乐，足够了。

《风》中有不少娱乐性很强的唱诗，体现的就是个人的情趣和欢乐。它们朴实的真趣、欢乐、张扬、自主、自在……定格在书本中流传下来，纵然书页被岁月摧折而发黄脆裂，内中精神要旨也并不褪色。

闺房之乐纯属自己的爱好，只要不伤及人，何尝不是至乐！俗话说，人非草木，即是说人并非无情之物。平日概括出来的所谓喜怒哀乐、七情六欲，都是人具有的感情。与此紧密对应，又有“人生在世，草木一秋”的说法，是说人生短暂，其背后含有及时多做奉献或及时行乐等各种暗示。这首诗就是及时行乐，以自己认为的乐趣为乐、以能享自己之乐为乐的体现。比起牛峤《菩萨蛮》里“柳荫轻漠漠，低鬓蝉钗落。须作一生拚，尽君今日欢”那番尽力追求极致欢乐的隐衷，《君子阳阳》只是内心欢乐简朴的情之外化。

王国维《人间词话》里说：“诗词者，物之不得其平而鸣者也。故欢愉之辞难工，愁苦之言易巧。”如此说来，《君子阳阳》直接写欢乐之态，实属凤毛麟角，颇为难得。

冬烘卫道者常端起个架子，板着面孔，指斥这类诗为艳诗，殊不知人之所以为人，恰恰在于人性不泯灭，有私己之快乐——况且私密之乐更是至乐，苟要了解某人真实的人性，还得从洞察探究其对待七情六欲的态度开始。法国启蒙思想家狄德罗就诟病过无端的批评家，“不停地阻止我们寻求快乐，或者使我们对于寻得的快乐脸红，这是多么傻的工作！……这就是评论家的工作”。理学家爱做的工作，亦是如此。

袁枚曾指出“夫妇”与经典《周易》的“阴阳”同出一辙，是人类真性情的体现，“言我之情”实是文学真谛，所谓“艳诗”也足以辅助儒门教化。何苦要将乐趣囿为一尊，殊不知“以千金之珠，易鱼之一目，而鱼不乐”。

说到“鱼之乐”，想起了法国军事家、政治家拿破仑·波拿巴，也曾作为“鱼”享受水中乐趣。他出战在外，几乎每天都要给他妻子约瑟芬写情书：

我将带着满是你身影的一颗心入睡，你楚楚动人的身影啊……和约瑟芬在一起，犹如置身人间天堂。且让我吻你的唇、你的眼睛、你的胸部，你全身上下的每一处、每一处。

一个吻，吻在你心房；一个吻，低一点；一个吻，再低一点。

……

——这都是拿破仑的情书啊！莫去怪人家肉麻，那是人家的闺房私话，他人的鱼之乐，子非此鱼，与你何干！

古希腊哲人毕达哥拉斯和伊壁鸠鲁就主张，肉体的快乐和感官的快乐是一切快乐的起源和基础，如果一个人的生活抽掉爱情的快乐和视觉听觉的快乐，那么“善”的概念就无法想象。《君子阳阳》能如此潇洒自如地进入《诗经》选本，实可见当时人就是如此坦坦荡荡潇洒自如地面对视与听的愉悦，表情达意无挂无碍。

原文

君子阳阳

君子阳阳，
左执簧，
右招我由房，
其乐只且！①

君子陶陶，
左执翿，
右招我由敖，
其乐只且！②

【注释】

①簧：笙类乐器。由房：可能是乐曲名，用于房中。只且：语尾助词，表感叹。 ②陶陶：高兴快乐的样子。翿（dào）：纛，顶上以羽毛为饰的旗，一种舞具。敖：舞蹈的位置。一说为舞曲名。

戍边哀歌：想念我的心上人，何日才能归家聚

小河波涛浪无力，一束树枝冲不去。
想念我的心上人，不能随我守申地。
日里思念夜里想，何日才能归家聚？

小河流水水无力，一束荆条漂不去。
想念我的心上人，不能随我守甫地。
日里思念夜里想，何日才能归家聚？

小河河滩濑无力，一束蒲柳浮不起。
想念我的心上人，不能随我守许地。
日里思念夜里想，何日才能归家聚？

【笔记】

《王风》《郑风》《唐风》，都有以《扬之水》为名的诗篇，这可能是曲调名，类似后世的词牌名《西江月》《菩萨蛮》之类。

戍边将士，守卫在申、甫、许三地。这三地，或许是泛指的地名。还有说，此或是周平王迁都，无暇顾及戍边将士之情状。今无从考证，仅从原文意义识读，姑且作无特指的地名解。本诗反映兵卒们长年戍边，有亲不能随，有家不能归，思念有加却无奈难言的真实感情。“扬之水，不流束薪”，有两种含义。一是河里扬起之波涛，翻腾奔流的冲力极大，不容薪柴作捆束状漂流，要将它冲散而去。另一含义是，激扬之水流过浅滩，水势浅薄，已

无力浮载推动哪怕一捆一束薪柴，只好任其搁浅。本译文、笔记取后者，以扬起之水已不能浮载物件为喻，将自己没有权力和能力带家眷随从戍边，又归家无期的无助和苦闷抒发了出来。

其一——细说、精心选用的喻体，是有层次的，切合内容，形象准确。树枝比荆条重，荆条比蒲柳重，质地比重绝对值呈递减态势，以此比喻自已每况愈下的命运，望不到头的越来越沉重的负荷。以水流流量之浮力、冲力减弱，形象比喻国力、兵力日渐式微。

远在异地，将士们缺乏君主的关怀，缺少家庭的温暖。在此状况下，戍边将士对自己命运的掌控感越来越弱，越来越感到心里的茫然，对君主、国运自然日益绝望。此诗篇情调是“我本将心向明月，奈何明月向沟渠”(高明)“夕阳西下，断肠人在天涯”(马致远)，是将士们的绝望诗章，能引发跨越时空的共情。

原文

扬之水

扬之水，不流束薪。
彼其之子，不与我戍申。
怀哉，怀哉，曷月予还归哉？①

扬之水，不流束楚。
彼其之子，不与我戍甫。
怀哉，怀哉，曷月予还归哉？②

扬之水，不流束蒲。
彼其之子，不与我戍许。
怀哉，怀哉，曷月予还归哉？③

【注释】①扬：悠扬。不流：载不走。束薪：一捆薪柴。常用于借指婚姻。束：一束，一小捆。薪：柴禾。彼其之子：所怀念的妻子。戍：防守。申：古地名。后“甫”“许”同。曷：何，此处指何时。 ②楚：荆条。 ③蒲：蒲柳。

69 中谷有蓷

益母草长在山间，无雨蔫蔫燥又干

（蓷：益母草）

益母草长在山谷，无雨蔫蔫焦又枯。
有个女子被遗弃，伤心长叹一肚苦。
伤心长叹一肚苦，嫁人不淑陷畏途。

益母草长在山间，无雨蔫蔫燥又干。
有个女子被遗弃，长啸伤心又损肝。
长啸伤心又损肝，嫁人不善情不堪。

益母草长在坡地，湿了变干干变湿。
有个女子被遗弃，情伤悲鸣又哭泣。
情伤悲鸣又哭泣，追悔已经来不及。

【笔记】

《诗经》描写弃妇悲情的诗不少，这首《中谷有蓷》便是其一。它以益母草为喻体，一唱三叹。

先“暵其干矣”，接着“暵其脩矣”，后“暵其湿矣”。这样的生存状态，生动地比喻了遇人不淑而被遗弃之妇人的憔悴和悲苦。

此诗章法复沓，在复沓的过程中讲求喻像变化。这首诗用无雨作起兴，用益母草作喻像，分别置之于山谷、山间、坡地，多处挪动，多场景亮相，辅之以“干”（焦枯）、“脩”（干枯）、“湿”（干而复湿）多种景况陈列，分别对应地比喻了女子时时处处都被无视的情状。喻体形象在诗中得到一定程度的强化，特征得到了多侧面的发挥。在复沓演绎中，每章主题词、关键词的变换使用和表达情绪的递进，都有所讲究。

这是一首悲情诗，通篇闪动黯然阴冷笔触的微光。唐代刘驾《弃妇》诗，写的是弃妇被车子送回娘家前的悲叹，也有异曲同工之妙："回车在门前，欲上心更悲。路傍见花发，似妾初嫁时。养蚕已成茧，织素犹在机。新人应笑此，何如画蛾眉。昨日惜红颜，今日畏老迟。良媒去不远，此恨今告谁。"

男人喜新厌旧多在于嫌弃女子的年老色衰。曾经卿卿我我之情爱黏腻，不承想一翻脸，"吉丁丁珰精砖上摔破菱花镜，扑通通冬井底坠银瓶"（郑光祖），说散就散，说破就破了。"新人应笑此，何如画蛾眉"即是弃妇悲剧原因的写照。

《中谷有蓷》的女主人公沉浸在难以解脱的颓伤情绪之中，以一悲三叹、一叹三哭强化其痛苦，真可谓椎心泣血。意大利哲人维柯说，"玄学要把心智从各种感官方面抽开，而诗的功能却把整个心灵沉浸到感官里去；玄学飞向共相，而诗的功能却要深深地沉浸到殊相里去"。此诗那悲，那叹，那哭，确实是一种"深深地沉浸"。

中国古代文学存在所谓弃妇文化，倘若在历年诗歌、戏曲、小说、民歌、民间故事等作品中将弃妇形象集结起来，一定可以成为一支长长的队伍。大概是因为古代中国妇女地位低下，被旧礼教和三从四德等社会规制压得气都喘不过来，缺乏应有的人格地位。西方一些国家倒是较早就法定一夫一妻，妇女地位相对而言还可称为平等，多了些尊严，多了些自由意志，还多了一份法定的经济保障，处境更好一些。也如是，其文学作品中少了些《中谷有蓷》似的弃妇泪水和哀叹。

原文

中谷有蓷

中谷有蓷，暵其干矣。
有女仳离，慨其叹矣。
慨其叹矣，遇人之艰难矣。①

中谷有蓷，暵其脩矣。
有女仳离，条其歗矣。
条其歗矣，遇人之不淑矣。②

中谷有蓷，暵其湿矣。
有女仳离，啜其泣矣。
啜其泣矣，何嗟及矣。③

【注释】①中谷：山谷里。暵（hàn）：干枯。仳（pǐ）离：别离，此处指女子被遗弃。 ②脩（xiū）：干枯。条：长，声音远闻。歗（xiào）：啸，痛声号叫。不淑：不善。 ③湿：湿润。何嗟及矣：嗟何及矣，后悔莫及。

70 兔爰

我生之后，逢此百凶：失去自由之后的痛苦长啸
（爰：缓慢，悠然自得，自由）

兔子脱网好自由，野鸡落网诉忧愁：
忆我初生世上时，不知世事无远忧。
陷网遭尽百般难，唯有昏睡苦暂休。

兔子脱网好自由，野鸡落网诉忧愁：
忆我初生世上时，不知禁锢无怨尤。
陷网吃尽百般苦，唯有一睡暂得休。

兔子脱网好自由，野鸡落网诉忧愁：
忆我初生世上时，不知罗网不知忧。
陷网尝尽万般苦，塞耳难眠愁难休。

【笔记】

将此诗视为雉的自述，顺此作解，是最饶有兴味的。它写了两种生活遭际——“我”“初生世上”时的自由与“如今”“我”的忧愁，反差十分强烈。

倘若这种反差，仅以赋来铺叙、说理，必语言黯然干枯，情绪淡然无味。如今之所以十分动人，多仗了形象互为映衬之功。兔子的自由欢脱，野鸡的在笼苦诉，都是信手拎取形象，选取了有说服力的事物作叙事和说理的喻体。“逢此百罹”“逢此百忧”“逢此百凶”，渴望逃避厄运，前路却渺茫无望，这才是最悲苦的现状。

兔与雉的遭际，是两种生活状态的对比，以反差性很强的兔的脱网自由，映衬了雉陷于网的苦愁，何其精准、生动！两种不同的喻象，分别代表了两种不同的命运。这是拟人化的叙事。而如清代文学家王闿运所说，“兔喻小人，自免者；雉，耿介死节士也”，顿时就使诗意超逸，《兔爰》之意义，随之升华。

塞万提斯有言，“自由是上帝赐给人类的最大幸福之一”。每个时代、每个时期都有因人、因地不同而生发对自由的不同诉求、阐释。对于一般人来说，最底线应该是人生而平等，享有生命生存的权利、追求幸福的权利，个人生活和行动不受束缚及强制之阻碍吧。对于作家来说，其创作自由的理想，无非是突破桎梏，可以进入生活的所有空间和精神空间。

享有自由，人人有份，似日常之态唾手可得，故而常常不为人们所珍惜，甚至不为人们所意识到。只是被强加了羁绊或被祸害，被迫按照这种羁绊或祸害的逻辑和轨道去生活之后，如本诗雉之在网之后，自由才显得有价值，才值得怀念、企盼和歌颂。拟人化的雉之自叙，促使人感受和代入，确实有生动感人的震撼力度，同时放射出文本创意的光彩。理顺这首诗的逻辑理路，其意义就显见超出了对《兔爰》之雉的悲悯，超越了时空的距离，而具有普适的深度。

傅斯年说，《兔爰》是《诗经》中最悲愤的歌。看来，其悲，其愤，在于在囚笼中回忆曾经拥有过的自由，同时，也是在囚笼中，悲叹罹难，绝望于自由难回！

读《兔爰》，尽可抛弃以人为中心的自大观念，延伸去考量禽与兽，去代入兔与雉，它们也应当秉具期望生命自由的本能吧。而后反躬视人，人的状态、人的感受、人的观念。如此，形成一个“人—禽与兽—人”的循环圈，特别有耐人品味的寓言意蕴。

原文

兔爰

有兔爰爰，雉离于罗。
我生之初，尚无为。
我生之后，逢此百罹。
尚寐无吪。①

有兔爰爰，雉离于罦。
我生之初，尚无造。
我生之后，逢此百忧。
尚寐无觉。②

有兔爰爰，雉离于罿。
我生之初，尚无庸。
我生之后，逢此百凶。
尚寐无聪。③

【注释】

①雉：野鸡。离：遭遇，陷进。罗：罗网，笼子。尚无为：还没有行动（兵役、徭役）。罹（lí）：忧愁、灾难。尚寐无吪：希望睡去，这样就不用行动了。尚：庶几，或许可以。吪（é）：动，行动。②罦（fú）：捕鸟兽的网。造：营造，一说劳役。觉：醒、知觉，看。③罿（chōng）：捕鸟网。庸：指徭役。聪：听。

71

葛藟

别了家兄远嫁去，称别人作父、母、兄

（葛、藟：都是蔓生植物）

曲里拐弯野葛藤，长长挂满岸边生。
别了家兄远嫁去，另将别人叫父亲。
另将别人叫父亲，此父对女缺关心。

曲里拐弯葛藤长，生在水边水汪汪。
别了家兄远嫁去，另将别人叫作娘。
另将别人叫作娘，此娘对女缺慈祥。

曲里拐弯葛藤生，生在河边扎深根。
别了家兄远嫁去，另将别人叫弟兄。
另将别人叫弟兄，弟兄对我全生分。

【笔记】

许多人将此诗解读为一首“流亡他乡者求助不得的怨诗”。

译例：

野葡萄藤长又长，蔓延河边湿地上。
离别亲人到外地，喊人阿爸求帮忙。
阿爸喊得连声响，没人理睬独彷徨。

野葡萄藤长又长，蔓延河边湿地上。
离别亲人到外地，喊人阿妈求帮忙。
阿妈喊得连声响，没人亲近独悲伤。

野葡萄藤长又长，蔓延河边湿地上。
离别亲人到外地，喊人阿哥求帮忙。
阿哥喊得连声响，没人救助独流亡。

也有人将第一章译为：“绵延不断的葛藤，扎根在黄河岸边。远离了同胞兄弟，对人把‘爸爸’呼喊。对人把‘爸爸’呼喊，也没人将我可怜。”

还有人这样译第一章：“葛萝之藤长又长，蔓延河边湿地上／远别我的兄弟，认别人作了‘阿爸’／认别人作了‘阿爸’，他却不照顾我啊！”

上述三例，叙述主体都是一个流浪者，讲述他出门在外，有事求人，或者求帮忙，或者求可怜，或者求照顾，动辄就将别人称作“爸爸、妈妈、兄弟”。显然都缺乏应有的情境铺垫，不符合生活情理的逻辑。

我则释读如下：此诗叙述的主体应该是一个出嫁了的女子，这是她远嫁之后，在婆家一直缺乏亲情关爱，总是感到生分从而产生的悲叹。

这诗篇强调了主人公出嫁，到了婆家之后，没有得到原本家庭亲人那般的温暖，缺乏归属感，感受到飘零流浪似的孤独。她悉数描写了被迫另喊别人的父、母、兄为“父、母、兄”，在家里却享受不到亲情回应，隔膜深厚而不知如何化解的处境。这是一个处于无爱婚姻中的孤苦少妇之叹息。

诗分三章，每章都提到“终远兄弟”（“别了家兄远嫁去”），对于自己的亲生父母却不置一词。也许她父母双亡，本与兄弟相依为命。荒年贫穷，兄长草草将她嫁给别人，以求生路。而这婆家，也许并不看重媳妇，都对这新妇极为冷漠。这家庭无疑就是这女子莫大悲剧的舞台，她演出的唯有苦情戏剧，唱出的唯有《葛藟》这类的唱诗。

女子自诉悲苦，羡慕曲里拐弯的葛藤，羡慕葛藤能深深扎根河岸，有河水滋养，长得又长又壮。她悲鸣自身不如藤蔓，虽有家却无根无基，虽有称呼为父母兄弟之人却无人体恤垂怜，无人理睬。她屈居别人屋檐之下，无异于流落外地，漂浮在失重的异乡。沉重、悲凉、凄惨、哀伤层层叠加，构成这首诗的总体格调。它具有古今普适的描绘某些妇女命运的典型意义。

葛藤作为起兴的意象，具有象征性的乡愁向心力和落叶归根的坚忍品格。“绵绵葛藟，在河之浒”“绵绵葛藟，在河之涘”“绵绵葛藟，在河之漘”，这些品相，都是深含寓意的性状。

葛藤韧性之形象，被渲染得倔犟、弯曲、坚韧，也是女子仍然恋家、思乡、怀念亲兄弟、向往回到过去的根由和精神支柱。被嫁到无情之家，命运如同曲里拐弯的长藤，如是，带有神灵咒词色彩的兴辞，就又是比喻，又是暗示地将其百感交集透露出来了。

对于兴词，刘勰《文心雕龙》有说：“《诗》文玄奥，包韫六义，毛公述传，独标兴体，岂不以风通而赋同，比显而兴隐哉？”意思就是说，毛公为《诗》作注时，单独将有“兴”之处突出标示，就因为赋述和比喻容易通达领会，兴的用意则是隐秘的，是难以看出来的。刘勰认为，屈原“依《诗》制《骚》，讽兼比兴”，即屈原《离骚》就是既用了比喻，又兼用起兴作为讽喻的创作手法。刘勰还指出，有汉以后，作者们“日用乎比，月忘乎兴，习小而弃大，所以文谢于周人也”，即从汉代起作者们只知用比，不知用兴，实则是专注走羊肠小径而背弃了一条创作大道，故而汉代作品衰颓，比先秦的《诗经》逊色多了。显见，刘勰高度肯定兴之作用，同时还提示，对兴见重与否，与文学得失十分相关的例证。

兴词其来有自。周代早期宗庙祭祀用的青铜彝器铭文，多为四言、五言、六言，或多或少还带有韵脚，实为原始诗歌的雏形。这些文字除了纪实记史，还多带有祭神祈愿的语词。这些语词被主持祭祀的巫者、灵媒用咒术引用、化入咒誓咒唱的“神仪歌”里，营造能上达天听的语境和神力灵验的气场。

这种神咒机制，或深或浅地影响着其后《风》诗的创制。彼时人们仍然浸润在泛神信仰的观念里，认为自己所生存的大自然万物有灵，人类可以用“咒谣言说”或“带咒触摸”的方式，与身边的物体作当下即时的感应，实现自己的意志与天地万物沟通。如是，在《风》诗起首设置兴词，对它的功能赋有期许，冀望它仍然能够像彝器咒誓那般蕴含咒术的神力，能细微渗透，笼罩全局、浸润整体。

被赋予了灵咒性的《风》之兴词，如《葛藟》中每章开头的那三个关于藤条描写的对句，乍看它“似比非比，似赋非赋”，然而却“非比是比，非赋是赋”，其涵义实为投射到了诗中“所咏”的其它语句，构成逻辑和语义的关联。如果说其内涵有语言灵咒功效，能够感应、引动外物，当今看来可能会感到比较玄乎，难以体认，因为其文学意图，显然是主观臆想的巫术迷思；但是，它们作为兴词，不但起到了诗歌起首发语的作用，还都不同程度兼及蕴含有环境描写、寓意比喻、象征暗示、心理烘托等功能，却是明显的。

《风》诗之兴，闪动着言灵一体祭祀文字的余晖。这番隐幽、这种涵盖性、这种异禀，可谓绝代。《风》诗终局后，后世作品虽也用兴，但此兴已不是彼兴，已失却了彼兴的涵盖心计和施咒动机，失却了缥缈玄幻的格调。从此，中国诗歌再无《风》那种神异的泛灵咒的文字。

原文

葛藟

绵绵葛藟，在河之浒。
终远兄弟，谓他人父。
谓他人父，亦莫我顾。①

绵绵葛藟，在河之涘。
终远兄弟，谓他人母。
谓他人母，亦莫我有。②

绵绵葛藟，在河之漘。
终远兄弟，谓他人昆。
谓他人昆，亦莫我闻。③

【注释】

①绵绵：蔓然不绝。浒（hǔ）：水边。后文涘（sì）、漘（chún）同。远：远离。谓他人父：称呼他人为父亲。谓：称呼。顾：亲近；理睬。 ②有：友，友爱。 ③昆：昆仲，兄弟。闻：相恤，怜悯。

72 采葛

一日不见，如三月兮，如三秋兮，如三岁兮

采葛那人念在心，若有一日不得见，
好比挨隔三月整。

采蒿那人恋在心，若有一日不得见，
好比挨隔三季整。

采艾那人痴在心，若有一日不得见，
好比挨隔三年整。

【笔记】

《诗经》的句子常呈复沓，也就是复唱，有重复两次，也有重复好几次的。这首《采葛》是“一唱三叹”的典型样本。

本诗整体3章，每章3句，总共9句。原文同格式同位重复的有3句，同位重复稍有变化的有6句。整首诗总共36字，实际只使用了不同的字15个。

《诗经》属于声诗，是与乐曲相依为命的歌词。也就是说，《诗经》是拿来套入曲谱唱的，它与曲调结合就成了歌曲。每首歌曲中，歌词与歌曲所占的权重，不一定是平分秋色的。这首歌所用的字数非常少，但重复了三次，想必其曲调个性一定很突出，很耐听。

对一个异性的念、恋、痴情，以“一日不见，如三月兮”“一日不见，如三秋兮”“一日不见，如三岁兮”层层递进，表述一次比一次强烈。这种表达，直到今天，我们不经翻译都还能读懂，并且不需修改即可照用这几句珠玑之言，仍然咂之有味。随之，“采葛”也成了后人怀念他人的常用词语。如明代何景明写有“已动寻梅兴，空成采葛诗”。

其之所以能使人咂之有味，与其能加深印象、体现事物中某些本质特征有关。刘勰在《文心雕龙》中就说，《诗经》对于事义不免有所增饰，语言难免跟着夸张，说高就“嵩高极天”，说狭窄就“河不容舠”，说子孙多就“子孙千亿”……当然，月、季、年只是一种泛指，意为时间很长。语言虽很夸张，却无碍事义的表达。

所以孟子也说，解读《诗经》，不要拘谨于词语的释义，不要因词语表面的意义而束缚了对内涵的理解，妨碍了对作者真正用意的领会。刘勰提出，增饰和夸张恰到好处，才会引起读者共鸣和认同，倘若超过事理的限度，就会造成空洞无物、虚张声势、适得其反。这些都是对夸张、夸饰手法运用和理解的指南。

《采葛》一诗，语言那么简洁、那么到位，夸张那么贴切！它用古老的方块字材料，搭建了一部表达爱情的天梯，诱惑后人情不自禁也沿用来攀爬。谁攀爬，谁都会喝到一杯共情的老酒。

再驰骋一下我们的想象力，弹一把吉他穿越回《风》之年代，见谁唱《采葛》，也边弹边唱陪着，见女子陪女子，见男子就陪男子，陪着他们痛苦而又甜蜜地倾诉"天天都想你"，不亦乐乎！这就是《采葛》唱诗在当今仍然存在的生命力！

原文

采葛

彼采葛兮，
一日不见，
如三月兮。①

彼采萧兮，
一日不见，
如三秋兮。②

彼采艾兮，
一日不见，
如三岁兮。③

【注释】

①彼：那人。葛：香草，蔓生植物。②萧：艾蒿。三秋：九个月。一说三秋就是三岁，即三年。秋：一个季度，也指一年的时间。③艾：艾蒿。

哥怎能够不恋你，想邀私奔怕不从

（大车：有座厢的牛车）

牛车慢滚响嘎嘎，遮窗粗毯饰芦花。
哥怎能够不想你，怕妹胆小难离家。

牛车车轮响啧啧，粗毯遮窗窗棂红。
哥怎能够不恋你，想邀私奔怕不从。

活时哥妹难同房，死后但愿同穴葬。
如果怀疑哥说谎，天上作证有太阳。

【笔记】

我们想象一个戏剧场面：一辆大车，车轮滚动，嘎嘎作响，此车车窗以青色的围毯遮隔着，有个男子在大车上做恋爱的叹息。大车慢行，特别适合从容倾诉真心。车窗密遮，隐藏着一个悬念：他在里面向谁做情爱的表白，或情爱的自白呢？表白是有人听的，自白则是自言自语。但我们只闻其声，不见另一人。

情随车移，心随情走，表白或自白，悄声细语。这场景入诗，是最适合神思飞逸去想象的啊！这爱的絮叨里，有念恋，有忐忑，有辩解，有具体打算，还有密谋私奔的咒誓，爱之温度够火热了……信誓旦旦，说话人的身份却是那么私密。

确实有点神秘！历史上，身份、地位之高低，是凭坐牛车还是坐马车来区别的，不同时期还有不同的标准。彼时主人公坐大车，即牛车，也叫犊车，规格、级别属高还是低，因标准不明，身份、地位也就不清楚。车上说话人，根据内容判断，是个男的。但是，车里是仅坐有他一人在独白，还是另坐有一人在倾听？甚或，他是赶车人，听话者是一个在车厢里不露脸的闺秀？

总之，这是具有悬念的场景。一个人对另一人的倾诉，对方心有灵犀，就自会感应，心领神会。这就是两三千年前一首名叫《大车》的诗卖的关子。它虽将一番私密情话定格并公开披露，但主人公是谁，终究成了谜。

这谜涉及最要害的秘密，就是他们曾动念过，如果婚姻不遂就私奔。毕竟这是不经父母许可和媒妁之言的结合，不啻逆天大罪。据说，18 世纪的苏格兰格莱特纳－格林村，是专办私奔式婚礼之地，还配有专门的牧师。我们这首《大车》的主人公隔天隔地隔海隔世纪，无法倒逆时光、变移空间，更无缘到苏格兰去……私奔否？他们起意过，犹疑过，最终不敢造次。梦幻泡影，眼看破灭了，由此，也许更感痛苦。

从这《大车》不由想到一首俄语歌曲——列·尼·特瑞佛列夫作词的《三套车》，那是马车夫赶着马车唱的悲情恋歌："你看吧这个可怜的姑娘，她本来就要嫁给我，可恨那财主要把她买了去，今后苦难在等着她"（笔者据俄文原著意译）。

同是无望的婚恋，《三套车》里的马车夫哪有当年的《大车》恋人那般苦难深重和神秘！"活时哥妹难同房，死后但愿同穴葬"，如此决绝的山盟海誓，那才是极大极重的情殇碾压出来的叹息。

原文

大车

大车槛槛，毳衣如菼。
岂不尔思？畏子不敢。①

大车啍啍，毳衣如璊。
岂不尔思？畏子不奔。②

穀则异室，死则同穴。
谓予不信，有如皦日。③

【注释】

①槛（jiàn）槛：车行进时发出的声音。毳（cuì）衣：古代天子、大夫的一种用毛布制作的礼服，其上有五彩花纹。毳：鸟兽的细毛。菼：初生的荻苇。岂不尔思：怎不思你。②啍（tūn）啍：车辆沉重，行动滞缓貌。璊（mén）：红色美玉。奔：私奔。③穀（gǔ）：活着。皦（jiǎo）日：明亮的太阳。

74 丘中有麻

彼留子嗟，将其来施施

坡地上面长苎麻，苎麻田藏小冤家。
冤家哥你出来吧，出来高兴玩一把。

坡地上面麦青青，小麦地藏小亲亲。
冤家哥你出来吧，你想寻欢妹答应。

坡地上面长有李，李花丛藏小调皮。
冤家哥你出来吧，事毕哥须赠佩玉。

【笔记】

苎麻田、小麦地、李花丛，多么理想的幽会之处！男子与女子在玩捉迷藏的游戏，女子在轻声探问男子的藏身之处呢！

莺语娇娇，轻唤悄悄，央求的和应承的，互相早都言明了，就只待成就好事，相约在今朝。早约了，就是为了来玩一番故作失约的。玩失约，玩藏匿，玩逗弄，都心知肚明，不是玩真的，而是为了调笑。交往自由，纯归率性来主导。躲躲藏藏，隐隐现现，苎麻密密，麦苗青青，李花疏荫，若隐若现的男子身影，佯怒的一张如花笑靥，引出起起伏伏的追寻和昵爱的笑骂……

何谓“将其来施施”？《周易》说“天施地生，其益无方”。《论衡·自然篇》说“夫人之施气也，非欲以生子；气施而子自生矣”。施，是带有交合和性意味的语词。《丘中有麻》情色如此坦率，情趣如此快乐，对此时男女之“施施”，既是习俗允准，风化就闭了眼，教化也就保持了缄默。一桩美事，便如此自然成就了。

“冤家哥你出来吧，你想寻欢妹答应”，但先说定了，“事毕哥须赠佩玉”……一篇纵情嬉戏、俏皮活泼的爱情诗，就如此展示在我们眼前。

这种游戏形貌的歌诗，刚巧可入16世纪一位意大利批评家言说之彀。那位叫卡斯特尔维屈罗的批评家说：“诗的发明原是专为娱乐和消遣的，而这娱乐和消遣的对象我说是一般没有文化教养的人民大众。”后来，康德则把诗说成是想象力的自由游戏，通过自由的游戏，人们获得了快感。而后，席勒、斯宾塞据此发展出艺术起源于游戏之说。

柏拉图则将人置于游戏的客体来审视，指出即便游戏的主体是上帝，游戏对于人依然重要。他说“因为人是作为神的游戏工具而被创造出来的，所以人必然是一边游戏一边生存的”，比上述诸位更早更深刻地说明游戏是人类生存的必然、生命的必须、生活的必要。一边游戏一边生存是人类的宿命。

《丘中有麻》正体现了这样的生命张扬、青春勃发、自由、松弛、不图什么功利的游戏特性。对此诗，朱熹认为它是“妇人望其所与私者而不来”。闻一多说：“合欢以后，男赠女以佩玉，反映了这一诗歌的原始性。”两位大家都没有以枯燥的礼教来绑套生机勃勃的诗作，而是将这首诗认定为情爱游戏的抒写，很切合原义。

原文

丘中有麻

丘中有麻，彼留子嗟。
彼留子嗟，将其来施施。①

丘中有麦，彼留子国。
彼留子国，将其来食。②

丘中有李，彼留之子。
彼留之子，贻我佩玖。③

【注释】

①留：藏。一说古代“留”与“刘”通用，为姓。子嗟：与后文的子国、之子都是对同一男子的称呼。将：请，希望。施施：徐行貌；此处指男女交合之自得。 ②食：此处指男女交合。 ③贻：赠。

郑风

75

缁衣

穿去官署称得体，服饰妥帖妻也荣

（缁衣：黑衣）

衣服穿着真合身，为你除旧换了新。
穿去官署称得体，光鲜是我尽了心。

衣服合体质地好，旧款改新换一遭。
穿去官署称得体，着装还是我改好。

衣服合身很宽松，舒适只因我新缝。
穿去官署称得体，服饰妥帖妻也荣。

【笔记】

此诗历来有不同释义。恰当地理解“敝”“改”“粲”三字并确定诗中的“子”是何人，是解读的钥匙。

一般都将“敝”解读为“破”或“烂”。有人将“子”解读为君王，称此诗是君王衣破、臣子帮补，是赞颂君王艰苦朴素的一首诗歌。有人将“子”解读为朝臣，诗的内容便成了官员的上朝衣服破了，妻子为他补衣。可是哪有君王衣着破旧了，由臣子来帮忙补缀的？又不是歌颂清官，哪有官员朝服破烂由妻子缝补的？两种解读，逻辑都不甚顺当。

方玉润就质疑“子”被视为君王、朝臣的解读。他说：“‘改衣’‘适馆’‘授粲’，此岂臣下施于君上哉？”又说“卿士旦朝于王，服皮弁，不服缁衣”，就是说为君王改制衣服这等事，不是臣子的职责，何况上朝是不穿“缁衣”

的。但是，“子”是何人，包括方玉润在内还是没有人给予信服人心的揭示，傅斯年也以“义不详”概说之。

按照西周礼制习俗，在官署公干时所穿的礼服是很讲究的。礼服的款式、质地、染色、装饰、工艺等都有其规制。诗中其“敝”，应是“款式旧”的意思；“改”，是“更改更换”的意思；“粲”则是“光鲜”的意思。诗中的“缁衣”，应指平日所穿的常服。穿此缁衣，当是一般级别的中下层官员。至于诗中所说及的缁衣，是否布料新、款式新、颜值高，倒不是主要的，主要还是炫示了一个妇人的贤良，对夫君无微不至的周到。

此诗所持口气，大概是一个下级官员之妻子。她很贤惠、能干，将丈夫的衣着打点得很妥帖、得体。她自豪于自己的能耐，也满意于通过自己的努力营造的夫妻和谐、家庭温暖的氛围。

此诗是生活气息化入了日常琐屑。虽涉官家的服饰事宜，却体现了家庭成员的关爱，虽然说的是官家之人，却反映了寻常夫妻关系的和谐。此也是作诗心态松弛，不循教化任由心思流出所至。

原文

缁衣

缁衣之宜兮，敝予又改为兮。
适子之馆兮，还予授子之粲兮。①

缁衣之好兮，敝予又改造兮。
适子之馆兮，还予授子之粲兮。

缁衣之席兮，敝予又改作兮。
适子之馆兮，还予授子之粲兮。②

【注释】

①宜：合适，合身。敝：款式陈旧，或破旧。予：我。改：更改、更换。适：去。馆：官署，客舍。还：返回。粲：鲜明、美好，焕然一新。　②席：宽大舒适。

76 将仲子

将仲子兮，无逾我里，无折我树杞

（将：请。仲子：对男子的称呼）

阿哥你要听仔细：不要跨进我门间，
不要攀折那棵杞。不是珍爱杞树枝，
父母之言是禁忌。你知阿妹倾心你，
我爹和娘未接受，我怕爹娘骂小女。

阿哥你要听端详：不要翻爬我院墙，
不要攀折那棵桑。不是珍爱墙和桑，
是怕兄长说短长。你知阿妹倾心你，
兄长警告闸门样，他们盯我我紧张。

阿哥你要听周全：不要翻越我家园，
不要攀折那棵檀。不是珍爱园和檀，
是怕邻里讲长短。爱你我已遭人嫌，
河淹不死口水淹，妹怕八卦和流言。

【笔记】

这首诗是小女子情急时对男友的提醒劝导。她盼着男友来幽会，想邀他到家里偷偷见面，但又有万般顾忌而始终不放心。故她让他“听仔细”“听端详”“听周全”：“你知阿妹倾心你，我爹和娘未接受”“你知阿妹倾心你，兄长警告闸门样”“河淹不死口水淹，妹怕八卦和流言”。几堵高墙，挡住了他们交往的大路，实在难为了这小女子呀……爱怨交集，仿佛又说又唱的戏曲，就是这首诗的趣味。

女子警告男友的几个“不要”，显然就是男友屡屡违反礼教做过的“坏事”，也是已经遭到女子的父母兄弟以及旁人责难反对的。悖逆行为已经惹出不良影响了。如继续造次，就后果难测了。故而女子十分急迫地阻止男友的行为，警告他不要再惹是生非。这警告事无巨细，毫不含糊，谆谆嘱咐，将男友应禁忌的行为交代得清清楚楚。

有趣的是，女子每警告、劝导男友一句，就紧接着解释一句，再三向男友明示：我真的真的喜欢你啊，之所以劝告你莫来我家，是出于无奈啊！这种单纯、炽热，无奈、无助，是恋爱中的小儿女心怀不安的坦陈，其细腻的心理外化，自呈一番令人疼爱的情趣。此诗语言活泼明快，很具生活气息和喜剧性，其场景如在眼前。

《将仲子》总还可以算是一首好诗吧，但在朱熹那里，就被嫌弃得不得了，被贬得很惨，好端端的竟然被他视为淫诗。《诗经》之评价，学术见解也，百家百见，不足为奇。幸好世人并没有将朱评囿为一尊，朱大师也没有学王安石动用权势和弟子来推销自己的言论。王安石高居相位，也攻学术，写了一部《字说》，据说强势推行于学界，甚至以公谋私假此取士。但是王安石那大著穿凿附会之处实在太多，例如将“波”字解为“水之皮”，他还颇为得意。苏轼故意照此法将“滑”字解为“水之骨”，还求教王安石水之骨安在，让王安石十分尴尬。《字说》凡二十卷，如今不见传世。可见再有影响力的大儒，如朱熹等，评《诗经》也有应该被“拍砖”的时候。

这首诗，一言以蔽之，是女子警诫男子不要鲁莽造次，以免毁了她的清誉。方玉润认为“惟能以理制其心，斯能以礼慎其守”，说它是一首守理智讲规矩的诗歌。不是所有的好诗都能流传。好诗能流传，必有好命，还少不了好人抬举。这首歌诗，通过译文，倘若套入当今某种戏曲唱腔，谱成唱段，一定能获得掌声。

原文

将仲子

将仲子兮，无逾我里，
无折我树杞。岂敢爱之？
畏我父母。仲可怀也，
父母之言，亦可畏也。①

将仲子兮，无逾我墙，
无折我树桑。岂敢爱之？
畏我诸兄。仲可怀也，
诸兄之言，亦可畏也。

将仲子兮，无逾我园，
无折我树檀。岂敢爱之？
畏人之多言。仲可怀也，
人之多言，亦可畏也。②

【注释】

①逾：越过。里：五家为邻，五邻为里，也有二十五家为一里的说法。里有院墙。杞：杞柳。爱：吝惜。怀：想念。 ②园：菜园，果园。檀：一种乔木。

叔于田

帅叔出猎乡里行，街巷无人再称能

（叔：对所尊崇男子的昵称，此处指猎手。田：打猎）

帅叔出猎乡里行，街巷无人再称能。
岂是街巷能者少，无人比他帅且仁。

帅叔冬天出猎狩，乡里无人敢斗酒。
岂是人无好酒量，豪勇输他怕出头。

帅叔猎场纵车驾，野外无人敢跑马。
岂是无人善驾驭，论帅论技不如他！

【笔记】

此猎手，够威武够帅。且借用一个当代流行词“帅哥”，将之译称为“帅叔”，给他平添几分当代气息，与当下读者亲和。

捕猎，曾是人类早期主要谋生手段。捕猎能手，就是家族的英雄。进入农耕社会后，捕猎仍然是改善生活的手段，猎手依然是村社的能人。即便围猎渐渐成了王公贵族们炫耀家世的活动，优秀猎手依然是活动中的骄子。

古代乡里的强者，都非常简单。做人做事符合标准，正而能，声名便熠熠生光。

这帅叔风风火火，气场掀天。凡打猎、喝酒、驯马，均无人可与之比肩，还加以品格高尚，一个真正让人们佩服的强者，一个极度“拉风”的民间英雄，招招摇摇于乡间里巷，成了十里八乡的偶像。所到之处，人人拜服，赞颂不已。

这首诗，语言干脆、利索、规整，运思构意在自然中见纤巧，在极狭小的空间内，玩了一番跌宕起伏的叙述游戏。如第二章，“叔于狩，巷无饮酒”，为什么帅叔一出猎，街上就无人敢斗酒了呢？这里就设置了一个悬念。而后以反问使悬念深入得更玄——“岂无饮酒？”使文气蹿上一个高峰，这同时又成了一个转机，勾起人们的好奇心。而后，峰回路转，降到低谷回复平静，解谜——“不如叔也，洵美且好”，原来是“酒囊饭袋”们自愧不如，在帅叔面前，一个个平庸者都如缩头乌龟不敢出头露面炫耀自己。言外之意，不但帅叔斗酒彘肩之豪壮令他们自叹酒量及体力不如，而且帅叔的酒后作为、帅叔的人品，也是乡人们不可比肩的。谜底揭开，悬念消释。这种噤声、矮化一方，造成水退石出，以衬托、高扬另一方的手法，有起伏有波折，读来极其痛快爽神。

后继而出的汉乐府《陌上桑》，“行者见罗敷，下担捋髭须。少年见罗敷，脱帽著帩头。耕者忘其犁，锄者忘其锄。来归相怨怒，但坐观罗敷”，就采用了类似《叔于田》这种矮化一方以衬托另一方之手法。

有说，这唱诗里的帅叔，是郑武公的儿子叔段。如此英武、阳光的形象，着实也与一位王子般配。如真是纪实，那的确堪称他那年岁的绘声绘色的精品。只是，读诗，还是不要陷入纪实为好，追求空灵，遐想会更自由。

原文

叔于田

叔于田，巷无居人。
岂无居人？不如叔也，
洵美且仁。①

叔于狩，巷无饮酒。
岂无饮酒？不如叔也，
洵美且好。②

叔适野，巷无服马。
岂无服马？不如叔也，
洵美且武。③

【注释】①于：去、往。巷：泛指乡、巷、里道。洵：诚然，实在。 ②狩：打猎，尤指冬天打猎。 ③适野：去郊外。

赤身缚虎，拉风呼呼，《诗经》第一帅叔
（大叔：对所尊崇男子的昵称，本诗译称“帅叔”）

帅叔出猎气势轩，驷马声嘶冲云天。
丝编缰绳控疾缓，骖马如舞夹车辕。
纵马来到沼池边，火把高举照荒原。
赤手空拳擒猛虎，捉来献到官署前。
官署请叔莫再次，再次叔伤署不安。

帅叔出猎气昂昂，驷马金色一水黄。
辕内双骏昂首跑，两骖如雁迹成行。
纵马来到草泽边，猎火烧草草灰扬。

论射叔是神射手，说驭叔是驭马将。
纵骑勒马呈技艺，发箭放鹰秀猎场。

帅叔坐骑新换旧，四匹花马亮油油。
双骏辕里昂首行，两骖服帖跟后头。
纵马来到湖泊边，草丛烧光无禽兽。
帅叔拍马缓归去，利箭不发弓待收。
箭杆插筒弓收袋，打马回头不勾留。

【笔记】

精彩的有韵的叙事诗篇，贵在写人，而且还写得那么灵动、出色。

本篇译述为“帅叔”的人物，是一个猎手，其精射击，善御马，能赤身缚虎，勇驱野兽。马蹄蹬蹬，火光闪闪，猎场驰骋，手起箭出，猎物一一丧命……所唱所颂尽是帅叔纵横捭阖从容英姿。猎场骄子也！

描摹的咏唱带着“拉风”气势，如此气势自然扬厉了帅叔的英气魄力。赋文铺陈淋漓尽致，整篇诗作洋溢刚勇之气，佩服敬畏之情呼啸生风张扬开去。顺风声疾，声色风卷，猎手帅叔的生猛形象，拔地而起，一个顶天立地的英雄，一个理想完美的人物立了起来。

此等神采飞扬的猎场文字，其文学基因影响了后世。班固《西都赋》那种“弦不再控，矢不单杀，中必叠双……风毛雨血，洒野蔽天”之描写，还有扬雄《长杨赋》的某些段落，如“当此之勤，头蓬不暇梳，饥不及餐，鞮鍪蟣虱，介胄被沾汗，以为万姓请命乎皇天”，又如“乃命骠卫，汾沄沸渭，云合电发，猋腾波流，机骇蜂轶，疾如奔星，击如震霆”……显然都继承了《大叔于田》的语势气魄。

《诗经》里的“帅叔”，似乎与经典史诗中的英雄不可同日而语。几乎同期，在公元前八九世纪，古希腊就产生了荷马史诗《奥德赛》（12110 行）和《伊利亚特》（15693 行），那真是卷帙浩繁的英雄史诗。我国有部英雄史诗也震惊了世界，那是藏族的《格萨尔王传》，据说有 100 多万行，只是出生时间迟了荷马史诗 1000 多年。这些史诗中的英雄，所作所为，动辄掀起惊天动地的狂澜。

弗雷泽之大著《金枝》中的史诗英雄观是这样的：“一个种族正如一个人，其品质的优劣，主要在于能否为了未来而牺牲目前，为了长远的永恒的幸福而抵制眼前短暂的欢娱引诱。这种能力表现得越突出，其品质就越高尚，以致最后达到英雄主义的高度，为了维护或赢得人类未来的自由、真理和幸福，能够放弃个人的物质享乐甚至自己的生命。”这无疑为评价英雄树立了品格标杆。

《诗经》之后，《三国演义》中的曹操青梅煮酒论英雄：“夫英雄者，胸怀大志，腹有良谋，有包藏宇宙之机，吞吐天地之志者也。”此英雄论是英雄与英雄的品酒对谈，是机谋与格局的随口划定。

金圣叹评《水浒传》，其英雄观，则是“人人未若武松之绝伦超群……武松天人者，固具有鲁达之阔，林冲之毒，杨志之正，柴进之良，阮七之快，李逵之真，吴用之捷，花荣之雅，卢俊义之大，石秀之警者也。断曰第一人，不亦宜乎？”在其心目中，武松已不是英雄，而是完人，或说是完美的英雄。

上述这些英雄论，看来都与《风》的英雄做派无关。《大叔于田》唱作于农耕、采集、围猎、祭祀之中，是这种场域下农人的日常咏唱。其间，谁是能者、强者，谁即是人们心目中的英雄，即可入歌来诵唱、体认，其依据在日常之点点滴滴。一个民族有一个民族自己文化的独特追求，一个时代有一个时代的表达方式。我们大可不必因《风》的英雄叙事篇幅短、事件小而自惭形秽。

特别赞同柯马丁对于英雄的界定，他说："从欧洲视角来看，一首史诗被认作是一首长篇的叙事诗歌，但这没有理由构成史诗的唯一定义。关键不在于单一的长文本，而在于这个单一长文本之所以构成一首史诗的理由：它是叙事性的和诗性的，且只围绕一个无论在精神层面还是能力范围都远超其他凡人的单一主角的英雄行为展开。"

帅叔之类，当视为中国式的民间英雄的一种。他们出自民间底层，没有高阔的视野，却"无论在精神层面还是能力范围都远超其他凡人"，高贵、荣耀地活跃在日常生活之中。这类"小英雄"群体，就是滋生讲义气、重契约精神的项羽这类"大英雄"的沃土。他们活在芸芸众生里，活出自己的光彩和意义，活出自己的榜样风采、偶像光辉，在古老的田野上空与各类英雄遥遥相望，自具备独特的文学史、史诗意义。

原文

大叔于田

叔于田，乘乘马。
执辔如组，两骖如舞。
叔在薮，火烈具举。
袒裼暴虎，献于公所。
将叔无狃，戒其伤女。[①]

叔于田，乘乘黄。
两服上襄，两骖雁行。
叔在薮，火烈具扬。
叔善射忌，又良御忌。
抑磬控忌，抑纵送忌。[②]

叔于田，乘乘鸨。
两服齐首，两骖如手。
叔在薮，火烈具阜。
叔马慢忌，叔发罕忌，
抑释掤忌，抑鬯弓忌。[③]

【注释】

①乘乘：前“乘”为动词，后“乘”为名词。执辔如组：握的缰绳如丝带。组：编织的丝带。骖（cān）：驾车时位于两边的马。如舞：行列不乱，如跳舞一般整齐。薮（sǒu）：低湿草盛之野地。烈：通“列”，行列。具：全都。袒裼（tǎnxī）：赤膊。暴虎：搏击老虎。公所：公府、官府衙门。将：请求。狃（niǔ）：重复，习以为常。女：汝，你。 ②黄：黄色的马。服：驷马车车辕内的马。襄：骧，马头高昂奔跑。忌：语气助词。良御：擅于驾驭。抑：发语连词，表示“又……又……”。磬控：骋马曰磬，止马曰控。纵送：发矢曰纵，从禽曰送。 ③鸨（bǎo）：黑白毛间杂的马。齐首：齐头并进。如手：使用左右手般地趁手。阜：旺盛。发：射箭。释：解开、放下。掤（bīng）：箭筒盖。鬯弓：装弓入囊。此处“鬯”作“韔”（chàng）解，即装弓的袋子，并做动词用。

清人在彭，驷介旁旁：无聊放诞的驻外兵马

清军在彭扎营庄，兵马披甲妄呈强。
长枪短矛插车跑，河飘旗穗空激扬。

清军驻消意气消，车马披甲枉悍剽。
矛秀雉尾不备战，河岸虚奔实逍遥。

清军在轴扎营寨，驷马兵甲倦放外。
左劈右砍耍花拳，绣腿主官也称帅。

【笔记】

此诗写外放戍边的部将和士兵们，长期没有战事，又无轮换机会，在兵营中百无聊赖，在倦怠、消极、苦闷之中作乐宣泄的状况。

清、彭、消、轴，都是地名。尽管也可以查到事涉当年郑文公与主将高克的矛盾，但太拘泥、紧贴历史，甚至牵强附会来解读本诗，已没有太多必要。回归到诗本身，它已足够使我们了解到，它所描述的这支部队是一支被冷落了的、无战斗任务的部队，其士气十分松懈，生活也很无聊，给我们留下了足够的想象空间。

这支被外放而无战事之师，毕竟是一支以年轻人为主体的军队，荷尔蒙贲张，活力张扬，青春焕发，也许原先还有些报国信仰，斗志本应该高昂。可眼下军营内外，战旗猎猎，车马辚辚，车轮滚滚，戈矛晃亮，竟是气势盛大的嬉戏！他们作乐、游戏，调用车马和军备，虚耗着斗志和精力，也耗损着国家的资源……这种无谓的消耗，何言卫国！在外人看来，分明是以戍边的名义虚糜国帑，敷衍塞责。谁知英雄无用武之地，他们是在宣泄苦闷啊！

此诗尽展士气低落的心理状态，外化出形形色色的不可思议的行动。低落的士气，往往体现为言语消极、行为狂躁，将士没有信心，做什么事情都感觉无意义。整个队伍都缺乏凝聚力，缺乏责任感和荣誉感，一支部队应有的盛勇之气、决胜之力也随之消沉，再也不见。

这首诗的巧妙在于，描绘浓墨重彩、有声有色、动感奔放、神采飞扬、气场宏大."二矛重英，河上乎翱翔""二矛重乔，河上乎逍遥""左旋右抽，中军作好"，但这一切军事动作，竟完全是无意义的嬉戏放纵，全然是一场恣肆狂躁的胡作胡为。愈是如此正儿八经、强烈高亢、大张旗鼓地渲染这种情绪，就愈显这支军队的愦遗、放纵、纪律松散，就愈显治军无力、国运衰颓。这是黑色幽默的异趣。

清人

清人在彭，驷介旁旁。
二矛重英，河上乎翱翔。①

清人在消，驷介麃麃。
二矛重乔，河上乎逍遥。②

清人在轴，驷介陶陶。
左旋右抽，中军作好。③

【注释】

①在：驻军。驷：同拉一乘车的四匹马。介：金属片缀成的马装甲。旁旁：嘭嘭声。一说马壮硕之貌。二矛：酋矛和夷矛，前者短，步兵用，后者长，战车用。重：重叠，双层。英：矛上的羽饰。河：黄河。 ②麃（biāo）麃：威武貌。乔：矛柄靠近矛头结璎之处。 ③陶（dào）陶：驰骋貌。旋：战车打圈。抽：扬鞭策马。中军：主帅。作好：叫好，成全。

80

羔裘

彼其之子，邦之彦兮：祖神后人，大有建树

（除本篇外，《唐风》《桧风》也有名为《羔裘》的诗篇）

羔裘毛色润而光，祖灵衣着祖灵样。
不愧祖灵刚强子，舍命承训敢担当。

羔裘长袍豹皮饰，祖灵孔武身板直。
不愧祖灵英雄子，剿灭国害称国士。

羔裘镶边毛鲜亮，祖灵威仪袍为装。
不愧祖灵俊彦子，堪做国邦真栋梁。

【笔记】

这是祭祀时的诵唱，赞唱由祖神的后人“尸”扮演的祖神，同时赞美祖神的后人。

羔裘，即黑色羔皮大衣，因其名贵，常用作祭衣、礼服。一般由尸与巫师（灵媒、主祭人），以及祭主穿着。用这样的羔裘做礼服，华贵端庄，足以表示对祖神的敬重和祭祀祖神时的虔诚。闻一多说，“此以裘代衣裘之人”，就是说，此诗以唱诵衣裘来唱诵穿这种衣裘的人，讲得十分透彻。

尸也属灵媒，由巫师赋予他神性，也是沟通天地的角色。一旦披上羔裘，他便顿时进入角色，具备了祖神和凡人这双重身份。其以凡人的身份，先祈请祖神下凡，与他合为一体。降神之后，又以神的身份代表祖神的意志和言语，传达祖神对祭祀人的祝愿，给祭主赐福。

此诗被诵唱的实质客体，是一个人的形体，也就是那扮作祖神的尸之灵媒的身体。只是他被赋予亦神亦人的双重身份后，被诵唱时，他的身体相应就被分解成了分别隶属于神和人的两个部分，其精神活动以及言语活动，就具备了双重性。循此，人们就从相应的两个侧面来歌唱他。本诗诵唱的双重性的具体体现是，每章的头两句是先视之为祖神（祖灵）来唱他，内容是唱神的威仪和风采；后两句则视之为在世的活人（祖神的子孙）来唱他，评价他的人品和功绩。每章的内容设置，都是首两句唱祖神的英武、威严，后两句唱子孙的作为、担当。

金克木说过，中国的神、人关系“太自然了，天上人间太相似了，神可以下凡，人可成神、成仙，没有什么怀疑的余地了。神界不过是人界的放大复制……这完全是和人间相对称的一套……把活人当作神也是中国最发达”。金先生这一高论，把包括《羔裘》在内的《诗经》中的这类祭祀内容里，作为尸的灵媒一人身兼灵媒、神以及他肉身本己这三种身份进行活动的原因讲透了。

敬了祖神，同时也敬了祖神的后人，《羔裘》这种将人与神的双重精神意象共时交集于作为灵媒之尸的一身的现象，是祭祀仪礼生发的独特产物，是尸功能的设置派生出来的言语结构方式。其相应生成的多人称言说的诗歌章法，是特殊的叙述形态，具有独特的审美内涵和特异的审美价值。

原文

羔裘

羔裘如濡，洵直且侯。
彼其之子，舍命不渝。①

羔裘豹饰，孔武有力。
彼其之子，邦之司直。②

羔裘晏兮，三英粲兮。
彼其之子，邦之彦兮。③

【注释】

①濡：濡湿般润泽。直：正直。侯：漂亮。渝：改变。 ②豹饰：豹皮为饰。孔：非常。司直：主正人过的官，劝谏君主过失之人。 ③晏：光鲜明艳。三英：三个素丝璎珞扭结，或指三排豹饰。英：装饰。粲：光耀美好。彦：俊杰。

81

遵大路

不忘旧恩，不忘旧情，眼前有路好好走
（遵：依照，沿着）

大路宽宽跟你走，边走边拉你衣袖。
求请莫要嫌恶我，故人旧情莫轻丢。

大路宽宽跟你走，边走边拽你的手。
求请莫要嫌我丑，故人旧恩莫轻丢。

【笔记】

分手，分手！这诗说的是“男女相爱者中道乖违，于路旁作别，仍愿留之”（傅斯年）。这时刻，男甩女，女纠缠，男女相持，女拽男袖，拉拉扯扯，咔嚓，定格，抓拍了下来，再录两句央求的“同期声”，遂完成了一首弃妇题材的歌诗。从原文看，这样理解毫无问题。

但有一说，足可亮人眼目，拓宽了思考途径。当代学者扬之水有论：“男女之恋，夫妇之恋，君臣之思，朋友之情，后人通常把这感情的区别划分得很清楚，但《诗》的时代似不然。彼时很可能更看重的是这感情后面一种共通的专一与真诚的精神质素，而专一的对象是恋人，是妻子，是朋友，还是君王，或者竟可不问。如此胸襟，发之为诗，抑扬飞沉，都是坦率和真诚，没有遮掩，无须矫饰，一片纯美洁净的澄澈和明媚。”

以此审视《遵大路》，究其题材和内容，到底是叙述男女之恋、夫妇之恋、朋友之情，还是影射君臣关系，就具有了无数的可能性。它紧扣两个关键——不忘旧恩、不忘旧情；专注于一个主题——“大路宽宽跟你走”。其实，不管人生，抑或事业、前程，人们眼前尽管有路，但是该走哪条路，却是经常纠结。诚然，人生得一知己足矣，此为志同道合了。但是，志不同、道不合，谁又能分清谁对谁错呢？你认为是阳关大道，我却认为是羊肠小路；你认为好走的，我却认为未必好走……这样看来，这首诗的解读就会异彩纷呈，如放烟花，开辟出无数绚丽胜境，拓展开巨大的讨论、阐释空间。

这首诗截取生活的一个小切面，使之张力扩展；演一段世俗纠葛，似谐在粗俗拉扯，却庄在人伦旨趣。切入口很灵巧，很别致；人物身份很模糊，却有戏剧动静。一个小小细节，内含不尽的遐思，实藏匿着一方很大的想象空间。诗之微言，就如此具有了大义的潜质。古人艺术思维的睿智、机灵以及幽默，以至戏谑，都有许多可品味的活趣！

这首唱诗，可与崔健的《一无所有》对读：

我曾经问个不休 / 你何时跟我走 / 可你却总是笑我一无所有 / 我要给你我的追求 / 还有我的自由 / 可你却总是笑我一无所有 /……/ 告诉你我等了很久 / 告诉你我最后的要求 / 我要抓起你的双手 / 你这就跟我走……

这首歌，与《遵大路》一样，同属第一人称的叙述，同具不舍对方的一个主体，同有央求对方与自己达成共识、紧密亲和的情绪。只是《遵大路》的央求，仅仅留在哀告祈请，而《一无所有》那主体则积极诉诸了行动，要“抓起”对方的手跟自己走。

原文

遵大路

遵大路兮，掺执子之祛兮。
无我恶兮，不寁故也！[①]

遵大路兮，掺执子之手兮。
无我魗兮，不寁好也！[②]

【注释】

①掺（shǎn）：持握，拉住。祛（qū）：袖口。无我恶：勿嫌恶我。寁（zǎn）：召，招呼。一说迅速。故：变故；故人。 ②魗（chǒu）：丑，嫌弃。好：相好。

宜言饮酒，与子偕老。琴瑟在御，莫不静好

女说“公鸡已啼鸣”，男说“尚早天还昏”。
女说“夜空虽昏暗，微亮已有启明星”。
男说“凫雁飞动时，射它几只下锅烹”。

“你射水鸭和水鸟，我烹作餐好味道。
好菜取来好酒伴，两相互敬祝偕老。
琴瑟鼓起奏同调，共唱岁月同静好。”

“得你缱绻又妥帖，玉佩慰劳酬谢忧。
得你云雨多温润，送你佩玉示深情。
得你娇艳多妩媚，聊送杂佩表爱心。”

【笔记】

反映居家美满生活与亲密交好情调的诗，全诗语句可按对话体划分。

从朦胧半醒讲起，讲到女子催男子起床，讲到去射杀水鸟，烹调作餐，而后男女琴瑟和谐，同享岁月静好。

毋庸讳言，这首诗的结局含有浓浓的性意味。这意味的传述，全在一个“知”字。按照闻一多的考证，“知”在上古文词中含有男女交合的义项。将此诗内容的逻辑导向“知”，“知子之来之”“知子之顺之”“知子之好之”，是顺理成章的事。拙译对此给出了既能暗示原文词语真义，又能坦荡面世的行文。

赠送佩玉的情节和细节显得过于讲究礼仪，趋于客气生疏。因此，此诗的人物关系，一可解读为不是夫妻居家生活，而是反映情人的露水邂逅；二可认为体现当时有教养的富贵人家，特别讲究夫妻互敬，举案齐眉，相敬如宾；三可说是新婚夫妇的生活写照……

阅读《诗经》时，读者一般都有个惯性，即将每首诗视为只有一个主体的视野、一个人称的叙述、一个顺向时间的流动，一旦遇到有多个主体的视野、多个人称的叙述、顺述—倒述—插述在唱诗里交叉，就对结构感到茫然，以至影响到识读。故需细读内容，才可区分口气和唱诵主体，以达剖析结构、解其真义的目的。近年国外汉学家柯马丁、夏含夷等，就分别从语句、口气、人称这些角度辨析，指出《诗经》中有多人对唱的现象。认真深究，确可用以破解不少《诗经》歌诗的昔日困扰。

《女曰鸡鸣》就是这类诗的代表，需要凭句子内容来判定说话的不同主体，接着区别出对话者的身份，最后梳理出唱诗内涵的逻辑关系。

这唱诗是《诗经》年代《风》里的故事。其平淡中出佳趣，感情和谐相悦，语言脱口自然，生活气息浓郁，概括很凝练传神。特别是以男女对话的方式来营构一篇诗作，非常别致、出新，仅这一点，就够欣赏把玩的了。

原文

女曰鸡鸣

女曰鸡鸣，士曰昧旦。
子兴视夜，明星有烂。
将翱将翔，弋凫与雁。[1]

弋言加之，与子宜之。
宜言饮酒，与子偕老。
琴瑟在御，莫不静好。[2]

知子之来之，杂佩以赠之。
知子之顺之，杂佩以问之。
知子之好之，杂佩以报之。[3]

【注释】

①昧旦：天将亮未亮。兴：起来。视夜：观察夜空。明星：启明星。将翱将翔：回旋飞翔。弋：带绳之箭，此处作动词用，射。 ②言：语助词。加：射中。宜：烹饪，烹而食之。御：弹奏。静好：和乐美好。 ③知：性交合。来（lài）：慰劳，抚慰。杂佩：各色玉石做成的挂饰。顺：顺从、投合。问：馈赠。

83 有女同车

同车又得近承芳，她像木槿花开样

同车又得近承芳，她像木槿花开样。
难忘飘逸好步态，佩玉碎铃响叮当。
气质高贵又雅致，她的美貌赛孟姜。

得与所爱同车行，面美她如花木槿。
难忘娇娇陪嬉戏，犹记佩玉锵锵声。
美貌赛过小孟姜，交谈相得铭在心。

【笔记】

一篇小诗，记录了一段与美人相会，而后同车归家的心灵颤抖。

本诗调用了文学叙述、描写、比喻、暗示等手段，将美人的面容、身段、佩饰、风度气质以及德行品格，有声有色、无盲角地详尽扫描了一遍。

这样的“好色”，出于心里的真实感受和激动、荣幸，其描述之喋喋不休，已经是“技术性”地转入了“扫描”和“录入”。这样的美人图，当然比较精准、真实，是工笔彩绘之作。不观察细微，就没有如此详尽的描述。当然，最使他兴奋的，应该还是“将翱将翔”“德音不忘”：对美女当然不满足于仅作客观欣赏，还要有交流的互动、有感情的呼应，如此才可称为一次走心的相处。

“孟姜”中的“孟”，指排行老大。孟姜，可解为姜家大女。此诗所称“孟姜”应是美女的泛称，故笔者将其译为小孟姜。花木槿，即木槿花倒文，如此译，为押韵。

以诗论诗，这样的诗，小小的题材，一己的感触，只见微言，不见大义。唯其如此，不执半点担当的负重，少有礼教的训导观念，只吁述心底的感受，才真正是两三千年前任凭自己兴味，有感而发、信口抒发的歌诗。

《风》中内容，大体有婚爱情爱谑爱、亲情友情乡情、颂男颂女颂吉、祭天祭地祭祖、逸行乐行艺行、政事战事农事、军役徭役杂役、劝言哲言讽言八类。诗歌分类历来就是个难题，内容交集，思想浸润，你中有我，我中有你，是分类的常态。如此大致归纳，便于读者大略了解概貌罢了。《有女同车》记叙的是某天与美人约会后留下的愉悦印象，虽题材轻淡，但适宜归于“颂女类”情诗。

德国哲学家斯宾格勒在其巨著《西方的没落》中说，“每一种文化都以原始的力量从它的土生土壤中勃兴起来，都在它的整个生活期中坚实地和那土生土壤联系着；每一种文化都把自己的影像印在它的材料，即它的人类身上；每一种文化各有自己的观念，自己的情欲，自己的生活、愿望和感情，自己的死亡”。《有女同车》纵是小题材小人物，也是当年的一种“文化影像”，那宣泄感触的人，与同车的美女，就是《诗经》时代“它的人类”。援引此论来谈《诗经》，追念当年美得不可方物如今消逝了的人物，以及他们的愉悦感受，不免与古人心绪共情……

原文

有女同车

有女同车，颜如舜华，
将翱将翔，佩玉琼琚。
彼美孟姜，洵美且都。①

有女同行，颜如舜英，
将翱将翔，佩玉将将。
彼美孟姜，德音不忘。②

【注释】①舜：木槿。将翱将翔：此处形容步态如鸟飞旋。孟姜：美女的代称。都：文雅贤淑。　②将（qiāng）将：锵锵，佩玉相击声。德音：（好的）人品音容。

84 山有扶苏

戏谑：盼来不是美相好，只见一个小滑头

山上桑叶绿如染，荷塘开花不打单。
盼来不是美相好，只见一个小坏蛋。

山有青松绿油油，坡有红蓼飘悠悠。
盼来不是美相好，只见一个小滑头。

【笔记】

朱熹认为这是女子挑逗情人的诗。傅斯年认为是“相爱者之戏语”。

这首诗对于人物最概括的句子是每章最末一句，即“乃见狂且”“乃见狡童”。

1. “却是看见丑陋的狂童”“却是看见坏小童”。（周振甫译）
2. “倒碰上一个疯汉”“浑小子倒来钉梢”。（余冠英译）
3. “偏偏见这狂娃娃”“偏偏只见这顽童”。（袁愈荌译）
4. “倒碰上你这个痴呆的家伙”“倒碰上你这个滑头的小顽童”。（韦凤娟译）
5. “却见你这丑狂徒”“却见你这小顽童”。（陈振寰译）
6. “遇见个疯癫大傻瓜”“遇见个滑头小冤家”。（程俊英译）

拙译为“只见一个小坏蛋”“只见一个小滑头”。

总之，没有一句“好话”。

没有一句“好话”，是因为这是女子与男子打情骂俏之语。女方虽有贬损之语出口，男方却不厌其叱；女方虽有恶毒话连篇，男方却不在意其狠。为何能如此?

“不见子都，乃见狂且”“不见子充，乃见狡童”，此处用的是一种幽妙的戏谑反语修辞，以大失所望来表达愿望实现，以疏离代亲切，以詈骂代蜜语。用恶语、脏话这类表面不堪的语词，来表达情人之间实质异常亲昵、甜蜜的关系。男女之间倘无十分的亲密，是不能用此修辞相对的。此诗的嘲弄、讥笑，其实是一种娇嗔、撩拨、笑闹和昵爱。

如此笑闹，却深得“扶苏”“荷华”“桥松”“游龙”等花、树的映衬与庇荫。“山有扶苏，隰有荷华”“山有桥松，隰有游龙”，作为在祭祀场合演唱的歌曲，其歌词起兴，就给这些花、树附加上了灵咒之性，既是诗，又带有神秘色彩。

这咒性虽难以捕捉，却处处弥散着情、爱与性。它们是爱之云霓、戏之空气，似庄似谐，布满这歌唱的天空，让这似低俗、恶意的嘲讪，浸润着诗意的馨香……于是整首诗，盈溢了健康、活泼、快乐的情调。

说来如此诗性和神秘，据考这是祭祀中所唱的诗歌，唱词带有咒谣色彩，由女性集体歌咏。以戏谑、煽情、似有出格的歌曲，来娱神，同时娱己，是当时祭祀所倡。这种欲扬先抑，褒贬如此出乎意外，可以想象当时引动的场面之欢腾。为了活跃祭祀场合气氛，其欢腾，归根结底，功在“亲昵”外的“戏谑”，或说“戏谑”里的“亲昵”。

广西也有类似情绪的山歌。有首歌这样唱：“这蔸大树叶子多，风吹木叶起音乐。本约歌王来歌会，来个雷公打破锣。”这情感微妙就在于，被指称“打破锣”的雷公就是女子今日期望见到的人儿，是她的至爱，且他的嗓子一定不是破锣嗓。他如《山有扶苏》中的“小坏蛋”“小滑头”一样，是“说是不认可”的认可、“说是不亲昵”的亲昵、“说是不昵爱”的昵爱，说他与女子期望之人存在反差，其实是一种戏谑。

戏谑，刘勰在《文心雕龙》中将之归为“谐”来谈。刘勰认为谐就是皆，是词句浅显，能逗引一般人皆欢笑，不正经说事却含着正经之道理，其功用不容小觑。汉代以前就认为谐隐能够“大者兴治济身，其次弼违晓惑”。只是汉代以后，成了“谬辞诋戏，无益规补”。这是因为后世重视朝廷和经院礼教的诉求，据以高谈“谐”之过以轻忽之。

而在《诗经》中，在《风》中，其“谐”却另有所指，指的是戏谑，不见重礼教和训导，而追求游戏、娱乐的娱情效果，带有遵循自心需求的原始性。后世宫廷豢养的专讲笑话和作滑稽戏谑之弄臣、优伶，都属于循此路数做戏剧性表演之人，一般都身份低贱或畸形怪异，却口才一流，内容雅俗通吃，属颇受大雅之堂欢迎的另类。正如法国伏尔泰《哲学通信》所说，“无上光辉的莎士比亚戏剧中的怪异人物，较之现代人的贤智更千百倍地令人喜爱”。《诗经》戏谑诗中的搞怪逗笑，比这些“怪异人物”更接地气，因为其搞笑自娱的对象是参加祭祀的底层民众，且是互动的，自造了集体欢腾的快感。

原文

山有扶苏

山有扶苏，隰有荷华。
不见子都，乃见狂且。①

山有桥松，隰有游龙。
不见子充，乃见狡童。②

【注释】

①扶苏：枝叶繁茂的树木。都：美。“都”与后文的“充”都是美词，古男子常以此取名。此诗用以借指情郎。狂且（jū）：狂者，狂士。行为鲁钝者。 ②桥：乔，高。游龙：荭草的别名。狡童：情人之间的戏谑称呼，小坏蛋。

邀哥对唱：随金风飘飞在高天的爽妹子们

（萚：枯叶脱落）

木叶黄了木叶落，风吹木叶纷纷脱。
哥妹快来平排坐，哥来开唱妹来和。

木叶纷落不枯焦，风吹木叶到处飘。
阿哥尽管放声唱，节拍留给妹来敲。

【笔记】

木叶飘落，不是悲秋伤怀的日子，倒逢收获旺季，是生机勃发、玩兴劲挺的时候。金风送爽，逗起人心飘逸，引动小女子们及时行乐的勃勃兴致。

一大群人，男男女女一起坐着，大家在高高兴兴地聚拢唱歌。他们“叔兮伯兮，倡予和女”“叔兮伯兮，倡予要女”。

周振甫笔下，是“老三啊老大啊，你来唱我来和”，而后又重复一次。

余冠英笔下，是“好人儿，亲人儿，领头唱吧我和你”“好人儿，亲人儿，你来起头我合唱”。

韦凤娟笔下，是“哥哥呀哥哥，你唱吧，我来和”“哥哥呀哥哥，你唱吧，我来跟着”。

何新笔下，是“阿叔阿伯——你们唱吧，我来和”“阿叔阿伯——你们唱吧，我来跟”。

陈振寰笔下，是“小兄弟呀，大哥哥，唱起来吧，我和你”“小兄弟呀，大哥郎，唱起来吧，我答应”。

程俊英笔下，是“叔呀伯呀大家来，我先唱来你和调”“叔呀伯呀大家来，我唱你和约明朝”。

拙译则是“哥妹快来平排坐，哥来开唱妹来和”“阿哥尽管放声唱，节拍留给妹来敲”。

在译者们的笔下，落叶金秋，是多么热闹的场合，此起彼伏的邀约叫唤，连互相间的称呼都各有不同，这言语都有似彩墨涂染过的美。

女孩们利用风声助兴，邀心上人同歌共舞。她们冀望男子们引领她们，让她们像木叶一样凌空随风飘飞。她们都做好了准备，愿随时来一次忘情的驰驱，男子们带她们到哪里，她们就跟去哪里：阿哥，你尽管放声开唱，节拍留给妹来敲，这可不是我催促你，这是秋风的意志……妹子们都如此率真潇洒，阿哥们怎可辜负其风流！

伤春悲秋情绪被驱赶得不见踪影。丰收时节的喜悦，昂扬贲张，连同爱意的硕果一并收获。全诗脱俗、自由，节奏欢乐明快，心意驰骋放纵，如无缰的天马，有细软轻柔的云片风丝飘随。阳光女子，纯洁友伴，快乐金秋，《风》作轻快之歌，人呈精神释放。“爽文”是也！

其土俗率真，如一片云羽飘传了两三千年，飘到当下的广西。此地竟也有与之共鸣同声的山歌：“妹家门前这条河，喝了就会唱山歌。酒醉常挨丢下水，歌醉得和妹结合”；“你想唱歌就唱歌，你想打鱼就下河。你拿竹篙我拿桨，随你撑到哪条河”……这些广西村姑，是一群与《萚兮》声气相投的“爽妹子”！可见千年民歌文化、《风》之精神，在乡间，不仅歌传风接，精气神也是传承递接下来了的。从古延宕至今的民族文化和民族精神常常是历史发展的动力，就这样，广西的山山水水与之一道形成了精彩的民族文化艺术天地——具有普遍意义的核心、精华，便是当今全广西推崇的刘三姐山歌。

《礼记》《战国策》《后汉书》等典籍，将当时华夏君王没有统治到的南方各少数民族称为蛮夷、蛮人，显然带有贬义。其间所含是非，由历史学家去论证。与《诗经》一脉相承的广西山歌，亦即刘三姐山歌，古时是被称为“蛮唱”的。蛮唱，即“蛮人之唱”；也叫“蛮歌”，即蛮人的山歌。

苏轼就与“蛮唱”有过交集。他曾被流放到南方，留有诗云“披云见天眼，回首失海潦。蛮唱与黎歌，余音犹杳杳”。乾隆年间，广西庆远知府李文琰也有诗：“桃花烟雨唱蛮歌，两岸云生涨绿波。一幅蒲帆江上疾，团圆寒玉贴银河。”宜州古代属庆远府，是壮族人聚居的地方，也被认为是刘三姐故乡。李文琰所谓“蛮歌”，无疑就是壮族山歌。苏轼、李文琰这些官员，当年显然没有“蛮夷”歧视，没有贬斥本地“蛮歌”，这才留下令人回味无穷的诗句。

原文

萚兮

萚兮萚兮，风其吹女。
叔兮伯兮，倡予和女。①

萚兮萚兮，风其漂女。
叔兮伯兮，倡予要女。②

【注释】

①萚（tuò）：枯叶脱落。女：汝，在“风其吹女”句中指树叶，后文“风其漂女”句之“女”同。叔兮伯兮：对男性友伴们的招呼。倡予和女：你来领唱我来和。倡：唱。和：声音应和。女：你，此处指男性友伴们，后文“倡予要女”句之“女”同。

②漂：飘。要：合，会合，以声相会。乐节一终为一成，此处“要”指“成”，即“来合，以使之完成”。

86

狡童

彼狡童兮，不与我言兮，不与我食兮

（狡童：对情人表示亲昵的戏谑称呼）

哥你无情小冤家，白天不与妹说话。
就因你不理睬我，害我白白旷在家。

哥你绝情小冤家，夜晚旷妹旷在家。
就因你不理睬我，独眠心像挨猫抓。

【笔记】

女子邀心仪男子之情诗，是亲昵娇嗔外化出的幽怨。

按照闻一多在《诗经通义》中的解读，本诗原文的“言”“餐”“食”“息”，皆有性行为、性爱、交欢的微妙含义。家井真《〈诗经〉原意研究》更解读为“那个时代的男女一起进餐等同于同床而眠。所以，《狡童》是女子在进行预祭仪式的歌垣场上邀请思慕的男子同床而眠的诗”。

以这两个解读为出发点，确定驰骋想象的空间，就能体认女子“使我不能餐兮”“不与我食兮”中，其“餐”其“食”绝不是简单的果腹，而另有独特内涵。其所作抱怨，晕染着心理和生理的色彩。

好些译文都将“餐”“食”局限作日常进餐吃饭解读，更深的体味，传述不出来。似唯有何新的译文可谓达意：“那个坏男孩，不和我讲话！就是为了你，叫我吃不下饭啊！那个坏男孩，不和我作爱！就是为了你，叫我睡不着觉啊！”

原文所表达之“旷”，实是暗示了性爱，含有长时间无性爱的独眠，表达被冷落、遗弃、伤害的情绪。女被“旷久”，当然幽怨无穷。但是，他们毕竟是恋人。哪天重温旧梦，定然又“言”又“餐”又“食”又“息”，弥补回被旷了的折损。玩味情殇女子的修辞，她是将“狡童”这词语，反用、倒用、戏用、贬用，表达了深情怀恋和挚爱，酿出的真是一杯异香扑鼻的好酒！

“童”本幼小，作为词语，带了儿化，就自带亲昵的爱意。此诗中情人戏谑，给“童”之爱称，摊上了个贬损色彩的“狡”字。可见爱到浓时，已意涩口拙“难赋深情”，又不甘于落入俗套，只得翻转思维，颠覆词义的褒贬，遂随意损、随意毁、随意嘲、随意讽，有点像相声中戏谑取笑的砸挂，越邪恶、越毒辣，就越示爱、越逗乐、越亲昵、越贴紧。这是默契到极点的爱意撒泼，宽容到极致的密切黏腻。

与此情趣非常相似的有一组当代广西情歌。内容是，一男一女在乡间是青梅竹马的玩伴，暌隔很久才见面，彼时他们都是已婚的人，但还有旧情可恋。女抱怨，唱：“当初和哥玩泥巴，哥流鼻涕妹帮抹。鬼打情哥你长大，不愿娶我娶人家。”男同样抱怨，唱：“要遭鬼打先打你，当初不愿做我妻。偷偷嫁人就算了，还有脸讲旧情谊！”

这组对歌到底真的是情殇所至，还是用情殇做噱头来开玩笑，并不重要，我们主要注意考察他们互相用的是什么样的称呼。他们居然都称对方为“鬼打”。“鬼打”在广西桂柳方言中一般是表示诅咒的贬义词，是骂人的语词。但在这组对歌中，它出自有交情的男女之口，原本具有的贬义色彩，顿时变得褒贬兼具起来，它的含义此时既有刚硬又带柔情，既带抱怨又兼有爱意，让人感到时光难以重拾又不甘童真的流逝。作为语词，“鬼打”在此处的褒贬色彩，正与《狡童》中的“狡童”称呼一样。

明代大家李贽有童心论，“天下之至文，未有不出于童心焉者也”，称赞童心即赤子之心和真情实感，只有出自童心的文学才是真文学。所谓“极炼如不炼，出色而本色，人籁悉归天籁”（刘熙载），类似《狡童》，正邪、褒贬交集，率性率意，真心、真情无疑，但交往即时的戏谑修辞，出自小儿女的狎情蜜意，不也与童心相连接吗?

《狡童》显然可有多解。柯马丁解释他分析《诗经》的策略，就是不拘泥于歌诗旧有的释义，不局限于汉儒的历史化、宋儒的伦理化以及现代学人的抒情化的方式。他运用自我指涉概念，将平面的《诗经》唱诗生发的原因，解读为生动的祭祀仪式搬演，奇迹般地把我们带回诗乐舞合一的原始语境，以及人与神共狂欢的祭祀气氛之中。

照此理念，我们可将《狡童》此情此景，视作祭祀的表演，是在无数旁人观赏之下，纵情表演的戏谑情感的抒发。一个“狡”字，唱在“真与作”“是与似”的边缘，表演得令观众情绪飘忽、陷入迷思。“不与我食兮”“使我不能息兮”，是女子的抱怨，不与女子同居、亲热，实是男子的过失，这就是这首祭祀歌诗的诗眼。

有一外交官说，印度是苦感文化（人神轮回），西方是罪感文化（讲究是非），伊斯兰是圣感文化（安拉最大），中国则是乐感文化（人神共乐）。西方思想，分析到最后都是上帝；中国精神，论说到最后都归于当下。

真正能给“乐感文化”做注解的，是《诗经》年代的《狡童》这类唱诗。而能给这首有代表意义的《狡童》做注解的，还是彼时祭祀的习俗。也就是说，这种乐感，是喜剧性的，带有时代、地域的色彩，以及语言的特性，得到风俗的允准，一地如此，一国也如此。

伏尔泰说得好，“好的喜剧是一个国家的滑稽事件的有声的绘画，要是你们不深入了解那个国家，你们绝不能评论那幅绘画”。戏谑，似绘画，是一种智慧、狡黠的表达，是一国、一个民族生活和艺术语言的精粹。看来欲了解《狡童》这类作品的真义，必须如此进入文本的第一道门槛。

历史大家顾颉刚点亮了一盏明灯，有助于读者更深入地观照、揭示《狡童》这类情歌的意义。他说：“情歌，是从内心发出的。宗教的信仰，也是从内心发出的。这两种东西的出发点和它的力量是相同的，同样是天地间的正气。”忠于天，忠于地，忠于人性，忠于内心，这些都是《风》里情歌的共同表征。

原文

狡童

彼狡童兮，不与我言兮。
维子之故，使我不能餐兮。①

彼狡童兮，不与我食兮。
维子之故，使我不能息兮。②

【注释】

①言：说话，也有性含义在内。维子之故：就因为你。餐：此处指性爱。 ②食：此处有性爱的含义。息：安眠。从闻一多“一章言、餐皆日中之事，二章食、息皆夜中之事”的说法。

褰裳

子惠思我，褰裳涉溱。狂童之狂也且

（褰裳：提起下裙）

男：

假若妹是真爱我，捞裙跟我蹚溱河。

妹不爱我别跟来，莫道无人来应和！

女：

你这癫仔，我的哥！

男：

假若妹是真爱我，脱裙陪我蹚洧河。

妹不爱我也就罢，莫道无人来投合！

女：

你这鄙仔，我的哥！

【笔记】

男女戏谑之诗。男子作挑逗女子之辞，女子作佯怒之骂。

诗分两章。每章前四句，都是男子在河边呼喊、逗弄对岸的女子，第五句则是女子的“回骂”。这样的解读不囿旧制，将整个板块的唱诗定性为男女对歌，分拆出男呼与女应。

男子要女子去做不合礼教之事，以此挑逗、招惹女子。诗中没有直写女子的行为，但每章的第五句，都只有一骂，是女子的佯怒呵斥。表面看，女子似不顺从，不就范，生气了，粉面含威，给了个黑脸。实际上，她知道男子不是真的要她“捞裙”“脱裙”，不是在做什么下作的试探，而是在故意逗弄她，引她回应。

这女子也够旷达、泼顽，还很自信，也许依仗着自己与男子的亲密关系，敢以飙粗话来表达、宣泄。《风》中有性格、特立独行之女子不多，此是一例。她回话金贵，仅仅一句，却能令男子非回应解气不可。小儿女间互相逗情的往复循环，就是这样生发、展开的。

在广西当代山歌中，也有类似的歌例。“哥家住在石山寨，十年就有九年灾。爹妈不给你嫁我，私奔问妹来不来？”“哥家屋破没有门，屙屎都带镰刀跟。妹你要是真爱我，打把镰刀带随身。”这是表演性的山歌，看似出难题、搞试探，其实是男子在找噱头，故意逗弄女子而已。这样的山歌与《褰裳》有异曲同工之妙，只是《褰裳》涉及挑战礼教，更加大胆而已。

在谈情说爱的戏谑逗弄中，极尽嬉笑怒骂之能事，痛快享受反语、佯狂调情撩逗的乐趣，是一种以贬示褒、以厌示爱、欲扬先抑的手段。情人之间以此逗弄、调笑，造就异常的甜蜜，更是亲密。

二人世界，真情相爱到极致，常呈一种爱死爱活、“颠鸾倒凤”的情态。人生苦短，潜意识深知此爱终将逝去，遂爱之到恨，恨之到死，死而转生，生而进到了全新的情态语境里。俗常的甜言蜜语都不足以表达爱的浓情，现成的字句已经捉襟见肘。于是只能别开生面，转向原始处开掘语词之矿石，通过逃避常规、颠倒词义的表达，不惜背反、倾覆词源本意，去提炼出能闪烁异彩的示爱句子。《风》之诗歌显然深得个中三昧，“狂童之狂也且”就是此类以厌弃表真爱、以粗鄙呈异彩、化俗常为神奇，经推翻语言词义秩序而颠覆出来的文字。

此类以粗鄙表真爱、以背反求甜蜜的文字，多在口头文学中恣肆，也常见于古代戏曲的插科打诨之中，纸质诗集则少有存留。明时冯梦龙的民歌集《挂枝儿》辟有艳帜高张涉性民歌的一隅，可谓此类的精选。而《诗经》也收留有几首，自成一束奇葩，其浅显的另类格调，截留下了当年的社情风影、时代气息。

这类唱诗之所以能大胆张扬，公开谐谑，实是合乎当时祭祀仪礼的娱神诉求。在那样的场合，欢快、娱情，甚至带有戏谑格调的唱诗，都是被允准的。它揭丑引发的可笑，具有亚里士多德所说的“可笑事物所必不可少的那种‘无害性’”，是友善的、不伤及感情的。对于这首诗，日本学者松本雅明有论，说《褰裳》“是在举行具有一定性倾向的祭礼时，由全体女性歌咏的”，是一首为娱乐神祇而咏唱的戏谑歌。

《诗经》年代已远，有汉《毛诗序》还耿耿于怀：“《褰裳》，思见正也。狂童恣行，国人思大国之正己也。”教化之意，萦绕不绝。朱熹则好似唱诗创作比赛的“评委”，也给《褰裳》打过一个最低分，说此诗是“淫女语其所私者”。

朱熹本大儒，所读汗牛充栋，学识博大精深。但他一贯地对《风》冷面，多作正言厉色。除力主以经学立场释《风》之外，显然直接到田野考察的功夫，还是下得不够，以至妨碍了他作符合客观的公正判断。坊间有论，“是否拥有和使用第一手材料进行研究，是衡量学术成果质量高低的重要尺度”。当然，如果以此要求朱大师走出书斋，接受田野“再教育”又似过了。更不能要求朱大儒彻底放下那理学架子，去与《风》年代的祭祀相呼应，要求他给《褰裳》打一个最高分。

由此很感佩日本禅学大家铃木大拙《禅学入门》的一段名言：“如果要得到对某一物的最明确、最确实的理解，就要具备个人的经验。特别在与人生问题相关时，个人的经验是绝对不可少的。没有这种经验，任何深远的能力即使是有用的，也不能有效地被掌握。所有概念的基础是单纯的不能伪造的经验。禅最大限度地强调这种基础经验。”

铃木大拙说的是禅，但通用于所有学科，当然也通用于对民俗、诗歌创作和人生的认知和理解。

本诗最后一句“狂童之狂也且”，可算诗眼，译法很热闹。试举几例，不无异趣。

周振甫译：“你这狂童也太狂妄么。”

余冠英译：“你这傻小子呀，傻瓜里头数你个儿大！”

袁愈荌译：“你这狂童太傻啊！”

陈振寰译：“你这傻小子里头最傻的啊！”

何新译：“傻小子呵你真傻！”

韦凤娟译：“你这个最笨的傻家伙！”

程俊英译：“看你那疯癫样儿傻呵呵！”

拙译：“你这癫仔，我的哥！”“你这鄙仔，我的哥！”

原文

褰裳

子惠思我，褰裳涉溱。
子不我思，岂无他人？
狂童之狂也且！[①]

子惠思我，褰裳涉洧。
子不我思，岂无他士？
狂童之狂也且！[②]

【注释】

①褰（qiān）：提起。裳：下装。溱（zhēn）：河名。我思：即“思我”，念我，在乎我。狂童：戏谑之称，傻小子。之狂也且：其狂也哉。之：其。且：语气助词。

②洧（wěi）：河名，与溱水相交。他士：其他男子。

88

丰

296

后悔我不跟你走，如今回想悔断肠

（丰：丰满，美好）

丰神帅哥仪表堂，求亲候复来家访。
后悔我不答应你，如今回想叹凄凉。

丰神帅哥身健壮，那日求亲候客堂。
后悔我不跟你走，如今回想悔断肠。

丝绸锦袍罩外衣，上下衣装一水齐，
丈夫驾车来接我，被嫁他人我悲戚。

上下衣装一水齐，丝绸锦袍罩外衣，
丈夫驾车来接我，从此嫁作他人妻。

【笔记】

此诗唱的是女子没能看准对象，没抓住婚嫁时机。后来嫁了他人，后悔了。

前两章写她心仪的男子出现在她面前，也曾令她心动，可是她没有当机立断决定嫁给他。后两章写她被另一男子娶走，虽浑身上下全是锦衣，可她还是留恋当初那男子，十分后悔，怅惘昔日的错失。那令她回忆的，是消逝不了的往事细节。

“当年不肯嫁春风，无端却被秋风误”，北宋词人贺铸《踏莎行·芳心苦》的这两句词，正可以切切实实做这女子后悔心情的注解。

苏轼说《诗经》，“《诗》者，天下之人，匹夫匹妇羁臣贱隶悲忧愉佚之所为作也。夫天下之人，自伤其贫贱困苦之忧，而自述其丰美盛大之乐，上及于君臣父子、天下兴亡、治乱之迹，而下及于饮食、床笫、昆虫、草木之类，盖其中无所不具，而尚何以绳墨法度区区而求诸其间哉！此亦足以见其志之无不通矣”。

苏轼道出了包括《风》在内的《诗经》唱诗生发之因由和内容宽泛的道理。作为民间歌诗，其涉及的运思技巧、章节结构、叙事模式、抒情手段，以及选取的人物所持理念、思维方式、基本行为、精神现象，还有其谋生环境和条件，诸如此类，都从不同的作者、不同的生活中生发出来。创制歌诗，是他们表达情感和诉求的权利，主题、意旨不同，但没有高下之分。

这首诗写的正是“饮食、床笫、昆虫、草木”之类小事，怎么“上纲上线”也不会与高头讲章沾边。只见那心仪的男子，给她留下的印象是长相和精神气质；那迎娶她的男子，给她留下的印象是车马、衣着等外物。两种印象，显然是感情与物质的对比，由此产生的悔意，大概是责难自己先前的过度羞涩，不当机立断所致，也许还是轻人重物导致的错失，于是才格外令人喟叹和同情。两三千年前，就有对婚嫁观念的这么精细的比较，也是人情、人性亘古不变的反映。

所谓诗性，大概都含蓄、归结于超脱的理性和精神之中，而诗意，才散淡在情、趣、思这类轻松的寻常。如《丰》以日常、庸常入诗，正是《风》的朴实所在。

原文

丰

子之丰兮，俟我乎巷兮，
悔予不送兮。[①]

子之昌兮，俟我乎堂兮，
悔予不将兮。[②]

衣锦褧衣，裳锦褧裳。
叔兮伯兮，驾予与行。[③]

裳锦褧裳，衣锦褧衣。
叔兮伯兮，驾予与归。[④]

【注释】

①俟：等候。巷：古人将所居之宅称为巷；也作门外解。送：从行。 ②昌：健硕。将：行进。 ③褧：罩衣。“衣锦褧衣”的第一个衣字作动词，意为穿。裳锦褧裳：第一个裳字作动词，意为穿；第二个裳字作名词，意为裙。叔、伯：此处是对丈夫之称呼。
④归：出嫁。

89 东门之墠

妹有哪天不想哥，哥不来访怎连情

男：

东门有地本平坦，荒草漫坡来遮掩。

哥家近在妹眼前，妹心离哥似天远。

女：

东门栗树不成林，哥家妹家门对门。
妹有哪天不想哥，哥不来访怎连情？

【笔记】

短小的对歌，讲的是直白的道理。情，怀在心底，幽怨终于宣述。

“东门有地本平坦，荒草漫坡来遮掩”，喻阻隔——男子惆怅；“东门栗树不成林，哥家妹家门对门”，喻紧密——女子婉约。这组对话贴切、形象地反映了男女情怀的反差。

结尾，女子说“哥不来访怎连情”，说破了男子感觉“妹心离哥似天远”的原因及其荒谬。同处一地，感觉遥远，原因在此。隔膜或阻隔，全在人为，全在不积极主动交往。女子的弦外之音，是慰勉、鼓励男子加油靠近，以修共好。如此读来，还读出些微心理学的端倪。此诗韵味隽永，其中“室迩人远”的相处状况，之后还发展成了一种典型的对老死不相沟通的状态的描述。

倘若不视这首诗为男女面对面的对歌，而视之为一对男女背对背的各自旁白，或各自对上天的坦诉，则别有一番戏剧性诗情，那境地，也是值得张开想象翅膀去高飞的。这是别解。

《风》诗之所以常有别解，是因为唱诗体裁和时代久远。那么短小的篇幅，那么多可作多种解释的字词，经历那么久的年代，读者的知识结构和心态那么复杂，诸如此类，解读必然难有定论。另外，这些唱诗，或是集体创作之物，或是个人的创制，因系口头文学，文字定本困难，容易在流传中被不断修改、再创作、带入各人之见。潜在的再塑、仿造的张力，在每首诗歌里都是存在的。别期望所有的诗歌其诗意都有一义性。读诗感觉美总是带有主观性的，解诗尽管发挥想象力，极端地说，哪怕是曲解的美、误读的美、虚幻的美，只要你能从中读到美感，自我享受着，便也算有所获，不亦乐乎？

有一组广西山歌，刚好与这首《风》诗内容相似，可作古今呼应的歌例。

女："明明哥妹屋相挨，白白有路不往来。妹屋离哥五尺远，五尺路上起青苔。"

男："此地人人把妹夸，讲你唱歌是行家。谁说哥我不理你，你不开唱谁敢答？"

原文

东门之墠

东门之墠，茹藘在阪。
其室则迩，其人甚远。①

东门之栗，有践家室。
岂不尔思？子不我即。②

【注释】①墠（shàn）：土坪。茹藘（rúlǘ）：茜草。阪：斜坡。②栗：栗树。践：善；一说浅陋。即：就近，靠近。

盼神：叨念君子君子来，岂有什么不喜欢

阴雨寒凉风凄凄，鸡鸣唧唧苦悲啼。
叨念君子君子来，岂能不有好心绪！

淫雨昏暗风萧萧，鸡鸣唧唧奄奄叫。
叨念君子君子来，岂能百病不全消！

大雨滂沱天昏暗，鸡鸣唧唧真惨淡。
叨念君子君子来，岂有什么不喜欢！

【笔记】

凄风苦雨，昏夜惨淡，女子于如此风雨鸡鸣之中渴望情人慰藉，相思苦矣。叨念情人之时，其情人（“君子”）如愿到来，还冒着滂沱大雨，真令人感恩，激情难表。《风雨》写女子摆脱情困孤苦后如获新生般的惊喜，彰显了爱情力量的伟大。

显然，这是一种具有诗性的叙述。其诗意在于极度夸张，在于对来人能耐的高度理想化，在于药到病除治愈相思病的迅捷效果，在于夸大、脱离真实和浮离日常地气的情爱力量。于是，这“君子”顿时就飘浮向了云烟，虚泛地飘进了云里雾里。完全可以换一个思路质疑——此“君子”是人吗？可否再度扩展想象力，做更宽泛的遐想呢？

换个角度想象，笔者更倾向于将这“君子”的身份解读为神。具有神的身份和能耐，他才可以满足人间所有的愿望和福祉，如此，药到病除、排忧解难，都是题中应有之义，遑论小儿女的区区相思病哉！满足女子的情爱愿望，解除百病对她之困扰，她急需的扶助之力，唯天神才有。看来，此诗“君子”身份，唯解读为祖神，才切合真义。祖神到，爱神到；爱神到，百病消；爱神就是祖神，祖神也是爱神……如是叙述，就引动更活跃奔腾的遐思，另有了一番情景。神灵，以及神灵之大爱，才可以驱除如此大病大悲，引出如此大喜大乐，当然就比仅仅小儿女的私情还要富有诗情了。

如是，就按它是一首祭祀诗解读了。“风雨如晦，鸡鸣不已。既见君子，云胡不喜”，名句也！笔者以这样的译文转述之：“大雨滂沱天昏暗，鸡鸣唧唧真惨淡。叨念君子君子来，岂有什么不喜欢”，说的就是请神神来，得欢喜心。

按照德国哲人本雅明的说法，“任何人、任何物体、任何关系都可以绝对指别的东西”，这是一物多解的哲理依据所在。就着这文本的语词和情绪，我们也可以认为，“风雨凄凄，鸡鸣喈喈”“风雨潇潇，鸡鸣胶胶”“风雨如晦，鸡鸣不已”，诚然是对自然、气候的描写，但还可以是人的心情心境状况之寓言似的比喻。于是可另外解读为：久久等待神来，预感凄冷，如临凄风冷雨，情绪几乎趋于绝望，等来的结果却出人意料地好——神竟然来了，故喜出望外。

原文

风雨

风雨凄凄，鸡鸣喈喈。
既见君子，云胡不夷！①

风雨潇潇，鸡鸣胶胶。
既见君子，云胡不瘳！②

风雨如晦，鸡鸣不已。
既见君子，云胡不喜！③

【注释】①凄凄：寒冷。喈喈：鸡鸣声。云：发语词。夷：平，此处引申为心绪安宁。 ②潇潇：急骤。胶胶：鸡鸣声。瘳（chōu）：病愈。 ③晦：昏暗。

子衿

对灵媒的暗恋：纵我不往，子宁不来
（子：对男子的美称。衿：衣领）

青衿绶带舞衣襟，身影常撩我的心。
纵我难去接近你，何不以歌来传情？

玉佩下飘青穗带，飘舞拂动我情怀。
纵我不便去找你，你何不能找我来？

臂钏滑动声零零，城阙佻佻影迷人。
知否一日不见你，就像挨隔三季春。

【笔记】城头的观楼，不是普通人奔跑嬉戏之地。此人着青衣，是春神的衣服，也是祭祀者的典型礼服，加之其能在观楼上衣袂飘飘，跳来跳去歌舞（手钏在手臂上滑动），还只能远观不能接近，想必是行祭祀礼仪的主祭灵媒了。

一位多情女子，对这位扮演春神的男子，默默倾诉暗恋情愫，痴痴空盼无望之爱，就是此诗主题。

女子由远观变为近观，再变为贴近距离地观赏，接近着这美男子。一个个画面，栉比相接，机会益多，向往之情日益痴迷迫切。男子在城楼上舞蹈，手钏零零作响，舞衫艳艳雪飞，无不吸引着她，让她的迷恋之情一发不可收拾，竟至倘若有一天不能看见那男子，自己就要软瘫在自己的痴情之下。

爱慕焦虑，就这样外化成《子衿》这番叨叨絮语、喋喋幽怨。多情女子的悠悠情怀，实在缱绻绵长。人性千百年不变，男女情爱千百年不泯灭。这种痴迷暗恋的心态，也许我们好些当代人也萌生过，《子衿》则先我们两三千年代言了。其表达真切得让我们拍案叫绝，不禁将自身代入，直欲进入《子衿》情境再细细地观察体验一回。

朱熹说："此亦淫奔之诗。"显然说得太过刻薄。

《诗经》中有好些诗歌，是男子、女子们夸赞异性灵媒或倾诉对灵媒之爱的心语。细读可以寻找到许多祭祀实况的蛛丝马迹，从而可窥探到人们对灵媒崇拜、挚爱、暗恋的合理原因。

《风》年代，祭祀频仍。男女灵媒穿着华贵的礼服，行走在各种祭礼上，歌舞在各种祭祀场合，吃喝在各种宴饮席间。他们身份特殊，沟通天上地下，职司代神受祭，又代神赐福，在场面上展露出不同凡响的风度。他们是当时当地的先知、诗人、歌手、舞者，在世俗乡间实在是很了不起的人物，怎不是好些男女"粉丝"崇拜、倾慕、暗恋的偶像呢！

当时祭祀之风气和规制都很平易化、人性化。无论祭天祭祖、求雨求财求丰年，祭祀场面总是既严肃又欢乐、既神圣又情色，甚至向神祇唱煽情求爱的情歌，借用迎娶的方式来呼唤、迎接神祇的到来，以浓艳格调和轻松氛围来迎神降神、乐神娱神，同时也自娱自乐、放纵情绪。

祭祀的人们，直接面对并崇拜和敬奉的客体对象就是尸（灵媒）。尸代表天神和祖灵，有其神圣缥缈不可接近的一面。尸同时又代表祭祷的凡人，本具肉体凡身的一面。其带有神格的出类拔萃的肉体凡身，就成了大众膜拜的对象。其中某位一旦成了大众情人，自然诱惑或吸引“粉丝”们将绮丽的非分之想和谵妄，代入自己的爱情遐思和身份僭越。

《风》里，好些唱诗具有双重的文学性格和功用，看似祭神诗，却实是男女之情的代入，或者看似爱情诗，初衷却是供表演的祭神诗歌唱本，抒发对与神婚爱的向往之情。怎么区分？又何必区分？先人浪漫的祈祷方式，注定产生这种蕴含神性灵咒的爱情唱诗。它既是为爱情而作，也是为祭祀而作，混沌融合，交叉模糊，不必剥离，也不可剥离。它编唱的是人的心曲，它就是它。所以如今看来，《风》才是自由潇洒之《风》神的风情。

原文

子衿

青青子衿，悠悠我心。
纵我不往，子宁不嗣音？①

青青子佩，悠悠我思。
纵我不往，子宁不来？②

挑兮达兮，在城阙兮。
一日不见，如三月兮。③

【注释】

①悠悠：久远，绵长。不往：不能往，不能接近。宁：岂，难道。嗣音：传音讯；以歌相答。 ②佩：佩玉。青青子佩指系玉的穗带。 ③挑兮达兮：往来貌，此处指手钏在手臂上往复滑动。一说来回走，或往来相见。城阙：城门两边的楼台。

92

扬之水

扬之水，不流束薪。终鲜兄弟，维予二人
（扬：悠扬，激扬）

江水深深水流急，荆束也被冲走去。
你我无兄又无弟，世间最亲我和你。
千万莫要听谗言，旁人谗言是妄语。

江水激流浪奔腾，江面束薪也难停。
你我无兄又无弟，世间最亲我两个。
失信的人不靠谱，不靠谱话不可听。

【笔记】

大儒颜之推曾说："兄弟者，分形连气之人也。"此诗的展开与这句金言相合。"终鲜兄弟，维予与女""终鲜兄弟，维予二人"，就是说，我和你都没有亲兄弟，论起世上有兄弟般情分的人，如今唯有我和你了。哪怕是金兰契合的兄弟，也需要诚挚的叮咛、真诚的表达。说此话，目的是互勉，提醒兄弟如手足，互相要像亲兄弟一般紧密团结。"不流束楚""不流束薪"则是从反面取喻，以此说明互相团结、信任的重要。

某些民歌常常讲道理，讲的是常理、俗理，是浅显之至的道理。其实，作为带艺术性的韵文，讲什么道理有时并不重要，因为所讲道理一般都太朴素易懂，重要的是研读它如何讲道理，研读唱它的乐趣何在，也就是研究它的表达方式和它之所以能够给人以愉悦感受的美学因素，这才或可进入更高层次，去一窥其招数和训导的路径。

据记载，《诗经》里有很多唱诗都是由瞽创作、修改，或收集、记录下来的。瞽，即盲人唱诗者。盲者不残，"凡乐之歌，必使瞽矇为焉。命其贤知者以为大师、小师"（郑玄），"以其无目，无所睹见，无所睹见则心不移于音声，故不使有目者为之也"（贾公彦）。他们的视力被折损，但上天为其打开了一扇听力之门，让他们可以专注于弦歌。所谓"有瞽有瞽，在周之庭……我客戾止，永观厥成"（《诗经·周颂·有瞽》），意为"乐官盲盲，在周庭上……客人来到，尽情欣赏"。据说，周文王之母怀孕时，每天都"令瞽颂诗"。真令人惊异，在那么遥远的年代，周文王的母亲何以知道"音乐胎教"的功效？

瞽人有音乐特长，古今中外都有瞽人音乐天才。上述《有瞽》就描述了《诗经》时代的盲人乐队。《二泉映月》作曲者"瞎子阿炳"（华彦钧）是日本指挥家小泽征尔的偶像；当今意大利的盲人歌手安德烈·波切利歌声迷倒众生；征服全球听众近百年的《阿兰胡埃斯协奏曲》，其作曲者是西班牙盲人作曲家华金·罗德里戈……他们都以盲人之身、神赋之才谱写出一部部音乐传奇，感动着世人。记得我始听《阿兰胡埃斯协奏曲》时，惊喜得似逢天籁，从早到晚忘吃忘喝，一口气不知听了多少遍，最后竟听熟到不需谱子就能用钢琴弹出。盲人音乐家，是为世人进行美育熏陶、心灵疏导、艺术传播和人生训导的月光天使。

古诗中，屡见类似《郑风·扬之水》这样写给兄弟的赠诗。第一类所谓“兄弟”，如“遥知兄弟登高处，遍插茱萸少一人”（王维），“四海皆兄弟，谁为行路人”（佚名），都是结拜兄弟，或出于义气称兄道弟的称谓。第二类，如“衰门少兄弟，兄弟唯两人。饥寒各流浪，感念伤我神”（于逖），则是亲生兄弟，同胞手足。前者的内容和主题宏阔，志趣高远；后者则亲密切身，日常琐细。

《三国演义》中有曹丕难为曹植的情节，由此带出曹植著名的《七步诗》：“煮豆燃豆萁，豆在釜中泣。本是同根生，相煎何太急！”毛宗岗评说道：“文章足以杀身，而有时乎亦足以救死；文章足以取忌，而有时乎亦足以动人。如子建之七步成章是已。……凡今之人，有以兄弟而相煎者，观于其文，亦宜为之泫然矣。”兄弟之情藏危机，大概都为权与钱。《七步诗》能化解兄弟阋墙，乃成人的童话。

历来涉及兄弟情谊的诗篇不少，其中蕴含的道理和感情，好似都是老生常谈，属好话多说三遍，是我礼仪之邦精神高于物质的赠言，聊表亲人一片牵挂的苦心叮嘱而已。但是，其艺术和语言的表达，林林总总、丰富多彩，说是运用了十八般武艺都不为过，审美招数可圈可点，足可称一笔丰厚的文化财富。

由于“束楚”“束薪”都是彼时象征男婚女配的词语，故此诗还可有一解，即将之释读为夫妻相互劝勉的对话。

原文

扬之水

扬之水，不流束楚。
终鲜兄弟，维予与女。
无信人之言，人实迋女。①

扬之水，不流束薪。
终鲜兄弟，维予二人。
无信人之言，人实不信。②

【注释】①不流束楚：不容束状的荆条浮于河面。终：既，已。鲜：少，无。维予与女：唯有我和你。言：流言。迋（guàng）：通“诳”，欺骗。 ②薪：柴禾。维予二人：只有我们两人。

93 出其东门

出其东门，有女如云。虽则如云，匪我思存

漫步悠悠出东门，遇个美女白如云。
虽则美女白云美，却不是我意中人。
唯那白衣黑裙者，衣着养眼可开心。

漫步悠悠出瓮城，美女如荼过城门。
虽则美女荼花多，无我念想那个人。
有女素衣红裙裾，可与乐乐逗逗情。

【笔记】

红男绿女，美色如云，漫游街衢游目骋怀，可大饱眼福。是时周遭环境宽松，自由穿梭花丛，心境无拘无束，可以率性交往评品。一旦有值得之爱，令心动怦怦，引发情萌，人们见猎心喜，都可向自己心仪的对象表白，成就一番好事。

且说花丛中，有一悠闲多情小子，遍赏百花。眼前晃过那些穿红着绿的美女——如此穿着，显然就是当日祭祀的尸（灵媒）正扮演求雨求丰年的一众歌舞女神。其中一位白衣素缟的女子跃入其眼帘。小伙子有色心，有色胆，只是找不到心仪的对象，他的所思所想，或者他心目中的理想女子，没有到来。只好“守贞”游逛，且满足于大饱眼福，欣赏眼前翩翩而过的七彩裙裾。但是，最后终于不得已求其次，打算与那白衣红裙的美女试试共结恋情。

这是一份内心独白。“聊乐我员”“聊可与娱”，纵使美色浓艳，目迷七彩，可以左挑右选，小伙子仍情思温雅，平和内敛，不求苟且暴食餍足，只求率性随兴一乐。从诗句来看，还只停留于打算，未付诸行动，行为算是安分的了。

朱熹《诗集传》也褒扬此诗。他说“人见淫奔之女，而作此诗。以为此女虽美且众，而非我思之所存。不如己之室家，虽贫且陋，而聊可以自乐也”。似是好话，然朱公凭什么判定这些女子是“淫奔之女”？他又何从知晓男子之室家“贫且陋”？搜遍诗句，查无实证，顿显朱熹之酸腐可笑。这正应了鲁迅评论《红楼梦》命意时说的那句名言——“道学家看见淫”。朱熹《敬斋箴》有云，“守口如瓶，防意如城”。与其说朱熹夸赞《出其东门》，还不如说他依然“防意如城”，足够卫道。况且此番言说信口开河，也不见他恪守“守口如瓶”啊！姚际恒对朱此说就看不过去，他在《诗经通论》中说："以'如云''如荼'之女而皆谓之淫，罪过罪过。人孰无母、妻、女哉！"相较于朱大师之胡言乱语，显然姚说很客观中肯。

"文学是人学"（钱谷融），"艺术是人类生命的自我表现"（今道友信）。《出其东门》写人，无论单人，还是群像，都生机勃勃，人性十足，洋溢着人情味和生命力。尼采在其《偶像的黄昏》中说过，"只有人才是美的，只有充满生命的人才是美的。只有人才是丑的，只有没有生命的人才是丑的。这两个命题，是美学的分水岭"。姚际恒评《出其东门》之论，充满人情味和生命力，说其美实不为过。朱熹对此诗的评说，苛求、酸腐，最要命的是还无中生有，评他此番言说，赠他一个"谬"字，实不冤枉。

久远的民俗事象、场景，今日读来还是如此鲜活。那时的软红香土，气息依然氤氲散发。有这么一位多情男子，心境坦荡，心为色动而不至非礼，能自控自制如此，实拜其天璞资质啊！

原文

出其东门

出其东门，有女如云。
虽则如云，匪我思存。
缟衣綦巾，聊乐我员。[①]

出其闉阇，有女如荼。
虽则如荼，匪我思且。
缟衣茹藘，聊可与娱。[②]

【注释】

①如云：如云之白。存：所在。缟衣綦（qí）巾：未嫁女子的服饰。缟：白绢。綦：青黑色。聊：姑且、稍微。乐：悦，高兴。员（yún）：表肯定语气，同"云"。 ②闉（yīn）：围绕在城门外的小城，又叫瓮城。阇（dū）：门。荼：茅草的白花。且（cú）：语气助词。一说同"存"。茹藘：茜草。茜草为红色，此处以其指红色、绛色衣巾。娱：快乐。

94 野有蔓草

怡情醉心的野地幽会日记

野地野草猛蔓延，露珠浓密洒草间。
有个美女如朝露，明眸柔媚玉光闪。
不期与她成好事，合我梦想投我缘。

野草蔓延草青青，露珠浓密亮晶晶。
有个美女如朝露，玉光闪闪明眸清。
不期与她成好事，幽处成欢好醉心。

【笔记】

原始古朴的情爱野趣。其原始古朴，在于男女、野地、一见钟情、邀约，寻个幽处，立马好上，自适自愿，遂心遂意……这些细节，通过一系列细碎语词，像一捧闪烁的珍珠被串成整体。情到意到，对眼对心，享受到沉迷酣醉，是整体的诗情。

这是一场名副其实的艳遇，环境美、空气美、人美、心态美。最是那青草朝露和美女明眸的碰撞，简朴又玉光闪烁，明里是秋波光影互为映耀，内涵却真真正正是一场露水关系的男女隐匿交集。不同日常、不同俗见，才是诗，不然《野有蔓草》怎么就传颂了两三千年！

本诗外在热烈，内在却另有深意暗蕴。深意在于其草的奥秘："野有蔓草，零露漙兮""野有蔓草，零露瀼瀼"，按此诗结构格局，草为兴词。而兴词则源于咒语，即便"起兴咒语有效"的意识日渐散淡，其运用思维的遗风仍惯性滚动，两章的头两句，便是一厢情愿的冀望。这样一来，浓密茂盛的草丛，便成了爱的灵咒附身之处，是习俗遮蔽的帐幔。不需叹“江回汉转两不见，云交雨合知何年”（李益），此处即盈溢云情雨意的绿洲。蔓草，让人亲近和迷恋的光、色、温度、质地，通感融融，在绿幽幽之处成欢，何不怡情！

“邂逅相遇，与子偕臧”，此两句是此诗画龙点睛的一双诗眼。“邂逅相遇”之“遇”，闻一多说应读为“偶”，此处的“遇”字即是“偶”字，偶合之意。《吕氏春秋》说：“禹行功，见涂山之女。禹未之遇而巡省南土。”对此，闻一多说：“既曰见，又曰未之遇，则遇非逢遇之遇，明甚。”“未之遇”，就是大禹见了妻子涂山女却没有与她交合。“与子偕臧”中的偕臧，可解为幽会、结婚、行夫妻之事，“做私密的好事情”。本诗的解读从闻一多，就是这对男女邂逅惊初见，眼缘一对就放电，遂藏于隐匿处“做私密的好事情”，“不期与她成好事，合我梦想投我缘”“不期与她成好事，幽处成欢好醉心”，此时此地此人此心，想不享此“偕臧”，都不行啊！

孔子曰，“诗三百，一言以蔽之，曰：‘思无邪’”“不学诗，无以言”；司马迁说，“《国风》好色而不淫，《小雅》怨诽而不乱”。如是眼光，确定了情歌批评的导向和调门。一些卫道者则反其道，滥祭淫之帽，那真是亵渎了前贤，岂止“无以言”。

著名翻译家梁宗岱指出，屈原将《野有蔓草》“有美一人，清扬婉兮。邂逅相遇，适我愿兮”点化为《九歌·少司命》的“满堂兮美人，忽独与余兮目成。……悲莫悲兮生别离，乐莫乐兮新相知”；将《硕人》“巧笑倩兮，美目盼兮”点化为《九歌·山鬼》“既含睇兮又宜笑，子慕余兮善窈窕”。

对此，梁宗岱说，“那启发诗人的外在景况是一样的，基本的情感反应或许也是一样的，可是无论情感的方式或表现的方法，我们都要感到整个世界的分别。……充满了一个新宇宙的希望的清新和爽气”。实点明了“师傅领进门，悟道在各人”。

法国诗人瓦列里将伟大作家和艺术巨匠比喻为狮子，说“一只狮子是以几只羊的肉作为养分而生存的”，把先人的作品比喻为羊肉等养料，供给了狮子一般的文坛大咖们，作为维持文艺生存和更新文艺创作的养分。梁宗岱则以《野有蔓草》语句如何被演绎成《九歌·少司命》语句为例，进一步深切解剖，让我们对引用与点化、借鉴与创作的路径不同，有初步的醒悟和明了，特别是对于“点化”有更深切的感知。

如果仅仅停留在引用、借鉴层面，不是创作；只有“点”而“化”之，方可称为有“创”之作。如此观之，才理解屈原的创作才华，果然是拔地倚天，他对经典独特的理解力、诠释力和运用力、表达力，高出凡人不知几万仞，是活学活用《诗经》的典范啊！有幸得以领略梁宗岱的评点，再读《野有蔓草》，心底也比平日多增了数倍光亮。

原文

野有蔓草

野有蔓草，零露漙兮。
有美一人，清扬婉兮。
邂逅相遇，适我愿兮。①

野有蔓草，零露瀼瀼。
有美一人，婉如清扬。
邂逅相遇，与子偕臧。②

【注释】

①蔓：蔓延。零：落下。漙（tuán）：露多貌。清扬：眼睛清亮。婉：漂亮妩媚。邂逅：不期之遇。相遇（ǒu）：交合。适：合适。 ②瀼（ráng）瀼：露水多。偕臧：从闻一多说，做隐秘之事。偕：一同。臧：藏。

溱洧之歌是燃情歌，溱河与洧河是爱情河

溱水洧水两相交，河水澎湃涨春潮。
男女少年满河岸，互相示好赠兰草。
姑娘求欢再作乐，小伙回说已刚好，
再作已经无快意，不如逛逛看热闹。
洧水河边人不少，男男女女兴致高。
互相戏谑互调笑，事毕感恩赠芍药。

溱水洧水两近亲，河面平平河水清。
男男女女手携手，两岸满是欢笑声。
姑娘求欢再作乐，小伙回说刚尽兴，
再作已经无快意，不如逛逛看别人。
洧水来人真欢欣，男男女女都尽情。
戏谑刚罢又调笑，互赠芍药诉同心。

【笔记】

男女受春意感召，秉芳香兰草出游，《溱洧》是一派民俗的健康书写，可谓气氛热闹，求艳得艳，写真得真，民俗之活力张扬，率性的精神自得。小儿女自由自在，相并偕游，无挂无碍。无需作道学避忌，不受礼教拘束，没有纵逸恣肆的嚣张。他们的性情和行为，被赋体文字铺陈，定格在了“朴”“真”二字。

《溱洧》的习俗背景是，“郑国之俗，三月上巳之日，于两水上招魂续魄，祓除不祥”（《太平御览·妖异部二·魂魄》)，“官民皆絜于东流水上，曰洗濯祓除去宿垢疢为大絜”(《后汉书·志第四·礼仪上》)。溱洧两河在中原大地，此俗由此兴起，成了全国各地“三月三节庆文化”习俗的先声。彼时，经济发展和战争都需要大量人口资源，遂使民俗注重祭天以保佑生育繁衍，同时放宽对婚姻和男女交往的规约。作为生活写照的此诗，正呈现三月肇始，男女游春，相悦相乐，一众手牵手，眸对眸，骄阳照耀，心灵透亮的彼时情状……此描绘，文接了古今民俗地气，香沁了千年历史天云，浓浓的古朴生活气息，足可熏染当下的新创文字。

“女曰:‘观乎?’士曰:‘既且。且往观乎。’”其“且”是性暗示；其“观”，则是“欢”也。这对话，据郭沫若、李敖等人考据，有性含义。

拙译此处虽从其说，但是行文已做了必要的含蓄节制，译为“姑娘求欢再作乐，小伙回说已刚好，再作已经无快意，不如逛逛看热闹”“姑娘求欢再作乐，小伙回说刚尽兴，再作已经无快意，不如逛逛看别人”。如是，已将性意味浓度稀释，或可对应郭沫若和李敖等人的解读。“不如逛逛看热闹”，自由逛荡，正是其余绪的释放，也是展示热闹场面一角的提拎。

孔子有说，“恶紫之夺朱也，恶郑声之乱雅乐也”，对郑国民歌颇为痛心疾首。他还说，“放郑声，远佞人。郑声淫，佞人殆”。所谓“放”，禁绝也。夫子之意是像疏远卑谄小人一样，主张禁绝郑国之民歌吗?

《论语正义》引《五经异义》之说:“郑国之俗，有溱、洧之水，男女聚会，讴歌相感，故云‘郑声淫’。”故“非谓《郑诗》皆是如此”。此说解读夫子的所谓“淫”，实是指说男女对歌的形式，而非指所有郑声郑俗。

为真确理解孔子“郑声淫”，笔者特查《汉语大词典》，发现“淫”字条释义三为“过度，无节制；滥”，此义项里引用有杨慎《升庵经说·论语·淫声》的解释：“郑声淫。淫者，声之过也。”霎时茅塞顿开。

孔子所谓“郑声淫”，指涉的不是当地民歌语词、内容淫秽，而是专指“声”之形态，亦即指涉音乐曲调、歌唱音量、演唱风格、表演潮流等方面，或是超越彼时俗见时尚常规，或是乱了当时的音乐法度，总之是“声”的形态过了，仅此而已。具体从《溱洧》看，无非是邀约寻乐，明白坦荡，唯自由逛荡而已。青天白日，公开场合之事，毕竟是符合当时当地习俗的行为。其乐音虽已无缘耳闻，但考察其文，结合彼时公开允准的民风，何淫影之有！

音乐一旦被道德、教化、意识形态绑架，势必扭曲其专供耳朵愉悦的特性。当然，上述因素也控制不了人们的喜好。白居易就有诗“众耳喜郑卫，琴亦不改声”。李山甫也有诗云“情知此事少知音，自是先生枉用心。世上几时曾好古，人前何必更沾襟。致身不似笙竽巧，悦耳宁如郑卫淫。三尺焦桐七条线，子期师旷两沉沉”。道德、教化、意识形态充满飘忽的变数，一旦变得不合时宜，它们便消亡到云烟里去，若有被陪绑的音乐，彼时才可随之得到解放，价值回归原位。

方玉润说《溱洧》“在三百篇中别为一种，开后世冶游艳诗之祖”。另一大家金圣叹说：“《国风》写事，曾无一笔不雅驯……曾无一笔不透脱：敢疗子弟笔下雅驯不透脱、透脱不雅驯之病。”然也。

原文

溱洧

溱与洧，方涣涣兮。
士与女，方秉蕑兮。
女曰："观乎？"
士曰："既且。且往观乎。"
洧之外，洵訏且乐。
维士与女，伊其相谑，
赠之以勺药。①

溱与洧，浏其清矣。
士与女，殷其盈矣。
女曰："观乎？"
士曰："既且。且往观乎。"
洧之外，洵訏且乐。
维士与女，伊其将谑，
赠之以勺药。②

【注释】

①溱、洧：均为郑国河流名。方：正在，正当。涣涣：春水澎湃。士与女：此处指少男少女。秉：执。蕑（jiān）：一种兰草。观：此处与"欢"同，指作乐寻欢。一说为观览意。既且：已经做过了。訏（xū）：宽大。维：语助词。伊其相谑：互相戏谑调笑。伊，语气词。勺药：芍药。 ②浏：河水清澈。殷：众，多。

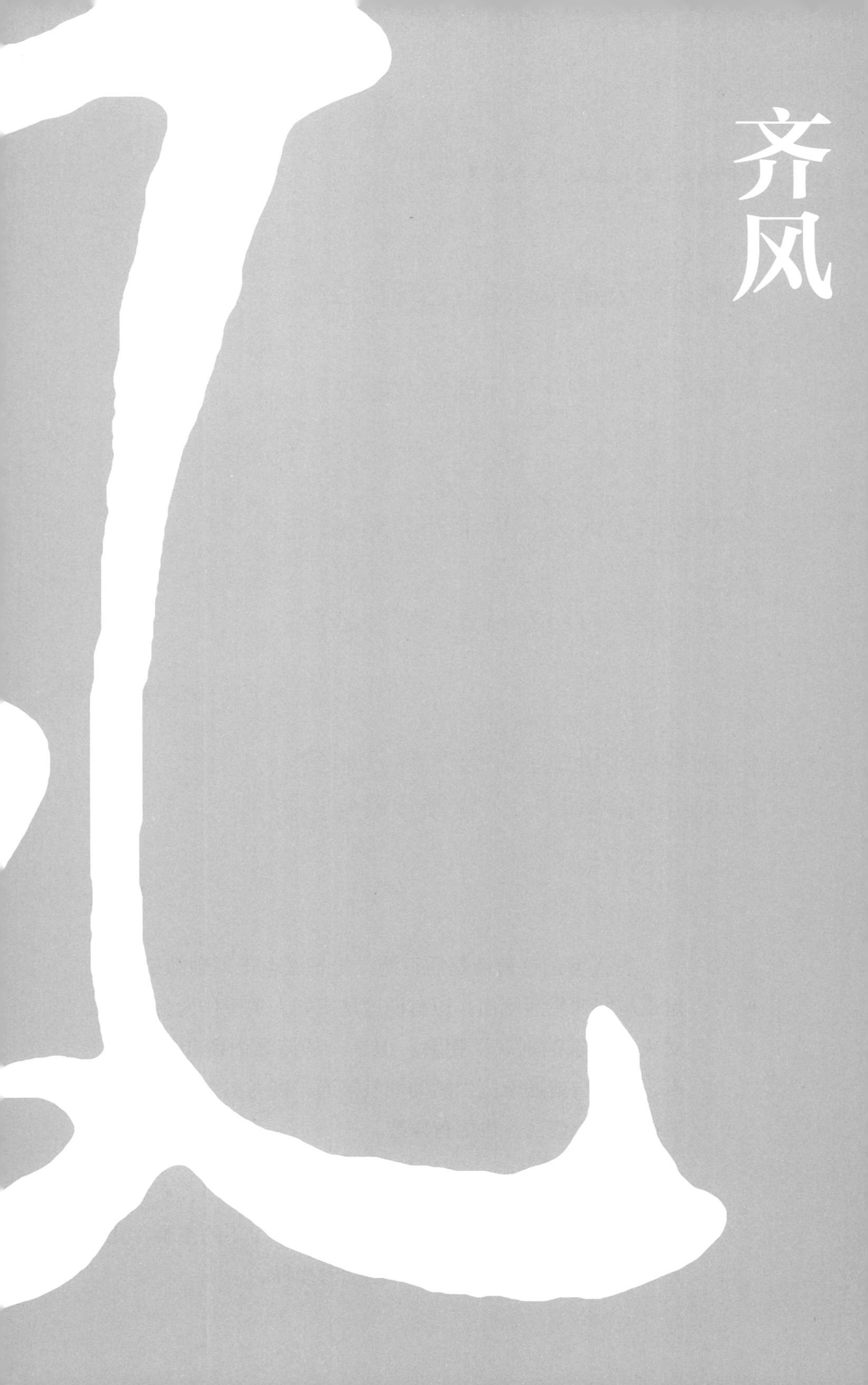

齐风

鸡既鸣矣，朝既盈矣：夫妻黎明对话

女：

屋外声声公鸡啼，朝霞已现快快起。

男：

嗡嗡哪是公鸡叫？苍蝇营营嘈不息。

女：

东方发白天大亮，早市外面熙攘攘。

男：

大亮哪是东方白？月光淡淡照进窗。

女：

你讲虫叫就是虫，陪你入梦就入梦。

别人趁早办事归，你莫赖我误你工。

【笔记】

有人解读这首诗是后宫诗，妃子诫君王须勤勉早朝，是王与妃的生活侧面。也有说这是贵妇人关爱作为公卿的丈夫，提醒他别误了朝会。但是，从诗歌语调和口气看来，将之与普通家庭生活的地气接通，视为男女缱绻逗乐之诗，才更切合，也更有异趣。

它写的是夫妻床上对话：天亮了，妻子叫早，丈夫恋床；妻子着急，催丈夫起床，怕他耽误了上午的正事，丈夫却找借口拖延赖着不起，一副慵懒模样。

“甘与子同梦”，这样的语句，是闺阁诗、香艳诗的运思路子，最易引起夫妻床上故事的遐想。此诗讲的却是朴实寻常，是床外之事，从风趣的对话中呈现生活佳趣。

夫妻对时间早晚感觉的差异，是这首诗刻画人物性格最妙的地方。

“屋外声声公鸡啼，朝霞已现快快起。”妻子说。丈夫却说“嗡嗡哪是公鸡叫”，是苍蝇营营罢了。难道丈夫连公鸡与苍蝇发出的声音都区分不出来吗？显然，他要赖皮了。

接着妻子又提醒“东方发白天大亮”，应该起床了。丈夫却说“大亮哪是东方白”，不过是月光照进窗罢了。难道天大亮与月光白的不同，丈夫都区别不出来吗？显然，是丈夫又要赖了。

对要赖的丈夫，妻子说，好哇，随你说什么就是什么吧，你想不起床我也陪你。但是，因起床晚，别人都做完该做的事，你却迟而误事，可别责怪是我耽误的啊。

妻认为晚了，夫认为尚早。实际到底是早还是晚，该起床还是不该起床，最后夫妻是否真的一起赖床继续好梦同温，这些都不是本诗的重点。重点是，这是他们斗嘴的由头、调情的趣味，且越调却有味道。丈夫的赖皮、睁眼说瞎话，都是佯作的，他是故意逗弄妻子，闹着玩呢。

这情景，正是凡俗夫妻在粗糙琐碎的日常里，找些有趣噱头来开心逗乐。看似无聊，却不失亲昵和默契。妻子的善解人意、百般迁就，与丈夫的佯作赖皮，两种性格形成对比，正是这两个人组成了一对逗趣的幽默夫妻。

诗的触角伸进了少有人能窥视的夫妻床上，但不去做涉性的男女调情的涂染，只去记录、书写夫妻的日常生活细节，有趣出彩之处在于生活气息生动，细节真实。那佯憨逗乐的小情趣、装傻赖皮的对话，令人莞尔。以这样的书写来反映夫妻恩爱亲密，古今诗歌都属罕见。

有人认为此诗是对话体，但闻一多不以为然，说《诗》中凡对话必出曰字，《溱洧》《女曰鸡鸣》皆是。窃以为，此诗句与句衔接间虽不出曰字，但从语句间存在的背反情绪考察，还是将此诗作对话体解更恰切。

原文

鸡鸣

鸡既鸣矣，朝既盈矣。
匪鸡则鸣，苍蝇之声。①

东方明矣，朝既昌矣。
匪东方则明，月出之光。②

虫飞薨薨，甘与子同梦。
会且归矣，无庶予子憎。③

【注释】①既：已经。盈：足够，满。匪：非，不是。则：助词，用于句中，无实义。一说"之、的。" ②昌：满，多。一说明亮。 ③薨薨：嗡嗡的声响，形容虫群飞之声。甘与子同梦：乐意和你一起入梦。会且归矣：正事办完而归。无庶予子憎："庶无予子憎"之倒文。庶：希望。憎：忌恨，怪罪。

97

还

豪侠魁伟身矫健，与我相逢在山间
（还：回旋，便捷，轻便，灵活地跑来跑去）

豪侠魁伟身矫健，与我相逢在山间。
同驱合力猎大兽，揖手夸我技精湛。

豪侠强壮称英豪，与我相遇在山道。
同驱合力猎狡兽，揖手夸我身手好。

豪侠剽勇呈刚强，与我相遇南山旁。
同驱合力猎凶兽，揖手夸我体魄壮。

【笔记】

这首诗是猎人间的互相赞美。

“子之还兮”“子之茂兮”“子之昌兮”，每章起首就是赞美他人，标高自己所崇拜的豪侠。林间野地，英雄邂逅，是缘分的交集，武艺的交流。诗歌没有记叙某日打得多少猎物，而是记叙山林间偶然遇见了自己景仰的豪侠，豪侠是多么厉害，自己与豪侠并肩打猎，一起跑了一场，最终赢得了豪侠的夸奖。

这样，唱者一下子就感觉自己的身份提高了，可与豪侠媲美，并驾齐驱了。顿时，荣幸、荣耀的情绪油然而生，骄傲、张扬的念头压抑不住。本次打猎的喜悦和收获，不单在猎物，而且在于永生难忘的经历、不凡的交往，于是就有了这首炫耀、显摆的猎人唱诵。

男子汉英雄气概，常显示于山林野地的田猎之中。此种结交或偶遇，是矜持自夸的机会，也是诗歌的好题材。

傅斯年说这首诗是“一女子自言逢一男子，其人爱而揖之”。如傅说也成立，则译文角度将大扭转：山林野地，豪侠佳人，猎场逐兽，刚柔交集，足可演绎出一首立意新颖奇美的《还》诗译文。读诗解诗，有些诗的确有多解的潜质，《还》就如此。译诗，喋喋不休爱说“诗无达译”，在此不得不又啰嗦一次。

原文 还

子之还兮，遭我乎狃之间兮。
并驱从两肩兮，揖我谓我儇兮。[1]

子之茂兮，遭我乎狃之道兮。
并驱从两牡兮，揖我谓我好兮。[2]

子之昌兮，遭我乎狃之阳兮。
并驱从两狼兮，揖我谓我臧兮。[3]

【注释】

①还（xuán）：回旋；敏捷。遭：遇见。狃（náo）：齐国山名。并驱：一起奔跑。驱：快跑；驱使。从：追逐，追随。肩：大兽。揖：拱手致礼。儇（xuān）：敏捷。 ②茂：优秀；卓越。牡：雄兽。 ③昌：佼好貌。狼：形容兽大而难获。臧：善、好。

98 著

哥来迎我门屏间，素丝系玉饰冠冕
（著：门屏之间）

哥来迎我门屏间，素丝系玉饰冠冕，
帽缀红玉色更鲜。

哥来迎我院子里，两侧耳垂缀瑱玉，
帽缀宝石闪熠熠。

哥来接我在客堂，瑱玉坠缀丝线黄，
帽缀美玉放豪光。

【笔记】

婚姻，古时写作“昏因”。顾名思义，似黄昏因缘是也。据说含义是男子在黄昏来迎娶，女子因了男子而出嫁，女适夫家，男宅娶女。

婚嫁是人的生命历程中极为重要的大事，因此，古人对有关仪式极为讲究，有一整套繁缛的礼节，迎娶地点、程序都有规定，还要祭告祖宗，祭盘方位也很有讲究。去迎亲时，男女双方以及家长的站立位置、拜会动作、说话先后、致礼祝词、备茶设斋等，都不能马虎。

按照那时的婚俗，男子需去女方家中接亲。此诗采取特写的手法，记叙一对男女新人的首次见面，将旁人全部摈除，聚焦男子的风度，展示他迎接女方的过程，以及他在女子心目中的印象。

此诗中，所谓“著”“庭”“堂”都是相距很近的地方，只是按远近分先后来分述。从门屏之间，到院子，再到厅堂，镜头由远处渐次推近，男子也渐渐走近，他的衣装饰物及细节亦渐渐明晰。随之，其衣饰的形制、光色、明丽，一览无余。可见婚俗对于男子临婚前的衣着和首饰也很讲究，苟且不得。

充耳是此男子最引人注目的冠饰，也是最吸引女子观察的物件。此诗三章都咏及充耳。女子看到男子的充耳有“素”“青”“黄”三种颜色，都以玉石雕琢。女子看出了男子对于冠冕装饰的讲究，同时也反映出女子性情细腻，观察十分细致。

整首诗程式化地演绎了有关接亲的程序事象，细致描绘了女子对于男子悉心打扮、着意衣饰的印象，其实也就是在反映她内心暗暗的喜悦和满足。男子进家过程的记叙，也具有民俗记忆的价值。

歌诗并没有描绘一对新人的心情，也无对话交流。故而译文按照女子观察的角度，称男子为“哥”，女子自称则不译为“妹”，只译为“我”。

原文

著

俟我于著乎而，
充耳以素乎而，
尚之以琼华乎而。①

俟我于庭乎而，
充耳以青乎而，
尚之以琼莹乎而。②

俟我于堂乎而，
充耳以黄乎而，
尚之以琼英乎而。③

【注释】

①俟：等待。乎而：语气助词，表赞叹。充耳：挂在冠冕两侧，悬在耳边的玉制饰物。尚：加上。琼华：美玉。后琼莹、琼英同。 ②庭：正房前的院子。 ③堂：正房。

99 东方之日

她是太阳是月亮，来时是画，走了是诗

一轮丽日出东方，姝子丽日美姑娘。
夹室与我成好事，我邀她临两欢畅。

一轮皎月出东方，姝子皎月美姑娘。
夹室与我成好事，我辞她别两情长。

【笔记】

将太阳和月亮都形容为美女，这个说法十分惊艳。特别是将太阳形容为美姑娘，够惊世骇俗。只是，怎么可以用光芒万丈、炎火逼人的，具刚烈之相的太阳，来比喻一个美女？

此诗实是取太阳温和、明丽的一面，比拟这天美女到来的时刻，这个夹层秘室顿时满室温暖通亮。不得不说，这绝妙的丽日比附，确实是这首诗的独步。及至向晚，月色明媚泻满一地，如水软柔，彼时袅袅婷婷的姝子以姗姗款步，悄无声响地出了密室，默默走进了明亮的月色之中……

日与夜，男与女，一次次约会，都沉浸在愉悦和神秘的气氛中，都是在夹层秘室这样的私密隐秘之处。召之即来，来之即会，挥之即去，去之即逝，这是幽会公式化的情节，是一些男子与女子对于露水姻缘的共同心态，特别是男子，多有尽情猎艳之心，少怀不畏礼教盯视之胆。有道是“花非花，雾非雾。夜半来，天明去”（白居易），来得艳丽，走得缥缈。来时是画，走了是诗，演绎了这幽会公式的演算过程。而这样的女子，何处可求？不是没有，眼下就是。这首《东方之日》，就提供了一个理想化的姝子，这形象内含男子们千年都向往的魅力。

马蒂斯说：“只有当你感到自己的灵魂清爽、真纯而又朴质，当你万虑俱净、犹如去领圣餐的信徒的时候，你才应去献身创作。”《东方之日》这姝子，美、幻、柔、顺，非凡清朗如日似月，已足够称作理想的尤物，应是作者灵魂清爽、真纯而又朴质之时唱作的绮丽之歌。

此诗是《风》里文字比较平白浅显的一种，美意多多，译文多多，其来有自，各得其趣，读之亦引发不同的愉悦。

周振甫译为："东方的太阳啊，那个美丽的姑娘，在我的房啊。在我的房啊，踩着我的步子走啊。东方的月亮啊，那个美丽的姑娘，在我的门旁啊。在我的门旁啊，踩我出发的脚步走啊。"

何新译为："东边有太阳呵。那美丽的姑娘——在我房里啊，在我房里啊。搂着我叫啊！东边有月亮呵。那美丽的姑娘——在我内房啊。在我内房啊，搂得我好紧啊！"

韦凤娟译为："太阳升起在东方，那位姑娘真漂亮，她进了我的房呀！进了我的房，轻手蹑脚偎我身旁！月亮从东方升起，那位姑娘真美丽，她就在我的门里。在我的门里，轻手蹑脚要离我而去！"

程俊英译为："太阳升起在东方，有位漂亮好姑娘，来到我家进我房。来到我家进我房，踩我膝头诉衷肠。月亮升起在东方，有位漂亮好姑娘，来到门内进我房。来到门内进我房，踩我脚儿表情长。"

原文

东方之日

东方之日兮，彼姝者子，
在我室兮。在我室兮，
履我即兮。①

东方之月兮，彼姝者子，
在我闼兮。在我闼兮，
履我发兮。②

【注释】①姝：美丽、美好。子：女子。即：就，接近，来。 ②闼（tà）：内门、小门；夹层密室。发：出发；离去。

东方未明，颠倒衣裳。颠之倒之，自公召之

东方朦胧天未亮，手忙脚乱穿衣裳。
下衣笼头脚穿帽，公爷召见急奔忙。

东方欲明又未明，上衣下衣分不清。
脚穿帽子头穿衣，公爷有令奔命行。

出门犹黑瞎跌撞，瞎眼撞倒篱笆墙。
当差不安无晨夜，生怕迟误常抓狂。

【笔记】

古人将到公堂衙门上班称为上值。本诗演绎的小官吏上值悲喜剧，是无形的沉重压力所致。

一个当差人，晨夜劳苦，兴居无时，所承受的痛苦源于作息时间表及上司的压抑经久不止。其心理渐变为对上司指令、对日夜时序的过敏，一下失之早，一下失之晚，衍绎成了变态的日常作息的颠倒慌乱。本诗这般戏剧性的啼笑皆非的行为，是长期受制于人的小官吏恒常的悲哀，也是他们紧张的上值生活酿成的变态过敏。这小官吏的形象已经超出了某一个具体个人，而是这同阶层的人思想、生活、习性乃至做派、气质的写照。这形象，在当代都具有对照意义。其叙述，可以解读为客观的叙述，也可以解读为某个男子的自诉，还可以解读为某人之妻的述说，这种幽默、无奈的口气，背后却是共同的悲凉和愤懑。

本篇是戏谑诗章，是祭祀场上表演的搞笑段子，由一个女子扮作小官吏妻子来唱叙。诗作故事性强，动作生动，开端、发展、高潮、结局的段落衔接有如戏剧，完整地在舞台展演。它将凄苦人生化作滑稽的戏说，以刻意搞笑的方式来排遣无奈和抑郁，悲凉情绪中闪动着幽默之光。其微言背后，大有令人深刻遐想的余地。精神强大、心机工巧、词令灵俏，才能如此精彩以喻其致。

《毛诗序》说《东方未明》“刺无节也。朝廷兴居无节，号令不时，挈壶氏不能掌其职焉”。挈壶氏为古代负责看钟点报时的官员，这句话就是说朝廷上下班的时间，由不得敲钟人来掌控。吏治苛严，无节制地加班，工作没日没夜无规律，造成了小官吏精神的崩溃，还殃及其家室。由此可以一窥吏治低劣和官员奴性生成的端倪。这种解释还是很靠谱的。

周振甫有译文：“东方没有亮，颠去倒来穿衣裳。颠它倒它，从公爷召见他。东方没有光，颠倒穿衣裳。倒它颠它，从公爷命令他。攀折柳条作菜园的樊篱，狂妄的人睁眼看反。不能守住日夜，不是太早就太晚。”

程俊英则用女子的口气直叙：“东方没露一线光，丈夫颠倒穿衣裳。为啥颠倒穿衣裳？因为公家召唤忙。东方未明天还黑，丈夫颠倒穿裳衣。为啥颠倒穿裳衣？因为公家命令急。折柳编篱将我防，临走还要瞪眼望。夜里不能陪伴我，早出晚归太无常。”

拙译则在原作“颠倒衣裳。颠之倒之”和“颠倒裳衣。倒之颠之”中添入一些细节，将其呈现为“手忙脚乱穿衣裳。下衣笼头脚穿帽”“上衣下衣分不清。脚穿帽子头穿衣”，使原著所述的衣裳颠倒、裳衣倒颠更具体。添加了动词“穿”和“笼”字，脚穿帽，头穿下衣，下衣笼头，手忙脚乱的句子，使诗歌灵动了起来，更强化了滑稽搞笑，简直像戏曲唱本的语言了，似乎不如此就不能生动鲜活地传述本诗主人公忙忙碌碌、慌慌张张，“生怕迟误常抓狂”的窘迫意蕴。在此，我是放纵了翻译主体性，任此观念强力张扬，让翻译的目的论在此“抢滩”。

联想到以前翻译的一首俄罗斯情歌的片段。

……霎时雷暴乌云翻，不是黑云在翻腾——硝烟弥漫冲云霄，枪炮声声震天庭。/ 不是坡上石头落——肩上人头地上滚。/ 不是红幕遮红地——士兵鲜血染地红。/ 不是天鹅声声叫——士兵娇妻在哀吟！

译文句子的中国诗歌七言化很突出。译文为什么不用自由体呢？为什么不用八言呢？我真说不出。大概这就是所谓译无定译吧。也不是非如此就不可啊，只是对于我来说，我自己认为，此时这样翻译成七言，是最顺手，也是最能传情达意的。

还想起了一些外国电影的中文译名，什么《廊桥遗梦》（*The Bridges of Madison County*）、《魂断蓝桥》（*Waterloo Bridge*）、《魔法奇缘》（*Enchanted*）、《窈窕淑女》（*My Fair Lady*）、《绿野仙踪》（*The Wizard of Oz*），多么中国戏曲剧目化、传奇故事式的标题表述啊。还有什么《钢铁侠》（*Iron Man*）、《蜘蛛侠》（*Spider-Man*）、《蝙蝠侠》（*Batman*），标题又具有多么浓酽的中国武侠色彩啊。这些跨越语言文字束缚的神似表达，都是以翻译的主体性考量中外文化融合的可能性之后，认为非如此不能准确达意，非如此不能吸引中国市场，才确定如此的翻译策略。

所谓翻译主体性，指的就是译者作为翻译的主体，需要能动地操纵客体（原著），使之转换成新的客体（译本）的工作特性，这是翻译这项专业活动的本质特征。所谓翻译的目的论，则是整个翻译的目的，就是翻译行为的准则。欲达到将《东方未明》原文旨趣，也就是将其意蕴和“味道”淋漓痛快表达出来的目的，必须调动、操纵翻译的能动性，不拘泥于时代、语言、文化和形制的束缚，以彰显作为翻译主体的译者的积极性和本己意志。这是考察翻译门道，评价译文是否具有创造性和增值性价值的一个切入点。

原文

东方未明

东方未明，颠倒衣裳。
颠之倒之，自公召之。[①]

东方未晞，颠倒裳衣。
倒之颠之，自公令之。[②]

折柳樊圃，狂夫瞿瞿。
不能辰夜，不夙则莫。[③]

【注释】①衣裳：古时上称衣，下称裳。公：上级官吏，或奴隶主。 ②晞（xī）：拂晓，天明。 ③折柳：折断柳枝。樊圃：筑起篱笆围起菜园。樊：篱笆，此处用作动词，筑篱围绕。狂夫：女子对丈夫的昵称。瞿（jù）瞿：惊恐四顾貌。辰夜：犹晨夜。莫：暮，傍晚。

101 南山

取妻如之何？必告父母，匪媒不得

南山高高接天宇，雄狐寻偶蹿东西。
鲁国大路平坦坦，齐女经此嫁出去。
此女既是已嫁人，为何还恋旧情侣！

四只麻鞋摆两双，两副帽缨垂四行。
鲁国道路平坦坦，齐女由此嫁与郎。
此女已嫁他国去，为何回头食旧粮？

如何种麻问师傅，跟他学犁种田亩。
跟谁成亲问何人？高堂问了父和母。
亲事既经父母定，为何为妻还叛夫？

柴薪长长如何斩？没有利斧不能砍。
娶妻红线靠谁牵？不经媒妁不结缘。
既是明媒正嫁女，为何放荡到极端？

【笔记】

有人说这首诗是讥讽某王公与某名媛无耻淫乱的纪实。历史悠远，此王公何许人，此女谁谁，倘追究考证出来，或可为当代读诗者增补知识背景。

细读全诗，看其艺术表现，风格凌厉，可圈可点。“蓺麻如之何？衡从其亩。取妻如之何？必告父母”“析薪如之何？匪斧不克。取妻如之何？匪媒不得”，它匡正人伦礼法和男女婚配机制的诉求十分强烈，以维护婚嫁礼制的尊严为己任，诘问加说理，一连串严言厉问，径直责难，此妇、此夫及双方各自的家人，一个都躲不过。其指责，攻势凶猛；其姿态，一直站在道德制高点上，纯粹的卫道者之堂堂守正。每句兴词暗示的理念，都加剧了责难的气氛。

其理据坚硬，义正词严，痛快淋漓，宣泄畅快，每章都以诘问句作结，犹如炮火之接续，放完一炮，几乎不停顿就又轰出一炮，令被训诫者无暇抬头。考其遣言措意无不得当，其直率训斥的风貌，成了自家的劝诫辣味个性。

对本诗做这样的解读，总自嫌微言不堪重负，有所欠缺，甚为不踏实。因为根据前人的研究，其背景波澜壮阔，所涉情节触目惊心。据说，这首诗的来历是，春秋时期齐国国君襄公与其同父异母的妹妹文姜有染。后来，妹夫鲁桓公知悉了这桩丑事，欲问罪。齐襄公恼羞成怒，派遣公子彭生杀害了鲁桓公。鲁国为此问罪，齐襄公而后派人杀了彭生作为交代。齐人因而唱作此《南山》作讽。真堪称一部影视作品的构架！再次细读原作，确实本诗有许多情节与历史相契合。期望看到有人据此将本诗翻译成为一个叱咤风云的版本，相信一定会有更呈诱惑力的可读性。

《诗经》中，有一类唱诗具有影射性。它们不具真实的人名地名，不明示时代年代，透露出来的信息隐隐约约、朦朦胧胧，似契合某些历史事实，可附会某些人物行藏。但经后人考证，各种契合和附会，典籍也作罗生门似的各种言说。简单以诗正史，或期望以史证诗，都易产生偏颇和悖谬。故而当唱诗涉及的事实存在分歧时，宁可弃置历史背景和史实，只以诗论诗，倒是较稳当的做法，也符合文学审美的要义。眼下，《南山》就属于此类。

译《诗经》，求解读真义，时时想到汉代大儒董仲舒的名言：“所闻《诗》无达诂，《易》无达占，《春秋》无达辞。从变从义，而一以奉人。”译事进行中，时时为此惴惴不安。姑且拿出一个义正文通的译本，也算为译林种了一棵小树吧。

原文

南山

南山崔崔，雄狐绥绥。
鲁道有荡，齐子由归。
既曰归止，曷又怀止？①

葛屦五两，冠緌双止。
鲁道有荡，齐子庸止。
既曰庸止，曷又从止？②

蓺麻如之何？衡从其亩。
取妻如之何？必告父母。
既曰告止，曷又鞠止？③

析薪如之何？匪斧不克。
取妻如之何？匪媒不得。
既曰得止，曷又极止？④

【注释】

①崔崔：山高险峻。雄狐：雄狐狸，借指好色乱伦之徒，古人用以讽刺淫邪之君臣。绥绥：追逐求偶貌。荡：平坦。齐子：齐国女子。由：由此。归：出嫁。止：语助词。曷：何，因何。怀：怀想。 ②葛屦（jù）：葛草制的鞋。五两：两只配成一双，表达配对成双之意。冠緌（ruí）：帽带的下垂部分。庸：介词，由、从。从：跟从。 ③蓺麻如之何：如何种麻。蓺（yì）：种植。如之何：如何。衡从：横纵，此处指耕作。取：娶。鞠：穷，极；大。 ④析薪：砍柴。克：能够。极：穷尽，极端放纵。

102

甫田

劝你莫种荒废田，劝你莫念远行人

劝你莫种荒废田，野草杂生在田间。
劝你莫念远行人，徒增心忧人不见。

劝你莫种荒废田，野草疯长田里边。
劝你莫念故旧友，徒生悲凉搅心间。

所念那人儿时靓，总角小辫翘成双。
今天骤见已显老，皮帽难遮满头霜。

怀人是甜蜜的思念，因有甜蜜的旧日情、美好的旧形象垫底，特别是童年时天使般的幼稚纯真，就像可永远保值的怀想，储藏于心似压在箱底怀念，也可不时在脑海里翻出来品味咀嚼成蜜。

怀人又是痛苦的思念，因所思所想的美好旧情和图景再难回现，有时就成了尴尬的情致。特别是，好不容易久盼终得一见的重逢，本来满满冀望满足怀想、重温美好、再拾青春却意外发现，儿时的天使已产生了“忽然而至其极”（朱熹）的变化，什么老态龙钟、蒲柳之质、桑榆暮景、烈士暮年、宝剑已老、牙凋齿豁……诸种垂老景象一齐扑来，一句话，“廉颇老矣”！犹如今人所谓的网友会面“见光即死”，好不叫人失望、怅惘、伤感！长长的思念，换来虽一闪却永不消逝的绝望，怎不叫人爱断情伤！

远离而去、淡漠了的昔人、昔事、昔情，都是难以再复繁茂的荒废田，不要劳心劳力再去耕种！这首诗，是“女子思远人也。忽见他人已弁矣，不免有哑然自失之感。古诗‘高田种小麦，终久不成穗。男儿在他乡，焉得不憔悴’，是其义”，闻一多对此诗的释义是很切合诗意的。

这本是这首诗要告诉我们的道理。此理平易通俗，诗性普适。一旦形而上，就似乎应该是高格调。人们持“文以载道”的思维习惯了，虽此诗形态本就“微言”，但总有人不甘，总要挖掘出一些大义而后快。于是，有说这首诗是讽刺某公无礼仪而求大功的政治诗，有说是某女约会旧相好时的悲叹，有说是劝诫时人不要厌小务大，有说是讽刺神童少壮不努力老大徒伤悲，还有说是春耕时的祝祷歌……

每种看法都不至荒谬，其背后都蕴藏极大的心理依据和遐想空间。读者能够由着自己去感受，去启动自主想象，一旦开发出一片能够自圆其说的独特的情境出来，那就是审美的意外收获，是阅读的最大乐趣，也是彰显诗歌“无达诂”价值的时刻。这首《甫田》抒发的因旧日友朋的美好印象同年龄老去之现实的反差而失落的悲凉，确是实实在在的。

原文

甫田

无田甫田，维莠骄骄。
无思远人，劳心忉忉。①

无田甫田，维莠桀桀。
无思远人，劳心怛怛。②

婉兮娈兮，总角丱兮。
未几见兮，突而弁兮。③

【注释】

①无：不要。田：第一个田作动词，耕种；第二个田当名词，田地，甫田指大块的田地。莠（yǒu）：狗尾草。骄骄：形容杂草浓密又高大。忉（dāo）忉：忧思貌。　②桀桀：形容杂草茂密且长。怛（dá）怛：忧伤不安貌。　③婉娈：年少而美好貌。总角：古代儿童头发束扎成形似牛角的左右两髻。丱（guàn）：形容孩童小辫子如牛角一样翘起。弁（biàn）：古代男子二十而冠，弁是成年男子戴的一种帽子，此处作动词，加弁、加冠。

103

卢令

人凭狗帅，狗仗人威
（卢：猎犬。令：铃声）

牵条猎狗跑铃铃，主人俊美有爱心。
牵条猎狗跑琅琅，主人卷发迎风扬。
牵条猎狗双环系，主人须飘多神气。

【笔记】

狗有声，人有相貌兼有才情。此狗被装备得很匹配主人，此主人的俊美仪表和壮硕气质也够格拥有此等宠物。牵条猎狗，跑铃铃、跑琅琅的，街巷一游，猎狗吸睛，主人召羡，满街注意力聚焦于此不需多说。本诗均衡结构，一句写狗，一句写人。其实，写狗那句，是写人牵狗的动作，也还是在写人。

可能此地有借出猎显耀家族势力的风气，炫耀强悍的精品猎狗、炫示猎狗身上的装备，是题中应有之义。故而聚焦点在狗，同时也在人。狗好人靓，人强狗壮。以此题材作诗，应是即兴吟咏，即时讨好狗主人的心情，赞颂狗就是赞颂主人。俗话说“狗瘦主人羞”，又说“打狗要看主人”。看狗，即看主人；掂量狗，即掂量主人的分量；赞颂狗、赏狗，当然也要看主人。此诗以称颂猎狗为起兴，实是一首赞美猎人之歌。

古人有一种解释，说此诗讽刺某公好田猎而不修民事，百姓苦之，故而写此诗讽刺其荒唐。真是想多了。也有人说此诗与讽刺无关，是记叙游猎的诗，还算靠谱。

这是《风》中最短的诗。全诗三章六句，总共二十四个字，只用了十二个不同的字，显得十分单薄，体裁的完成度似乎不够，疑似有所缺失。一首歌诗的生成，其意旨、取材、篇幅长短，都与创作者当时的生活状况、感情状态和诉求有关。《卢令》大概就是一首随手选材、随口而出的咏唱，抒发当即观感、印象，不在意是否符合什么格式、体裁，只在意事情记叙、感情宣泄。短小、不协调，甚至缺失，正是此作品区别于其他作品的特质之所在。追求当下的宣泄，不着力推敲，有趣、好听就可以了。

说到追求好听，倒引动关于《诗经》乐谱的话题。说及我国古代经典，一般信口而出的定是“四书五经”，知道还有个“四书六经”说法的人不在多数。有说“五经”（《诗》《书》《礼》《易》《春秋》）之外，尚有一经，就是《乐》。一说《乐》被秦始皇烧了，一说《乐》并入了《诗》，即《诗经》。现在查《诗经》目录，有六篇是只有存目没有歌词的，被称为“笙诗”。它们或许是《诗经》歌词亡佚，或许本来就是单纯的不作歌唱的器乐曲，又或许真的就是《乐》目录的残存呢？

有部以《关关雎鸠》为名的电影，说的是当代考古研究发现两千多年前的家族爱情密码的故事，其中说到挖掘出了《诗经》中的三篇乐谱。这是据《风》驰骋想象力的一个维度。但愿有朝一日，真有人能发掘出《诗经》乐谱，将之还原成乐音……

我们姑且将《风》中类似不追求丰满、完整的这种形态，称为“唯我心而动我情为上”的创作状态。后世西班牙艺术大家毕加索也曾叙述自己的类似创作感受。他说，“我要画的仅仅是我喜欢的东西，至于这些东西相互之间是否协调，我都不管，它们必须和解！”所谓协调，一般人眼中大概是通得过俗套常规的审视，上下均衡左右讨好之完美形态吧。毕加索这类伟大的唯己为上者，偏不吃这套，偏将不和谐和解为新的和谐，偏以“唯心唯情至上”，让分明的不完美，成为新完美。

原文

卢令

卢令令，其人美且仁。[①]

卢重环，其人美且鬈。[②]

卢重鋂，其人美且偲。[③]

【注释】

①卢：猎犬。令令：猎犬颈上套环碰撞的声音。　②重环：大环中套一个小环，子母环。鬈（quán）：本谓头发卷曲漂亮，引申为美好。一说为勇壮。　③重鋂（méi）：一个大环套两个小环。偲（cāi）：多须貌。一说为多才。

104

敝笱

齐女今天出嫁了，随行如流大阵仗

（敝笱：破旧的捕鱼竹笼）

鱼筌闲搁在鱼梁，鲂鱼鳏鱼乐洋洋。
齐女今天出嫁了，随行如云大阵仗。

鱼筌闲搁在鱼梁，鲂鱼鲢鱼喜洋洋。
齐女今天出嫁了，随行如雨大阵仗。

鱼筌闲搁在鱼梁，鱼儿腾跃乐欢畅。
齐女今天出嫁了，随行如流大阵仗。

【笔记】

有说，此诗影射一位王室女子品行不端，是一首讽喻诗，甚至针对性十分明确，直指齐国美女文姜。她本与齐襄公有私情，后嫁与鲁桓公，却仍然不守贞节，不时回齐国与齐襄公私通，还大肆张扬毫不忌讳。这首诗就是写她的肆无忌惮。毕竟都是多年以后的马后炮，照例都是各执一词，疑点多多。

历来好些《风》诗，就是这样被有些人利用来作史事的注解，硬要它们担负教化之责任，被穿凿附会，硬往无诗趣的窄路上拉。他们的解读，自有一个惯性滚动的模式，有自成一套似是而非的依据，亦有广大的信众。常见的对这首诗的解读，也避免不了有这种嫌疑。如费力去较真历史，这样读诗，还有什么阅读的乐趣？

以诗论诗，单看《敝笱》写得如此喜气洋洋、超然自逸，还兼及意味深长，哪有贬损他人的气味？《风》里少有这样的讽喻诗，毋宁不把它当贬损人的讽喻诗来读。

此诗解读起来，挺有味道。《诗经》里的鱼，常常象征女性。鱼笱，或鱼筌，是捕鱼用具，象征着藩篱。鱼筌被撂弃在鱼梁上了，或是被闲置了，或是坏了、无用了，暗喻原来束缚在家、现已成为新娘的这位女子，她的家庭礼教，从今天起暂时松弛了。鱼群受到的威胁稍少了，获得了自由，故而欢腾跳跃翻腾起浪花来，和那婚庆欢乐的随行队伍一道，渲染着进入新生活的少女的欢喜感。

在《诗经》里，云、雨、鱼、水，都常常是具有性意味、性暗示的隐喻词、双关词。在《敝笱》中，“其鱼唯唯”，以及“如云”之风起云涌、“如雨”之唰唰声响、“如水”之顺流而去的精彩描绘，不但形容了随行阵仗的盛况、声势，其云、雨、鱼、水联袂奔涌而来的语词势头，更似唯恐人不知晓一般迫切地将当下婚庆的宣示，导向当夜男女情爱欢腾情状的性暗示。

这是活气的纵情宣泄，喜气的张扬炫耀，一对新人进入新生活的张狂宣告……哪有一丝契合之情、贬斥之意可证实它本是一首讽喻诗？

家井真认为，“齐子归止”之“归止”分明是出嫁，其“齐子”也不是文姜，而是泛指齐国少女；“齐子归止”说的是齐国少女出嫁，此诗“是歌咏齐子的婚礼队伍非常庞大之作”。我愿从其说，以此把玩此诗的比喻和描写，感受喜气洋洋婚庆场面的热烈。

原文

敝笱

敝笱在梁，其鱼鲂鳏。
齐子归止，其从如云。①

敝笱在梁，其鱼鲂鱮。
齐子归止，其从如雨。②

敝笱在梁，其鱼唯唯。
齐子归止，其从如水。③

【注释】①梁：断水捕鱼的堰。鲂（fáng）：鳊鱼。鳏（guān）：鲲鱼。齐子归止：齐国女子出嫁。从：随从。 ②鱮（xù）：鲢鱼。 ③唯唯：相随而行貌。

105

载驱

344

路人挤挤拥成河，齐女驰驱最洒脱

马车疾驰辚辚响，竹帘兽皮遮车厢。
鲁国道路平展展，齐女日夜在路上。

驷马精壮马蹄齐，缰绳掌控遂心意。
鲁国道路平展展，齐女天昏犹驰驱。

汶水水流水浩荡，路上人流熙熙攘。
鲁国道路平展展，齐女车疾心气旷。

汶水滔滔翻大波，路人挤挤拥成河。
鲁国道路平展展，齐女驰驱最洒脱。

这首诗，与《敝笱》一样，结合历史背景，都有说疑似直接刺喻文姜，具有纪实色彩。连一贯不苟同对《诗经》轻易做政史解读的方润玉，也考证出文姜远嫁鲁国后回齐与情人不当会面的许多次数。只是那些考证，听着有道理，取舍却莫衷一是，情节在当代看来都不免有些“狗血剧”的色彩。

从文学作品欣赏角度出发，宁可执着于相信自己初读原文字面的审美印象，将那些怎么说也有违逻辑、有疑点的理由和悬疑过多的所谓真实背景暂且弃置一旁，像顾颉刚说的那样，“宗其所疑不若宗其所信，宗其所信而苟有一毫之可疑，无庸宗也”。也就是说，与其去相信自己都怀疑的，不如相信自主所相信的，自主相信的，哪怕有瑕疵，也是小事一桩了。有时，朦胧的误读，会获得审美的异趣，是别人无从感受到的收获。“诗者，根情、苗言、华声、实义”（白居易），欣赏《风》唱诗，还是应以快意感受为大，文学享受为大，心情愉悦为大。

还是回到诗的文本本体。本文以平展展的坦途开篇，有声有色，畅如流水。在鲁国平展的大道上，驰驱着一辆豪车，四匹健硕骏马，拉着这辆豪车疾驰，一名女子乘坐车上，穿过浩浩人流，夜以继日赶路。没有一笔写此女的模样和身材，或正是以这样的方式刻意不涉及她的身份，增添神秘色彩。

“汶水汤汤，行人彭彭。鲁道有荡，齐子翱翔”“汶水滔滔，行人儦儦。鲁道有荡，齐子游敖”（“汶水水流水浩荡，路上人流熙熙攘。鲁国道路平展展，齐女车疾心气旷”“汶水滔滔翻大波，路人挤挤拥成河。鲁国道路平展展，齐女驰驱最洒脱”），真是一种挑战的姿态！

这女子高贵不凡，出行阵仗庞大、奢华，旁若无人，气势无拘无束，派头唯我独尊，在齐鲁通衢，一路雄嚣。薄薄、济济、濔濔、汤汤、彭彭、滔滔、儦儦，一串叠声连绵词，运用得十分铺张夸饰，让驰骋于荡荡鲁道的宝马香车，似天震地骇，似泼墨泼彩。一切描绘所聚焦都在一人身上，就是那齐子——一个恣肆妄为的女人。

这样的解读，一个女子驱车驭马飞扬跋扈，奔驰于通衢广陌，肆逞痛快，就这么简单。可是，笔者仍惴惴不安，这样的阐释就能接近诗歌真义了么？她为何敢于如此骄横、目中无人？在齐鲁两地奔驰的齐女，有什么隐喻？她是何人？是真有其人的纪实，还是虚构的描绘？或许此齐女真就是荒淫无度的文姜呢？如此，又须得以史来证诗了？难道又回到了一个循环圈？

翻译古诗，步步都充满挑战。倘若解人解语确有不确也无须丧气。误读获得的审美，也是独异的精神财产，说出来或还可引发别人的深度思辨。只是，任何译者，都不可矫情独大，自诩“唯我独真”。翻译上古诗，哪有一蹴而就，一脚即可踢进球门的千古定译？只有无数人无数次地去解读、阐释、探索，才可渐渐靠近原诗真义。

原文

载驱

载驱薄薄，簟茀朱鞹。
鲁道有荡，齐子发夕。①

四骊济济，垂辔濔濔。
鲁道有荡，齐子岂弟。②

汶水汤汤，行人彭彭。
鲁道有荡，齐子翱翔。③

汶水滔滔，行人儦儦。
鲁道有荡，齐子游敖。④

【注释】

①薄薄：车辆驰驱声。簟（diàn）：竹席，此处指用来做车帏的竹席。茀：遮蔽物，车帘。鞹（kuò）：毛皮制的车盖。荡：平坦。齐子：齐国女子。发：旦、早。 ②骊：黑色的马。济济：整齐美好貌。濔（nǐ）濔：众多貌。一说柔软貌。岂弟（kǎitì）：和乐平易。 ③汶水：大汶河。汤汤：水流浩大。彭彭：众多。翱翔：犹遨游，游逛。 ④滔滔：大水弥漫，无边无际。儦（biāo）儦：众多。游敖：敖游，遨游，游逛。

106

猗嗟

《诗经》第一美少年的绝技和英姿雄风
（猗嗟：叹词，表赞叹）

少年射手气势豪，手脚精壮个头高。
额门方正天庭阔，眼神闪烁眉眼好。
步武矫健有节度，张弓发箭身手巧！

可叹射手太漂亮，眼神清澈放柔光。
晨仪作罢始练射，整日不离箭靶旁。
箭箭不脱红圈靶，真是善射好儿郎！

少年射手实可赞，眉目清扬心力专。

射仪秀舞舞姿美，首射靶心一孔穿。
四箭都从此孔过，绝技御敌足可观！

【笔记】

咏唱少年射手，以三章文字，进三层境界。首章形貌步武，二章靶场练射，末章非凡射技，渐次深入展现少年射手的不凡身手。

“终日射侯，不出正兮”“射则贯兮，四矢反兮”，两句精准叙述的文字，将少年的神技才艺写绝了。

古有逢蒙的故事，“逢蒙绝技于弧矢”（班固），神射者是也。《猗嗟》中的少年射手，不单如同逢蒙般善射，且身姿健美、眉目清扬、步履矫健、舞姿合度，乃武艺高强、颜值出众，仪表风度够魅惑的阳光美少年是也！傅斯年赞之为“形容修好，舞射俱臧”。

如此武功，如此透脱，如此阳光，辉泽多年后又在曹植《白马篇》中重现：“宿昔秉良弓，楛矢何参差。控弦破左的，右发摧月支。仰手接飞猱，俯身散马蹄。……名编壮士籍，不得中顾私”，其英雄身手、豪壮气概，可谓与《猗嗟》一脉相承。

这首诗中的“展我甥兮”一句，此“甥”或泛指晚辈，借一个舅父的口吻赞美后辈。也有说是以齐人口气夸耀鲁庄公的，鲁庄公是齐国国君的外甥，在鲁国拜会该国国君行射礼时，以射艺的高超征服了在座的所有人。姑且存此供深度延伸阅读参考。

这首诗还可与狄德罗的“动感美”观点连读。他认为，就“美”是考量审美客体能够提供给创作者多少可用的元素而论，“雄牛比水牛更美；正在咆哮的伤了角的雄牛比缓缓走动和正在吃草的雄牛更美；鬣毛迎风飘动的无人驾驭的马比在骑士胯下的马更美；野驴比家驴更美；暴君比国王更美……”

《猗嗟》在多角度的各种动态中描写人，十足生动俊朗。孔子为此曾赞说“《猗嗟》吾喜之”，但只说其然，没有讲其所以然。这个“所以然”，由狄德罗以“动感美”的观点简明阐释了。

原文

猗嗟

猗嗟昌兮！颀而长兮，
抑若扬兮。美目扬兮，
巧趋跄兮，射则臧兮！①

猗嗟名兮！美目清兮，
仪既成兮。终日射侯，
不出正兮，展我甥兮！②

猗嗟娈兮！清扬婉兮，
舞则选兮。射则贯兮，
四矢反兮，以御乱兮！③

【注释】

①猗嗟（yījiē）：吁嗟，表赞叹的叹词。昌：佼好貌。颀：身材修长。抑：懿的假借字，美好。扬：眉毛及其上下部分，此句赞美射手额头之美。趋：疾走。跄：行走有节奏。臧：好，此处指射技出众。 ②名：形容眉宇开展。侯：箭靶。不出正（zhēng）：不脱靶。正：箭靶中心。展：实在，确实。 ③舞则选：跳舞步伐整齐、得体。选：合拍，整齐。贯：射中；贯穿。四矢反兮：四支箭都从靶心穿过。反：重复。以御乱兮：（武艺）足以去平乱。御：抵御。

魏风

试新装：主仆心灵妍媸对比的镜像

刚编葛麻鞋一双，可踩雨水可踩霜。
纤弱瘦巧女红手，又缝一件新衣裳。
抻抻腰身整衣领，送呈主妇试新装。

新装主妇心虽爱，偏呈冷傲出相外。
转身不瞅做衣人，只整头上象牙钗。
主妇如此呈傲慢，女工寒心憎狭隘。

【笔记】

家中日常生活小景。仆人能工巧手，女红细腻，态度谦恭；女主人倨傲偏狭，蔑视他人。两相比照，精神面貌谁媸谁妍立马分出。

贫与富，拿出身于这两个不同阶层的人做简单化、平面化、概念性的比较和言说，其实并不妥当。因为穷人和富人，并非生来必然带有道德妍媸的基因，穷和富也并非善和恶的界限。因而对人物的褒贬，不能以身份和出身来划界，以避免陷入塑造人物脸谱化、类别化的弊端。

《葛屦》的书写，特别高明。情节不多，细节金贵。

“纠纠葛屦，可以履霜。掺掺女手，可以缝裳”——多可怜又能干的女仆！“好人提提，宛然左辟，佩其象揥”——抓拍似的捕捉和定格了女主人标志性的几个富于性格化的动作和表情，明示了女主人目中无人，不知感恩，冷傲应对别人的伺候，漠视下人，只顾自我陶醉。其丑恶面孔，自然会引起读者对她的憎恶，也通过对比让读者对仆人多了几分同情和怜爱。这就是主旨先行、细节跟进、艺术表现之功，特别是情节、细节选取以及采用对比方法的功效，可圈可点。

《风》诗的接地气，就在于即便是这样的家庭里的生活俗事，也能提炼出诗意，能简笔描绘出世相，以及不同的人生、人性，似顺手拈来，实含运思智慧。

此诗另有一说，认为内容是女子为丈夫制新衣，丈夫不以为意，漫不经心，傲慢以待。

本诗“是以为刺”一句值得关切，因为它透露了某些歌诗制作的端倪，有其描写、歌颂或讽喻对象的场景、感情和人物的对应性。如这首《葛屦》，就是女主角遭不平待遇的感受抒发。它不是为诗而诗之结果，而是由情而诗的产物。

原文

葛屦

纠纠葛屦，可以履霜。
掺掺女手，可以缝裳。
要之襋之，好人服之。①

好人提提，宛然左辟，
佩其象揥。维是褊心，
是以为刺。②

【注释】

①纠纠：交错缠绕貌。履：踩踏。掺（shān）掺：纤纤，形容女手纤细柔美。要（yāo）：系衣的带子，此处作动词，指提起带子。襋（jí）：衣领，此处作动词，提起衣领。好人：美人。　②提提：安舒貌。一说“媞媞”。宛然：回转身子。辟：避，回避。佩：戴。象揥：象牙簪子。褊（biǎn）心：心胸狭隘。刺：讽刺。

108

汾沮洳

彼其之子，美无度：情妹眼里出帅哥

（汾：汾水。沮洳：低湿之地）

汾水湿地酸模生，湿地有个采草人。
一见就令我心跳，言语豪壮好动情。
言语豪壮好动情，壮超管车大将军。

汾水湿地好地方，那人湿地采蚕桑。
一见就令我心动，俊如花英溢芳香。
俊如花英溢芳香，俊超驭车小战将。

汾水湿地有道湾，那人采药在湾间。
一见就迷我心窍，帅如玉树世间罕。
帅如玉树世间罕，帅超功勋老将官。

【笔记】

管车的那个将军帅，驾战车的那个小将帅，建有战功的那个将官帅，这些人都是人们心目中崇拜的偶像，但是，他们全都帅也帅不过我的心上人！他就是那个令我心跳心动心迷的湿地里的采草采桑采药人啊……

他“美无度”“美如英”“美如玉”，美不可度量，言不可尺寸，我真不知道怎么用语言来形容他的美和帅——这真是“情人眼里出西施”，爱眼出了大帅哥，让她忍不住放歌称赞了！

诗有三章，每章都以“汾水湿地”（“彼汾沮洳”“彼汾一方”“彼汾一曲”）为起句，一句一景致。不一定就是指明此地是农村田野河边的畛域，也不一定说此男子的眼下劳作就是他习常的农活，也不一定就暗示此男子是普通农人或采草采药的人。只是歌唱的当下，他在田野这里出现罢了。

《风》诗起兴句造成的迷局，往往就是这样，含含糊糊，迷迷离离，朦朦胧胧，是是非非，所指景域、事物的真实性其实并不重要，领会其间总是弥漫、隐含着灵性，灵性贯穿了诗歌的整体，才算深得诗歌原旨的精髓。

的确，具体计较此女子心仪的是一个干农活的男子，还是位有头有脸有身份的人，有什么意义呢？她是什么人，我们不知道。这男子是什么人，我们又何须知道？我们感受到她爱了，爱得心跳、心动、心迷，爱他胜于一切，整首诗的激情全为这男子而洋溢，这就够了。

如果拿这首诗看作祭祀场上的表演唱诗，也无碍它是一首表演性很强，且同样动人的诗篇。

原文

汾沮洳

彼汾沮洳，言采其莫。
彼其之子，美无度。
美无度，殊异乎公路。①

彼汾一方，言采其桑。
彼其之子，美如英。
美如英，殊异乎公行。②

彼汾一曲，言采其藚。
彼其之子，美如玉。
美如玉，殊异乎公族。③

【注释】

①沮洳（jùrù）：水边低湿地。莫（mù）：酸模，一种野菜。之子：那个采野菜的人。度：衡量，“无度”即无可衡量，无比。殊：很、甚、非常。公路：古代掌管王公乘车的官员。 ②方：边、旁。公行（háng）：古代掌管战车的官员。 ③藚（xù）：泽泻草。公族：古代掌管宗族事务的官员。

心之忧矣：细碎絮叨

桃园挂果结鲜桃，果美可食诱欢好。
我心隐忧有谁知，郁郁徘徊吟歌谣。
不知我者瞎唠叨，说我人微调门高。
姑且算你看法对，我不恁说太苦恼。
我心隐忧有谁知，他人何从来知道？
无从对人坦心怀，索性不思全忘掉。

枣园挂果结酸枣，果美可食诱欢好。
我心隐忧有谁知，姑且远走寻逍遥。
不知我者瞎唠叨，说我人微失中道。
姑且算你看法对，我不恁做太苦恼。
我心隐忧有谁知，他人何从来知晓？
无从对人讲真话，要忘就忘需趁早。

【笔记】

在《诗经》语境下，酸果常是性象征和暗示妊娠的咒物。古时有“投果谈婚”的习俗。《诗经》中的肴、食，不时带有性含义。闻一多认为，食用酸果表示的是性行为。此诗以桃子、酸枣起兴，咒涉情色的关联，显见这是一首具有浓酽的性渴望意味的诗，具有隐秘的朦胧美。

它的宣述主体是一位男子，所倾诉的客体是一位女子。后者似有似无，一直朦胧，不知是谁。怀春恋爱的季节到来，果子成熟，引发男子对性的渴望，热望与心仪的一位女子结欢成好。可是与谁欢好呢？无以宣述，欲说还休。

他觉得自己被别人误解了，他并不如别人所说的那样孤僻高傲。但是，别人不知他，他也无法使人知，对别人又无从解释。他想约会那女子的欲望越发热切，这欲望就越发深深隐匿于心底。于是，男子困扰于无人知晓其心底冀望，又无从满足自己内心的焦渴。没有知己听倾诉，索性忘掉一切才好。

此诗从头到尾，怀春的苦水穿肠绕肚，咕噜咕噜翻滚，长吁短叹的全是言犹未尽的哀伤，尽是一个唠叨男子啰唆的幽约怨悱、细碎絮叨。就这样任愁绪铺张蔓延，就这样任苦恼情丝盘绕纠缠，最终郁结成一个丝网厚韧的巨大蚕茧，剪不断，理还乱。别人无从测度，他却愁肠百结……也即是只知其忧，不知其何忧、忧何、何以忧。累赘之文稀释了要旨，一团浓云扩展散淡成混沌雾幔，无人可以窥透。真乃“人生愁恨何能免，销魂独我情何限”（李煜），多情善感，忧深之至，作茧自缚，无人能解。开开玩笑说，歌者堪称《诗经》中的第一啰唆男子了。

将其间原因理解得通透，也许得参阅金克木描述的情状。他说：“台词是明白讲出来的，可以分析；潜台词就不然。……中国人历来大多讲求不明白，或说含糊，说话常闹边界纠纷，往往把明白讲成不明白，引起过不少人愤怒。可是偏又有人不断称妙，所谓‘妙不可言’。‘不可言’就是潜台词不能转为台词。”

《诗》无定诂。此诗朦胧，就有很多潜台词可挖掘，固然可将它当作爱情诗释读，但当它是忧时、怨政、忧虑人生前途来解，看作被钳口而无奈来解，当作影射冤屈来解，也都无不可。按照这些角度依原文跋涉，定又可“拉洋片”般阐释出另一些风景线。

此诗“我歌且谣”，牵扯出来两个概念：“歌”和“谣”。

历年文字含义和运用的变迁，造成这两个单字释义的含混纠结，后来组合成“歌谣”一词，又与“诗”“诵”“吟”等概念纠缠在一起，更剪不断理还乱。

按照当下印象，歌，如作名词，一般都解释为歌曲，即歌词和曲谱搭配的可唱的音乐作品；作动词，则与唱同义，两字的合成词“歌唱”“唱歌”，均具有名词和动词的功能。谣，则是不配曲谱的非文人创制的民间吟诵韵文。《诗经》原著状态时因配有曲谱可以歌唱，可说都是歌曲；其韵文作为歌词，可称“歌诗”，归类为“声诗”。曲谱脱落之后，再难以音乐来配唱，《诗经》实质已是“徒诗”，即没有配之以曲谱的韵文，又复归谣了。《园有桃》的男子“我歌且谣”，折射了他的徘徊和难以排遣的苦闷，这情状可视为他长时间地借唱歌和吟咏来纾解烦恼。

原文

园有桃

园有桃，其实之殽。心之忧矣，我歌且谣。不知我者，谓我士也骄。彼人是哉，子曰何其！心之忧矣，其谁知之？其谁知之，盖亦勿思。①

园有棘，其实之食。心之忧矣，聊以行国。不知我者，谓我士也罔极。彼人是哉，子曰何其！心之忧矣，其谁知之？其谁知之，盖亦勿思。②

【注释】

①其实：它的果实。之：是。殽（yáo）：肴，此处用作动词，吃、食用。闻一多认为酸果是表示性行为、妊娠的咒物。歌、谣：曲合乐为歌，徒歌为谣。士：低级官员或文人，此处为唱歌者自谓。骄：傲狂。彼人：那个人，指“不知我者”（不了解我的人）。是哉：对呀。此处是反话，应是根本不对。何其：什么缘故。其：语助词。盖亦勿思：何不不去想，即不要去想。盖：通“盍”，何不。　②棘：酸枣树。行国：周游于国中，言到处流浪。罔极：无常、不正，无有中正之道。

有年无月役期长，不要小命丢异乡

草木葱茏高山上，登高把父来想望。
似听父叹儿行役："有年无月役期长，
切切谨慎多保重，莫留异乡快回乡！"

草木葱茏青变黄，登高把母来想望。
似听母怨儿行役："幺儿日夜无休忙，
切切谨慎多保重，不要遗弃你爹娘！"

登临异乡山冈上，登高把兄来想望。
似听兄咒此苦役："日夜奔命归期茫，
切切谨慎多保重，不要小命丢异乡！"

【笔记】

"诗者，志之所之也。在心为志，发言为诗。情动于中，而形于言。"(《毛诗序》)《风》诗虽与祭祀有关，但其原创原生成，都系情意之所发，以歌咏的方式，配之以音乐与舞蹈而表达之。

行役在外的那个人，每每去登高，都是带着怀乡之想。想父，念母，思兄弟，次次如此。虽是亲情的单相思，却好似得到他们一一的回应和嘱咐。每章的后三句，是行役人想象、模拟出来的亲人话语，却是慰藉他心理的精神支撑。

最能反映民众普遍疾苦的是征役诗，一个征夫的苦情，就是一个家庭的苦情。历史上，似乎农民就是天生的被压榨、被盘剥的对象，处在没有生活保障和安全保障的境地中。统治阶级又如此残酷地加重兵役徭役杂役，强行剥夺了农民与家人相聚生活的权利、自由，甚至将他们当作炮灰送到前线，“可怜无定河边骨，犹是春闺梦里人”（陈陶）……“九州山歌何寥哉，一呼九野声慷慨。犹记世人多悲苦，清早出门暮不归。”今人刀郎这首《山歌寥哉·序曲》，就唱出了底层民众的千年悲苦。

孔子认为《诗经》内容温柔敦厚，整体上是“思无邪”，鼓吹思想和感情都应该无邪念，“从心所欲，不逾矩”，用《诗经》施行他的“仁”“礼”诗教。鲁迅在《汉文学史纲要》则指出，《诗经》的内容绝非如孔子所言都是温柔敦厚的，就在《大雅》中，已有“激切”反抗的呼声，而《风》则直抒胸臆，完全脱出“发乎情，止乎礼”的桎梏。鲁迅这番言说切中肯綮！

此诗正应了鲁迅对孔子的诟病，像《陟岵》所反映的这类平民百姓的苦役，统治阶级是不屑顾及注视的，唯站在民众自身立场的民歌，才热衷记叙。于是，才有形形色色的从各个角度记叙征夫及其家人悲叹怨愤的苦情歌谣。如这首《陟岵》亦然。后世一些有良知的正直文人，也大叹民众徭役之苦。如杜荀鹤《山中寡妇》：“夫因兵死守蓬茅，麻苎衣衫鬓发焦……任是深山更深处，也应无计避征徭。”

还是乐府诗《悲歌》将在远方服役征夫的思乡情绪反映得最为深刻：“悲歌可以当泣，远望可以当归。思念故乡，郁郁累累。欲归家无人，欲渡河无船。心思不能言，肠中车轮转。”

原文

陟岵

陟彼岵兮，瞻望父兮。
父曰："嗟！予子行役，
夙夜无已。上慎旃哉，
犹来无止！"①

陟彼屺兮，瞻望母兮。
母曰："嗟！予季行役，
夙夜无寐。上慎旃哉，
犹来无弃！"②

陟彼冈兮，瞻望兄兮。
兄曰："嗟！予弟行役，
夙夜必偕。上慎旃哉，
犹来无死！"③

【注释】

①岵（hù）：长有草木的山。予子：我儿，即登者，此处为登者想象父亲同他说话时对他的称呼。后"予季""予弟"分别想象其母亲、兄长对其之称呼。夙夜：日夜，早晚。已：停止。上：通"尚"，希望。慎：慎重。旃（zhān）：之，焉，语助词。无止：不要久住外乡。 ②屺（qǐ）：无草木的山。季：兄弟中排行最小的。无弃：不要背弃家乡。 ③冈：较低而平的山脊。必偕：必定在一起，形容在行役中与他人一同作息，不得自如行动。无死：不要死在他乡。

111 十亩之间

桑田宽宽桑田边，采桑女儿笑语喧

桑田大大桑田间，采桑女儿不得闲。
相约采毕桑叶后，携手同行把家还。

桑田宽宽桑田边，采桑女儿笑语喧。
桑叶采毕终忙罢，叽喳邀友把家还。

桑田大大，采桑难闲，谋生之计，何其辛劳！

这首诗里，劳累未见，辛苦的喟叹未见，连汗水都未见甩出一滴。看见的只是采桑女们的欢声笑语，咿咿呀呀地呼朋唤友，携手享受劳碌后踏歌回家的欢快。篇幅短小，点数原著，仅两章，每章三句，共六句，如何才能译得有声有色？这里需要讨论的是，翻译古诗时，译者如何合理、能动地用译文表达古诗的形、神、义？其间，译者能有多少自由延伸和发挥的空间？

上古文字太精炼，欲更生动地现其形貌，有些原文必得类似修复出土文物一般，需要补缀些语言材质，经过捶打、延展、模压、补配、焊铿等工艺，力求以旧做旧，才做得出一个文从字顺、后人读得懂的译作出来。

何新译为："十亩的园田间，采桑人来来往往，走，同你一起回吧！十亩的园田间，采桑人密密麻麻，走，同你一起溜吧！"

余冠英译为："一块桑地十亩大，采桑人儿都息下。走啊，和你同回家。桑树连桑十亩外，采桑人儿闲下来。走啊，和你在一块。"

周振甫译为："十亩的中间啊，采桑的悠闲啊，将同你回去啊。十亩的外啊，采桑的弛缓自在啊，将同你回去啊。"

程俊英译为："宅间十亩绿桑园，采桑姑娘已空闲。走吧咱们一道回家转！宅外十亩绿桑林，采桑姑娘一群群。走吧咱们一道回家门。"

这几种译文，都忠实于原著的句数，传述了采桑女们田间采桑和收工归家的情状。

原著“十亩之间兮，桑者闲闲兮”，可扩展出采桑者于开阔的桑田里呼朋引伴愉快劳动的景象。至于“行与子还兮”，本就是一派你来我往、友好十足的动感场景。“桑者泄泄兮”的有声有色，正好为译文铺垫好了欢腾愉快的背景，似隐而不发不张扬，实已隐必留踪，成了全诗欢乐格调的依据。

明明处于艰难生活里，偏不纠结艰难生活的艰难；辛苦劳作中，偏不渲染辛苦劳作的辛苦。如此之人唱如此之歌，才真正可赞为超逸的自寻其乐、物我两忘。《十亩之间》之乐，古代乡间常能寻到。不是译者的推测，而实是作品原著的实际推演。

我的译文是：“桑田大大桑田间，采桑女儿不得闲。相约采毕桑叶后，携手同行把家还。桑田宽宽桑田边，采桑女儿笑语喧。桑叶采毕终忙罢，叽喳邀友把家还。”

原著每章三句，我之所以译成每章四句，一是依照现代汉语诗歌阅读习惯，句子成双数，阅读起来起承转合才起伏有致，语感才平衡稳定；二是韵文翻译允许增减原著句数。当然，对于原著字句的增补，应能更好地体现原著本意，这是硬道理。翻译时，我尽量做到“扩不弃骨，添必有根”，追求有声有色，丰满其骨血，更注意理顺它整体逻辑的完整性。

农人性格天生坚韧，天禀乐观，生命力强，这是其天性、“地性”赋予的。所谓天性，就是符合自然规律；所谓“地性”，就是与天性呼应的人性。所以在社会底层和生活夹缝中，他们总是能屈能伸、游刃有余，总是能以积极态度面对人生，即使悲苦，也不折骨弯腰。因此，他们作为人，才有不为社会污染的纯粹；作为生灵，才有其自得其乐的松弛。

想起了《刘三姐》山歌：“三月鹧鸪满山游，四月江水到处流。采茶姑娘茶山走，茶歌飞上白云头……采茶姑娘时时忙，早起采茶晚插秧。早起采茶顶露水，晚插秧苗伴月亮……”真是与《十亩之间》相似，这是广西农人纾解劳累、苦中找乐的心曲。

《十亩之间》是农人自己之诗，描绘自己的生活画卷。按照英国诗人华兹华斯的说法，是快乐之诗，也即诗以快乐为起点和终点，即使沉思的情感也是欢愉的、天人合一的。这类诗如同“画作永远像婴儿从母体出生一样，是牧女所生的。它们从来不是雅典神庙的肖像，从来不描绘路易十五世时期的安乐椅。画上画的是一幢四方的小屋，或者一捆烟叶，或者一张旧桌子”（毕加索）。如此的《风》的泥土气息，才葆有经久不衰的艺术芳泽。

原文

十亩之间

十亩之间兮，
桑者闲闲兮。
行与子还兮。[1]

十亩之外兮，
桑者泄泄兮。
行与子逝兮。[2]

【注释】

①十亩之间：房屋附近面积大的桑田。此处“十亩”为约数。桑者：采桑女。闲闲：轻松自在，从容自得。行与子还：与你同归。子：同伴。还：回家。　②泄（yì）泄：轻松自在，闲散和乐；一说人多热闹貌。逝：去，往；回家。

伐檀

你不耕种不开镰，何储粮食三百担

砍伐檀树在林间，木头堆放河岸边，
浸泡水中待大用，河水清清波涟涟。
你不耕种不开镰，何储粮食三百担？
你不上山不打猎，怎有兽皮挂庭院？
假若你是真君子，你就不要白吃饭。

砍伐檀树做车辐，堆放水边近大路，
浸泡水中防裂腐，河水清清水充足。
你不耕种不开镰，何以满仓堆稻谷？
你不上山不打猎，怎有兽肉挂满屋？
假若你是真君子，就不奢望发横财。

砍伐檀树做车轮，木头堆放水之滨，
浸泡水中防虫蛀，河水清清波不兴。
你不耕种不开镰，怎屯粮食万千斤？
你不上山不打猎，怎有鸟肉挂院庭？
假若你是真君子，就不追求餐餐荤。

【笔记】

此诗所谓“素餐”，有两解。一为“白吃”，不劳而获，无功受禄。“食民之食，而无功德及于民，是谓素餐也”（戴震）。“尸位素餐”即由此而来。二是“不吃素”，只吃荤，食不厌精。

古来尸位素餐的士大夫不少，一些人不劳而获、吃白食，物质分配、占有的不公平反映出来的阶级矛盾，是引发千百年来民间愤懑、世间动荡的一个重要原因。《伐檀》在两三千年前就率先针对这种现象，以诗歌的方式发问，揭示阶级矛盾的原因，理直气壮，坦荡尖锐，确实是伟大的发声。

此诗三章，都以砍伐檀木作起兴。以檀木是有益有用待用之才，足可珍惜珍贵，来暗示、映衬不劳而获光吃白食之人的可耻。它抨击社会的不公平，是以诘问方式进行的，具有针对性和战斗性的力度，代表了小民的立场和天地良心的声音，责问得那些不劳而获者无地自容。这首唱诗里还潜伏着反抗、造反的动因，涌动着叛逆的潜流，像一把达摩克利斯之剑高悬，日夜威胁那些不劳而获的统治者，令其寝食难安。一旦反抗的洪流暴发、奔流、宣泄，就会将不公平的社会淹没。

此诗余冠英有自由体诗歌的译文，其第一章是这样翻译的："丁丁冬冬来把檀树砍，砍下檀树放河边，河水清清纹儿像连环。栽秧割稻你不管，凭什么千捆万捆往家搬？上山打猎你不沾，凭什么你家满院挂猪獾？那些个大人先生啊，可不是白白吃闲饭！"

周振甫译为："坎坎砍檀树啊，放它在河的岸啊。河水清并且微波连啊。不耕种不收获，怎么取禾三百束啊？不上山去打猎，怎么看你庭内挂貆肉啊？那个君子啊，不白吃饭啊。"

程俊英译为："砍伐檀树响叮当，放在河边两岸上，河水清清起波浪。不种田又不拿镰，为啥粮仓三百间？不出狩又不打猎，为啥猪獾挂你院？那些大人老爷们，不是白白吃闲饭！”

我以整体七言来译这第一章，译文节奏和形貌，稍有不同：“砍伐檀树在林间，木头堆放河岸边，浸泡水中待大用，河水清清波涟涟。你不耕种不开镰，何储粮食三百担？你不上山不打猎，怎有兽皮挂庭院？假若你是真君子，你就不要白吃饭。”

此诗尚有可贵之处，在其激昂中能避免偏执，它褒扬了不素餐的君子，并不简单以是否稼穑来划分，而是以其行为和作为来区别。所谓君子，一般都是士大夫、官员等有社会地位的人士才有资格秉持的称呼，他们并非都事稼事穑、事耕事耘，也并非都狩都猎，也就是一般不参加体力劳动和生产性的劳动，也并不都是苦行僧日日吃糠咽菜。

《伐檀》对于四体不勤五谷不分的君子，并不是一概否定，也不是持绝对平均主义按照“过苦日子”的标准苛求他们，对于忠于职守、于民众有功有德、品格高尚的君子，还是有所肯定，不作贬斥。一直重申“彼君子兮，不素餐兮”“彼君子兮，不素食兮”“彼君子兮，不素飧兮”——“假若你是真君子，你就不要白吃饭”“假若你是真君子，就不奢望发横财”“假若你是真君子，就不追求餐餐荤”——就是对真君子的信任和期待。

“词之妙，莫妙于以不言言之，非不言也，寄言也。如寄深于浅，寄厚于轻，寄劲于婉，寄直于曲，寄实于虚，寄正于余，皆是。”(刘熙载)《伐檀》以隐喻褒扬、肯定有益有用之才，寄言了自己的理念和是非观，抨击尸位素餐和不劳而获的现象，站在民众立场做正义诘问，发声延宕了两三千年。对此，毛泽东有过掷地有声的阐述。

毛泽东说："司马迁对《诗经》品评很高，说'《诗》三百篇皆古圣贤发愤之所为作也'。大部分是风诗，是老百姓的民歌。老百姓也是圣贤。'发愤之所为作'，心里没有气，他写诗？'不稼不穑，胡取禾三百廛兮？不狩不猎，胡瞻尔庭有县貆兮？彼君子兮，不素餐兮。''尸位素餐'就是从这里来的。这是怨天、反对统治者的诗。"

读到《风》里的好歌诗，我们常常赞美其镂玉裁冰、诗如天籁，佩服创制人的才具。西哲柏拉图鞭辟入里，对这种现象给予揭橥，说"神对于诗人们像对于占卜家和预言家一样，夺去他们的平常理智，用他们作代言人，正因为要使听众知道，诗人并非借自己的力量在无知无觉中说出那些珍贵的辞句，而是由神凭附着来向人说话……诗人只是神的代言人"。

想想也是，平日常人话语都平白如水，说不出什么可惊世骇俗的句子。有时写作，纵有所想，不免意到笔不到。偶出佳句，语言之精致确实是诗，连自己都震惊，喜出望外，不信居然是自己所能作。柏拉图这种"神附说"，正准确揭示了《风》中《伐檀》这类唱诗佳作问世的奥秘：它是神魂附体的产物，它的运思、构想、金言、妙句，都是神的代言。人们啊，我们对名著可要多存敬畏才是！它们都是神来之笔。

原文

伐檀

坎坎伐檀兮，置之河之干兮，
河水清且涟猗。
不稼不穑，胡取禾三百廛兮？
不狩不猎，胡瞻尔庭有县貆兮？
彼君子兮，不素餐兮！①

坎坎伐辐兮，置之河之侧兮，
河水清且直猗。
不稼不穑，胡取禾三百亿兮？
不狩不猎，胡瞻尔庭有县特兮？
彼君子兮，不素食兮！②

坎坎伐轮兮，置之河之漘兮，
河水清且沦猗。
不稼不穑，胡取禾三百囷兮？
不狩不猎，胡瞻尔庭有县鹑兮？
彼君子兮，不素飧兮！③

【注释】①坎坎：伐木声。檀：木名。干：岸。涟：水面的细小波纹。猗：语气助词，犹"兮"，相当于"啊"。稼：种植。穑（sè）：收割。三百廛（chán）：言其多。廛：束，捆。狩：冬季打猎。瞻：往前或往上看。县（xuán）：悬挂。貆（huán）：幼貉。素餐：吃白食，不劳而食；无荤菜的素食。②辐：车轮中凑集于中心毂的直木。直：水流直缓。亿：束。特：三岁或四岁的兽，指大的野兽。③漘：水边。沦：涟漪。囷（qūn）：圆形谷仓。鹑：鹌鹑。飧（sūn）：饭食。

113 硕鼠

硕鼠硕鼠，无食我黍

硕鼠硕鼠求求你，莫再偷吃我黍米。
三年吃得膘恁厚，不顾我家仓透底。
发誓我要离你去，找块乐土来安居。
乐土乐土太神往，是我遂心避鼠地。

硕鼠硕鼠听端详，莫再偷吃我麦粮。
三年吃得肥又大，以恶报德造粮荒。
发誓我要离你去，找个乐园忘忧乡。
乐园乐园太神往，愿出高价买吉祥。

硕鼠硕鼠你听好，莫再偷吃我麦苗。
偷吃三年你长膘，何曾怜悯我辛劳。
发誓我要离你去，找块宝地求逍遥。
宝地宝地太神往，找得永不叹苦恼！

【笔记】

硕鼠！硕鼠！一开头就感叹迭起，语气凝重。全诗重章叠怨，声声叹息。老鼠危害多端，劣迹斑斑，此诗突出一个“硕”字，包含肥、大、厉害、可怕等诸种含义，专讲硕鼠为何能“硕”，专诉它偷吃粮食一项。

它偷吃了三年，吃肥了自己，吃穷、吃苦了屋主。屋主欲哭无泪，只有一逃了之，打算躲去远远的地方，不惜一切代价，寻找一方安宁之处：“发誓我要离你去，找块乐土来安居。乐土乐土太神往，是我遂心避鼠地”“发誓我要离你去，找个乐园忘忧乡。乐园乐园太神往，愿出高价买吉祥”……远走唯他乡，安宁唯异国，要永远避开硕鼠，远离故土反倒成为明智选择。何其悲凉！这是无助的抱怨，怨恨的控诉。

本译文将主人家的祈愿和愤懑聚焦在一个“再”字，使之成为译文的诗眼：“莫再偷吃我黍米”“莫再偷吃我麦粮”“莫再偷吃我麦苗”。“再”字是一种暗示，负载着过往损失的重量，内含了三年的冤屈、三年的隐忍、三年的退让。这三年受到的损害，所筑就的愤恨大坝终于崩塌，主人家实在忍受不了硕鼠如此恶劣的继续侵犯和伤害，千方百计找个“避鼠圣地”，发誓一走了之。

陈廷焯《白雨斋词话》有说：“诗外有诗，方是好诗；词外有词，方是好词。古人意有所寓，发之于诗词，非徒吟赏风月以自蔽惑也。”此诗，便是“意有所寓”之诗。人与鼠的矛盾，轻轻一转，就对应影射了统治阶级征敛、盘剥的内容，自然就往人与人的关系、民间与官方的关系，以至国与国的关系方面引申而去，这种关联性、普适性的牵挂，一点都不违和，正应了钱锺书所说，“言不孤立，托境方生”。“硕鼠”一言，就牵出了硕鼠危害一事，带出了“硕鼠人”的表演，以及避绕“硕鼠人”远走高飞的话题……此诗选取题材的艺术高超，意义大大超越其叙述本身，其义理价值永恒，后世都是将之作为政治讽刺诗看的。

刘勰《文心雕龙》说，《诗经》作者创作诗歌，是为了发泄感情才进行创作；后来的辞赋家作赋作颂，是为了进行创作才造作出感情。真知灼见也！难怪鲁迅赞誉“东则有刘彦和之《文心》，西则有亚里士多德之《诗学》，解析神质，包举洪纤，开源发流，为世楷式”。真如《文心雕龙》所说，《硕鼠》感情何其怨怼、急迫、决绝，绝非为文而造情之文，而确是为情而造文之文啊！

此诗首句“硕鼠硕鼠，无食我黍！”字面通俗易懂，但其译文，却各有所表。

余冠英译为：“土耗子啊土耗子，打今儿别吃我的黄黍！”

周振甫译为："土耗子呀土耗子，不要吃我的黄黍。"

袁愈荽译为："老田鼠呀老田鼠，别老偷吃我的黍！"

韦凤娟译为："大老鼠啊大老鼠，别吃我的黄黍！"

陈振寰译为："大老鼠啊大老鼠，别再吃我的黄黍。"

程俊英译为："大老鼠呀大老鼠，不要吃我种的黍！"

何新译为："蝼蛄蝼蛄，不要咬啮我田中的黍根！"（何新特别加注："旧注皆解为大鼠，甚谬。"）

我则译为："硕鼠硕鼠求求你，莫再偷吃我黍米。"

原文

硕鼠

硕鼠硕鼠，无食我黍！
三岁贯女，莫我肯顾。
逝将去女，适彼乐土。
乐土乐土，爰得我所？①

硕鼠硕鼠，无食我麦！
三岁贯女，莫我肯德。
逝将去女，适彼乐国。
乐国乐国，爰得我直？②

硕鼠硕鼠，无食我苗！
三岁贯女，莫我肯劳。
逝将去女，适彼乐郊。
乐郊乐郊，谁之永号？③

【注释】

①硕：肥大。贯：侍奉、服侍。莫我肯顾：莫肯顾我。顾：顾及；照顾。逝：誓，表决心。去：离去。适彼：到那里。乐土：遂心愿之地；安乐的地方。后"乐国""乐郊"同。爰：何处，哪里。　②德：感恩戴德。直：价值；得其所。　③劳：慰劳。永：长，长久。号：息；大声呼叫。

唐风

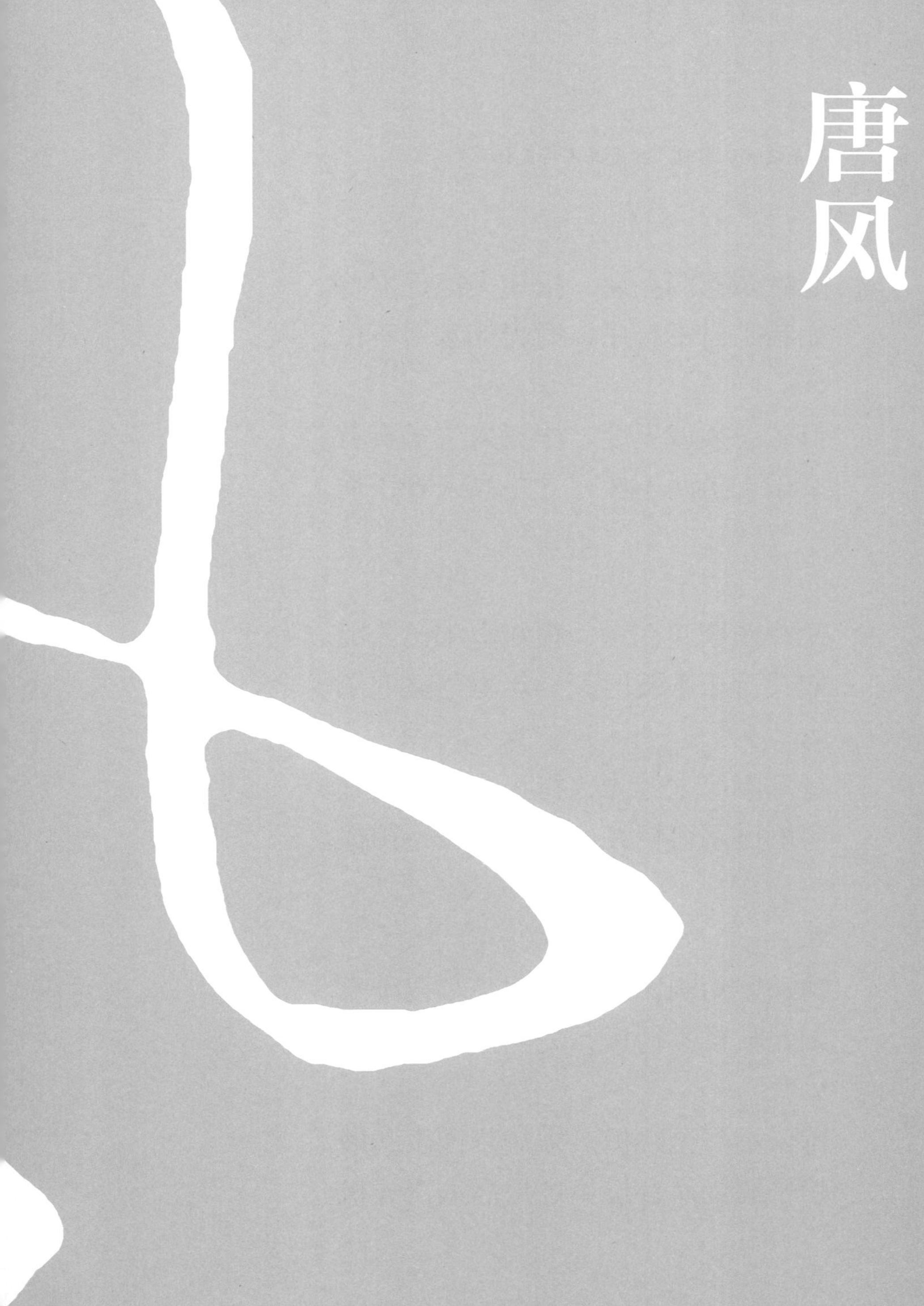

蟋蟀

趋乐避忧从容过，才是高人得天机

男：

蟋蟀瞿瞿叫在屋，报知天凉已岁暮。
如我旷日不行乐，时光如水留不住。

女：

行乐总须戒无度，毕竟人生多实务。
享乐正事两不废，才是高人守正途。

男：

蟋蟀瞿瞿叫在堂，报知岁末已天凉。
如我行乐不及时，一年岁月又泡汤。

女：

行乐不可太夸张，持正守本防轻狂。
穿纲过网得自在，才令高人不彷徨。

男：

蟋蟀屋角叫瞿瞿，役用马车已歇息。
如我旷日不行乐，光阴白驹又过隙。

女：

行乐不可至终极，须知乐极生悲戚。
趋乐避忧从容过，才是高人得天机。

【笔记】

若按惯性视此诗作一首叙述者始终如一的诗，读起来语句和语义定会不通畅，匪夷所思。倘若当它是对唱，给男女歌者明晰分工，就甚为顺当，逻辑顿时贯通了起来。从来无人将之分为男女对唱，此次，我试着这样分了。

这是岁暮抒怀的唱诗，主张一种悠闲得体有节制的行乐。

安闲的士大夫与知性红颜知己，两人欲美美与共，两相对聊。愈尽享车马酒食之乐，就愈有岁月流逝的紧迫感，彻悟正事与享乐两不误方是得了天机的人生。大有“莫思身外无穷事，且尽生前有限杯”（杜甫）之感触。

此诗劝导不倦、道理正宗、格调正派、情绪饱满，是生活节制的带素朴哲理色彩的唱吟互勉。这种男女唱和，大有可能是祭祀中的歌唱节目。其以劝诫、劝导为内容，偏重说理，递进深度，对唱生活的哲理，共享人生聚会、相谈的乐趣。

从其情趣和所劝勉追求的生活格调，以及其间隐约暗喻的忧患意识来看，演唱诗的编唱者，不会是一般头脑简单的小男生小女生，而是沉静多思的长者或智者。如果编唱者是主祭的尸，也应当是日常话语潮流的引领者，如此，此诗就是一首带表演性的劝导行乐的唱诗。

这类唱诗，在后世比较多。如曹操“对酒当歌，人生几何”，如李白“人生得意须尽欢，莫使金樽空对月”，如杜甫“酒债寻常行处有，人生七十古来稀”，都属此类劝导和自勉尽情行乐的诗歌。而陆机有感于《蟋蟀》而写的诗，更是通达豁达：“置酒高堂，悲歌临觞。人寿几何，逝如朝霜。……来日苦短，去日苦长。今我不乐，蟋蟀在房。乐以会兴，悲以别章。岂曰无感，忧为子忘。我酒既旨，我肴既臧。短歌有咏，长夜无荒。”至于情绪不同、情景不同、各有遭际，消极中含积极，正面经验含反面经验，诸如此类，诗作却都是走心的感受和发泄。

从根本来说，《蟋蟀》是一种寓言式的预言，它警示未曾发生之事将会发生的可能性，同时还具有跨越时空的功能，因为它并非专指未来，而是兼有对往事的总结。享乐应有节制，是本诗隐藏在字面下的警语。

原文

蟋蟀

蟋蟀在堂，岁聿其莫。
今我不乐，日月其除。
无已大康，职思其居。
好乐无荒，良士瞿瞿。①

蟋蟀在堂，岁聿其逝。
今我不乐，日月其迈。
无已大康，职思其外。
好乐无荒，良士蹶蹶。②

蟋蟀在堂，役车其休。
今我不乐，日月其慆。
无已大康，职思其忧。
好乐无荒，良士休休。③

【注释】

①岁聿其莫：此句意说“大好时光不要虚度”。岁：年。聿：语助词，有“将、就”之意。莫：暮，此指年末。乐：行乐。日月：时光。除：谓光阴逝去。无已大康：不要过于享乐。无：勿。已：过分、过度。大：太；一说同“泰”，“大康”即“泰康”，安乐。职：常；一说尚、还；或说当、必须。居：指人的处境。好乐：喜好娱乐。无荒：不要过度。良士：贤能人士。瞿瞿：惊恐警觉；一说勤谨貌。 ②逝：去。迈：行，谓时光流逝。外：本职外的事。蹶（guì）蹶：勤勉貌。 ③役车：服役的车。休：停歇。慆（tāo）：过，逝去。休休：安闲自得。

一旦树枯主人逝，必有他人来替你
（枢：树名，刺榆树）

高高山上生枢树，低洼地里长榆木。
你储鞋帽又储装，何不穿出秀爱物？
你存车辆又养马，何不驱车享快速？
一旦树枯主人逝，必留他人享此福。

高山栲树长得高，洼地杻树生得好。
你有庭院有华堂，为何不饰也不扫？
你有钟鼓称华贵，为何不奏也不敲？
一旦树枯主人逝，必留他人乐逍遥。

高山靓树名叫漆，洼地美树名叫栗。
你家菜肴多丰盛，何不琴瑟伴酒席？
歌舞升平日夜喜，此度人生最相宜。
一旦树枯主人逝，必有他人来替你。

【笔记】

这首诗危言劝导，警语警醒。或许是一个好心人对其富豪朋友的劝导，或许是一个低调富人借第二人称来自勉的吟咏，又或许是祭祀祝愿的咒词，劝导人们好好生活。

它耐心设问、反向警告，提出来日苦短、去日苦长，应及时行乐。每章都以两种地形、两种树木并列起兴，绝不是闲笔，也不是可有可无的起兴句子，而是与本诗主题紧密联系的文字。三组地形和树木，其景象实际是人生理念和愿景的暗示。高山和高山上的树象征着享受、行乐的人生，与华堂钟鼓、美酒佳肴一道加持了享受生活的情状；而洼地和洼地上的树则象征着藏财不露、不事享乐的人生。这首诗多被解读为与家族兴旺、政事国事关联，就因为其整体蕴含着谶言意味和浓郁的悲凉色彩。

《风》中的好些诗歌，某些章的起首，有一两句高山河川、树木花鸟这类看似与下文无关的闲词，因其又不似比喻，常常轻易就被人归为“赋、比、兴”中的“兴”，被视作赘语冗句。其实大谬。中国最早的诗，是祭祀文字，在青铜器钟鼎文中，铭文就是祝祷的歌词，包含着许多后人视为无意义却有实际祝咒含义的语词语句。作为吁请神降的咒语，它们经常置于祭祀谣曲的起首，成了最初始的歌词标配结构元素。

《山有枢》一诗，铺采摛文仍然保留传统祭祀铭文的格式惯性，留有置放咒谣的空间。如“高高山上生枢树，低洼地里长榆木”“高山栲树长得高，洼地杻树生得好”“高山靓树名叫漆，洼地美树名叫栗”，这些起兴，都含有符咒意义，看似闲笔，实际却是仍有神咒基因附着，隐喻此是一片树木蓊郁之山林，虽不是直接譬喻却实含有譬喻的暗示，涉及人生盛衰的变迁。它们既是生机勃勃的满山大树，又是终会枯折的林中朽木；它们今天受珍视，伴随人生、为主人作证，明天却有可能树倒木断被废弃，与主人一道消逝于泥土……以上种种，无不紧密扣合及时行乐的意愿。这就是《风》里这些“兴”词若隐若现的神秘咒词的文学丝缕，哲思的蛛丝马迹。

原文

山有枢

山有枢，隰有榆。
子有衣裳，弗曳弗娄。
子有车马，弗驰弗驱。
宛其死矣，他人是愉。①

山有栲，隰有杻。
子有廷内，弗洒弗扫。
子有钟鼓，弗鼓弗考。
宛其死矣，他人是保。②

山有漆，隰有栗。
子有酒食，何不日鼓瑟？
且以喜乐，且以永日。
宛其死矣，他人入室。③

【注释】

①枢（ōu）：刺榆树。隰：低洼湿地。榆：榆树。弗：不。曳：穿衣。娄：搂，裳长需提搂着走，穿衣。宛：通“苑”，枯萎貌。愉：愉悦，享乐；一说通“偷”，盗取。②栲：栲树，山樗，或臭椿树。杻：檍树。廷：中庭，堂前空地。内：内室。考：敲击。保：占有，在此可理解为居住。
③漆：漆树。栗：栗树。且：姑且。以：用。永日：长期，谓消磨时日。入室：占据。

116

扬之水

谶言定我命不遂，天机岂能告知人
（《王风》《郑风》也有同名诗篇）

河水浅缓波粼粼，水底石子亮晶晶。
红衣绣领披风罩，早就追你到如今。
今得与君来会面，敢说不乐敢违心？

河水浅缓粼粼流，水底石子亮眼眸。
红衣绣领披风罩，追到此地情未休。
今得与君来会面，敢说不乐敢说忧？

河水缓流静无音，水底石子默无声。
谶言定我命不遂，天机岂能告知人！

【笔记】

据前人的解读，这首诗的背景，是一个既惊心动魄又神秘的故事。其主人公（诗中的“君子”）桓叔是晋国贵族王公，在沃地经营坐大，渐至势力雄厚，已可力盖君主，同时据说他还深得民心。他踌躇满志，野心萌发，策划起事，欲谋政变。紧接着，演绎出了一系列与他相关的谋杀、告密、背叛，其夺权的经过充满暴戾、神秘和悬念的传奇。

有说，此诗就是描绘权谋待变之作，桓叔的部下接受了秘密使命，摩拳擦掌，蛰伏一隅，整装待发。一见他出现，众人一片欢腾，士气大振，人人都心领神会，簇拥他为秘密领袖，好似已经胜券在握。

关于此诗及此史，其背景和史实，经人深入考证，也生出不同的历史叙述。史料漫漶，遂考据繁杂，既这样，能冀望谁的解读可定为独尊呢？这样读诗还有何益！

还是那句俗话说得好，《诗》无达诂，这是诗歌的叙述和审美特性等原因所致。同样地，“史”本身作为事实和真相，是第一时间的即时发生；“说史”则已是“史后”的概括、记叙、总结、表达，这些文字已经是在其后第二个第三个乃至第无数个时间点才生发，都不是与事实和真相共时共生的。我们能期望《诗经》诞生数百年之后的经学解读为我们提供多少事实、史实、真相呢？彼时的经学家自身尚且各持不同理据，叙述各异、结论各别、各说各话，遑论已隔诗甚远，自然使读诗的人陷入“罗生门”的迷局。倒是避开史实纠缠，做诗性释读，尚易于切近真情而可感且有味道。

倘若我们超逸历史背景，绕开史实的追究，干脆就从原作提供的人物情绪出发来释诗，或许会感受到，这首诗分明可以作为一首爱情诗来解读。主人公可以是男性，也可理解为女性。它描述了一种特定的无望之爱，其两情关系的上空笼罩着黑云，情爱之弦绷得极紧，爱意在痛苦中挣扎生发，真情“欲盖弥彰”，彰显了却又被强行压抑下去……诗义的膨胀张力空间，就是如此巨大而诡异，神妙地诱惑着读者进入！

可以做多种解读，能跨越题材、跨界阐释，吸引许多人参与考究的诗篇，才是非凡的诗篇。

原文

扬之水

扬之水，白石凿凿。
素衣朱襮，从子于沃。
既见君子，云何不乐。①

扬之水，白石皓皓。
素衣朱绣，从子于鹄。
既见君子，云何其忧。②

扬之水，白石粼粼。
我闻有命，不敢以告人。③

【注释】

①扬：缓缓流动。凿凿：鲜明貌。素：白。襮（bó）：绣有黼文的衣领。从：跟从。于：到。沃：曲沃，晋国邑名。②皓皓：洁白。绣：绣领；绣花衣服。鹄：地名，也是曲沃。　③粼粼：水清澈明净。命：命令。

117

椒聊

那家妇人子孙多，人望热辣香远扬

（椒聊：花椒成串）

花椒果苗长得壮，结籽成串用斗量。
那家妇人子孙多，个个魁梧又强壮。
名气好像花椒籽，味道热辣香远扬。

花椒结果重迭重，结籽成捧满树红。
那家妇人子孙多，人人笃实呈豪雄。
人望好像花椒籽，赫赫有名声誉隆。

384

【笔记】

多子多福，是人类许多种族的共同信条、共同向往。

据说人类历史上生育最多的男人是摩洛哥阿拉维王朝的伊斯迈尔，他一共有 525 个儿子和 342 个女儿。

有典籍记载的中国历史上生育最多的男人，是西汉中山靖王刘胜。刘胜本人活了 50 多岁，金缕玉棺（即金缕玉衣）就是在他墓中出土的，他总共有 120 多个儿子，女儿数目不详。十六国时期的北燕君主冯跋也有 100 多个儿子，生女不计。他的儿子被篡位的亲弟弟冯弘全部杀死。

个人的生育，是人生的大事、要事，名门望族尤其看重。刘胜和冯跋这两个王公贵族，其所生子女的数目，在典籍里都是仅记男儿数而不记女儿数。中国古代重男轻女的观念渗透进帝王家，也冷酷到了治史修典者的骨髓里，才有如此恣肆的遗漏和放诞的忽略。

古代高出生率往往伴随着高死亡率。西周时代，人口约两千万；其后很多年的春秋战国时期，中原地区各国人口大约三千万；到三国时期就只剩一千多万了。说明战争与人口的增减有直接的关系。这就必然导致追求出生率高是民族的集体无意识。《椒聊》所诵唱的“那家妇人子孙多”，不知含有多少潜意识的眼馋、艳羡和向往！

分析心理学派创始人荣格认为，集体无意识是人们的共同心理基础。原型是人类世代相传的典型心理经验，诸如生、死、男人、女人、母亲、英雄、上帝、魔鬼、智慧老人等，是具有同样特征的心理物质的浓缩，是所有经验的不断反复的积淀。人类在思想和经验之中取得的一切进步，都使这符号之网更为精巧和牢固。集体无意识就是所有一切原型的储藏所，是人类共识同义词的无形词典。

纵观古今中外，人们的集体无意识中，多以多产称荣耀、以多子称多福，即便贫穷之家，其潜意识观念也概莫能外。千百年来，中国家庭崇奉的生育观，对于中华民族的繁衍、壮大，对于中国成为世界人口最多的国家，起了决定性作用。

广西有祝福山歌唱道 “生个男仔像辣椒，生个女娃像瓜瓢。辣椒放个中举炮，瓜瓢装满金银包”，表示祝福男做官、女进财的吉祥愿望。还用“筷子满筒仔满屋，蚂蚁巴脚妹仔哭”来形容、夸赞别人子女多得应接不暇。《椒聊》写花椒结籽多 多得需用升斗量；子孙长得壮，名气芳香传远方。雄赳赳、气昂昂的，那股“放个中举炮”的雄傲，令人羡煞……这种比喻和宣述，生动、切意，使本就很荣耀的事更显荣耀，让很令人神往的事更令人神往。

对于后裔繁茂，古人爱用麟趾为喻。麟趾，在“仁德之人”的释义之外，还用于比喻子孙昌盛。南齐王融有诗云“族茂麟趾，宗固磐石”，比喻子孙繁多的福祉，揭示了后裔延绵的根本意义。

本诗的形容和比喻手法也值得一提。结籽多，是物质性的，是可量化的，故比喻为用斗量。名声和美誉，是精神性的，不可量化的，故比喻为芳香。物质与精神区分得泾渭分明，足可见诗人的清醒和睿智。

原文

椒聊

椒聊之实，蕃衍盈升。
 彼其之子，硕大无朋。
椒聊且，远条且。①

椒聊之实，蕃衍盈匊。
彼其之子，硕大且笃。
椒聊且，远条且。②

【注释】

①椒：花椒。聊：聚，草木之实聚生成丛貌（从闻一多说）。蕃衍：繁盛。彼其之子：那个人的子孙。无朋：不可比。朋：比，相类。远条：犹远扬，此处指香飘甚远。且：语助词。　②匊（jū）：掬，两手合捧。笃：笃实，壮实。

118 绸缪

闹洞房歌：新郎新娘我问你，郎妇互享歇不歇
（绸缪：缠绵，紧密，拥抱）

束柴紧捆示缠绵，参星窥秘在高天。
今晚何美良宵夜，你和佳人体无间！
新郎新郎我问你，你和新娘怎相安？

束草紧扎催紧抱，参星傍月互映耀。
今晚何美良宵夜，你和郎君成欢好！
新娘新娘我问你，你对新郎怎讨巧？

荆条缠绕催紧贴，参星不离伴皓月。
今晚何美良宵夜，美美初见缡初结！
新郎新娘我问你，郎妇互享歇不歇？

【笔记】

良辰美景，洞房花烛。古今许多地方都有闹洞房的习俗。一对新人最原始的野蛮亲昵得到了祝福和合法化，贺喜的人们聚众戏弄新妇，趁机“合情合理”地用各种超越亲昵的行为宣泄谐谑妒羡之情。有些地方干脆将闹洞房称为“戏妇”；有些地方的闹洞房，甚至喜庆中不时混淆有恶俗的情色情调……这常是主家既欢乐惬意，又需要宽宥、容忍的时节。

这首《绸缪》是闹洞房之贺喜歌，属于“文闹”，即不动手动脚，只逞口舌之快，调动口说技巧助兴，满足某种性意蕴的唱诗。

“绸缪”，有预设备至之意，据江林昌教授考证，含男子紧密拥抱女子之意。“邂逅”，“邂”即“解”，解为喜悦；“逅”即交媾；“邂逅”即两性喜悦交合之意。柴、草、荆，都是习俗中女子的象征物。束柴、束草、束荆，置于新房，即象征姑娘“于归”，就范于家室，从此成了妇人。

诗各章的首句“绸缪束薪”“绸缪束刍”“绸缪束楚”（“束柴紧捆”“束草紧扎”“荆条缠绕”），分作三个节点，是直接催燃新人爱火的助燃剂，是暗示新人在房中可以合法任意缠绵相拥的暗号。参星、天穹、皓月，烘托渲染了今夜星光温和美好的情调，带着大自然灵咒的祝愿，参与了这场婚爱缠绵邂逅行为被允准的见证过程。

闹洞房的人们，唱着贺喜歌，步步紧逼追问。发问歌谣，荤言狂浪，聚焦交媾美事，率先直逼新郎欲讨口风："今晚何美良宵夜，你和佳人体无间！新郎新郎我问你，你和新娘怎相安？"而后，又接着直攻新娘："今晚何美良宵夜，你和郎君成欢好！新娘新娘我问你，你对新郎怎讨巧？"第三章则是新郎新娘一并作弄："今晚何美良宵夜，美美初见缡初结！新郎新娘我问你，郎妇互享歇不歇？"

"今夕何夕"，"如此良人何""如此邂逅何""如此粲者何"……用当今的语言译出，就是：今天是什么日子啊！多么好的男子啊！多么和美的佳偶结合啊！多么美丽的女子啊！……你们终于进洞房了，今夜会得相安吗？良人良夜，"相对如梦寐"，"今夕复何夕，共此灯烛光"（杜甫）！

此诗说白了，就是宾客们调动性想象，直逼新人今夜的衾枕动静，这种闹洞房的内容绝对是带有性意味的对夫妻敦伦的探问。新郎新娘可以不回答，但主家不能阻止宾客们轮番放肆的调侃。这番尴尬，是主家自己引来的，自己情愿、喜欢的。人们不是认为，婚姻是荫及家族、子孙后代的大事么？主家不是期望祝福新婚的人脉旺盛，才邀集亲戚、乡亲、邻里今夜来哄闹一番么？这正好给宾客们提供了在新人洞房肆无忌惮营造性戏谑的理由。也唯有在人生婚仪上，主家才忍耐、宽容得了一些客人闹洞房的恣肆嚣张。

我抄录有两首法国古代的贺婚歌，是别一种的情致：

“哎哟，可怜的大姑娘！瞧她心里多忧伤，娘家是个精光穷，婆家是个穷精光。”

“你不能再去参加舞会，新婚的娘子！你在大伙儿面前，将要摆出严肃的面孔，我们去跳舞的时候，你要留下守家。”

这是在大喜的日子里，客人们刻意幽默，编派“苦情”来逗乐新娘子笑出眼泪，是中规中矩的贺婚歌。

最讨好、宽容客人闹洞房的，莫过于法属波利尼西亚马克萨斯群岛上的习俗。布雷多克著的《婚床》有如下记叙：初婚那天，新娘躺在一个平台，头枕在丈夫膝上，每个走过她身边的男人，都可以对之施以丈夫式的行为。因此，结婚仪式结束后，新娘总是被折腾得半死不活。布雷多克推测，这可能是“杂婚”时代的残余习俗，或是宣示此为新娘与其他男子随便谈情说爱的最后一天。

真是“踏曲兴无穷，调同词不同”（刘禹锡），中外各地民间的贺婚、闹婚，所谓“调同”，内容大多承讹袭舛，指向性趣味，大都聚焦女性，祭坛牺牲总是新娘。一些贺婚歌，貌似温和，却与性联想密切相关，荤腥气味浓烈，句句火辣，无不伤及女性。只有高明的歌者才能做到引而不发，只说到临界点为止，在轻狂之时犹对尺度有所把控，恣肆纵情之时不忘以底线节制。贺婚歌，凡具备这样的品格，才能普适四海、传播久远。

饶有兴味的是，与《诗经》年代相近的古希腊女诗人萨福，也写了一首与《绸缪》近似的贺婚歌：

“新娘，心中充满玫瑰色的爱欲；新娘，派弗斯的阿芙洛狄忒最美的装饰，走向你的婚床，在那里与新郎调情多么缠绵甜蜜；愿夜晚的星辰指引你们到那个地方，在那里你们将惊讶地看到银色御座上的赫拉。”

这是一首诗性的贺婚歌。显然萨福不会闹洞房，她将成亲的一对新人看作神仙眷侣，初夜之享福如同王者，其乐无穷，内涵世俗的本意不说透、不说满，只激发人们的想象力，以此美意美辞祝福新人。

听过两首广西苗乡的山歌：“喜事堂中闹腾腾，一对新人配成婚。结对鸳鸯同戏水，配对龙凤永不分。”“窈窕淑女君好逑，夫妻姻缘前世修。百年修得同船渡，千年修得共枕头。”也是闹洞房的山歌，由于直奔婚姻功利，词句老套，不够“荤腥”，但言及新婚是鸳鸯龙凤的配对、千年修得的姻缘，应当珍视珍惜，也自有其传统训导的兴味。

《绸缪》的艺术亮色，是真，是切。其真，在于场景真、词语真、感情真、心理真；其切，在于取闹贴切、逼问贴切，俗也贴切，雅也贴切。其大俗是雅，大雅是俗，雅俗两面翻转，都呈中庸，即便荤，也荤得讨喜。《绸缪》极富可读性，俗能作闹洞房的歌曲，雅能当艳情一派之词祖，其名实绝不是虚妄获得。奥秘就是，不管是荤是素，不管是俗是雅，它具有人性之常情，打上了时代的烙印。作为一首具有年代性的代表作品，它当然就具备了有认知价值的艺术生命力。

原文

绸缪

绸缪束薪，三星在天。
今夕何夕，见此良人？
子兮子兮，如此良人何？[①]

绸缪束刍，三星在隅。
今夕何夕，见此邂逅？
子兮子兮，如此邂逅何？[②]

绸缪束楚，三星在户。
今夕何夕，见此粲者？
子兮子兮，如此粲者何？[③]

【注释】

①绸缪：缠绕，紧密缠缚，此处指新人相拥。束薪：一捆柴禾。“束薪”与后文“束刍”“束楚”皆为成婚之喻，象征婚姻。三星：参宿三颗较明亮而接近的星。一说首章“三星”为参宿三星，次章“三星”为心宿三星，末章“三星”为河鼓三星，它们均是明亮且相邻的三颗星。另有说法称“三星”亦指婚姻嫁娶之事。良人：美人。子兮子兮：你呀你呀（闹洞房人的呼唤）。 ②刍：草料。隅：角落，此处指天边。邂逅：相遇、相逢；欢悦。此处指两性交合。 ③楚：荆条。户：门户，此处指门户上的天空。粲者：光艳美丽之女子。

119

杕杜

无谁是我兄弟亲，有谁愿与我同行
（杕：孤生。杜：棠梨，杜梨）

独：

杜梨孤独树干挺，一树茂密红叶生。
路上独我在流浪，何我没有陪伴人？
无谁是我兄弟亲，有谁愿与我同行？

合：

既无兄弟来相伴，何不帮他不飘零！

独：

杜梨孤独树干挺，茂盛红叶枉菁菁。
路上唯我独流落，何我没有伴随人？
谁愿与我去漂泊，举目我无叔伯亲。

合：

既无叔伯来相助，何不帮他不飘零！

【笔记】

悲悯诗。是一首先独唱，后接合唱的唱诗。

赤棠茕茕孑立，尚有满树红叶作伴。那一人孤苦伶仃流落，再无人陪伴身边。“我”悲凉于自己没有手足之情的温暖，伤神于自己一人孤独无助，四处流浪。“无谁与我兄弟亲，有谁愿与我同行”“谁愿与我去漂泊，举目我无叔伯亲”，段首的独唱，起兴、比喻以及诘问似的叙述，创设了悲凉的心境。但是陡转进入合唱，却是温情和善的欲助人摆脱孤凄的冲动，有如照射来了一片阳光。两段内容布局结构都是如此，先以悲凉起始，后以悲悯情绪为终局，呈欲扬先抑之势。以当下流行语评说，可算是“佛性”的表现吧。显然，这是一首表演性很强、感染力很大的诗篇。

汉代有《卖子诗》：“生汝如雏凤，年荒值几钱。此行须珍重，不比阿娘边。”写荒年忍痛卖子，从此与爱子阔别，天各一方。叮嘱中流露的不舍，将爱子贱卖的歉疚和无奈，又是一番凄苦心境。

一般来说，将心比心施爱就算是怀有仁慈之心了。《风》年代，尚无佛理可讲，讲究的是千年普适的人情人性美德，并将善良、仁厚、怜悯、同情心等施予他人，爱自己兼及爱他人，是高尚的精神冲动。此诗就是如此，虽无细腻的温情，却立旨褒扬关爱孤苦人的善心。

梁启超说过，“千余年来中国文学，都带悲观消极的气象”，这当然包括了悲悯的题材，以及悲悯的情思。如《杕杜》这首普普通通的悲悯唱诗，即可引起人们共情。对于这样的现象，韩愈揭示过，“夫和平之音淡薄，而愁思之音要妙；欢愉之辞难工，而穷苦之言易好也。是故文章之作，恒发于羁旅草野。至若王公贵人，气满志得，非性能而好之，则不暇以为”。真是切中肯綮之言。

孔夫子有道“温柔敦厚，《诗》教也”。古来，受《诗经》影响，流浪题材的诗篇甚多，如“因之泛五湖，流浪经三湘”（孟浩然）；“感此潇湘客，凄其流浪情”（李白）；“东西遭世难，流浪识交情”（卢纶）；“九陌低迷谁问我，五湖流浪可悲君”（郑谷）；“自惭流浪踪，不得蒿芹匹”（梅尧臣）；“风雨临寒食，偏惊流浪情”（宋登春）；等等。这些诗与《杕杜》这类《风》诗一道，将人性中隐含的悲悯情结，用诗歌的形式定格了下来，并通过传唱和转述的教化，成了传播中华民族温柔敦厚优良传统的阅读佳品。

孔夫子论《诗经》，不但有道“温柔敦厚”，还高瞻远瞩，肯定《诗经》广阔的覆盖功能：“小子何莫学夫诗？诗，可以兴，可以观，可以群，可以怨。迩之事父，远之事君；多识于鸟兽草木之名。”他的高度评赞，对于作为中华民族优秀传统文化经典的《诗经》的传播，具有天长地久的持续推动力。

原文

杕杜

有杕之杜，其叶湑湑。
独行踽踽。岂无他人？
不如我同父。
嗟行之人，胡不比焉？
人无兄弟，胡不佽焉？①

有杕之杜，其叶菁菁。
独行睘睘。岂无他人？
不如我同姓。
嗟行之人，胡不比焉？
人无兄弟，胡不佽焉？②

【注释】

①杕（dì）：孤零零，树木孤生。湑（xǔ）湑：茂盛。踽踽：独行貌。岂无他人：难道没有别人。同父：谓同一父亲所生，亦指同父所生者，兄弟。比：亲密，一说辅助、帮助。佽（cì）：帮助。　②菁菁：繁茂。郑笺云菁菁为稀少之貌。睘（qióng）睘：同“茕茕”，孤单，无所依靠。同姓：同祖兄弟。

120

羔裘

天下唯你第一好，难道无人更拔尖
（《诗经》中有三篇同名《羔裘》的诗作）

豹皮缀袖羔皮袍，目中无人摆倨傲。
难道无人更拔尖，天下唯你第一好？

羔皮裘袍豹皮袖，盲目傲慢称优秀。
难道无人作佳婿，唯你才可称佳偶？

【笔记】

开玩笑的戏谑诗。出于羡慕的奚落，出自亲昵的调侃，体现感情亲和的谐谑。

羔裘，是祭祀礼服。能穿羔裘的，何许人也？祭主，或者是灵媒、主祭人。身为巫者的主祭人操作祭祀时，有仪礼规制的三重身份：一是从普通人身份走上神坛，作为操办祭祀，可以通天接地的灵媒；二是作为天神、祖神意志和语言的化身；三是作为凡人致祈祷的代言人，这时，羔裘在身，华贵不凡，精神抖擞，神秘莫测。及至脱离这三重身份，走下神坛，回复普通人状态，就成了芸芸众生的一员。

倒不是他走下神坛时人们才调侃他。相反地，只要是他穿着羔裘礼服，他就是一个话题，也就是一个歌唱的题材。也许人们会赞颂他，也许人们会编排他。这首诗，最有可能的就是，在某个正式祭祀场合，为了追求媚神、娱神、活跃场面，人们秉承他这个祭祀操办人的意志，按照他的策划、引导，以他为题材，顺着他的剧本，表演佯装的对他进行贬损、讥笑的剧情，以女孩子来唱一首反语歌词，用表演唱的方式挖苦他，以达到预期的调侃、逗趣、幽默、搞笑的戏剧效果。

诗虽短，艺术手法和描绘角度却呈摇曳多姿状。描绘灵媒豪华穿着的做派，继而编排他那倨傲无礼，还模仿他不可一世的第一人称口气……两句三句，就把一个目中无人者的面孔勾画出来。

最微妙的地方是，女子唱灵媒“目中无人摆倨傲”“盲目傲慢称优秀”，看似挖苦、贬斥，实是夸赞、褒扬他的优秀、不凡。女子反诘“难道无人更拔尖，天下唯你第一好”“难道无人作佳婿，唯你才可称佳偶”，表面上似否定、似不解、似追究、似怨言、似无自信，心底却不禁为自己优异非凡，能够成为灵媒的相好或配偶而骄傲自豪。这样的祭祀场面，对主祭者唱这样看似贬损实则褒扬的歌，似丑化主祭者实则使他欣然消受，想象一下，就可知会形成什么样的笑声欢腾的戏剧效果！

这正是祭主和主祭所追求的。他们想要的，是与当时的大多数祭祀一样，让天神、祖灵感受到能与自己的子孙平等、亲切相处的生活气息，想体现的是地与天之间、人与神之间、凡人祭祷与天神赐福之间天然存在的天人合一的共鸣。

原文

羔裘

羔裘豹袪，自我人居居。
岂无他人？维子之故。①

羔裘豹褎，自我人究究。
岂无他人？维子之好。②

【注释】

①袪：袖口。自：用。我人：我个人或我们。居居：同“倨倨”，傲慢无礼。维子之故：只是你的原因，或理解为“只因为你是我的老友”。维：唯，只。②褎（xiù）：同“袖”。究究：傲慢貌。好：爱好。

121

鸨羽

悠悠苍天我问你，远行征役何时完

（鸨：野雁）

野雁缩羽响悉悉，积聚柞木树上栖。
王家差役无尽了，田园荒芜农事息。
不能种田收稻米，怎养双亲尽孝义？

悠悠苍天我问你，何时归田得安居？

野雁悉悉翅不展，酸枣树上暂合眼。
王家差役无尽了，废我农事荒田园。
不能种田收稻米，双亲无食只望天。
悠悠苍天我问你，远行征役何时完？

群群飞来雁成行，沙沙停在桑树上。
王家差役无尽了，农事尽废田园荒。
不能种田收稻米，双亲无食心惶惶。
悠悠苍天我问你，日子何时得正常？

【笔记】

高飞盘旋的野鸟象征着灵魂降临此处，它作为起兴的咒物，以此咒性，代表着祖灵从天而降。这首诗有着向祖灵祈求远离灾难的意味。

王家差事无尽头，远方征战无归期。民以食为天，农人生计是种田，种田有收才有食。可是农人自己却无田产。“买地吧，土地是再也造不出来的”，马克·吐温曾如此呼吁。不需他饶舌，两三千年前我们的老祖宗就刻骨铭心地明白此理，彼时，田亩都为王公贵族控制。“对某人的生活有控制权，等于对其意志有控制权”（汉密尔顿），给不给田种，由不得你；种还是不种，也由不得你，都由达官贵人控制。农家的人权、权益被漠视，生活悲惨到何等地步！想好好种田，却被派了远差；地不产粮，怎样赡养父母？天崩地陷，役人忧心如焚。

徭役之苦歌，是《风》年代民众普遍的心声。《史记》中说，“夫天者，人之始也……故劳苦倦极，未尝不呼天也”。然而，道远难通，望大难达，此心声何寄？“悠悠苍天，曷其有所”“悠悠苍天，曷其有极”“悠悠苍天，曷其有常”（“悠悠苍天我问你，何时归田得安居”“悠悠苍天我问你，远行征役何时完”“悠悠苍天我问你，日子何时得正常”），没完没了地发问。人们受苦受难，又无反抗之力，只有无奈忍受，长年如处水深火热。典型如左延年的《从军行》：“苦哉边地人，一岁三从军。三子到敦煌，二子诣陇西。五子远斗去，五妇皆怀身。”一年之内，三个儿子从军，五个媳妇怀孕无人照料，如此苦难，何以解脱！

据当代学者欧阳艳玉、郝丽艺的研究，《汉书·帝纪》保存西汉诏书 185 篇，其中引用《诗经》15 次；《后汉书·帝纪》保存东汉诏书 140 篇，其中引用《诗经》30 次；两汉皇帝诏书引用《诗经》共 89 处。孔夫子也说过，“不学诗，无以言”。不难推测，历代统治者为显示诏书的神圣性、权威性、不可置疑性，都曾利用《诗经》作为工具。像《鸨羽》这类哭诉徭役劳役的歌诗代代都有，而这类表述民怨沸腾的唱诗，到底是否触及过历代统治者的灵魂，是否被诏令引述过，则似无具体记载。

长空万里飞野雁，收翅听《鸨羽》悲歌，听到的是一片没有回音的役夫们向悠悠苍天的悲诉。他们期待着极度辛苦的徭役早日结束，让他们早日回家与家人团聚。此愿望何日能实现？野鸟听到了，仍然只听歌，只盘旋……

原文

鸨羽

肃肃鸨羽，集于苞栩。
王事靡盬，不能蓺稷黍。
父母何怙？
悠悠苍天，曷其有所？①

肃肃鸨翼，集于苞棘。
王事靡盬，不能蓺黍稷。
父母何食？
悠悠苍天，曷其有极？②

肃肃鸨行，集于苞桑。
王事靡盬，不能蓺稻粱。
父母何尝？
悠悠苍天，曷其有常？③

【注释】①肃肃：鸟飞扇翅声。鸨：野雁。苞：草木丛生繁密。栩：柞树，栎树。王事：王命差遣之事，此处指官差徭役。靡盬（gǔ）：无休止。盬：休止、终结。蓺：种植。怙：依靠。曷其有所：何时才有安身之处。②棘：酸枣树。极：终止、结束。③行：行列。一说为鸟的羽管。何尝：吃什么。常：常态。

122

无衣

岂还说我无衣裳？只是不如你缝的
（《诗经》中，《唐风》《秦风》都有同名《无衣》的诗篇）

我已有衣多套装，岂还说我无衣裳？
只是不如你裁的，合体安舒又呈祥。

我有服饰多套装，岂还说我无衣裳？
只是不如你缝的，合身舒适暖洋洋。

【笔记】

说无，实有。说有，似无。以无示有，以有彰无。

“我已有衣多套装”——要了个以多为大的噱头。“岂还说我无衣裳”——欲扬先抑，卖了个关子。“只是不如你裁的”——抛出个悬念，做个铺垫。“合体安舒又呈祥”——解谜，释然。这感受是物质性的，说到位了；这叙述是有起伏的，收放得体了。如此，第二章又反复一次。是羡慕别人高贵富有，还是炫示友情以讨好卖乖，也许还是感恩、怀念给予自己上好礼品的人，表达“一切都没有你裁缝的好”之敬意……有关这一切，本诗原文没有给出足够的细节和有关信息，就难以判断其主要内涵和所指。正好，其朦胧模糊状，倒让它成了个谜，具备了阐释发挥的张力。

译文顺其原意将原诗解构成每章四句，稳稳当当地完成起承转合。四平才能八稳，有四就完整，顺了才当。显然这是一个符合人类思维规律的运思节律，怪不得世界上很多民族都不约而同有四句为一个单元的诗歌。

文法的起、承、转、合，是元代范梈提出来的。他说：“作诗有四法：起要平直，承要春容，转要变化，合要渊永。”这四法的提出，无论对于全世界文学体裁、作诗章法的破解，还是对于人类运思心理、思维方式的揭示，都是伟大的贡献！

而《诗经》年代的《唐风·无衣》原文，并非就早早地、顺顺当当地入彀“四法”，并非像当下那样心手相应就来个起之承之转之合之，每章四句，四平八稳。它原文每章只三句，且不像通常那样以四字句为主，而是呈六字、五字、四字杂言之态，体现的也许是口语的率性，或是结体的自由和潇洒，也许出于音乐曲调的需要，并不合什么“四法”规范。但是，从其运思却可窥“四法”的思维轨迹。这也是笔者发挥主体性，形成当下译文的依据。

笔者用现代汉语七言诗翻译上古汉语的《风》的经过，可说是一个破坏、解构和重新建构的过程。先将原著的四言、杂言形制砸烂，而后熔炼铸型为一首首七言；将其表意的古代词汇热锻冷锤，使之转换成现代汉语的一个个语词；将其运思的古代思维方式和表达方式搅融，化为符合现代汉语思维和文化的译述……

其间有古今语文、文化的颠覆和传输，也有转移和互补，还有悖逆和转借、超逸和守正、废弃与置换等等，这些都需要创造性地投入。将《风》原著译为现代汉语，突破语言障碍并转换载体，对前者的破坏和解构是必需的；基于一个古代的文学—文化实体文本，使其表达能普遍为当代读者所认同，重新建构文本是翻译的题中应有之义。

窃以为，译者的行为和目的，是尽量以现代汉语来还原《风》原著的理念和信息，体现它的思想价值和文学美感。欲达到为我所需的诉求，必须积极发挥作为译者的主体性，去操纵、把控译文，施展自身禀赋，体现自己的人格力量，使译文形成具有译者自己特质特点、风采风格的文学形貌。

本书译文，“洲上斑鸠叫咕咕，问妹有夫没有夫”（《关雎》）是对当代广西山歌的借用；“帅叔出猎气昂昂，驷马金色一水黄”之“帅叔”（《大叔于田》）是对当代流行词的重构；“当年绝美新嫁娘，能否经得光阴摧”（《东山》）是借题发挥；本诗将每章三行译为四行，将本不具备起承转合“四法”的原著，改造为更合乎当代读者审美习惯的“四法”结体……如此比比皆是的创新，都是译者主体性使然，某种程度来说，也可算是创作介入翻译了。

在《风》中，有好几首诗是同名的。如《唐风》《秦风》都有《无衣》，《王风》《郑风》《唐风》都有《扬之水》，《郑风》《唐风》《桧风》都有《羔裘》，《邶风》《鄘风》都有《柏舟》，等等。它们不属同题同篇的不同版本，而是各自无关，独立成篇，都其来有自，是各地分头采集来的唱诗。它们也许有的是音乐曲式类同，有的是依了同名曲调而作，有的比兴手法其类呈同，有的内容相似；又或许就是同源唱诗……这反映了当时各诸侯国之间唱诗文化有不同程度的交流、渗透与融合。对照来读，可扩大视野。

原文

无衣

岂曰无衣七兮？
不如子之衣，安且吉兮。①

岂曰无衣六兮？
不如子之衣，安且燠兮。②

【注释】

①七：此处“七”不是确数，言其多，下章的“六”同。安：安适。吉：美、善。②燠：暖和。

123

有杕之杜

心中有情专爱他，何不成欢遂他意

一棵杜梨孤零零，长在路边无人问。
我的所爱说要来，是真是假弄不清。

心中有情真爱他，何不成欢表我情！

一棵杜梨好孤凄，长在路边无人理。
我的所爱说要来，是真是假愿来聚？
心中有情专爱他，何不成欢遂他意！

【笔记】

闻一多在《诗经通义》中说，“古谓性的行为曰食，性欲未满足时之生理状态曰饥，既满足后曰饱”。

在《风》的语境中，《有杕之杜》的女子渴望饮食，可说就是渴求涉性的欢爱来往了。此诗就是一首女子渴盼男子来幽会，又不知所措的心声。是一首向神祈愿以获福祉，遂己心意的唱诗。

以杜梨的孤单为喻，象征自己无自信地等待情人的到来；此情人是所谓君子，是尽人皆爱的对象。愿意来约会与否，居然成了无把握、无确定性的犹疑事。女子形只影单，以自己的忐忑表述焦渴和落寞；以反诘来加持自己随时为爱献身的准备。真乃“相见争如不见，有情何似无情”（司马光），“直道相思了无益，未妨惆怅是清狂”（李商隐），“陌上谁家年少，足风流。妾拟将身嫁与，一生休”（韦庄）……这类诗词，短而真，有纠结、甘愿、决绝、手足无措，多出于情感的自主表达。

等吧，等吧。等得来的，总是幸运的、幸福的。最怕所等的人，尽管你承诺与他如何成欢表衷情、如何成欢遂他意，也不一定等得来。正是“似此星辰非昨夜，为谁风露立中宵”（黄景仁），“天涯地角有穷时，只有相思无尽处”（晏殊）。

倘若扯远些，试引述一首苏联著名诗人西蒙诺夫以《等待着我吧》为题的诗歌。卫国战争结束了，该回家的战士们都陆陆续续回家了。一个陷于特殊困境的战士，被亲人久久盼望，却无法归去。其亲人久久不见其归来，最后连其孩子和母亲都等待得疲乏厌倦了。这战士却隔空对至亲至爱之人不断呼号……其最后一段是：

等待着我吧，我要回来的，/ 我要冲破一切的死亡。/ 那些不等我的人，/ 让他们说一声：“这是幸运”，/ 还有那些没等我的人，/ 他们不会了解在战火之中，/ 是你用了自己的等待，/ 才救活了我的命。/ 我是怎样才活下去的，/ 那时候，只有我和你两个人才会知道——/ 这只是因为你 / 比任何人都更会等待着我呀。

此番对至亲至爱的信任，真如磐石般坚硬，旁人忐忑，我自坚执，此番等待，真如黄金般珍贵！

苦恋、等待的诗，亦僧亦俗的藏族大情圣仓央嘉措写得很悲怆：“爱我的爱人儿，被别人娶去了。心中积思成痨，身上的肉都消瘦了。”形容因苦恋、等待而消瘦，精彩又莫过于广西山歌：“自从看见刘三妹，苦恋成痨瘦成猫，扇子一扇就扇倒，蚂蚁一踩踩断腰。”与《有杕之杜》连起来读，可有异趣。《有杕之杜》“何不成欢遂他意”的情感流露，表现了这女子缺乏把控即将到来的约会的能力，故一心祈求神助的迫切心情，又暗示她等待将一切奉献给情人的坚定心态。

原文

有杕之杜

有杕之杜，生于道左。
彼君子兮，噬肯适我？
中心好之，曷饮食之！[①]

有杕之杜，生于道周。
彼君子兮，噬肯来游？
中心好之，曷饮食之！[②]

【注释】

①道：大路。噬：语气助词。一说为逮、及之意。肯：愿意。适：来到，就近。我：我这里。中心：心中。好之：喜欢他。曷：何不。饮食：供他饮食，或满足性爱。 ②周：右边，旁边。

124

葛生

405

百岁之后，归于其居：《诗经》第一悼亡诗
（葛：多年生蔓草，纤维可织布）

葛草长藤绕紫荆，蔹草藤软漫野生。
我爱的人逝在此，谁也不伴孤零零。

酸枣树高葛藤绕，荒郊坟地铺蔹草。
我爱的人逝在此，谁也不陪独寂寥。

犹记陪葬角枕妍，锦绣被褥七色鲜。
我爱的人逝在此，谁也不陪暮与旦。

夏季日子日益长，冬日昏昏夜茫茫。
耐心等我百年后，又复你房亦我房。

冬日昏昏夜茫茫，夏季日子日益长。

耐心等我百年后，再共一室度时光。

【笔记】

悼亡诗。到底是男子悼女子，抑或女子悼男子，不明。

情是人情，感是同感，虽性可两性，却男女均通，证明了此诗的普适意义。因此，此诗也更有阐释的张力和情景的想象空间。

此诗细节铺叙尤其好，喟叹极生动真切，触景生情、睹物思人，是悼亡诗的典范。孔子曰："未知生，焉知死？"大概是说，人生在世，世事都难料理讨究清楚，何必还要去探求死后的事呢？本诗生成在孔夫子出世之前，作为悼亡诗，涉及生前死后，对人生的认知就已经十分成熟、感人，有高度，所蕴哲理足可使后人惊叹。这也证明，《风》诗唱作人是早熟早慧的，从古到今，人们的共情，表述感情的共形，以及艺术感觉和文学表达观念和形态是相通的。

据说日本动画大师宫崎骏有这样一段话："人生就是一列开往坟墓的列车，路途上会有很多站，很难有人可以自始至终陪着走完。当陪你的人要下车时，即使不舍也该心存感激，然后挥手道别。"读到时甚被感动。如今连同《葛生》来读，不禁感慨唏嘘。如果说，宫崎骏表达的是应该对"陪走人"的不舍和感恩，那么，《葛生》则表达了一种不得同生但求同死，不得同死但求同穴，且一定要同穴的决绝。有时一挥手就是永别，那份悲凉悲恸是何其揪心！王实甫《西厢记》有"生则同衾，死则同穴"句，也是如此悲情决绝，也许由此转化而来。

这首诗情真意切，延绵至今已两三千年，仍然"保鲜”。“耐心等我百年后，又复你房亦我房”“耐心等我百年后，再共一室度时光”，晨钟暮鼓，意蕴绵长，极尽人情世故和人性悲颓，犹如脑门被连击三记，惊心动魄。此是《葛生》精华之处。

真是“三十三天觑了，离恨天最高；四百四病害了，相思病怎熬”(郑光祖)，“况谁知我此时情。枕前泪共帘前雨，隔个窗儿滴到明”(聂胜琼)。特别值得一提的是，《葛生》此精华之处的原文是“百岁之后，归于其居”“百岁之后，归于其室”，即便当下未译一句未改一字，犹可无障碍地全部读懂。难不成就是两三千年前的歌者特地为今天的读者唱留的悼亡诗样本！虽是无声的诗歌、诗句，却似带着哀伤情绪的乐音萦绕至今！

汉魏乐府诗《蒿里》正是这情绪的延伸：“蒿里谁家地？聚敛魂魄无贤愚。鬼伯一何相催促，人命不得少踟蹰。”

听过法国作曲家米切尔·科隆一首悼亡音乐 *Emmanuel*（《上帝与我们同在》）的一个演奏版本：一把小提琴（露西亚·米格莱丽），一支小号（克里斯·波提），刚柔相济的二重奏，互相引导，阴柔与阳刚交汇，似阴阳两界的对话。无尽的缠绵悱恻，哀婉悲伤，其泣，其诉，慢慢飘进了心底。其旋律，硬是令心灵之门不由自主为之打开，心甘情愿任由它缠绕、充盈、弥漫，久久不息。这乐曲我起码接连听了十遍，听得都留驻心底了，而后打开钢琴，不需乐谱已能全曲弹出。

这首《上帝与我们同在》本是作曲家写来悼念其早逝的儿子的，是他个人哀悼情绪的宣泄，却广泛地得到他人的共鸣和接受。该曲自 1970 年面世后，就在世界各地广为传播，得到极高的评价和赞赏。说来就是这乐曲已经超脱了作曲家个人的悲怆，超越了表达一己的哀思，做了普天下皆能产生共鸣的音乐表达。科隆如今也逝世了，他的这首名曲以扛鼎之作的艺术品质，将凄美留在了世上。《葛生》同它一样，真挚，贴切，人生意蕴透彻，诗化却入俗，超越了生死，虽是文字，也同有将凄美留在人世的扛鼎之力。

诗歌与音乐，是天使的一对翅膀，载着缥缈万能的情绪，可以飞进人心灵的深渊，滋润焦渴，抚慰情怀，而后永远盘旋其间。正像刀郎《镜听》所唱，“窗棂不动哪里来的风”，悲恸沉淀于心，再也飞不出去，《葛生》就是如此，它超越了吊念亡人的局限，回旋在人的心间，具有永恒的美学价值，堪称《诗经》第一悼亡诗。

原文

葛生

葛生蒙楚，蔹蔓于野。
予美亡此，谁与独处！①

葛生蒙棘，蔹蔓于域。
予美亡此，谁与独息！②

角枕粲兮，锦衾烂兮。
予美亡此，谁与独旦！③

夏之日，冬之夜。
百岁之后，归于其居！④

冬之夜，夏之日。
百岁之后，归于其室！

【注释】

①葛：葛藤。蒙：覆盖。楚：牡荆。蔹（liǎn）：草名，与葛藤一样为蔓草。予美：我爱的人。与：相伴。独处：无偶而独居。 ②域：坟地。 ③角枕：角制的或用角装饰的枕头。粲：鲜明，美好。锦衾：殓尸的锦制织物。谁与独旦：谁来陪到天亮。 ④夏之日，冬之夜：夏日长，冬夜长，以此指岁月长。百岁：去世。其居：亡人之墓。后“其室”同。

惊恐赤舌烧城，对谎言深恶痛绝的劝诫歌

（苓：甘草）

采甘草呀采上山，采到首阳上山巅，
有人最爱说谎话，不听不信是谰言。
不听不听不听它，轻易信它实枉然。
有人最爱说谎话，能捞什么到身边？

采苦菜啊采苦菜，采到首阳青山外。
有人专爱说谎话，谎多无人再信赖。
不听不听不听它，听谎传谎心性败。
有人专爱说谎话，知否他已成祸害？

蔓菁之名也叫葑，葑菜生在首阳东。
有人总爱说谎话，谎言千万别盲从。
不听不听不听它，听到只当耳边风。
有人总爱说谎话，知否被人视为疯？

【笔记】

这是一首劝诫诗歌，表现的是对谎言的深恶痛绝。

谎言是真相的反义词。但是，如果说话人所说的一件事与事实不符，却与他脑中的记忆相符，能称之为说谎吗？看来，应该考查前提，那就是，考查说话的主体，即说话人的品质和动机。说话人在知道事实的前提下，刻意隐瞒并提供与事实不符的语言信息，这才是说谎行为。

谎言泛滥会形成不良的社会风气。其盛行之处，谎言自成一个话语系统，再没有人说真话，并形成新的一套语言交流机制，每个人说的话都得不到他人信任，说话人自己也不相信任何人说的话。人人心知肚明，处处是悖论怪圈，人终变为精神畸形人。谎言现象折磨了人类数千年，一直至今。以诗的形式发出警觉，是否以《采苓》为始，值得考究——可即使它不是首篇，也是首批啊。

汉代扬雄有“赤舌烧城”名句，后来引申为谗言为害之烈。诽谤、挑拨离间的话和恶毒的谗言，众口铄金，赤舌若火，势可烧城，造成的祸害非常严重。用来形容谎话，也是很贴切的。

谎话说多之后，说谎人自己都把谎话当真话来说，自己都相信自己编造的谎话，此种现象古往今来有之。这时，人们有足够的理由怀疑说谎者真的有精神疾病了。

这首诗是一个被谎话逼急逼疯之人的吐槽。说及谎言的危害，连连反诘说谎到底有何好处，从正反两面着手，将说谎人刺得体无完肤，开启旁人警惕谎言的心智。当今仍见重的许多普适又朴实的道理，早就通过《风》歌谣传播，纵使照搬到当今来，还是完全合用。

原文

采苓

采苓采苓，首阳之巅。
人之为言，苟亦无信。
舍旃舍旃，苟亦无然。
人之为言，胡得焉？①

采苦采苦，首阳之下。
人之为言，苟亦无与。
舍旃舍旃，苟亦无然。
人之为言，胡得焉？②

采葑采葑，首阳之东。
人之为言，苟亦无从。
舍旃舍旃，苟亦无然。
人之为言，胡得焉？③

【注释】

①苓：甘草；一说大苦。首阳：山名。为：通“伪”，“为言”即谎言。苟亦无信：不要轻信。舍：舍弃，放弃。旃（zhān）：之。无然：不是，不正确。胡得焉：怎么对呢，怎可信呢。
②苦：苦菜，荼。与：赞同，相信。
③葑：芜菁。

秦风

126

车邻

人敬畏祖神，祖神与人亲善，祭祀时共同行乐

（邻：同“辚”，车行声）

车马奔驰声辚辚，白额良马抖精神。
今祭祖神祖神到，主祭先致迎颂声。

高高山坡树是漆，低低湿地树是栗。
祖神到来开祖祭，钟鼓齐奏同坐席。
今日享乐须尽欢，不欢岁逝变老耆。

高坡有树名叫桑，低谷有树名叫杨。

祖神到来开祖祭，并坐同席奏笙簧。
今日享乐须尽欢，不欢人老速衰亡。

【笔记】

此诗写一次祭祀过程。车辚辚，马萧萧，众人恭候祖神到来。祖神角色就由那能够沟通天地的主祭巫师兼而为之。当时巫师的威望，可见一斑。

那时，还没有纸钱蜡烛之类的贡品，烧的是草把篝火，但少不了丰盛的鱼肉祭贡。祖神（灵媒扮演）来到之后，皆大欢喜。他与人们同席奏乐、施咒，漆树、栗树、桑树、杨树都附着灵咒，代祖先保佑后人，给后人以生活、生命、行乐的启示。本次祖神特别耐心倾听，与祭祀的众人一道，叹息光阴似箭、日月如梭，启示人们生命脆

弱、享乐尽早。

叹息的原因和道理其实很简单，与其说是祖神给了人们什么启示，还不如说是活人与祖神做人生态度的沟通，体认生命的虚无。活人总结了先人经历过的“生而后必然死”的道路，因之加持了自己固有的想法，借祖神口气，更坦然磊落地及时行乐、享受人生。灵媒就是人。神是人设的，是人扮演的，灵媒的话就是神的话，神的话也出自人自己。在这个封闭的循环圈里，也可一窥祭祀是如何在娱神的同时娱人；在向神倾诉、祈求神聆听的同时，聆听自己的声音；在期望神赐福自己的同时，设法自己赐福自己；视神为尊贵的同时，人也随之尊贵起来。

视人为尊贵，是人类的自觉理念，这一理念经常宣泄于艺术之中。今道友信指出，“希腊人追求鲜明的视觉形式，并将其保留在雕刻及绘画中了。作为这种造型艺术的典型，就是以现实中人像为基础的神像……人的姿态成了神的姿态的基础。这意味着什么呢？如果从思想方面考察，它是人类以自我为中心的文化源头”。《诗经·风》中的诗，与希腊艺术一样，体现了“人类以自我为中心的文化源头”。不同的是，希腊艺术总是把人的一切形态赋予神的躯体，并原原本本再现出来，都是实在的形而下的质地和重量，都必须以臻于物质性的完美为追求。而从《车邻》这样的小诗，我们可看到的则是人们极力赋予祖神以人间享受的驾车、宴乐等方式，赋予神以人的灵魂、人的精神、人的脾性、人的喜好，甚至人的口味，赋予他们以愿意聆听他人倾诉的心情，这些都是虚拟的非物质层面的形而上的象征，都必须以方方面面的伺候、讨好、满足为追求。

本诗的漆树、栗树、桑树、杨树，作为诗章的起兴，都是带有灵性的厌胜咒物。所谓“厌胜”，读为“压胜”，是民间以法术祈祷、诅咒来压制人、物以及魔怪的方式。将神力法力附在某些物品里，这些物品便有了厌胜的功效。因是祖神即将降临，此诗画面和气氛有些神秘玄虚，但祖神到来与人同乐，所宣述的道理非常简单。这些道理是天授神传的，故而要经常讲，还要配之以仪式来讲，使所述在厌胜之物烘托的氛围中成为毋庸置疑的神授的经典常理，以传至永恒。

这些漆树、栗树、桑树、杨树，作为语词以对偶的形态出现，呈现一种对称美和均衡美。中国古代诗歌及对联中，有一种“对句”，也叫对偶句，是一种修辞手法。如正对，其字词上对天、下对地，上对正、下对斜，等等。正对的句子有“夜眠人静后，早起鸟啼先”（张载）。又如隔句对，一三句为一对，二四句为另一对，像是“昨夜越溪难，含悲赴上兰。今朝逾岭易，抱笑入长安”（无名氏）。其他还有合璧、连璧、鼎正、联珠、隔句、扇面、鸾凤、救尾、正字、联绵、互成、赋体、回文等，形制罗列起来，有二十多种。这些，都是写诗的对偶技法，钻研深透，可使诗歌创作、翻译的文本表现得丰富多彩、变化多端。本诗原文“阪有漆，隰有栗”“阪有桑，隰有杨”就是两个对偶句，我用两个现代汉语的对偶句对应翻译它们，译作“高高山坡树是漆，低低湿地树是栗”“高坡有树名叫桑，低谷有树名叫杨”，既押了韵，还对了偶，或可不失其风韵。

《风》诗体现的敬畏、亲和祖神的传统，后世的祭祀也有所继承。广西近年仍然唱山歌敬奉祖神，用这样的山歌在祭祀中与已逝的祖辈做天人沟通：

鸡鸭够吃酒够筛，贡禳香烛燃成排。
我用耳朵来听你，风动就知是你来。

猪头鲤鱼堂前摆，纸钱随用在灵台。
贡品不动纸灰动，知你拿钱帮消灾。

每每奉祭都必定絮絮叨叨、念念有词与祖神亲切如晤，这种对话仪礼，与《风》一脉相承，真是源远流长！

原文

车邻

有车邻邻，有马白颠。
未见君子，寺人之令。①

阪有漆，隰有栗。
既见君子，并坐鼓瑟。
今者不乐，逝者其耋。②

阪有桑，隰有杨。
既见君子，并坐鼓簧。
今者不乐，逝者其亡。③

【注释】

①白颠：白额，额正中有白毛。寺人：侍人，古代贵族的侍者。令：命令。 ②阪：山坡，斜坡。隰：低湿地。今者不乐：现今不及时行乐。逝者：未来，他日。耋（dié）：八十岁，泛指年老。 ③簧：笙竽。亡：死亡。

127

驷驖

王侯家族的田猎日记

（驷：四匹马。驖：赤黑色的好马）

驷马踏地地颤抖，六缰纵马马嘶吼。
下人得宠随公侯，打围驱车奔猎狩。

开放猎苑驱群兽，雌雄猎物逃林岫。
公侯驱车左右射，发发箭中猎有收。

猎罢轻车过北园，驷马熟路只等闲。
马嘶车抖铃声碎，猎犬困歇车里蜷。

【笔记】

田猎小景。田猎一般都是显示王公贵族家世、实力以及人脉的活动。

此番田猎，是放开禁苑，驱赶野兽四下奔跑，供王公和猎手们驱车纵马追逐围猎。全诗没有一句复沓歌咏，没有一行唱诗虚掷，整篇实打实是赋体，全是叙述的文字。

此诗将一场围猎从开始到结尾，凡场景、气氛、人物、动作……笔笔不虚，是动感十足的诗歌体田猎纪实报告。最有趣的一笔是，收官时，车队马铃声碎，困倦的猎狗们得以蜷缩在车上休憩。将这冷僻一角绘出来，就把一幅出猎图描画得完完整整了。

古有一则“田猎之获，常过人矣”的故事，专讲猎犬的关键作用。有一人特别想打猎，可是无钱买猎狗。后种田致富，终于有了钱，买了条猎狗。他这猎狗比人家的能干得多，因而他所获猎物也比其他人多得多。无马不成猎，无犬难有获。《驷驖》以动态说骏马，以静态说猎狗，透露了主家对这两种宠物的眷爱和引以为豪。声色犬马，富贵人家的这四大娱情要件，犬马阳刚，在此诗就占了一半，表达得很生活化，很日常，很贴身，很有情趣。至于声色，那是诗外之事了。

《风》中，即使是写一事一景，也多以轻巧词句展现飞扬神采。顾颉刚在其大著《古史辨》第一册自序中，曾如此记叙自己少年时读《风》的印象：“我读《国风》时，虽是减少了历史的趣味，但句子的轻妙，态度的温柔，这种美感也深深地打入了心坎。后来读到《小雅》时，堆砌和严重的字句多了，文学的情感减少了，便很有些儿怕念。读到《大雅》和《颂》时，句子更难念了，意义愈不能懂得了。我想不出我为什么要读它，读书的兴味实在一点也没有了。”顾颉刚是拿《风》和《小雅》《大雅》《颂》一并比较的。说《风》是《诗经》精华，是文史界的共识，顾颉刚对《风》《雅》《颂》的印象算是一个印证，我们从这首《驷驖》小诗，亦可窥见一斑。

原文

驷驖

驷驖孔阜，六辔在手。
公之媚子，从公于狩。[①]

奉时辰牡，辰牡孔硕。
公曰左之，舍拔则获。[②]

游于北园，四马既闲。
輶车鸾镳，载猃歇骄。[③]

【注释】①孔：很，甚，非常。阜：健硕。公：公卿，国君。媚子：被宠爱之下属。于：去。 ②奉：供，献。时：通“是”，意为“这个”。辰：时令，应时。牡：雄兽。左之：驱车到兽的左面以便向其左侧发箭。舍：发、放。拔：箭的末端。 ③北园：园囿名。輶（yóu）：轻车。鸾：铃铛。镳：马嚼子。载：运载。猃（xiǎn）：长嘴猎犬。歇骄：短嘴猎犬。

128

小戎

出征：男子炫耀兵车，女子惦念爱人
（小戎：士兵用的小型兵车）

男：

兵车轻灵车斗浅，皮裹铜包箍车辕。
绞套皮缰羁骖马，白铜拉圈似银环。
油滑轮轴虎皮垫，白蹄花马奔在前。

女：

念我夫君在行伍，性温如玉苦怎堪，
今驻西戎军营里，我心挂念如倒悬。

男:

四匹奔马威又壮，驭者两手六绳缰。
花马红马中驾辕，黄马黑马夹两旁。
龙盾双合车挡固，扣环辔绳稳妥装。

女:

念我夫君在行伍，性温何堪战异乡，
何年何月是归期，怎不叨念意惶惶！

男:

驷马薄甲马蹄齐，三刃铜矛寒光逼。
纹饰盾牌彩羽绘，弓套扎带金丝缕。
弓插匣中交叉扣，竹衬弦外护弩体。

女:

念我夫君在行伍，日思夜想难休憩，
本分温和真君子，禀具德行有出息。

【笔记】

这是祭祀活动上为远征将士祝祷的诵诗。

男声代表在外参战的丈夫，专唱豪华坚固的车马装备细节，炫耀军容的威武；女声代表在家守候的妻子，专唱对尚武精神的崇拜，以及对丈夫的挂念和祝福。阳刚与柔情缠绕，怎一个“爱”字了得?

男声所唱，对马匹外形、皮毛质感、颜色，对战车结构、部件，对镂刻，对金工，对织绣、纹饰，等等，列举无不细腻，描绘无不详细。如说马匹，列出骐（青黑色花纹的马）、牡（肥大的雄马）、骖（车辕外侧拉车的马）、馵（左后蹄为白色的马）、騧（赤身黑鬃黑尾的马）等，色泽审美交集在一起，色彩与构型意象十分丰富。此外，还说及战车各种马匹的分工和兵车之结构。它对兵车细节的细致描绘，是《风》诗中极为罕见的，带有高调炫耀的口气，体现唱者很为昔日出征的阵仗而骄傲自豪，也很有仪式感。

女声的唱词却是一种反差，委婉细腻，温软绵长。念起丈夫昔日在家的情爱，特别是想到他本是性格温良之人，如今在战场上何以熬得艰苦的生活，何以度过长长的役期，何以熬过戈矛斧钺交集的生涯，等等，唱出了内心的不安与纠结。

其铺采摛文、体物写志，全用赋体的笔法。每章结构，内容分置阳刚和阴柔两块。凡涉男声，唱征伐，威武雄壮，阳刚健硕，叙述语言熏染有浓重的尚武意味。转入女声，唱思念丈夫，则柔情万端，愁思缕缕，一派多情缠绵之态。两种情绪，最后和谐相融归结的还是为远征人祝祷。

此诗揭示出纵使是那些高扬正义之名义的气势雄壮、气吞山河的出战，对于个体家庭来说，都是极大的不幸、威胁和伤害。战场的豪情也关联着家人的牵挂，是苦情，是悲情。

这首诗表演性很强，男女对唱的分工很精当得体，语言很有个性，很有戏剧张力，文字很圆熟，或许就是祭祀活动中表演的脚本。前人没做过如本书这样的男女分开各唱所属的解读。

与《小戎》时代相近的荷马史诗《伊利亚特》中，同样精细地描绘了战车的结构，分明都是对当时战车的工艺、形制、威力的迷恋。对读一下饶有兴味：

赫柏把青铜的圆轮装上马车，
每个轮从铁轴伸出八条轮辐，
轮缘是金镶的，围绕轮缘四周
捆着青铜箍，看起来真神奇。
绕轴旋转的那些毂都是白银，
金带和银带交织成车的座位，
四周装着两道扶手的围栏，
前面伸着一条辕杆也是银制的，
在辕杆尾端，赫柏系上美丽的
金轭，又系上美丽的金缰绳。

原文

小戎

小戎俴收，五楘梁辀。
游环胁驱，阴靷鋈续。
文茵畅毂，驾我骐馵。
言念君子，温其如玉。
在其板屋，乱我心曲。①

四牡孔阜，六辔在手。
骐駵是中，騧骊是骖。
龙盾之合，鋈以觼軜。
言念君子，温其在邑。
方何为期？胡然我念之。②

俴驷孔群，厹矛鋈錞。
蒙伐有苑，虎韔镂膺。
交韔二弓，竹闭绲縢。
言念君子，载寝载兴。
厌厌良人，秩秩德音。③

【注释】

①俴（jiàn）：浅。收：轸，古代兵车底部固定车厢的横木。楘（mù）：车辕上用于加固的皮条。梁辀（zhōu）：车辕。古时车为单辕，辕突出车前呈窟窿形，如尾梁。四马分工为两服马夹辕，其颈负轭，两骖马在旁靷助。游环：套服马和骖马的活动皮环，防止骖马外逸。胁驱：套在马两肋旁的皮扣，防止骖马过分向里靠。阴：车轼前的横板。靷（yǐn）：引车前进的皮条。鋈（wù）：铜。一说为镀，此处解作“镀铜”亦通。续：环。文茵：带纹饰的虎皮褥子。畅毂：长毂，指兵车。畅：同“长”。毂（gǔ）：车轮中心可插轴的圆孔。骐（qí）：青黑色花纹的马。馵（zhù）：左后蹄为白色的马。言念君子：此处指思念丈夫。温：温和。板屋：营房。　②駵（liú）：骝，赤身黑鬃黑尾的马。是中：在中间，此处指服马。騧（guā）：黑嘴黄身的马。骊：黑色的马。骖：骖马，服马两旁拉套的马。龙盾：绘有龙纹之盾。合：放在一起。觼（jué）：有舌的环，用以系辔。軜（nà）：骖马靠里的缰绳。方何为期：将何日定为归期。胡然：为何。　③俴驷：拉同一辆车的披着青铜薄甲的四匹马；一说不披甲的四匹马。孔群：此指四马整齐协调。厹（qiú）：有三棱锋刃之长矛。錞（duì）：矛戟柄末的金属套。蒙：通“厖”，杂乱绘画。伐：通“瞂”，盾牌。苑：纹饰。虎韔：虎皮制的弓囊。膺：胸，此处指弓囊正面。交韔二弓：弓囊里交叉装两支弓。闭：柲，矫正弓弩以及保护卸弦之弓的工具。绲（gǔn）：绳。縢（téng）：捆、缠。载寝载兴：此句指睡了复起，难以安定心绪。厌（yān）厌：安静。秩秩：遵秩守序。一说聪明多智德音：人品音容均好。

《诗经》第一朦胧神美诗

（蒹：荻草。葭：初生的芦苇）

芦苇丛丛碧苍苍，苍苍芦叶露结霜。
所等女神喜得见，影影绰绰水一方。
逆流追她水中蹚，激流滩险水路长。
我欲顺流跟她去，遥不可及水中央。

芦苇茂盛芦苇密，白露珠光闪熠熠。
所等女神似犹见，玉玉婷婷对岸立。
我迎逆流蹚河去，河底升高路陡起。
我欲顺流涉水走，影绰渚中不可及。

芦苇茂密色鲜鲜，白露闪烁芦苇间。
所等女神雾幔里，隐约对岸绿水边。
逆追玉影影纤纤，神姿飘逸水弯弯。
顺寻仙踪沙洲过，有影无迹渐杳然……

【笔记】

与女神的邂逅，写得飘逸、神秘。河之滨，水之湄，芦苇荡，白雾帘，仙踪三迹，影影绰绰，隔江倩影朦胧中，点点滴滴却又依稀在目在心。男子一路追踪跟从，顺流逆流跟随而来，尽管走火入魔，痴情不懈，冥冥中却总是不济不顺，终不得一亲芳泽。

上下寻踪，顺逆追随，终都未遂，此举倒拼贴成了对女神下凡全部细节的遐想：那遥不可及的女神，是怎么降临水边的？她要到何处去？怎样才可靠近她？想想真是诱人！

一定是这样——蒹葭苍苍，白露为霜，晶莹透亮，此时，女神降临水边了。她的一双玉足轻蹚水面，无论顺水或逆流，总是轻盈灵动涉江畅行。仙形玉影，飘忽飘渺悬浮于云里雾里。因她身体反光，亮度增加，光晕体外形成一圈光环融入薄雾，身姿变得更颀长窈窕，成了神秘的光影，影动光动，虚风虚气。而后，女神涉江，玉足轻点沙洲之上，似有浅浅踪迹，好似还有惊鸿一瞥，闪烁了秋波粼粼，却毕竟是可望而不可即，可寻而不可近，终于无踪无迹……

此番见到女神，成了难忘的艳遇，彼岸引颈的男子情动神摇，留下一腔怅惘永铭心底，无奈作长歌当念……此诗的遐想韵致，就是如此迷人，诗情艳光，就是如此炫目！然而，还是留下了缠绕难解的迷思，神秘的女神到底从何而来？

也许，我们可以听听家井真的新颖解读。他认为，《诗经》中很多篇章“采用的都是恋歌形式，但实际上却都是歌咏迎接春神或降神仪礼时情形的诗作”，《蒹葭》虽采用了恋爱诗的形式，却也是“有关祭祀水神的预祭仪式的诗。‘蒹葭’是水神降临的凭借，‘伊人’即水神。”在祭祀仪礼上，水神的身份应由灵媒来体现，只有灵媒才同时兼有三重身份，既是自己，又代表水神，还代表其他凡人，在降神仪式上，做灵媒、天、人三方的沟通。

如是，《蒹葭》真义终于明明白白，“蒹葭苍苍，白露为霜”，实是祭祀水神的场景，“所谓伊人，在水一方”，则是扮作水神伫立在稍远处河滨湖边的灵媒少女。

她朦胧惊初见，影影绰绰水一方；她幻影似犹在，玉玉婷婷对岸立；她逆追玉影影纤纤，神姿飘逸水弯弯，顺寻仙踪沙洲过，有影无迹渐杳然……秋水长天，一色渺茫，幽人朦胧，似神非神，可望却不可即。多情男子，在祭祀之时目迷五色，绮思悠悠，心旌摇动，神志恍惚了，将亦真亦幻的映像化作浪漫的遐想，将绚丽的真实际遇当成梦境般的玄幻感觉。这才是家井真揭示的这首唱诗的由来。

按照古老朴素哲学，水为万物之本。人，水也，男女精气合而水流形。人们将人的形状回赋给河流山川，山川则有了人形的化身；人又赋之以神格，山川遂成了神。而后倒过来，人对自己创制的神祇进行膜拜，祭祀之以求福求雨。这是一个哲思和想象结合的民俗心理循环圈，加上祭祀的氛围，遂笼罩上了神秘感。《蒹葭》女神就是将河川神格化，人与神的形象互相融为一体的诗意镜像。

王国维很赞赏《蒹葭》的洒脱，他说：“《诗·蒹葭》一篇，最得风人深致。晏同叔之‘昨夜西风凋碧树。独上高楼，望尽天涯路’，意颇近之。但一洒落一悲壮耳。”所谓“最得风人深致”，其实就在于《蒹葭》人与景、情与境融为一体的境界，再引用王国维另一句说法，就是“境非独谓景物也。喜怒哀乐，亦人心中之一境界。故能写真景物、真感情者，谓之有境界。否则谓之无境界”。《风》人心境，是王国维点醒人们必须注视的。

根据《蒹葭》改编而成的琼瑶填词、林家庆谱曲、邓丽君演唱的歌曲《在水一方》：“绿草苍苍，白雾茫茫，有位佳人，在水一方……”无论词曲，还是演唱，都很出彩，营造了有个性的音乐境界，也是对原著审美的成功诠释。

读《蒹葭》，我也想与女神邂逅，倘能跨越时空，也愿意梦里寻她千百度，将我写的诗送给她：

芦苇屏，水雾帘 / 倩影蒸腾，河面朦胧浮悬 / 玉足轻点水上，形飘江面，影动光动 / 有说是人，我信是神，执拗欲寻芳颜。

当今世，岂能闻 / 何等圣水，涤你白净风轻 / 沐浴什么玉露，泛香氤氲 / 百代谜底，待探究竟 / 余香尚留否，芳泽应候我亲承。

我要踏干白露 / 我要走遍沙滩 / 我要踏乱芦苇 / 我要找遍河湾 / 我要踏上舟船 / 我要去到海边 / 我要潜水入海 / 我要攀云上天 / 力不灭，情不歇 / 寻你百次千次 / 幽幽一梦百代缥缈 / 千年期盼，天上人间 / 一梦幽幽非幻是真。

原文

蒹葭

蒹葭苍苍，白露为霜。
所谓伊人，在水一方。
溯洄从之，道阻且长。
溯游从之，宛在水中央。①

蒹葭凄凄，白露未晞。
所谓伊人，在水之湄。
溯洄从之，道阻且跻。
溯游从之，宛在水中坻。②

蒹葭采采，白露未已。
所谓伊人，在水之涘。
溯洄从之，道阻且右。
溯游从之，宛在水中沚。③

【注释】

①苍苍：深绿，青色；一说茂盛，众多。伊人：那个人。一方：另一边。溯洄（huí）：逆水而行。洄：曲折水道。从：追求。阻：不顺，艰难，有阻碍。溯游：顺水向下漂流。 ②凄凄：同“萋萋”，茂盛的样子。一说为湿润貌。晞：干。湄（méi）：水草相连处，岸边。跻（jī）：（路）高而陡。坻（chí）：江渚，小沙洲。 ③采采：同“萋萋”，众多、茂盛。涘：水边。右：迂回。沚（zhǐ）：水中的小块陆地。

130

终南

祭祀仪式上对灵媒及其所扮祖神的赞颂

人道终南山花好，山楸花红梅花骄。
今幸得见祖灵现，锦衣狐裘大皮袍，
傩面红得像丹朱，不愧神灵气势豪！

人道终南花皇皇，绿数杞树红数棠。
今幸得见祖灵现，丝绣礼服饰锦裳，
一身佩玉响铿锵，颂致寿考求吉祥。

【笔记】

祭祀礼仪中的核心人物，是祭主请来操办祭礼的主祭人，是巫者。他是沟通天地，能代表祭祀者和祖神两方说话的灵媒。灵媒的一举一动，就是他从天上招来的祖神的一举一动；灵媒的言语．就是天、人双方的对话。

当时祭祀礼服的规制一律是黑底，黑色上绣有花边，可见穿着是很讲究的。灵媒戴的傩面用浓墨重彩绘就，使他气质非同凡人。他还佩戴了珠玉，与其职场身份十分般配。

终南山，位于秦岭，后来一度是道文化、佛文化、孝文化、寿文化的交集地。《诗经》时代就常以终南山为敬，《诗经·小雅·天保》有云，“如月之恒，如日之升，如南山之寿”，所谓“寿比南山”，所指据说就是终南山。《汉书》早就说过，“终南万里，天下万物百供之所给”。终南山作为文化象征之地，还包括有退隐文化的象征。

这首诗是秦国民歌。当时的秦国是西周的诸侯国，《毛诗序》说"《终南》，戒襄公也"，将这首诗看作一首借题发挥的劝诫诗。这些信息与终南文化内含的祭祀内容有些微关联。

《风》诗中，所谓君子，旧日常被释读为帝王、公侯、贵族、具有高贵身份的长者、情人等。其实，出现在祭祀歌诗语境里，特别是在山野林间地角水泽中时，人们赞颂的"君子"多不是世俗凡人，而是由灵媒扮演的山神、水神、祖神。这类赞颂诗的生成事由，就是按照规仪，祭祀开场时，人们要对灵媒，以及代表祖神形象、身份的尸的出场赞颂一番。

这首诗里，盛装的灵媒"傩面红得像丹朱，不愧神灵气势豪"，丹砂红润，气派十足，戴傩面出场，正是执行祭祀的灵媒所谓"戴壳"的典型扮相。面具，俗常也叫"壳"，因其中不乏粗野、狞恶的造型，故也叫"鬼脸壳"，是祭祀文化的重要道具。它以木、皮或布等材料做成人面大小的外壳，不拘泥于人面之形，凡牛鬼蛇神、鸟兽虫鱼，都可制成其形象，紧贴灵媒面部挂在脸上。面具以面部这局部，象征身体之整体。

灵媒以此遮蔽真实长相，进入灵异的仪式；以化装的异样和作法的做派，营造灵媒自己及受感染的旁人进入忘我的幻觉场域、降神气氛。如是，灵媒遂以"遮与隔"的方式，即化装和以物遮面的方式，实现亦人亦神的身份确定，做人与神的沟通。《终南》歌诗的赞辞，正是对灵媒的穿着打扮及其精神气质的赞美。

化装和以物遮面，疑似一种假定和欺瞒，假定身份来欺神瞒人。戴壳面神的行为，一旦注入信仰和习俗的理念，经过一定的规仪来支撑，其“欺”其“瞒”的荒诞霎时可归为神圣。广西山歌有唱：“妹装嫩，逢人就讲第二春。脸上涂层石灰粉，哄人不灵哄鬼灵。”所谓“哄鬼灵”，是潜意识的心理反应，印证了传统祭祀信仰中，灵媒以“遮与隔”，即化装甚或戴傩面的方式改变本真身份，去“哄”鬼神的“正当”和“必要”，但时过境迁，在当代已经瞒哄不住人们的心知肚明。

原文

终南

终南何有？有条有梅。
君子至止，锦衣狐裘。
颜如渥丹，其君也哉！①

终南何有？有纪有堂。
君子至止，黻衣绣裳。
佩玉将将，寿考不忘。②

【注释】①终南：终南山，或为托名。何有：有什么。条：山楸树，一说柚树。渥：润泽，厚重。丹：丹砂，朱砂。君：此处指祖灵。②纪：通“杞”，杞树。堂：通“棠”，棠梨。黻（fú）：黑色与青色花纹相间的礼服。绣：五颜六色的绘画。将将：锵锵，佩玉碰撞声。忘：亡，消逝，了结。一说遗忘。

131

黄鸟

茫茫苍天道在否，何需殉葬折年轻

黄鸟凄凄直悲鸣，飞来酸枣树上停。
秦穆公卒谁殉葬？子车奄息无辜人。
奄息是名子车姓，百里挑一属精英。

路过坟茔人哀痛，恐惧战栗又伤心。
茫茫苍天道在否，何需殉葬折年轻？
倘若世间死可赎，百命愿以赎其身。

黄鸟唧唧伤悲鸣，飞来坡上桑树停。
秦穆公卒谁殉葬？子车仲行无辜人。
仲行是名子车姓，以一挡百属精英。
路过坟茔人哀痛，恐惧战栗又伤心。
茫茫苍天道在否，何需殉葬折年轻？
倘若世间死可赎，百命愿以赎其身。

黄鸟凄楚哭悲鸣，飞来坡上荆树停。

秦穆公卒谁殉葬？子车鍼虎无辜人。
鍼虎是名子车姓，以一敌百属精英。
路过坟茔人哀痛，恐惧战栗又伤心。
茫茫苍天道在否，何需殉葬折年轻？
倘若世间死可赎，百命愿以赎其身。

【笔记】

《风》中极少涉及宏大壮阔史事的纪实悲歌，《黄鸟》即是纪实叙事挽歌中的一例，咏唱的是秦穆公之死引发的殉葬悲剧，主题不离兼爱和悲悯。有观点认为，《风》中的部分诗歌以不同的方式暴露了当时政治和社会的黑暗面目，且对民间的感情生活也有真挚朴实的写照，是中国最早的现实主义诗歌。言及暴露当时社会黑暗的现实主义诗歌，《黄鸟》显然足够深刻，且惊心动魄。

活人给死人殉葬，自殷商始，至春秋战国时期的秦国为高峰。20 世纪 80 年代在陕西省宝鸡市凤翔县开展的考古发掘发现，殉葬秦景公的遗骸多达 186 具，此为彼时秦地殉葬制度的一个证据。《黄鸟》涉及的史实，则是公元前 621 年，“春秋五霸”之一秦穆公卒，百余人为其殉葬，其三位贤臣子车奄息、子车仲行、子车鍼虎自杀从死。

“交交黄鸟，止于棘”“交交黄鸟，止于桑”“交交黄鸟，止于楚”，鸟雀在林间上下翻飞，提醒人们树下已经是阴冷的墓地。黄鸟悲鸣于树上，行人郁郁在路，营造了全诗凄凉惨烈的悲伤气氛。行人悲悯陪葬者中的三位同姓子车的年轻贤臣，他们都是百里挑一的精英。人们哀痛欲绝，悲叹“彼苍者天，歼我良人”（“茫茫苍天道在否，何需殉葬折年轻”），表示“如可赎兮，人百其身”（“倘若世间死可赎，百命愿以赎其身”），可见时人对这三位陪葬者的爱重和惋惜。匪夷所思的陪葬，令人扼腕而愤懑。

这情景正好可借用俄国诗人涅克拉索夫的诗歌来感叹：“我的诗篇啊！对于洒遍眼泪的世界，/ 你是活生生的见证！ / 你诞生在心灵上暴风雨 / 骤起的不幸时分，/ 你撞击着人的心底，/ 犹如波涛撞击着峭壁。”这几句诗透露的不安和恐慌，恰如《黄鸟》营造的惊恐和凄凉。

《黄鸟》诗分三章，各写一人，复沓吟咏，同中有异。其主题句“彼苍者天，歼我良人”，叩问犀利，力道犹劲，是民间立场的惋惜和悲愤。

这三贤，据说是毅然陪葬的。君王再伟大，其死是自死。自杀殉死，总是悲愚之事。他们从小到大不知读了多少遍封建的忠君说教，不知被愚民的教育浸泡过多少时日，以至让所谓忠君礼教透进了全身血液、脑髓和全身细胞，才有如此“凛然勇为”！这种毫无人性的忠君理念，被受此辐射熏染的子民演绎得很真实、真诚、顺从，受荼毒的危害是如此隐秘、微妙、深刻，已经好似与生俱来的，是芸芸众生毫无察觉的。要是三贤真的认为自己为君王殉死是最值得、最荣耀的，自主陪君王去死，那真堪称封建时代顺民忠君最麻木、最愚蠢的恶例。若如此，那真是哀其不幸，怒其不争！

《黄鸟》诗涉三贤之死，与精英命运有关，后世文人对此多有呼应。曹植有诗云：“功名不可为，忠义我所安。……生时等荣乐，既没同忧患。”囿于忠君之思，显见陈词滥调。陶渊明有诗“厚恩固难忘，君命安可违”，表达认同三贤殉葬的无奈，还隐隐透出自己的质疑，认为殉葬是出于君王之意。

只有东汉诗人王粲的《咏史诗》说得全面、透彻，也最有历史的高度。“结发事明君，受恩良不訾。临殁要之死，焉得不相随”，说出了三贤殉葬的无奈。王粲并不相信三贤是自愿殉葬的。他生动地展开了《黄鸟》场景中三贤家人的感受。“妻子当门泣，兄弟哭路垂。临穴呼苍天，涕下如绠縻”，暗示三贤殉死的事实，背弃了家庭利益，属于违背人伦之举。三贤可悲的命运，无疑是封建政体、礼教造的孽。王粲尖锐界定这次殉葬是一次杀人事件，所谓“自古无殉死，达人所共知。秦穆杀三良，惜哉空尔为”即是他的直接控诉。其哀叹真如汉魏乐府《薤露》所唱：“薤上露，何易晞！露晞明朝更复落，人死一去何时归！”

加拿大著名钢琴家格伦·古尔德在谈及文学价值时，转述了托尔斯泰的一个观点，“最高级和最好的艺术能在人心中唤醒救世主的戒律，对上帝及周围世人的爱，当这些宗教观念为所有人感知领受时，底层大众艺术与上流社会艺术间的区别将随之消失”，说的是具有普世立场的艺术作品具有的普适价值。

作为文学家的王粲，官至侍中，是经常陪侍在君王左右的人。他的《咏史诗》的价值在于谴责君王的自私、不义，秉持“底层大众”的立场，站在历史的高度，从天道（“救世主的戒律”）出发，批判了封建帝王的殉葬制度，发出了应消弭“底层大众艺术与上流社会艺术间的区别”的声音，以“黄鸟作悲诗，至今声不亏”，对先辈民间唱诗《黄鸟》给予了致敬，闪亮着人性和大爱的光辉，可谓托尔斯泰所说的“最高级和最好的艺术”。今天，作为后辈人，轮到我们向《黄鸟》致敬，同时，我们也应该给王粲的《咏史诗》致意：王粲论《黄鸟》，境界比山高。

原文

黄鸟

交交黄鸟，止于棘。谁从穆公？子车奄息。维此奄息，百夫之特。临其穴，惴惴其栗。彼苍者天，歼我良人。如可赎兮，人百其身。①

交交黄鸟，止于桑。谁从穆公？子车仲行。维此仲行，百夫之防。临其穴，惴惴其栗。彼苍者天，歼我良人。如可赎兮，人百其身。②

交交黄鸟，止于楚。谁从穆公？子车鍼虎。维此鍼虎，百夫之御。临其穴，惴惴其栗。彼苍者天，歼我良人。如可赎兮，人百其身。③

【注释】

①黄鸟：黄雀。交交：鸟叫声。止：栖息。棘：酸枣树。从：从死，殉葬。子车奄息：人名，子车为姓，奄息为名。本诗奄息、仲行、鍼（qián）虎为兄弟。维此：就是这个。特：拔尖。栗：战栗。苍：青色。歼：灭掉，杀尽。赎：换回。人百其身：人们愿意死百次来赎回他，以百条命换回他。　②防：相当，比得上。　③楚：荆树条，灌木丛。御：抵御，一人之力可御百众。一说匹敌，相当。

132

晨风

遗妇向祖神倾诉幽怨

疾飞猛鹞晨风鸟，北林苍苍影杳杳。
所思那人没见来，郁结重重怨缠绕。
郁结重重又如何，弃我他错知多少！

高山栎株丛丛密，洼地榆树斑驳皮。
所思那人没见来，忧心忡忡难欢愉。
忧心忡忡又如何，弃我造孽难量计！

棠棣结果果似李，檖树挂果果似梨。

所思那人没见来，忧愁昏醉好悲戚。
忧愁昏醉又如何，弃我铸罪罪难计！

【笔记】

女子遭男子背叛遗弃，十分痛苦，积怨深重，怨叹男子负情。

她陷于自怨自艾，控诉男子对她深情的亏欠，“弃我他错知多少”“弃我造孽难量计”“弃我铸罪罪难计”（“忘我实多”），总账若要一笔一笔算来，只怕是还不清也还不起的风流冤孽债。

晨风飞藏影迹杳杳，是比喻男子形影缥缈再不可寻。梓榆树树皮斑斑驳驳，是比喻她自己感情受到伤害的满身伤疤。檖树挂果结实累累，是比喻她遭背弃、受损害心情的沉重。

这些景物描写的句子，看似漫不经意的起兴，并不直接介入事件的叙述与讽喻，却不是闲笔。它们写出了女子心境的坎坷、曲折、波动、变化，平添了场景的色彩和暗示的隐喻。

这类妇女的怨怼，有时看似自怨自艾，但如果它是祭祀活动上的一种歌诗类型，就代表了一部分女性向祖神倾诉的心声。

此歌诗的结构非常规整。每章第一、二句交代地点和景物；第三、四句是见物思人的心情，“忧心钦钦”“忧心靡乐”“忧心如醉”（“郁结重重怨缠绕”“忧心忡忡难欢愉”“忧愁昏醉好悲戚”）；第五、六两句则是感叹，原文三章的这一部分文字都相同，都是“如何如何？忘我实多”。这种句法是典型的“《风》三段式”。三段结构相同，语法关系相同，每句局部换字，或丰富了场景，或递进了程度，或深化了含意，在不变中求变。另外，它的每段主歌部分是前四句，副歌部分是后两句，从其文字构成，即可推演出相应的乐曲构成。这首唱词的形制规范很工整，词语的变化运用很讲究章法，是考究《诗经》形式的典型文本。

原文

晨风

鴥彼晨风，郁彼北林。
未见君子，忧心钦钦。
如何如何？忘我实多。①

山有苞栎，隰有六驳。
未见君子，忧心靡乐。
如何如何？忘我实多。②

山有苞棣，隰有树檖。
未见君子，忧心如醉。
如何如何？忘我实多。③

【注释】

①晨风：鸟名，鹯，似鹞鹰。鴥（yù）：鸟疾飞貌。郁：草木青葱浓密。钦钦：忧思难忘貌。如何：怎么办，奈何。忘我实多：把我都忘记了。 ②苞：丛生状。栎（lì）：一种乔木。六：指很多，非确数。驳：梓榆树，因树皮斑驳而得名。靡：不。 ③棣：郁李。檖（suì）：山梨树。如醉：神志恍惚。

133

无衣

岂曰无衣：你我战袍同式样
（《唐风》也有同名诗篇）

谁讲出征无军装？你我战袍同式样。
君王发兵去打仗，擦好戈矛磨好枪，
同仇敌忾打豺狼。

谁讲军装缺衬衣？你我同款配套齐。
君王派兵去打仗，擦亮剑锋磨刀戟，
同仇敌忾斗顽敌。

谁讲出征无盔甲？你我披挂同配发。
君王下令去打仗，整好弓弩磨好叉，
并肩作战保国家。

【笔记】

这似乎是已有定解的唱诗。试看“岂曰无衣？与子同袍”“岂曰无衣？与子同泽”“岂曰无衣？与子同裳”，随手检索此三句的译文，表述虽形形色色，却似乎已经达成一致：

1. “谁说没有衣裳？和你共穿一件战袍”“谁说没有衣裳？和你共穿一件上衣”“谁说没有衣裳？和你共穿一件战裙”。（何新译）
2. “谁说没有衣裳？和你同披一件战袍”“谁说没有衣裳？和你同穿一件衬衣”“谁说没有衣裳？和你同穿一件下装”。（韦凤娟译）
3. “谁说没有衣裳？斗篷伙着披，我的就是你的”“谁说没有衣裳？汗衫伙着穿，你穿就是我穿”“谁说没有衣裳？衣裳这就有，我有就是你有”。（余冠英译）
4. “难道说没有长袍，我同你同穿长袍”“难道说没有内衣，我同你同穿内衣”“难道说没有下裳，我同你同穿下裳”。（周振甫译）
5. “谁说你是没军装？你我共同穿衣裳”“谁说你是没军装？你我共穿内衣裳”“谁说你是没军装？战袍你我同武装”。（袁愈荌译）
6. “怎能说没有军装？我跟你穿同一件战袍”“怎能说没有军装？我跟你同穿一件内衣”“怎能说没有军装？我跟你同着一条战裙”。（陈振寰译）

7.“谁说没衣穿？你我合穿一件袍”“谁说没衣穿？你我合穿一件衫”“谁说没衣穿？你我合着穿衣裳”。（程俊英译）

如此等等，不一而足。共同之处是：反映出部队被服供给严重不足，军备匮乏，军装无法按数发放，只得精神代替物质，鼓动大家“共穿”“同穿”“伙着穿”，由此慨而慷，共克时艰，激昂上战场。

孔子以信、粮、兵为立国之道。古代军队是“当兵吃粮，吃粮当兵”，温饱吃穿总是连在一起的。一些兵员是兵役徭役临时抓夫而征兵征来的，缺乏强烈的信仰和正义感。部队的组织程度、士兵训练程度以及士气的稳定性也都很低下。切身利益和物质诉求是兵卒们放在第一位的。

早在夏商时代，为了保障兵员稳定及便于统一号令指挥，军队就有了制式军装，除保暖衣服大多自备，护身皮革、布甲类都统一发放。古代生产力低下，欲打一仗，统治集团筹备后勤粮草、兵器和被服，颇为费力，实非易事。后勤装备不足，经常会影响战局。著名的巨鹿之战、垓下之战、官渡之战，落败方一定程度就是因粮草断绝、后勤不济而失败的。

如果一支部队军备匮乏到连发军服、战袍都不能，需要动员军士共用，可谓捉襟见肘了，试图用精神代替物质，那是多么可怕的虚空浮泛！必定潜伏着不满、悲观失望、消极懈怠，以至产生逃兵情绪。若以此为荣，以此励志，这种战前思想动员可谓绝无底气！如此靠高喊壮词来鼓噪壮胆，胆岂可壮？高喊“共穿”“同穿”“伙着穿”军装，可是，怎么“共穿”“同穿”“伙着穿”一件战衣？无论从精神鼓动，还是从实际生活的可能性来说，都是多么匪夷所思的煽情、虚头巴脑的搞笑！

这首《无衣》，反映的应该是这样的秦军之风：

今天发军装了，大家都很兴奋。你有、我有、他也有，一套一套发到手，一个不落；你的、我的、他的，大家都是相同的，款式相同，配额相等，质地相当。发放军装的日子，是享受物质公平的日子，是兵卒们的欢乐日子。大家一边穿新装，一边点兵器，“戈矛”“矛戟”“甲兵”各色装备一应俱全。磨戈矛、擦刀枪、修利箭，厉兵秣马，无不来劲。一支衣着整齐的行伍，一支战备充足、后勤有保障的自豪之旅，一支精神面貌焕然一新正待命出击的无敌之师——这就是秦军！

唯有这时，“岂曰无衣？与子同袍”“岂曰无衣？与子同泽”“岂曰无衣？与子同裳”，才成为自然流露的豪言壮语。唯有这时，尚武精神有了物质支撑，高喊壮词，互相壮胆，胆才真壮……

唯此，“谁讲出征无军装？你我战袍同式样”“谁讲军装缺衬衣？你我同款配套齐”“谁讲出征无盔甲？你我披挂同配发”，才是揭示部队军备状况、精神风貌，符合原诗真义真情的译文。

近年发掘出来的秦始皇兵马俑，展示出来的彼时轻装步兵、重装步兵、驾车帅卒的军装，凡短甲、长襦、短裤、束腰、裹腿、浅履、短靴，制式复杂，分类讲究，防护功能周到，配套一应齐全，堪称备无遗算，甚至纤至悉过细务实，给人以极深刻印象。这才是贾谊《过秦论》所说的“奋六世之余烈，振长策而御宇内，吞二周而亡诸侯”的秦始皇军队的真实情状定格；而这样的秦始皇兵阵，恰是追溯其先辈《秦风·无衣》时代之秦军强力军备“烈”度的形象印证和注解。

《秦风·无衣》是表演秦军发放军装时兵卒们的欢乐咏唱。“岂曰无衣？与子同袍”，同仇敌忾，弘扬的不是单有精神激愤而物资匮乏的虚浮夸饰，而是战前物资准备充分的欢腾情绪，张扬的是秦军因军备充足而底气强劲、士气高昂、赴战必胜的乐观精神。不打无准备之仗，应未雨绸缪，已万事齐备，当同仇敌忾，出战——这才是这首《无衣》展现的秦军做派！

原文

无衣

岂曰无衣？与子同袍。
王于兴师，修我戈矛，
与子同仇！[①]

岂曰无衣？与子同泽。
王于兴师，修我矛戟，
与子偕作！[②]

岂曰无衣？与子同裳。
王于兴师，修我甲兵，
与子偕行！[③]

【注释】

①岂：表反诘，相当于难道。衣：上衣。此处指“衣装”。袍：长衣，似斗篷。王：国君。于：语气助词。兴师：起兵。修：修整。戈：长柄横刃兵器。矛：有枪尖的长柄兵器。②泽：内衣。戟：枪尖是月牙形锋刃的长柄兵器。偕：共同。③裳：下衣。甲兵：铠甲和兵械，泛指兵器。

134 渭阳

娘亲舅大的依依送别

（渭阳：渭水之北）

我送舅舅去渭阳，远送送到渭水旁。
什么行动表心意？亲驾豪车路途长。

我送舅舅别情深，敬舅如念我母亲。
什么东西做孝敬？宝石玉佩表深情。

【笔记】

此诗相传为某公侯送舅父（舅氏）所写。

舅父是母亲的兄弟。远古，有过氏族部落群婚制时期，子女知其母不知其父，以母亲确定子女归属。舅舅无形中就充当了父亲的角色，家族地位很高。进入父系社会，舅舅通常有权代表女方，即自己姐妹方的利益，为她们维护相应的权益。所以，旧时有“娘亲舅大”，以及“我见舅氏，如母存焉”的说法。当今在广西一些地区的乡间婚俗仪式上，还有山歌先敬奉给母舅的习惯：“感谢舅爷进家门，礼重赛过金和银。今天辈分你最大，好烟好酒敬舅亲。”

此诗送别的是公侯档次的人物。舅父有社会地位和家族地位。外甥为表心意，亲自驾豪车长途相送、送礼出手不凡，处处周全。由此来看，送行人的教养和家族地位也非同小可，行动重仁重义，感情显得朴实、坦诚，别情缠绵，敬意深长。将“我见舅氏，如母存焉”的心情和敬重，都说到位、做到位了。

送谁，如何送，送到哪，情绪如何，赠了何物，此诗叙述中夹着问答，以句法起伏、规整有致的节奏，传述出明晰的情感层次和表述次序，是一首具有范本意义的送别诗。

原文

渭阳

我送舅氏，曰至渭阳。
何以赠之？路车乘黄。①

我送舅氏，悠悠我思。
何以赠之？琼瑰玉佩。②

【注释】

①曰：助词，用于句首。渭：渭水。阳：山之南，水之北。路车乘黄：用四匹黄马驾车亲自送他回家。路车：古代贵族所乘的车。乘黄：四匹黄马。

②悠悠我思：我本着念母之情。琼：美玉。瑰：美石。

135

权舆

叹我当年好排场，菜肴大盘酒大缸

（权舆：初始，先前）

叹我当年好排场，菜肴大盘酒大缸。
现今餐餐碟无剩，只叹今昔难比量。

叹我当年大排场，饭菜三缸四盆装。
现今餐餐吃不饱，今不如昔倍凄凉。

【笔记】

屋，是容量甚大的食器。簋，青铜或陶制内方外圆的容器，常作盛黍稷稻粱的祭器，每簋容积为一斗二升。

此诗主人公以屋、簋作为日常用膳的饮食器具，真“大喉咙”“大食量”，饕餮者也！后来沦落至“餐餐碟无剩”“餐餐吃不饱”的境地，何其悲凄！因此，有人将此诗解读为没落贵族的后悔、哀伤，自叹今不如昔。此叹纯由饕餮来。昔日的饕餮，导致今日的没落，似有道理。

青铜器上，从商周肇始，饕餮一以贯之的形象，都是滑稽和恐怖的。它多是铸于巨大容器壁面的高浮雕，模如人样，有首无身，大鼻阔嘴，腮边两爪，凶恶狰狞。上古那时，觅食困难，常有饥馑，人们于农、林、牧、猎、采（采集）用尽办法，还是难以保证温饱。这样的情境之下，饕餮之贪婪代表了恶德罪愆。如果真有如此凶恶贪婪之人以歌诗来自省自责，真是匪夷所思了。

通览《风》味，甚少抽象的道德说教，即使出于特定目的来诲训劝诫，也断不会现身说法，将自己作为礼教的反面符号，编织这类唱诗来自怨自艾，用第一人称来把自己批判得狗血淋头。

有一种可能，这首诗是以戏谑搞笑为目的的祭祀诗。祭祀时，歌者们用某人今不如昔为噱头，编派、指称在场的某人是昔日“每食四簋”的角色，如今却挨饿，以夸饰、幽默、反语、调侃来放大他悲叹的声音。同时，被编派遭戏谑的角色也很乐意地配合大家的捉弄，夸张地佯作狼狈不堪状，表演自己的无奈落魄相，以“说唱”活跃场面，逗人爆笑。一旁观众的优越感由此突显。于是，切实地达到娱神娱己的目的，体现了这首唱诗的异趣所在。

《权舆》这类异趣的涟漪，千年漫漫从容轻荡，荡开到当代广西歌海，与广西的戏谑山歌有所交汇，还会激起微波："哥我理发是高手，乡亲却怕我剃头。一怕刮耳耳割掉，二怕剃须割断喉。"这是仿某剃头师傅口气"自黑"的戏谑山歌。另有一首戏谑山歌，以自我悲叹的口气，数落从发不义之财沦落到贫穷的境况："哥我过去有钱多，半夜银行挖墙脚。如今年老挖不动，剩饭泡汤当粥喝。"这两首山歌，都与《权舆》是一类风格，以第一人称口气，通过自贬的手法来戏谑，以寻开心。歌手如同《风》中祭祀的灵媒，主动招惹人们来戏弄，以出"笑果"为要。"越贬脸皮就越厚，哥不怕臭不知羞。好比地里辣椒树，猪屎越壅越大蔸"，这首山歌就写出了以自贬来讨喜观众的歌手心态。

试引用几首译文，如将其第一人称的口气都视为噱头，就可看出《权舆》文本鲜明的表演自嘲的说唱本质：

1. "唉，我吗？大碗菜盛得满满的。现在每顿吃光。唉呀，不能继续当初吃得好。唉，我吗？每顿四大盆。现在每顿吃不饱。唉呀！不能继续当初吃得好。"（周振甫译）
2. "唉！我呀，曾住过大屋高房。如今啊这顿愁着那顿粮。唉唉！比起当初真是不一样！唉！我呀，一顿饭菜四大件。如今啊肚子空空没法填。唉唉！这般光景怎么比当年！"（余冠英译）
3. "啊，我呀！曾有大厦一座座，如今每餐刚够饱。哎呀啊！怎么能高兴？啊，我呀！过去每餐四道菜，如今每顿吃不饱。哎呀啊！怎么能欢喜？"（何新译）

我用七言诗译为：叹我当年好排场，菜肴大盘酒大缸。现今餐餐碟无剩，只叹今昔难比量。叹我当年大排场，饭菜三缸四盆装。现今餐餐吃不饱，今不如昔倍凄凉。

这些译文，各自都可独立成为一个搞笑幽默的小段子，或成为一个戏谑小唱段的歌词。

古罗马诗人贺拉斯认为，像诗那样的语言艺术，禁忌饶舌，而要尊重寂静。今道友信则质疑这种说法，他诘问道："即使是饶舌的艺术，不也明确暗示永恒的、神秘的、沉默的美吗？"

既然此处谈到了美，还得把康德拉扯出来，听他判断什么是快感美。康德认为，作为与美有关的兴趣所属的感情判断，首先主要是主观因素。同时又认为，这和喜爱某种酒的单纯的个人快感不同，需要求得众人的同意。所以，他认为，作为个人兴趣判断的美，能摆脱主观性，融入普遍性，才是普适的美。由此，康德把兴趣从个人好恶中拯救了出来，使其意义具有普适性，接近普遍的价值领域。

考察《权舆》之饶舌给民众带来的盎然兴味，应该说，今道友信对贺拉斯过于纯净的诗性提出疑问是有道理的，而康德的观点更助益我们认知——普适的饶舌似的戏谑文艺满足了大众的愉悦和快感，同样具有普遍价值。

原文

权舆

於我乎，夏屋渠渠，
今也每食无余。
于嗟乎，不承权舆。①

於我乎，每食四簋，
今也每食不饱。
于嗟乎，不承权舆。②

【注释】

①於（wū）：叹词。夏屋：大的食器；一说大屋。渠渠：深广或高大貌。不承权舆：今不如昔。 ②簋（guǐ）：内方外圆，用以盛黍稷的侈口食器。据说每簋容积为一斗二升，此处用以指巨量之意。

陈风

136

宛丘

巫之女，神之姬，日之偶像，夜之梦侣

（宛丘：陈国国都东南一丘名）

宛丘招神呈魅力，身腰摇扭舞迷离。
我枉心动钟情你，总是可望不可即。

祭祀皮鼓咚咚敲，宛丘山麓影妖妖。
时冬时夏翩跹舞，腰旋羽裙手翎毛。

祭祀念咒敲钵盆，宛丘道边助喊魂。
时夏时冬追见你，羽裙翎扇永迷人。

【笔记】

这诗篇的内容是书写男子痴恋巫女。

现当代加诸巫女、咒词太多的妖魔化和污名化，特别是通过童话、民间故事、动漫等脸谱化的演绎，以称“妖婆”、老化手法，将巫婆从外形到行为及其道德理念，都扭曲、丑化到令人恶心的地步，以至连这个语词的文字颜面都自带丑态。

其实，在《诗经》年代，有“国之大事，在祀与戎”（《左传》）之说，彼时祭祀活动频仍，巫者地位极高。人们相信，巫者在祭祀中能沟通在天之祖灵与在地之凡人，亦神亦妖，是祭祀的核心人物。巫者的名声、形象，十分阳光、靓丽，魅力四射，受人敬畏、尊重。那时的巫女被视为可以召唤神灵附体，借助超自然的神力，请神驱邪。

她们依据神意发声，是神界的代言，在凡间是先知智者。她们介入各种祭祀仪式，广受尊崇，是神圣、神秘、令人神往的职事。有时在祭祀活动中，一些漂亮的少男少女，经过灵媒仪式化的施咒注入神格神性而成了助祭，做亦神亦巫的咏唱表演，是美丽鲜活的圣灵之花。

巫女载歌载舞，总是祭祀活动中的焦点。她们是天与人的使者，是高贵和神秘的偶像。她们穿着色彩绚丽，扮相异于常人，舞衫歌扇旋动漫摇，施展她们的颜值魅力和歌舞表演才能。这羽裙之女、翎扇之女、歌诗之女，真是巫之女、神之姬，日之偶像、夜之梦侣，何等的诱惑！

人们平日生活粗放，灵魂空虚，精神走向总缺少一根拐杖。这巫女，刚好从外形到精神气质，都富于诱引的魔力。这男子就是这样认定了他“感情拐杖”的所在，对这样一位美丽的巫女一见钟情，被她的漂亮和神秘深深迷惑俘虏了。他一年四季跟随她，却无缘亲近芳泽。痴情枉恋，把巫女倩影印在心底，不息地追寻她的踪迹，抒发对她的迷恋，乃至走火入魔，他却自得其乐，享受着迷醉的痴梦。

这首诗，曲尽了痴男痴恋之痴情，还原了巫女祭祀的场景、道具、服装、身段、舞姿。如此精致的描绘，如此生动的风采，如此魅力十足的情感渲染，岂止古风的浮现？如今招揽一些文艺编导，转化其歌舞精华，也许可以打造成游艺节目让人乐在其中呢！

原文 宛丘

子之汤兮，宛丘之上兮。
洵有情兮，而无望兮。[①]

坎其击鼓，宛丘之下。
无冬无夏，值其鹭羽。[②]

坎其击缶，宛丘之道。
无冬无夏，值其鹭翿。[③]

【注释】

①子：指巫女。汤：荡，舞姿摇动。宛丘：陈国丘名；一说四方高中间低的场坪。洵：确实。无望：没有指望。 ②坎：坎坎，击鼓、击缶声。无：不论。值：手持，披戴。鹭羽：鹭鸶羽毛做的舞具。 ③缶：瓦质打击乐器。翿：纛，顶上以羽毛为饰的旗，古代乐舞者执之以舞。亦用以导引灵柩。

137

东门之枌

爱妹锦葵花样美，哥赠花椒添芳菲
（枌：白榆树）

东门白榆枝抻抻，宛丘栎树绿森森。
乡间阿妹正妙龄，婆娑起舞舞迎春。

吉日良辰不枉废，南郊场坪人集会。
丢拽纺纱绩麻事，集市畅舞不思归。

哥妹难得同幽会，亲热爽罢牵手回。
爱妹锦葵花样美，哥赠花椒添芳菲。

自由的心态，自主的行动，男女们全身心都投入到春郊的集会中。

女子们时当妙龄，怀春时节，好不容易能丢下劳作，摆脱恒常生计的羁绊，尽情歌舞相聚。她们还邀约自己的相好，一起到集市上尽舞兴，去和情人幽会亲热，玩它个乐而忘归。

“丢拽纺纱绩麻事，集市畅舞不思归”（“不绩其麻，市也婆娑”），直至“哥妹难得同幽会，亲热爽罢牵手回”（“穀旦于逝，越以鬷迈”），她们仿佛出笼的小鸟，乐以忘形，以带有符咒灵气的花草赠人，乐享天神的护佑，沉醉于自由之中，不在意是否真的玩“疯”了……

这些女子，是送春神、迎夏神的少女。“乡间阿妹正妙龄，婆娑起舞舞迎春”（“子仲之子，婆娑其下”），她们就是配合巫者扮演春神做巫事表演的歌舞者，全都是中了“灵之蛊”“神之咒”的少女呢！这就难怪她们无法摆脱痴醉自由的日子，也无法不珍惜自己能行巫的机会。

当代看行巫之事，或将其当作神怪，或视之为无知愚昧。《风》时代行巫事，却何其神圣高尚，何其令人敬畏！人们绝不会认为它是迷信，也绝不敢怀疑它产生的实际效果。当时人们的知识水平和观察力都有欠缺，全靠巫师们填补、引导。后者作为智者，通过巫术降神，为人们提供有关信仰、心理调适的工具，帮助人们保有自信力和精神力量，渡过许多困难的关口。

人类学家马林诺夫斯基说：“巫术的功能在使人的乐观仪式化，提高希望胜过恐惧的信仰。巫术表现给人的更大价值，是自信力胜过犹豫的价值，有恒胜过动摇的价值，乐观胜过悲观的价值。”如果当年听到这一说法，《东门之枌》中参与巫术表演的少女们不知会有多高兴，她们一定会倍加骄傲、自豪，甚至可能会尖叫、欢呼起来！

锦葵、花椒，熏染得全诗色香俱全。以香草喻美人，什么香口、香腮、香肩之类，为古诗常见。以美人持香草铸成诗意，还是《东门之枌》自然顺当，有活气，具山野特色。据说当年有东方人去拜见耶稣，带的礼物就是乳香、没药和黄金。连送圣者的礼物中都有香料，何况情人交往？小儿女约会时，带去气味芳香可做香料的花椒，以及可炮制香茶的锦葵，作为馈送的美物，当是很得体，且能撩人挑情的。

收尾这两句，许多译文都传述了其两相亲昵的“诗情花意”：

1. “我看你好像一朵荆葵花，你送我花椒子儿一大把。”（余冠英译）
2. “看你像荆葵那样美，送我花椒很欢迎。”（周振甫译）
3. “看你如盛开的葵花，快给我一捧香籽。”（何新译）
4. “你像荆葵花样美，一把花椒送给我。”（袁愈荌译）
5. “看您像朵锦葵花，送我花椒一把香。”（程俊英译）

拙译则是“爱妹锦葵花样美，哥赠花椒添芳菲”。

此诗一派欢乐气象，率性抒情，是一幅色彩鲜艳的民俗行乐图、一首明快的欢情歌。这种率直和洒脱，在当下广西山歌活动中仍可寻见余绪：“哥我摄影像打枪，来到此地打凤凰。山中百鸟我不打，一心打你妹姣娘。”“阿哥想唱你就唱，几时才得唱一场。只要一瓶矿泉水，老妹陪唱到天光。”当代山歌气息与《风》中男女对唱没有差异，酬赏礼节和习俗不变，只是与时俱进，细节演变了，当今更简朴，馈赠之物变成“只要一瓶矿泉水”了。

原文

东门之枌

东门之枌，宛丘之栩。
子仲之子，婆娑其下。①

榖旦于差，南方之原。
不绩其麻，市也婆娑。②

榖旦于逝，越以鬷迈。
视尔如荍，贻我握椒。③

【注释】

①栩：栎树。子仲之子：子仲家的女儿。子仲是一个姓氏，此处为泛指。婆娑：舞蹈盘旋貌。 ②榖旦：吉日良辰。榖：好。旦：日子。差（chāi）：选择。原：宽而平坦之地。绩：把麻纤维搓成线。市：街市，集市。 ③逝：去，往。越以：发语词。鬷（zōng）迈：一起走。荍（qiáo）：锦葵。贻：赠送。握：一把。椒：花椒。

138 衡门

鱼我所欲也，爱亦我所欲也

（衡门：横木为门。一说城隅、城阙之门）

城阙城隅都有门，有门隔市任纵情。
秘山密水沁泉淌，可润云雨焦渴心。

谁说欲尝黄河鱼，唯鲂刺少肉嫩细？
谁说成亲找配偶，唯有姜女可作妻？

谁说欲吃黄河鱼，一定要吃黄河鲤？
谁说成亲找配偶，唯有宋女可作妻？

【笔记】

这首诗语言豁达，理念反叛，锋芒直指父母意志和媒妁之言。因其矛头所向是说亲，是坚固难摧的婚俗高墙，而其欲追求的是难以实现的自主婚姻，故其发出的攻击呐喊，仅仅以反问作诘，明示自己有选择佳偶的权利，尚留有待家长和媒妁最后决定的余地。明显是底气不足的无奈之音，隐隐暗示一旦强力高压，就有被再度压抑、被迫妥协的可能。其向传统挑战的勇气可嘉，其结局令听者忐忑，它就是这么一首带着叛逆色彩的抗婚诗。头四句所说之理是至道，后两章所诘之问很切题，通篇构思精巧，比喻贴切，所设置的硬言软语内涵微妙，足可把玩。

拿鱼来比喻，隐隐地透露此诗有类感巫术符咒的含义，也提供了一个具有范本意义的《诗经》语词释义通例。

《诗经》里，鱼一旦作为比喻，就暗含了其类感符咒的意义。“谁说欲尝黄河鱼，唯鲂刺少肉嫩细”（“岂其食鱼，必河之鲂”），“谁说欲吃黄河鱼，一定要吃黄河鲤”（“岂其食鱼，必河之鲤”），这里的所谓类感，即鱼类与人类的相类似性和可感应性。在《诗经》运用里，常常并列两者，体现其局部形象相似和某种机能相似，鱼类和人类做类感，一般对应象征的符码是女性、多孕、生殖能力旺盛，甚至延及恋爱和婚姻。

这种人与鱼在性意义上的融通，不独是《诗经》年代类感符咒这类精神文化方式的设定，而且是原始人类在某个阶段的性经验尝试。

法国人类学家列维－斯特劳斯在他的名著《野性的思维》中，就提及一些人类学研究发现的现象：某些地区的原住民曾与海狸、熊、鲑和其他动物结婚，并从动物妻子那里感受到它们的理智和感情，学习它们的灵知和生活习性，并一代代把这些知识传了下来——漫长的历史中，浩浩世界居然存在过如此奇特的人与动物的关系！这些研究给我们接受域外的研究成果开阔了眼界。

闻一多《诗经通义》认为，“古谓性的行为曰食，性欲未满足时之生理状态曰饥，既满足后曰饱。……且《诗》言鱼，多为性的象征，故男女每以鱼喻其对方”。从这个角度考量，原诗“岂其食鱼，必河之鲂”“岂其食鱼，必河之鲤”的比喻就非常微妙，其内涵所指精准，表面讲了食鱼，实指婚姻，说了婚姻，又蕴涵着甩不脱的性意味。就这样刻意以多种意味的交集、双关、暗示，来营造经得起品味的意味深长的文本。

本诗起句“衡门之下，可以栖迟”本就不是无端起兴的闲笔，它张扬了多种结缘的可能性，而“可以栖迟”，则有指向性自由的含义，译为“城阙城隅都有门，有门隔市任纵情”，就贴切了原意。“泌之洋洋，可以乐饥”这两句，饱含性意味，其中的“可以乐饥”含有满足性饥渴的意思，委婉译作“秘山密水沁泉淌，可润云雨焦渴心”。

“泌之洋洋，可以乐饥”这两句，笔者所见他人的解读和译文，一般都不涉性含义，而聚焦解读为泉水可以充饥饱肚，如“泌泉水的荡漾，可以快乐忘掉腹饥”（周振甫），又如“泌丘有水水洋洋，清水填肠也饱人”（余冠英），再如“只要泉水洋洋，就可以止渴饥”（何新），还有“清清泉水荡漾流，欣赏流水可忘饥”（袁愈荽），以及“泌丘泉水淌啊淌，清水也能充饥肠”（程俊英），等等。可是，此诗主题是婚恋、欢爱，与泉水能充饥饱肚有什么关系呢？

原文

衡门

衡门之下，可以栖迟。
泌之洋洋，可以乐饥。①

岂其食鱼，必河之鲂？
岂其取妻，必齐之姜？②

岂其食鱼，必河之鲤？
岂其取妻，必宋之子？③

【注释】

①栖迟：游息。泌（bì）：泉水涌出貌，亦指涌出的泉水。洋洋：水流大。乐饥：此处指解除性饥渴。乐：带来快乐的治疗。 ②其：助词。河：黄河。鲂：鳊鱼。取：娶。齐之姜：齐国国君姜家的姑娘，此处并非实指而是代指。 ③宋之子：宋国国君之女儿，此处并非实指而是代指。

139

东门之池

对歌“乐语”：让相爱的翅膀超速飞近

东门有块大池塘，沤麻制线可供纺。
塘边有个美姑娘，合我心意邀对唱。

东门有方大水池，沤麻捻线可纺织。
池边有个美姑娘，和她聊天成相知。

东门池宽无水藻，池清正可沤菅草。
池边有个美姑娘，越聊越熟越相好。

【笔记】

东门池塘沤麻秆，池大水足，天长日久，纵使麻茎硬韧，也会被沤溶渍软以加工成麻线。怀春男女生情也应如是。春情萌动，只要对上了眼，认定心仪的淑女，便跨过日常教化的屏障，互相对歌为乐。而后，渐渐了解，渐作心对心的亲和。

这首诗特别突出音乐在日常生活和人际沟通中的功用，晤歌、晤语、晤言，三词用得很精妙。所谓“晤歌”，就是双方见面，以对歌打开沟通之门，得了知音。音乐中有歌词，可以传情。而后是歌之不足，“晤语”补之；“晤语”不足，“晤言”续之。其歌、其语、其言，连唱带讲，完成了一个深入了解的过程。这也正是朱自清揭示过的“古代有所谓‘乐语’……‘兴、道、讽、诵、言、语’。这六种‘乐语’……似乎都以歌辞为主”。其实就是以歌代话、以话作歌、以辞代言，近切对歌交流，发挥音乐、语辞的功能和特长，短时间内就能表情达意。

小儿女通过音乐接近对方，用音乐取乐，以音乐传情达意，这样的男女之间的接触交往，关系显得很单纯，也很浪漫惬意。以沤草为喻，暗示爱情的发展必得像麻、纻、菅一样沤溶渍软方可融融生情为用。使人得到安慰的是，此方池塘甚大，确像一方足够酝酿爱情从生到熟之地，故而象征了诗中的男女情意迅速跨越过“沤溶渍软”的时间，迅疾地奔向了亲近无间。以音乐为媒，让爱意超速向对方飞驰，是《风》年代生活方式的日常。

此诗三章，每章四句，句式相同，内容顺次延展；每章同中有异，显出递进变化。译文作“合我心意邀对唱”“和她聊天成相知”“越聊越熟越相好”，只变了少量的语词，却悄悄递进内容的层次。浪漫情感渐变为眷恋情怀，渐变为亲切贴心，就全仗这几个字的变换使用体现出来。《风》诗语句常见简单，多见复沓用法，本诗也属典型。复沓并不是简单重复，而是在重复中稍加变化而出新，故而色泽变幻流光溢彩，吟咏品咂起来特别有情致。

原文

东门之池

东门之池，可以沤麻。
彼美淑姬，可与晤歌。①

东门之池，可以沤纻。
彼美淑姬，可与晤语。②

东门之池，可以沤菅。
彼美淑姬，可与晤言。③

【注释】

①池：护城河。沤：长时间浸泡。淑姬：对贤淑女子的美称。晤歌：对唱。晤：相对，面对面。　②纻（zhù）：苎麻。晤语：对话。　③菅：菅草。晤言：对谈。

140 东门之杨

恋人的无奈之夜

东门有棵钻天杨，风吹树叶沙沙响。
本盼相会是暗夜，不想夜里星偏光。

东门杨树高入云，树叶发出悉悉声。
本盼相会昏暗里，无奈夜里星偏明。

“月到柳梢头，人约黄昏后。……不见去年人，泪满春衫袖。”欧阳修笔下的一场约会，留下了近千年的怅惘、沮丧，伤感、凄凉……还有一场同是“人约黄昏后”的《风》之约会，估计欧阳老也不会不知道，因为他是皓首穷经的宋朝书生，绝不会“旷”过了这首《东门之杨》。

《东门之杨》的格调，比欧阳修的《生查子·元夕》调皮、幽默了许多，虽稍显无奈，但也还是开开心心的情绪。

那天，姑娘和小伙儿相约好，黄昏后，找个荫蔽处幽会。东门的杨树沙沙发声，似大叫加油。谁知那星星有意使坏——“本盼相会是暗夜，不想夜里星偏光”“本盼相会昏暗里，无奈夜里星偏明”（“昏以为期，明星煌煌”“昏以为期，明星晢晢”）——全员上阵，布满天穹，一夜都不眨眼睛，弄得天穹星光灿烂，直到天亮都还是个不夜天，哪里还能找得到隐秘的地方来幽会！分明是天公故意与人的愿望相违，与姑娘、小伙儿开了大大的玩笑，坏笑着让他们扫兴。

星星也是难为的。一些情人央求说，今晚我要约会，你要比平日更明亮啊！另一些情人则请求说，今晚我要幽会，你要比平日暗淡点啊！倘若是约会、幽会都在同一天，矛盾就推给了星星。这矛盾，在大自然里绝对不可调和，但是，在诗里可以，用两首偏向不同的诗即可解决。这首《东门之杨》，就是作弄这对小男女的诗歌。

《东门之杨》两章八句，戛然而止，没有说及小伙儿和姑娘的心态。谁也不知道那夜他们是气恼多些，还是浓情蜜意多些。不过，顺着他们的浪漫情调，他俩应该这样合计过：星星既然如此调皮，不成全我们的约会，我们何不抓它一把下来，将它们全撒下河里……

原文

东门之杨

东门之杨，其叶牂牂。
昏以为期，明星煌煌。①

东门之杨，其叶肺肺。
昏以为期，明星晢晢。②

【注释】①牂（zāng）牂：茂盛密集貌。昏：黄昏，傍晚。明星：启明星，此处可作星星解。煌煌：明亮貌。②肺（pèi）肺：茂盛貌。晢（zhé）晢：明亮貌。

141

墓门

腹诽：民众的软武器

墓园园门缠荆棘，开路须用刀斧劈。
那人为人不良善，其恶国人都知悉，
尽人皆知他罪错，他却不改错到底。

墓园园门长酸枣，酸枣树上栖枭鸟。
那人为人最可恶，作歌讽谏难喻晓，
一旦顽固到倒台，想求我帮也晚了。

【笔记】

恶树、恶鸟铺垫，高高抬起了一个恶人，竖起一个巨大丑恶的靶子，引动善良人们的吐槽，向他发送恶言咒语。

恶人、坏人，本是模糊概念，其标定，全凭民众心中的一面镜子和一杆秤。

统治阶级与普通民众的权力对比，绝不对称，不是一个量级的，何况诗中的恶人是国人尽知的巨恶，无异于一座大山。特别是，他并不以为自己是恶人。

对此道理的解谜，美国哲学家尼尔·唐纳德·沃尔什在他的著作《与神对话》里说得比较透彻。他分析希特勒现象时说："有数以百万计的人曾在许多年里认为他是'对'的，他如何能够不也那么想呢！"他还说，"没有人会做任何他世界观中被定义为'错'的事情。如果你认为希特勒做出疯狂举动，同时清楚他自己是疯狂的，那么只能说你对人类经验的复杂性一无所知"。

因此，古往今来，臣子们对帝王和封建统治者的所谓劝谏，几乎难以生效。至于谁是恶人、坏人，其标准的确定，因立场不同，帝王—统治阶级与民间的界定难免大相径庭，往往民众心中的戥星斤两，自成其判断的标准。英国保守主义思想家塞西尔说："没有什么道德的储蓄银行，让人们可以在那里积存好事，以便在适当的时候提取相当数目去抵消他所做的不公道的事情。"帝王—统治阶级固然会做一两件好事，但若是其因此而自吹自擂，甚至摆出如蒲松龄所言的"飞扬跋扈，狗脸生六月之霜；隳突叫号，虎威断九衢之路"的排场，也会遭到民众的悖逆、不屑。这时节，最有力量的悖逆、抗议之武器，是腹诽、抱怨。特别是腹诽，这种无言的对抗、无声的表态，常常是民众与统治阶级博弈的"软武器"，也是最让帝王—统治阶级无可奈何的潜在反对力量。

历史上凡大坏、大恶的人，都躲不过民众口水的海洋，最终被卷到海底，被掩埋作沉沙。德国诗人海涅说得好，"不要得罪活着的诗人，/他们有武器和烈火，/比天神的闪电还凶猛，/天神闪电本是诗人的创作"。民众就是诗人，民谣、民歌即是他们的武器，所谓民众的声音就在此，蕴含不平、愤懑的声音尤为沉重，隐含有摧枯拉朽的力量。《墓门》这首诗显然政治色彩很浓，代表民间立场，批判一个有影响力的人物——也许是国君。

此诗还疑似忠臣之谏，是谏而无效，被逼得恼羞成怒之后生发的怨怼。这是有身份、有实力的人之抱怨。由于言说的主体匿名，他所抨击的人是谁也不指名道姓，言辞更有胆气，也稍显放纵，语句有泄愤，有预言，有警告。该骂该预警的，还都说到位了。以墓园园门为起兴，是一种精心甚至可称为“恶毒”的比喻，喻示说及坏人、恶人会弄坏心情，会使空气弥漫着不祥的气息，唯宣泄心中隐忍方可清除心中块垒。唱出这首诗的人们的心态，大概就是像尼采所讲的，人们都期盼、诅咒，“他生活中的每一项错误都是对他那不得人心的理论的最好反驳”。

对《墓门》的上述解读，是一种宏大叙事。

其实，尚有一解，也挺接地气，就是将人物身份缩小，事件改作女子不得丈夫之爱，从而以诗宣泄悲愤和仇怨。这样解读，也是一首毒骂兼劝导相得的好诗。

原文

墓门

墓门有棘，斧以斯之。
夫也不良，国人知之。
知而不已，谁昔然矣。①

墓门有梅，有鸮萃止。
夫也不良，歌以讯之。
讯予不顾，颠倒思予。②

【注释】①棘：酸枣树。斯：劈开。夫：那个。知而不已：知道自己有错却不改。谁昔然矣：从来如此。谁昔：往昔、过去。 ②梅：应作棘。鸮（xiāo）：猫头鹰。萃：栖止。止：语气助词。歌：作歌。讯：谏诤，告诫。讯予不顾：不理睬我的告诫。颠倒：倾覆，倒台。思予：想到我了，记起我对他的警告了。

142 防有鹊巢

诓骗憨人的尴尬骗局

谁说石板筑鹊巢？谁说山丘长水草？
谁在骗我心上人？我实担忧心烦恼。

谁说大路铺瓦片？谁说绶草爱干旱？
谁在骗我心上人？我实担忧心难安。

【笔记】因这首诗歌本身没有特指发声的主体是男人还是女人，此诗可解为男友焦急于女友陷入了骗局，或女友焦急于男友陷入了骗局，反正是坐不住了，急忙发声表示忧虑。

此诗所说的骗局，是四个假象。假象，往往有“像”，或是由“像”而来。诗中，石板—鹊巢，山丘—水草，大路—瓦片，绶草—干旱，都是“像”，都是事或物，它们作为事物的本质，遭到诓骗者从反面以歪曲的、颠倒的方式表现，所谓“石板筑鹊巢”“山丘长水草”“大路铺瓦片”“绶草爱干旱”，都是似是而非，全是假象和骗局。假象却很容易造成错觉，容易迷惑人心，特别易于为头脑简单的人轻信。

如果说这首诗主要是讲述一个小故事，发发感叹，那这首诗立意就太幼稚，价值就太不值一谈了。

诗中所述四个骗局，其实都是日常生活里智商很低的人都可以识别、揭穿的，生活中人不至于如此愚笨，真就被如此简单的问题诓骗。但是，生活中偏偏常发生被极其简单的骗局诓骗的憨人傻事。

正如尼采所说：“说来多么令人伤心！我们不得不以最大的努力和最高的清晰度加以证明的竟然是那些显而易见的东西！许许多多的人都不具有看见显而易见东西的眼睛。但是，这种证明是多么乏味啊！”

《防有鹊巢》的趣味在于，它含有最富哲思的味道，提醒人们思索哪怕很简单的诸如假象、错觉、骗局等问题，警醒人们不要轻易就被他人“割韭菜”，不要被假象所蒙蔽，要特别提防他人为挑拨离间而有意制造的骗局。人们聚会唱唱这类歌诗，可为男女间多创造接触的机会和理由，看似唠叨乏味的絮叨，却可体现情人间的贴心、关爱和呵护。

原文

防有鹊巢

防有鹊巢，邛有旨苕。
谁侜予美？心焉忉忉。[①]

中唐有甓，邛有旨鹝。
谁侜予美？心焉惕惕。[②]

【注释】①防：堤坝。邛（qióng）：土丘。旨：甘美，鲜嫩。苕（tiáo）：陵苕，凌霄，鼠尾草。侜（zhōu）：欺骗。忉忉：忧愁貌。 ②唐：庙堂前的大路。甓（pì）：砖瓦。鹝（yì）：绶草。惕惕：担心害怕的样子。

143 月出

似唾手可得却绝难亲承芳泽的月下美人

一轮月出月皎皎，照我所爱美姣姣。
窈窕轻舒绰约姿，令我倾慕情难表。

月如圆盘银光照，照我所爱身曼妙。
婀娜仪态挠我心，迷我暗恋幽难熬。

月光如水月色好，月色美人相映耀。
玉影缥缈撩愁肠，痴我恍惚欲醉倒。

【笔记】

三章月色“皎兮”“皓兮”“照兮”（清亮、明亮、透亮）都美，各美其美；三章美人“僚兮”“懰兮”“燎兮”（漂亮、美丽、撩人）都娇，各娇其娇；三章男子都心动，怦然心动、心烦意乱、情肠百结，有所不同。施以华彩，就丰富了画面色泽；着笔细腻，就牵出了幽人的幽思。

月色，女色，月就是人，人就是月；男子，情思，人就是情之所寄，情就是人的外化。混融为旖旎幽情的舒缓柔曼，洇成了一幅悦人耳目的夜色佳景。更有冀望的愁思一丝，萦绕在空气中，飘飘渺渺，挥之不去。

金圣叹评《水浒传》讲过，“良夜如此，美人奈何？……月毕竟是何物，乃能令人情思满巷如此，真奇事也”。又“灯下看美人，千秋绝调语。……灯下看美人，加一倍袅袅”。此时，将金圣叹所言的“月色”和“灯光”一并邀来给《月出》做伴，月下看美人，姣好的光影和绰约身姿相映照，月光皎洁，美人明丽。在灯下远观，明眸皓齿仿佛花容朦胧，那婀娜多姿的优雅身段倍显魅惑。纵得不到美人做伴，皎月空灵，月下独酌，品此《月出》，也无异于品了一杯好酒，酒不醉人人自醉。

这诗的美人，其颜值之高，原著说得有点佶屈聱牙，且语词变化层层叠叠。正因如此，才足够人们驰骋想象，其美如何摄人心魂，如何惊心动魄。往往你自己絮絮叨叨、喋喋不休、念念不忘的，才让你备感真切。那迷离幻象竟然逼出了自感不可近切的苦闷，撩出了心里骚动的不安，引动了驰魂夺魄之痴恋，让人欲罢不能而牵肠挂肚……凡此，说白了无非惊鸿一瞥，但此一瞥，迷离恍惚，引起如斯燃情，细节还历历可以计数，绝非寻常的感奋。

美人、美意、美情，仅隔薄纱，似唾手可得，实则只可近切观赏，绝难亲承芳泽。这遗憾，是甜蜜的痛苦，堪称可萦绕于心及至百年的深刻惦记。只有经受过如此揪心的爱之煎熬，才能吟咏出如此之诗。此月甚美而不可得，还会带来一分牵挂：它终会消逝，究竟会消向何处？还可寻于何处？添此层煎熬，是多情风流不舍美人的诗外惦念使然。当然，《月出》之情长纸短已难以言说。唯到后世，到了宋代才有辛弃疾《木兰花慢》补了代言："可怜今夕月，向何处，去悠悠。是别有人间，那边才见，光影东头。"辛弃疾说的是此夜月色，也许被另一朝代、另一世界的别人享受去了。谁呢？有如"乌兰巴托的夜，那么静那么静"。一首好诗，即便在长久的以后，诗外都能引申出许多意趣。诗魂的可贵，正在此处。

《月出》是《风》里用词最讲究色彩变化，最讲究文字搭配雕琢，最追求外观形式感的唱诗之一。特别是其形制，按照现代汉语横读分行排列，呈现出方块汉字每个字占地大小相等，每章唱诗块面方整周正的建筑美感。凡三章，其内在肌理的织体以第一章为标准模式，章章句数整齐，字数一样；诗句的句子成分，包括主语、谓语、宾语等，词语的词性，包括名词、动词、形容词等，无不章章对应，形成工整对称。第二、第三章，完全依照第一章的模板格式，只变换极少的字词来构型，故而全诗三章每章16 字总共有 48 个字位，但只用了 23 个不同的字，就使整体饱满成型。这是典型的设模子填充构型的诗歌范本，堪称《诗经》一绝。

原文

月出

月出皎兮，佼人僚兮。
舒窈纠兮，劳心悄兮。[①]

月出皓兮，佼人懰兮。
舒懮受兮，劳心慅兮。[②]

月出照兮，佼人燎兮。
舒夭绍兮，劳心惨兮。[③]

【注释】①皎：白而亮。佼：美好。僚（liǎo）：嫽，美好。舒：徐缓，展伸。窈纠（jiǎo）：形容行步舒缓、体态优美。劳心：令人愁思。悄：忧愁。 ②皓：明亮。懰（liǔ）：美丽。懮（yǒu）受：步履轻盈、体态优美的样子。慅（cǎo）：忧思，心烦意乱。 ③燎：火势蔓延。此处指美色撩人。夭绍：体态轻盈。惨：忧愁。

144

株林

王公的风流纪实

（株：邑名，陈国大夫夏御叔的封邑）

女：

为何总到株林转？他说来找夏南玩。
绝非为此来株林，实约夏母共偷欢。

男：

驾我驷马急喘喘，车停株野换羁鞍。
改乘骏马恰赶趟，株林成欢当早餐。

【笔记】

此诗只有两章，虽都用第一人称来唱，但是分唱主体不同，可以断定它就是一首男女对唱的唱诗。

诗句里镶嵌有人名、地名，是一首“实名制”的纪实诗。人物关系大略可以根据史实考证，演绎出来的故事细节就惊心动魄了。此诗主人公艳帜高张，风卷数国，风流艳史涂染了一代典籍，丰富了历代诗歌、曲艺、话本、传奇和演义的话题。

诗歌的女主人公夏姬，生于公元前640年前后，郑国公主，是春秋时代郑穆公的女儿。据说夏姬相貌十分艳丽，妖媚成性，每次转动石榴裙，都名震四方，引权贵们心旌翻卷。当时尽管战事频仍，她的风流艳事却不绝于王室宫闱。她辗转于郑、陈、楚、晋四国，或作为艳后，或作为战利品，被王侯公卿们争夺，她的美色艳名与攻城略地的传奇同辉。夏姬三次成为王后，七次嫁与公侯、将军，九个王族贵胄直接为她而死，号称“杀三夫一君一子，亡一国两卿”的传奇妖姬。她死后葬于今河南商丘柘城县北旧湖东北处。

此诗背后涉及一大串春秋战国往事，真实夹着虚构，史传夹着演义，全都与生死情色有关。拿它来做历史横断面的共时观察及按当年历史顺序的纵向观察，无论是实是虚，都可延伸出许多话题和阅读的兴味。

本诗只挑陈灵公与夏姬偷情的一个片段，轻松说事。首章以观察者“我”的角度，叙述“他”（陈灵公）的故事，用一问一答的方式，抛出悬念，吊足胃口，随即解除悬念，解答谜题。次章换了叙述主体，还是以第一人称的口吻叙述，但已是另一个“我”的行为。此时的“我”，实际上已经是陈灵公。“我”清晨驾驭驷马高车，而后换乘单骑，一路狂奔。为何如此紧迫?“我”要赶去株林。何故赶去株林?“我”要赶着去看望夏南（夏徵舒，夏姬之子）。“我”实是借着去株林看望夏南的名义，赶去与夏南之母夏姬行偷情之实！

“我”在途中郊野以骏马换掉车辆，继续策马疾驰狂奔。爱欲饥渴贲张，心情迫不及待，终恣肆放纵，与夏姬酣畅地吃了一顿情色苟且的早餐。一国君王与昔日异国王姬偷情，此事实属不小，事关两国大事。“我”彼时却置之度外，不考虑利害和后果。

此诗的叙事艺术在于，欲说正事，却旁敲侧击；欲说透彻，却引而不发，举重若轻。两章文字，分属两个叙述主体，且都以第一人称叙述。特别是第二章，使用第一人称叙述，用短小文字描绘出了生动过程。

宫闱淫逸之事，常是民间八卦题材。关于夏姬的故事，民间耳熟能详。明末冯梦龙改编，清蔡元放修改、润色的《东周列国志》，就把夏姬的故事讲得绘声绘色，民众流传几百年，真假已难以分辨。《株林》不算故事源头，只是一片桃色的轻风彩云，却也负载了一个沉重的历史故事。

还可从另一个角度来诠释这故事。在儿子夏徵舒当上将军之时，夏姬已有一定年龄，却依然风流艳事不断，爱情故事不绝。莱辛在《拉奥孔》中说：“古语说得好，‘老年人的爱情表现是丑恶不堪的’，一种贪恋的眼色就使得最可尊敬的面孔也显得可笑，一个老年人露出青年人的情欲，就成了一个讨人嫌的对象。对荷马所写的老年人，你决不能提出这样的责难，因为那些老年人所感到的情绪只是一霎时的火焰，马上就被他们的智慧熄灭掉了；本来这种情绪是为着显示海伦的光荣，而不是替那些老人自己带来羞耻的。他们招认了自己的情感，但是马上就加了一句：‘但是不管她有多么美，还是让她回希腊去，/免得她留在这里，让我们和我们子孙再遭殃。’假如不作出这个决定，他们就会成了一些老笨蛋。”

这说的是荷马史诗《伊利亚特》里的特洛伊城老年英雄们的清醒明智。他们看到劫掠来的希腊绝色美女海伦时，一个个都心旌摇荡，产生爱意。海伦被劫持来了之后，挑起了英雄们对她的争夺，给特洛伊带来了不尽的灾难。最终，老年英雄们理智地看清危害，既承认都爱海伦，又意识到不能让海伦再留在特洛伊，引起英雄们的内斗，酿成灾难。大家都心甘情愿不染指海伦，让她回国。莱辛赞赏的就是特洛伊老年英雄们面临情色诱惑时应有的理智和智慧。

夏姬显然就缺乏这样的理智和智慧。她以近老之身，依然不断在一个个桃色泥坑中跳进跳出，沉迷于权力与情色的纠葛，惹出了许多国事纷争，成了“祸水”。几乎在所有的演义中，夏姬都是遭贬斥的角色。但是不是还有一个可能，当时她不单纯只是一个美女，还是一个可以在政坛上翻云覆雨的政治强人，因此令各国政要侧目，受到道统史家的文字围殴？总之是应了金圣叹的喟叹：“妇人率性，往往遂成家国之祸，如此类甚多。”

此诗可与“埃及艳后”克娄巴特拉七世的故事对读。埃及艳后也是那么艳帜高张，也有跨国的情人和婚姻，只是情人数量不如夏姬那么多，故事品味也没有像夏姬传奇那样最终堕入中国男人意淫餍足的口沫里。克利奥帕特拉七世深深影响了当时埃及、罗马国家的外交、政体和国体的运作、变化，令她的对手既无奈又赏识，甚至产生尊敬，成为世界瞩目的女杰。

此诗结尾“驾我乘马，说于株野。乘我乘驹，朝食于株”四句，描写“我”清早先驾车至林野，而后换乘骏马，紧接着疾奔到约会之处行淫的急切。语句极短，却展现了一个完整的行动过程。

我翻译为“驾我驷马急喘喘，车停株野换羁鞍。改乘骏马恰赶趟，株林成欢当早餐”。

这章另有译文，对读一下可见异趣。

1. “驾起我骑马，停在株林。骑上我的好马，早上到株林行淫。”（周振甫译）
2. “骑我大马跑不停，停下就在那株林。骑我骏马快快走，赶到株林去纵淫。”（袁愈荌译）
3. “驾上四匹马儿 / 游荡在林野 / 乘着四马之车 / 去那密林中作爱。”（何新译）

三例都是“我”的自述，将平日那“做得讲不得”的事坦然公开，丝毫不隐晦含糊，声称自己到株林去“行淫”，去“纵淫”，去“作爱”。这是《诗经·风》唱诗表演性之体现。译者们的心思是，务必点破事情的“关键词”，才可将株林艳史交代得明白。

原文

株林

胡为乎株林？从夏南。
匪适株林，从夏南。①

驾我乘马，说于株野。
乘我乘驹，朝食于株。②

【注释】

①胡为：何为，为什么。株：邑名，陈国夏氏封邑。林：郊野。从夏南：名义上来找夏南。夏南是夏姬的儿子，名夏徵舒，字子南。匪：并非。适：去，往。②我：此为代言的人称，代淫奔者陈灵公言。乘（shèng）马：四马拉拽之车。说：税，停息，小憩。乘我乘驹：乘着我的少壮骏马。食：此处意为行淫。

145

泽陂

有美一人，伤如之何！寤寐无为，涕泗滂沱

（陂：水边，堤岸）

水边筑有一长堤，蒲草茂盛荷花立。
有位少男太粗心，枉我恋他心戚戚！
日思夜想幽倦怠，涕泪滂沱暗悲泣。

长堤一条筑水中，右长蒲草左莲蓬。
那位少男逗思恋，高大卷须气质雄。
日思夜梦难接近，郁闷愁烦忧忡忡。

围塘河堤筑水边，荷叶莲花水中间。
那位少男多逗想，双重下巴我迷恋。
日夜无计靠近他，梦魂辗转更无眠。

【笔记】

长堤近水边，蒲草荷花立，有近切靠拢的条件，却无拢边的机缘。多情少女尽管芳心被俊俏少年俘虏，却缺少接近的法子，只有茕茕孑立哀叹忧郁的份儿。情牵一线，此线是爱情线、苦恋线，虽细且小，却坚韧不会断折，隔水难近由此形成了揪心的长久折磨。情诗经常这样写，因所写是真情，易引发共鸣，稍有出新就易得会心。这是以蒲草、荷花的角度，亦即女性角度，以其人称口吻来思索的表达。

如果说此诗是以一个男子角度和口吻来表述一种感受，亦无不可。那又是另一种境遇，料想其画面也洵美动人。

另一种解读或更有诗意，就是在长堤水边，蒲草荷花之中，亭亭挺立、翩翩起舞的是祭祀仪式里的主祭灵媒。他装扮着水神，气质高贵，禀赋神圣，令少女们心旌摇荡，但惜乎可望而不可即。

此诗在古人解读中，曾被解读为淫诗，刺某君臣“淫于其国”。更有某大儒顺此“补刀”，说“止举其男悦女，明女亦悦男，不然则不得共为淫矣”。也就是说，谁欲论此诗，必须指出它是男女共谋的淫行。

好好一首言情诗，实际生活加上一些淡远的情致，不独寻找不出涉淫沾秽的蛛丝马迹，通观诗意和词意，纵有涕泗滂沱之描写，甚至还显现出相当纯正的凄情，具有安抚人心的力量。在过激的经院、礼教审视下，硬生生被解读为一首刺政事、刺荒淫的诗歌，显然偏颇。

某些经院解读者，总必须挂连所谓史实来讲教义，按照某种意识形态的框架来解读《诗经》里的诗篇，削足适履，而后声言经典作品之所以经典，是因为符合他们框框里所谓的“教育意义”。而《风》里诗歌的生成年代，早于这些解读者数百年，实则为时人凭借本性的感受，遵循天道；它们在民间长期传播时，释读并不受制于当时争鸣碰撞的宗教和哲学观点，也与当时已渐强势的经院系统的思想导向无关。历来之解读，无形中产生了同一诗歌此消彼长、此长彼消的不同形象。有时，对于某些作品本意真义的探究，洗刷使其“蒙冤”的尘垢，其实也正是文学艺术评论启用反制的必须。

原文

泽陂

彼泽之陂，有蒲与荷。
有美一人，伤如之何！
寤寐无为，涕泗滂沱。①

彼泽之陂，有蒲与蕑。
有美一人，硕大且卷。
寤寐无为，中心悁悁。②

彼泽之陂，有蒲菡萏。
有美一人，硕大且俨。
寤寐无为，辗转伏枕。③

【注释】

①泽：池塘，小湖泊。陂（bēi）：水边，堤岸。蒲：一种水草。伤：忧思，苦想。寤寐：醒时与睡时，指日夜。涕：眼泪。泗：鼻涕。 ②蕑：兰草。此处应为莲蓬。硕大：身材高大。卷（quán）：通“婘”，美好。悁（yuān）悁：忧郁，郁闷。 ③菡萏（hàndàn）：荷花。俨：双下巴，富贵庄重。辗转伏枕：伏在枕上翻来覆去。

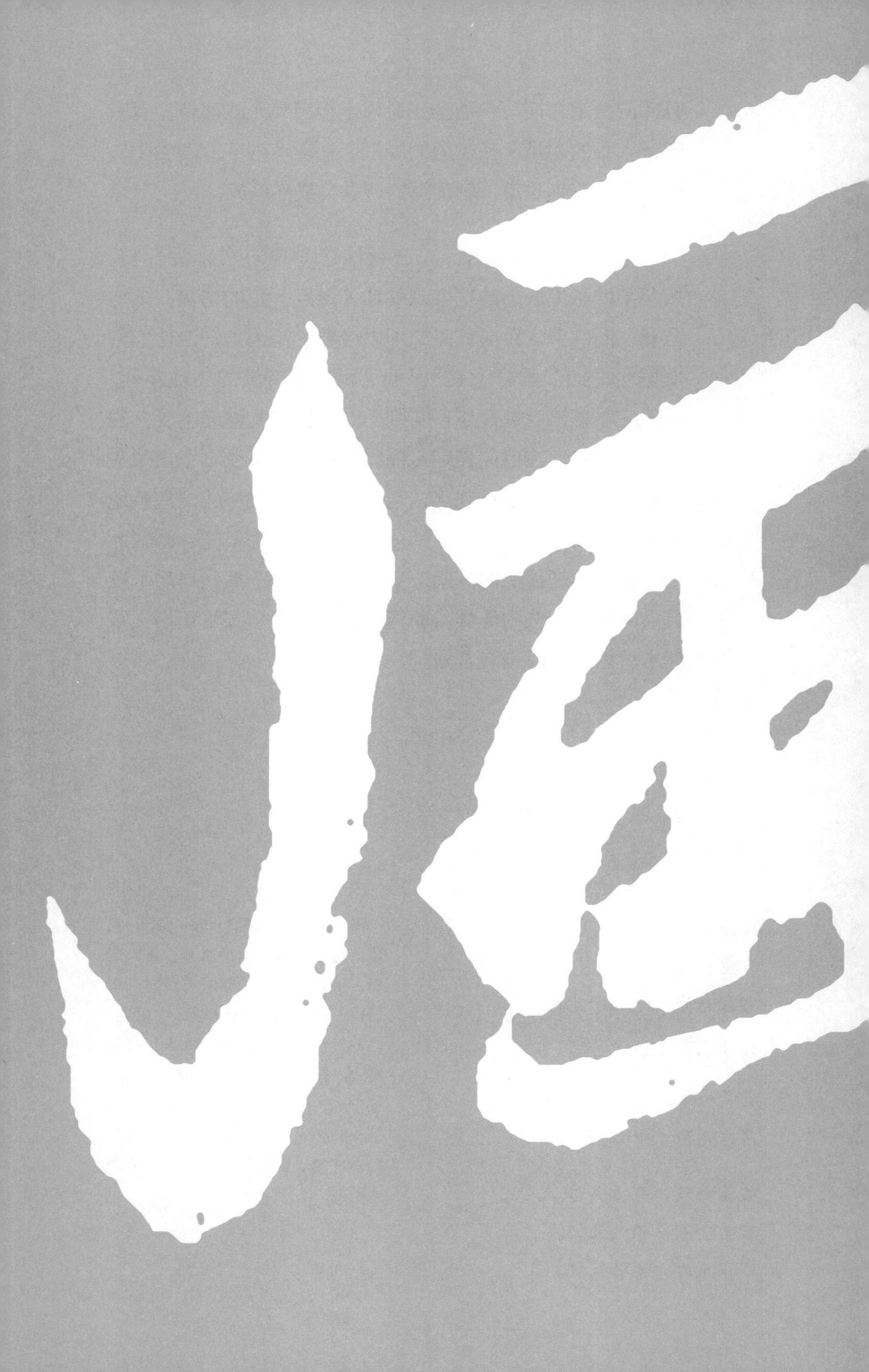

桧风

146

羔裘

灵媒在祭祀上按照规仪程序的精彩演绎

（《郑风》《唐风》都有同名诗篇）

羔皮袍子作礼服，狐皮大衣堪祭祖。
岂不心心念祖灵，生怕不周显局促。

羔袍张开演飞翔，狐裘抱襟坐明堂。
岂不全心敬祖灵，歌舞讨喜祛忧伤。

狐袍羔裘软如膏，日照衣影闪光耀。
岂不恋恋别祖灵，送神难免情悲悼。

480

【笔记】

灵媒，主持祭祀者，以最华贵的礼服，最尽心的仪式，小心翼翼地迎送祖灵。

都说华夏是礼仪之邦，这一点由祭祀礼服规约的繁缛就可窥一斑。起码从西周起，我国古代就已经有一套完整的祭祀礼仪制度，其中就包括相应的服饰规约。这首《羔裘》就反映了主祭人按照仪礼程序，从始至终完成一次祭祀迎送，并在祭祀过程中因礼服规约之严格、严密而小心翼翼、战战兢兢的心情。

彼时祭祀礼仪的正式礼服是冕，标配发型是束发为髻，头戴冠冕或头巾，身穿合制式的上衣下裳，腰间束带，其他如鞋、蔽膝、绶、佩等无不规制讲究，质地颜色也是有具体规定的，不可含糊或僭越。正式礼服之外，还有变通的被称为半正式礼服的弁，有爵弁、皮弁、韦弁、官弁等。裘衣，用狐皮或羔皮制作，多半是地位高贵之人的礼服。

祭祀仪礼中，主祭者（灵媒）按照规制，穿着与祭礼般配的豪华端庄的礼服致咒，请祖灵附身与他沟通，代表祖灵享受凡人的供奉、与人沟通、转达祖灵的赐福。祭祀操办人按照规仪和程序歌舞迎神：张开羔裘、合襟狐裘、打坐、接神、乐神、送神……一步步致祭，一环环交代，一段段吟唱，都很具仪式感。

灵媒降神，事祖灵如活人。“岂不全心敬祖灵，歌舞讨喜祛忧伤”，祖灵是逝去的先人，已不能活在世上，活着的人面对他应感到敬畏。故而灵媒总是谨小慎微，战战兢兢，处处敏感也处处讨喜，“生怕不周显局促”。“羔袍张开演飞翔，狐裘抱襟坐明堂”，即以礼服为道具，结合祭祀作法的套路，大幅度开襟、合襟，表演相应的拜舞动作。

羔裘逍遥、羔裘翱翔、羔裘如膏，使尽浑身解数，以周到的服侍，以豪华的礼服，尽心逗乐祖灵，讨好祖灵，安抚祖灵，求取祖灵的反应、注视。“岂不恋恋别祖灵，送神难免情悲悼”，则是祭罢祖灵，不能和祖灵相处了，需要送神归去时，敬畏之中，不免还有点淡淡的悲悼情绪。祖灵毕竟是远逝的魂灵，不能再在人世生存；毕竟祖灵赐福给了我们，而我们无法感恩；虽说祖灵回的是天上，但对世人来说那里毕竟并非人间啊！

诗分三章，每章首句都提到羔裘（礼）服，以及礼服与祭祀仪礼的关联，生怕与礼服有关的哪一个祭祀环节有所失当。由此，一方面可窥见礼治的观念贯彻落实到对礼服质地要求以及功尽其用的层面；另一方面彰显了更为重要的艺术价值，揭示了人们把祖灵当作自己家中已逝先辈，既崇拜又亲切，既疏离又怀念的双重隐秘心理。灵媒开合自如，动静得体，充分细致地展示了羔裘这一祭祀礼仪上的焦点。

另有人将此诗解读为“国小而迫，君不用道，好洁其衣服，逍遥游燕，而不能自强于政治”。又有解为“国势将危，其君不知，犹以宝货为奇……臣下忧之”。

原文

羔裘

羔裘逍遥，狐裘以朝。
岂不尔思？劳心忉忉。①

羔裘翱翔，狐裘在堂。
岂不尔思？我心忧伤。②

羔裘如膏，日出有曜。
岂不尔思？中心是悼。③

【注释】

①逍遥：游逛。朝：祖庙。尔：你，此处指祖灵。忉忉：忧想，愁思。
②翱翔：展翅状。
③羔裘如膏，日出有曜（yào）：毛皮柔软润泽，在太阳光下发亮。曜：光耀，明亮。悼：哀伤。

147

素冠

丧葬祭祀上哭灵致哀抚慰亲人的演唱脚本

素衣素裳素冠人，念兹在兹念在心。
素冠勾我悲怆泪，一腔幽幽尽悲情。

素衣素裳素冠人，念兹在兹念在心。
素衣陪你远逝去，多想随你命归阴。

素衣素裳素冠人，念兹在兹念在心。
素裙陪你永逝去，多想与你一路行。

【笔记】

表达对死者的哀悼，愿与死者亲属和朋友一道分担悲情之歌吟。

素衣素裳素冠皆为凶饰，死者穿，居丧之人或遭遇凶事时也穿。这是丧葬文化中的丧服规制细节。据说，死者与活人的穿着一样，一旦死者的魂灵回家，看见亲人着装与自己相同，就仍然引活人为同类，不会意识到自己已经死亡。丧葬文化在中国古代是集大成的文化，是人生最终的生命礼仪，体现着对每一个个体生命的尊重。它善待逝者，也抚慰生者，既敬送走逝者的魂灵，也慰藉生者好好活于世上。

《诗经》年代的“周礼”即制定了比较完备的丧葬礼仪。素衣素冠，就属遵从丧服制度规定的着装。这套丧服制度包括居丧期间的服饰规定。就是人死后，亲属们在某个时间段内的穿着，有一定的规约限定。又据说，初始的出发点是畏惧被鬼神恐吓，认为人死后到阴间会结伙牵扯一些鬼神来家作祟惊扰世人。故而，亲属们某段时间也披头散发、披麻褴褛，涂泥于面，让鬼神视为同类，不再来纠缠。后来，丧服渐渐演变为吊唁死者、寄托哀思的一种形式，由此形成了体现家庭结构礼仪的丧服制。

丧服制所规约的着装制式，依据死者亲属们的血缘亲疏关系来规制，具体分为五服，分别对应五类关系，包括斩衰、齐衰、大功、小功、缌麻五种丧服。穿五服来治丧的，就是广义的家庭成员了。后来人们以“五服”来划分基本亲疏，理据就是由此而来的。治丧得制作五种服装，毕竟礼仪比较繁缛，后又渐渐简化了服装的规制。《素冠》诗的“素衣”“素裳”“素冠”，当属于改繁缛为简化后的规约。当今，丧服制仍然不同程度地保留着，成了习俗，只是更简化了。每个历史时期、每个地方，甚或每个民族，治丧着装规定有粗有细，制式有同有异，不一而足，但是，约定俗成的从简而不鲜艳的形制、颜色限定总还是必须的。

另外，古人的丧葬，某个时期还有一套完整的流水程序。凡初终，复，殓，命赴，吊唁，铭旌，沐浴，饭含，燎重，小殓，大殓，成服，哭奠，筮宅、卜日，既夕，停灵、发引、下葬……诸般环节，绝不可疏忽。有个历史时期，父母去世，儿子要在家乡守孝三年，即使当官的，同样也要致仕三年居丧，也就是三年内歇官不做。

丧葬礼仪最重要的一环，还是人与人之间的连接，如亲友当着逝者家人的面致哀、吊唁，表达心中的悲悯。本诗内容，实际是一首吊唁的悲情诗。“多想随你命归阴”“多想与你一路行”（“聊与子同归兮”“聊与子如一兮”），表达了吊唁者对死者逝去的悲恸，以及对家有丧事者的精神抚慰。所表达的内心的同情、悲悼，强调感同身受，重在共情，表达主动分担痛苦的意愿，这样的情感真挚动人。

对于普通人的去世，金圣叹就着评《水浒传》中武松摆桌祭祀一节，说得尤为直白刻薄：“四字一哭。哭何人？哭天下之人也。天下之人，无不一生咬姜呷醋，食不敢饱，直至死后浇奠之日，方始堆盘满宴一番，如武大者，盖比比也。”这种悲悯，朴实而又普世，是何其凄凉切心深揭人性的文字！或许久居墓中之魂灵也要点头认可了。这也算是对释读《素冠》悲怆之情的深化吧。

金圣叹看透人生，说的正是个体生命速朽的宿命，也正是尼采揭示的人无可逃避的“易朽性”。尼采说：“过去，人们曾经通过指出人的神圣起源来证明人的高贵伟大……呜呼！这同样是白费心机。矗立在这条道路尽头的是最后一个人的坟墓和墓碑，墓碑上写着：‘nihil humani a me alienum puto［没有什么人类的东西在我看来是陌生的］。’无论人类进化到多么高的程度——他最后站的地方说不定比他开始站的地方更低！”人们都知晓人类易朽的宿命，故而，有亲友逝世，哭灵是一种宣泄的仪式，哭者都声言悲痛得不愿活了，但自然不会真的要去陪死。像《素冠》这样，悲痛欲绝，以至表示愿去陪死，只能当一种礼节视之。

中国古代和现当代，乡间都有代死者亲人哭灵的风俗。乡间有丧事，为营造悲恸气氛，常雇请外人来哭灵。哭灵，不是代悲，而是代诉，语言诉悲有具体内容，才是主要的。哭诉死者，哭其不幸逝去，哭其生前之好；也哭诉生者，代言他们丧失亲人之悲伤，还抚慰他们应该节哀顺变。这些哭灵人都不是死者亲属，由于受雇，他们得按照丧葬规仪，披麻戴孝，像悼哭亲人一样，该磕头时就磕头，该痛哭时就放声痛哭，呼天抢地，涕泗交集，其悲伤感情宣泄得十分逼真，甚至表现得比死者亲属还要悲痛。他们之所以能长时间哭得一板一眼的，主要是有传统的模式化的哭丧歌的脚本为依据。

当下有些地方还有哭灵的习俗，还有受雇的哭灵人，据报道，价格还不菲。这首《素冠》产生于祭祀频仍的年代，彼时如果有哭灵的习俗，那么也许这也是一个哭灵脚本，哭的是分担悲痛，抚慰、温暖死者家属之情。

原文

素冠

庶见素冠兮，棘人栾栾兮，
劳心慱慱兮。①

庶见素衣兮，我心伤悲兮，
聊与子同归兮。②

486

庶见素韠兮，我心蕴结兮，
聊与子如一兮。③

【注释】

①庶：幸而。素冠：白色的帽子，此处指白色孝服。棘：瘠，瘦。栾栾：脔脔，憔悴瘦弱。慱（tuán）慱：忧愁不安。 ②聊：愿意，乐意；一说姑且，暂且，勉强。子：你。 ③韠（bì）：皮制蔽膝，用以遮蔽在衣裳前。蕴结：郁积的愁绪。

148

隰有苌楚

知悉心仪姑娘未婚待嫁的欢乐
（苌楚：羊桃，猕猴桃）

低洼地里长羊桃，羊桃多姿秀新条。
妹像嫩芽风里笑，爱妹单纯无瑕好。

洼地羊桃枝叶蓬，枝叶花开迎春风。
妹像花叶光影舞，见妹打单我情浓。

洼地羊桃挂果旺，累累果实应收场。
妹像鲜果待人摘，知妹未婚喜若狂。

【笔记】

和其他《风》中植物一样，《隰有苌楚》所唱的羊桃及其枝叶、果实，毫无例外都带有灵性，因为一旦纳入诵唱，它们就都是神灵附着归依之处，就都有护佑诗中人的灵咒功能。

用内含这些物质形态和精神咒性的物品来比附少女，此女必是青春蓬勃、活力四射、逗人喜爱的迷人精灵。何况这少女还单纯无知、待字闺中！这女子简直是神性美和人性美的融合，怎不刺激爱的欣喜萌动和亲和的神往！

"知妹未婚喜若狂"，遇到一个未婚少女，真是小伙子的幸运，真如金圣叹所说的，"使人忽上春台""艳处加一倍艳"了！天赐的一个美丽的求婚对象！颜值、笑容、身材、性格、气质等，是天然风光加上天然风姿贡献的愉悦花果，一时都化成了小伙子的赞美诗句。神之灵依附在羊桃树上，爱之灵依附在姑娘身上，《隰有苌楚》遂成了小伙子即兴诵唱的奉送给姑娘的情歌。

有两首广西山歌，读起来可以与《隰有苌楚》相映成趣：

大海中间起凉亭，别人讲哥起不成。妹剥龙麟来做瓦，你讲有情是无情？

妹是好花在高山，十人看见九人攀。九人攀了都挨刺，定是等我摘回园。

原文

苌楚
隰有

隰有苌楚，猗傩其枝。
夭之沃沃，乐子之无知。[1]

隰有苌楚，猗傩其华。
夭之沃沃，乐子之无家。

隰有苌楚，猗傩其实。
夭之沃沃，乐子之无室。

【注释】

①苌（cháng）楚：羊桃，猕猴桃。猗傩（ēnuó）：婀娜多姿。夭：初生的草木。沃沃：茂盛光润。乐：羡慕，高兴。子：指苌楚。无知：此处指无知心人。

149

匪风

鱼书传信息的最早记叙
（匪风：读为“彼风”，“那阵风”之意）

大风劲吹响悉悉，马车驰驱快疾疾。
回看一路人归去，独我滞留心凄凄。

大风劲吹风飙飙，马车疾驰掀尘嚣。
回看一路人归去，唯我滞留心焦焦。

有谁涮锅锅烹鱼，代破鱼肚制鱼书？
请谁归家西行人，将我平安报父母？

【笔记】

思乡情切，“感时花溅泪，恨别鸟惊心”（杜甫）。眼看一路都是归乡人，唯独自己还不能归去。疾风飙飙，伴随车轮滚滚碾压在路上，像碾过自己的心一样痛苦。

不能亲身回家尽孝心，只因远服徭役，归期未到。千里迢迢，报平安唯有寄送家书一途。本诗终章，说的就是古代邮寄书信的办法——鱼书。

鱼书，也叫鱼素，或鱼中素，就是用木制鱼形信函，将写好的信（当时多写于绢布之上）封在其内，托驿人带走。古乐府《饮马长城窟行》云：“客从远方来，遗我双鲤鱼。呼儿烹鲤鱼，中有尺素书。”相传这首诗就是鱼书典故的由来。

我却认为，早于《饮马长城窟行》的《匪风》，其诗句“谁能亨鱼？溉之釜鬵。谁将西归？怀之好音”，才是最早体现“鱼书”形制和功用的提示，也是最早反映“鱼书”邮递形态的诗歌。自《匪风》“亨鱼”“怀之好音”制作书信托人报平安之后，才有多年以后“呼儿烹鲤鱼”的拆信之举。

此后鱼书传情报信，车马频频，驿站济济，成了国人邮路长期的担当。唐代韦皋诗云“长江不见鱼书至，为遣相思梦入秦”，说的就是依赖邮驿获知信息的事情。宋代秦观《踏莎行·郴州旅舍》“驿寄梅花，鱼传尺素，砌成此恨无重数”，晏几道《蝶恋花·碧玉高楼临水住》“远水来从楼下路。过尽流波，未得鱼中素”，还在说双鲤鱼形的信函，不知是当时还在用这种形制的信封呢，还是借双鱼形象来代指邮递信函。

本诗结尾一句“谁将西归？怀之好音”，是沉重的吁叹。想象，冀望，渴求，愁肠百结，就为了能制作一份鱼书，但求有人帮传孝心，以向千里外的父母报送平安。啊，能让我制作鱼书的人在哪里呀？能托他帮我带鱼书回家报平安的人在哪里呀？真是临风绝望的催泪绝唱！君王逼迫百姓赴徭役是为其王运兴，却不知百姓为此遭受何等痛苦，并且百姓之苦，不但在身体受摧折，还苦在如《匪风》这样精神受折磨。元代名臣张养浩的词作有两句震古烁今的名句："兴，百姓苦！亡，百姓苦！"正好可作对《匪风》的叹喟和点评。

徭役人苦，累身累心。徭役是古代农民在种地纳粮之外，还要在农闲时直接为政府提供的无偿劳务，有些劳务还得到外地去执行。一般处于 16 岁至 60 岁这个年龄区间内的男丁（秦始皇时，年龄下限则是 14 岁），都有多次服徭役的义务。这是统治者带给民众苦难的最直接体现之一。《韩非子·备内》就说"徭役少则民安，民安则下无重权，下无重权则权势灭，权势灭则德在上矣"。《风》的哀叹，很多都出于徭役之苦，记录成诗，在两三千年后人们仍能听到其悲叹的声音。

原文

匪风

匪风发兮，匪车偈兮。
顾瞻周道，中心怛兮。①

匪风飘兮，匪车嘌兮。
顾瞻周道，中心吊兮。②

谁能亨鱼？溉之釜鬵。
谁将西归？怀之好音。③

【注释】

①匪：通"彼"，那。发：发发的风声。偈（jié）：偈偈，驰驱状。顾瞻：回头看。周道：大路。怛（dá）：悲伤，忧虑。　②嘌（piāo）：疾速而颠簸。吊：悲伤；凭吊。　③亨：烹，烹饪。溉：涮洗。釜、鬵（qín）：皆古代炊具。怀：馈赠；送去。

曹风

150

蜉蝣

世界上最短命生物之最凄美唱诗

蜉蝣轻轻扇翅膀，羽衣轻薄好鲜亮。
叹它须臾殇此生，我命像它实忧伤。

蜉蝣翅膀多明丽，晶膜透明似羽衣。
叹它须臾丧此处，此地似我归属地。

蜉蝣掘洞破土出，羽衣如雪迅化无。
叹它须臾化归土，它归属处我归属。

【笔记】

蜉蝣是最原始的有翅昆虫，非常漂亮，十分娇弱，活动于溪流、池塘、滩涂。完整长成之日，就霎时雪化，到了死期。最短的生命不到一天，活得长的也至多几天，一生所有的精力和活动，都用来交配繁殖，故对之有“朝生暮死”的说法。此诗选取蜉蝣“之羽”“之翼”“掘阅”三阶段的短暂，来比喻和象征人的生命短促，堪称绝妙。

这是关于生活感触的吟咏。赞美蜉蝣的明丽鲜亮和精巧轻灵，又哀叹它短时即逝，悲恸顿生。不免拿自己的漂浮命运、势必短暂的人生来与蜉蝣类比，几乎感到相同至极，遂等同视之，悲叹纵然持有华丽人生，也会像蜉蝣一样朝生暮死，最终难寻归属之地。

苏东坡如此豁达，但也在《前赤壁赋》中用蜉蝣来言说自己的渺小、人生的短暂：“寄蜉蝣于天地，渺沧海之一粟。哀吾生之须臾，羡长江之无穷。”多么深切的无奈，只好任幽渺的生命飘往大江上的苍穹，叹人生如梦。

这难免令人想起金圣叹评《水浒传》所说的人生短暂之悲凉：“在十五岁以前，蒙无所识知，则犹掷之也；至于五十岁以后，耳目渐废，腰髋不随，则亦不如掷之也。中间仅仅三十五年，而风雨占之，疾病占之，忧虑占之，饥寒又占之，然则如阮氏所谓‘论秤秤金银，成套穿衣服，大碗吃酒，大块吃肉’者，亦有几日乎耶！而又况乎有终其身曾不得一日也者！”又“大地梦国，古今梦影，荣辱梦事，众生梦魂，岂惟一部书一百八人而已。尽大千世界无不同在一局”……梦有多短暂，人生便有多短暂；蜉蝣有几多，人就有几多。以蜉蝣做比喻，绝妙。

乔治·华盛顿说：“生命是上帝赋予的，但生命的精彩得靠自己书写。”此类大而化之的言谈，常有励志效果，尤得天真少年的追捧。但倘若上帝给予你极短促的寿元，他无形的手总在掣肘执笔的你，你又如何能将自己的生命书写得很精彩呢?《蜉蝣》的哀叹，不无此等情绪的隐匿宣泄。

这首诗歌以短暂的光鲜美好衬托最终心绪的跌落，整体显出卑微、凄凉、阴暗、绝望的心绪，似向隅悲叹之诗。这般凄美，读着全身就会软绵无助，漂浮恍惚，再怎么读都无法令人的情绪振奋起来。

原文

蜉蝣

蜉蝣之羽，衣裳楚楚。
心之忧矣，于我归处。①

蜉蝣之翼，采采衣服。
心之忧矣，于我归息。②

蜉蝣掘阅，麻衣如雪。
心之忧矣，于我归说。③

【注释】

①蜉蝣：昆虫名，生命极短促，有朝生暮死之说。其羽极薄而漂亮，“羽衣”一词由之而来。楚楚：光鲜，整洁。于：犹“与”。归处：归宿。下文的“归息”“归说”也是相同的意思。 ②采采：华美。 ③掘阅：破土而出。掘：穿。阅：穴。麻衣：指蜉蝣的薄翼。

151

候人

云情雨意我虽爱，宁不嫁他甘受穷
（候人：等候某人。或解释为官职，持武器专司迎来送往的护卫者）

妹我曾候意中人，原是荷戟小卒兵。
王封三百成新贵，子入豪门赖父荫。

鱼鹰栖梁翅不湿，不去捉鱼也饱食。
人五人六贵胄子，德与华服不相值。

鱼鹰蹲在鱼梁尾，不叼河鱼不湿嘴。
浪荡子弟不专一，嫁他婚姻难到尾。

云蒸霞蔚雾朦胧，南山雨后现彩虹。
云情雨意我虽爱，宁不嫁他甘受穷。

【笔记】

此诗记叙一个姑娘的爱情故事。

她曾爱着、等着的男子，原先是护卫、服侍贵人的普通兵卒。后来他父辈发迹，家族成了服饰华贵的富贵人家。她所期盼的这个男子，也由此变成不务正业、到处闲逛的浪荡子。她看惯了这类人衣冠楚楚的派头，深知他们德行的不堪，认为这些人根本不配如此奢华的享受，更是德不配位。姑娘正视阶级差距和身份的落差，断然放弃不相称的爱情追求，不留恋旧日的情思，更不向往眼前唾手可得的富贵，坦然继续做一个普通人家的女子。

“维鹈在梁，不濡其翼”“维鹈在梁，不濡其咮”两个比喻句，用具有代表性的场景贴切地揭露了那些饱食终日的富贵人不劳而获、人五人六、德不配位的精神面貌。“彼其之子，不遂其媾”，那暴发户人格浪荡又花心，难以期望与之婚姻能白头到老。“荟兮蔚兮，南山朝隮。婉兮娈兮，季女斯饥”，则是对姑娘隐忍克制、心明眼亮、品行高尚的赞叹。

译文中有“云情雨意我虽爱，宁不嫁他甘受穷”一句，之所以用了分明渗透出情意味的“云雨”一词，实是与原诗“隮”和“季女斯饥”这一连串互相关联的语词相对应。“隮”，雄虹，雌霓。从闻一多说，虹是两性交合的象征。此外，“饥”在《诗经》里也是有特定寓意的修辞，这个字里，常蕴涵有情欲和性都不够满足而饥渴的双关含义。“饥”出现在情诗语境中与“男女”词意类比，具有一定程度的词义等价性，故而在《风》中不时会有“饮食”“男女”并提互用，几呈双关融融的现象。本次译文用“云雨”一词，即试图挖掘原诗隐匿在语词内里的真义，剖析出好似不经意的双关诗情，揭示《风》之修辞语境内涵的微妙。

据今人吴营洲所述，此诗可解读的意思甚多。

有一说是，“候人”是一个官职，是底层的荷戟侍者，专门迎来送往，长期护卫、服侍贵人。他见多了华服贵胄的腐败生活、德不配位，他自己却生活贫苦，女儿都吃不饱饭，故以此诗揭露社会的不公平。

有一说是“曹国没落贵族讥刺新兴人物”。

还有一说是“讥讽曹国君主女宠太盛”。

有说“实是反映女子追求男子而不得”的；有说“同情候人，讽刺不称其服的贵族士大夫”的；还有说是“讽刺君王亲小人远贤臣”的。

此外还有一说是“抨击吏治泛滥，哀叹自己生活苦得女儿都不免饥寒”。

还有说是“以少女性饥渴得不到满足来比喻贤人的不得重用”。

……

各种说法似乎都属合理。此又是《风》诗“百人百解”“《诗》无达诂”的例证。

原文

候人

彼候人兮，何戈与祋。
彼其之子，三百赤芾。[①]

维鹈在梁，不濡其翼。
彼其之子，不称其服。[②]

维鹈在梁，不濡其咮。
彼其之子，不遂其媾。[③]

荟兮蔚兮，南山朝隮。
婉兮娈兮，季女斯饥。[④]

【注释】

①彼：等候人的女子。何（hè）：荷，扛。祋（duì）：殳，杖类兵器。彼其之子：为女子所等候的男子。三百：言其多。赤芾（fú）：大夫以上官员穿着的红色皮制蔽膝。 ②维：语气词。鹈（tí）：鹈鹕。梁：拦河捕鱼的堤坝。濡：沾湿。称：相称，般配。服：服饰。 ③咮（zhòu）：鸟嘴。遂：如愿，满足。媾：宠爱，恩宠；婚姻；交媾。 ④荟：草木茂盛，或指荟萃、汇聚。蔚：茂盛、盛大；一说为弥漫貌；或说紫色。隮：虹；一说云升腾貌；或说云雾弥漫。婉、娈：美好貌。季：排行最小的。斯：这，这样。饥：饥饿；性渴望。

152

鸤鸠

灵光里，见灵媒如见祖灵
（鸤鸠：布谷鸟）

布谷找食桑树上，七雏嗷嗷待哺养。
祖灵一现貌堂堂，本尊威严唯一像。
本尊威严唯一像，笃实赐福好心肠。

布谷飞在桑树顶，七雏待教梅子林。
祖灵到来仪容现，绲边腰带白丝襟。

绲边腰带白丝襟，皮帽色泽光又润。

布谷飞到桑树上，七雏学飞枣树旁。
祖灵到来气势煌，周周正正仪端庄。
周周正正仪端庄，带给各国好期望。

布谷飞到桑树上，七雏长成榛树旁。
祖灵到来气轩昂，堪称一国好偶像。
堪称一国好偶像，岂不威名万年长！

【笔记】

柯马丁说，“《国风》中的《关雎》和《鸤鸠》可能享有比其他诗篇更高的地位”，《鸤鸠》“见于所有的简帛材料之中，不论是以引文的形式（马王堆帛书、郭店及上博竹简），或是在《诗》的某一传本中（双古堆竹简），或是见于某一诗论（上博竹简）。此外，在传世的早期儒家文献中，《鸤鸠》是最常引用的《国风》诗篇，见诸如《礼记》的《缁衣》《大学》和《经解》，《荀子》的《劝学》《富国》《议兵》和《君子》，以及《韩诗外传》和《孝经》等”。之所以如此，估计是其内容是见灵媒如见祖灵，说及了彼时祭祀的特质。

《风》文本里出现频率较多的“君子”一词，有多处指的不是君王、公侯、爱人、尊者，而是男女灵媒，也即巫师。他们主持祭祀，既秉凡人本身，又兼天与地之通灵，还代言神仙旨意，彼时是有权威甚至有权势之人，后世所说的“巫婆神汉”绝对不可与之同日而语。

正如李泽厚所说，“中国传说中的古代圣王，例如儒家一直讲得很多的尧、舜、禹、汤、文、武、周公，根据很多学者的研究，他们都是大巫”。故而《风》中灵媒地位高贵也就不足为奇了。他们形象神秘，时时引动青年男女对之遐想、暗恋、示爱，是彼时极受众人追捧崇拜的偶像。他们在祈祷中常常表演人神婚恋的唱诵，开了后世人与神艳遇文化的先河。

此诗是祭祀开场时灵媒唱诵祖灵的诗。其被古代典籍引述比较多，大概是它突出展现了《风》诗的祭祀元素和特性。它唱诵的是身份级别较高的祖灵，全诗扫描似的，将祖灵的面相、衣着、气度、人望、功德，都唱了一遍。另外，每章开头，都有以鸤鸠与其子作为起兴的词语。这正是《风》常见的结体特点：咒辞—起兴—比喻—赋，体裁模式方面具有典型意义。

《风》诗有些起首的词语与句子，常常带有诗歌初始作为祭祀神咒的咒语色彩，隐含着比喻和暗示，与诗歌的整体内容微妙相关。本诗四章的起首都吟咏鸤鸠与其子就是这种情况。一鸟七子，暗示它们是陪伴着祖灵飞来的，带有祖灵的灵气；一鸟多子，暗喻祖灵人气旺，受人拥戴。译文理顺鸟儿待哺、待教、随飞、长成的四个层次，反映出祖灵对后代的熏陶。

祭祀者称赞祖灵衣着严整、相貌堂堂、堪作楷模，是通过称赞祖灵的化身尸（也属灵媒）来表达的。祭祀的理念，就是人们认定灵媒既可以代表人又可以代表神，构成天人沟通的机制，祖灵就是灵媒，灵媒就是祖灵。在祭祀语境下，灵媒带动唱诵，使参祭的人们自始至终感觉到被笼罩在神秘的灵光里，见灵媒就如见祖灵。

原文

鸤鸠

鸤鸠在桑，其子七兮。
淑人君子，其仪一兮。
其仪一兮，心如结兮。[1]

鸤鸠在桑，其子在梅。
淑人君子，其带伊丝。
其带伊丝，其弁伊骐。[2]

鸤鸠在桑，其子在棘。
淑人君子，其仪不忒。
其仪不忒，正是四国。[3]

鸤鸠在桑，其子在榛。
淑人君子，正是国人。
正是国人，胡不万年！[4]

【注释】

①鸤（shī）鸠：布谷鸟。仪：言行，态度。一：坚定，始终不变。结：稳定，凝聚、团结。 ②其带伊丝：佩带用这种丝做成。弁：皮帽。骐：青黑色花纹的马。 ③忒：差错。正是四国：其可以成为周边诸侯国的楷模。 ④正是国人：堪作一国典范之人。万年：万寿无疆。

153

下泉

亡国哀叹声中盼望复国之低吟

泉水缓流冷冰冰，一路浸泡稂草根。
夜里无眠长哀叹，念那盛世周京城。

冷冷冰冰细流泉，浸泡艾蒿过田边。
夜里无眠长叹息，盛世周都常怀念。

泉水缓流冰冰冷，浸泡蓍草冷到茎。
日里夜里长哀怨，念那帝都大周京。

黍苗待长苗青青，盼等绵绵春雨淋。
各国重新复强盛，有赖天子周国君。

【笔记】

一首颓唐的祈祷诗。悲凉凄婉，无奈春风唤不回。

作物和野草，冷泉浸泡。其野，是一派荒芜。其作物和野草，是臣属慌慌、子民惶惶。其冷，是王室的衰败。全民心寒彻骨透彻，一派国运衰颓气象。

故有乱世后必思治，人们发出期盼盛世复兴的喟叹。此喟叹，是盼望盛世明主的回归，具体似是盼等能复兴国家的某周天子的归来，以重振社稷的生气。

此诗有其章法。四章诗，前三章都以“洌彼下泉”起首，确是挟带了凛冽的气息，营造了足够的凄惶绝望，渲染得此诗整体一片悲凉。

但其悲凉情绪在无望中做了一个陡转，第四章，下泉不再凛冽，转而透射出一抹希望：只要有春雨滋润，麦苗仍然能蓬勃生长；只要周天子复出领军，诸侯们就会勤王扶助促成复兴。情绪转至了生机蓬勃的乐观，顿使诗的气质不再低回，而是硬朗起来。

原文

下泉

冽彼下泉，浸彼苞稂。
忾我寤叹，念彼周京。[①]

冽彼下泉，浸彼苞萧。
忾我寤叹，念彼京周。[②]

冽彼下泉，浸彼苞蓍。
忾我寤叹，念彼京师。[③]

芃芃黍苗，阴雨膏之。
四国有王，郇伯劳之。[④]

【注释】

①冽：冷。下泉：奔流的泉水。苞：丛生、茂盛貌。稂（láng）：莠一类的草；狼尾草。忾（xì）：叹息。周京：周天子的都城，此处指强盛时的周王朝，下文“京周”“京师”同。②萧：蒿草。③蓍（shī）：草名，亦称蚰蜒草、锯齿草，古人用蓍草茎占卜。④芃芃：繁茂。膏：用作动词，滋润。有王：听之以王命。郇（xún）伯：文王之后代，具体所指说法不一。劳：慰劳，安抚四方。

豳风

七月流火，九月授衣

男：

七月火星偏坠西，九月天凉备寒衣，
冬天北风呼呼叫，腊月寒气更难敌，
倘若无衣又无袍，岁末怎能度过去？
正月就须修农具，二月赶早要开犁，
老婆孩子跟上垄，茶饭都在田头吃，
如此出力如此勤，田官老爷都欢喜。

女：

508 七月流火火星偏，九月缝衣备御寒。

男：

春天来时太阳暖，黄鹂应季叫得欢。
姑娘背着小背篓，沿着小路走上山，
岭坡人勤采桑叶，春日昼长难得闲。
采罢桑叶采白蒿，春祭专用置祭盘。
未嫁女子最愁盼，嫁谁跟谁把家安。

女：

七月火星偏西方，八月芦苇满池塘。

男：

三月桑叶将长莽，刀斧砍枝修短长。

杂芜枝条都砍掉，嫩叶长匀好摘桑。

女：

又逢七月伯劳唱，八月绩麻织布忙。
黄纱黑布缸里染，备料公子做衣裳。

男：

四月远志根像虫，五月蝉鸣嘈哄哄。

女：

八月早稻收获了，十月叶落进初冬。
再过一月开猎祭，猎得狐靓毛蓬松，
狐皮剥做公子袄，华贵显摆又抖风。
最佳猎季十二月，聚众切磋炫武功，
猎得小兽自留用，大兽同享供充公。

男：

五月纷纷天飞蝗，六月振翅纺织娘。
七月蟋蟀野地叫，八月跃近墙角旁，
九月跳进家门口，十月床下瞿瞿唱。
烟熏鼠穴堵窟窿，糊严墙缝挡北窗，
叹我老小且将就，除夕寒舍度时光。

女：

六月吃李吃葡萄，七月煮豆煮葵苗。
八月竹竿打大枣，十月镰刀割禾稻，

好米留来酿春酒，佳酿专为祝寿造。

男:

七月吃瓜任选挑，八月葫芦摘做瓢。
九月田里薅麻籽，掐点苦荼当菜肴，
臭椿无用当柴烧，农夫日子胜潦倒。

女:

九月修整打谷坪，十月稻谷都收进，
早熟黍米晚高粱，芝麻豆麦入仓廪，
叹我农家事无尽，还为官家忙不停。
白天忙着割茅草，夜晚忙着编草绳，
茅屋住久赶早修，一晃播谷就开春。

男:

十二月里凿冰忙，正月冰块冰窖藏。
二月冰窖取祭品，香菜奉祀配羔羊。

女:

又是九月又逢霜，十月又清打谷场。
两壶美酒邀乡邻，烹宰羔羊聚公堂，
觥盛佳酿高高举，祝祷福源万年长。

莫要说这首诗叙述的时序颠来倒去，那是它有意追求“倒叙”。莫要嫌它细节前前后后讲得太跳荡，那是它故意频繁插入的“闪回”。叙述看着“混乱”，细心读来，就会觉得时间先后交错虽显跳荡，却经纬交集清晰，事件丝缕分明——这应该是《七月》叙事策略与别的唱诗不同之处，也是它精彩之处。

条分缕析、梳理弄通整个篇章，你就会惊叹《七月》的艺术思维多么活跃，其组织叙述的能力是何等大胆别致。堪称大手笔！

这是《风》里篇幅最长的诗篇，亦需较长的篇幅才能解读通畅。欲理清《七月》这团纠结的“乱麻”，读顺读懂之，关键在于首先要判定它不是一人一唱到底的整体，而是祭祀上的对唱集合，不止出于一人之口。一旦按照这个逻辑，将对唱者从所唱分工中剥离出来，它的内容就清晰呈现了，若干段落显出了拼接的线索。我们会发现，它的叙事策略是“唠嗑”式的，对唱者所唱的分工不限于只唱哪章，每人分唱的句数也不相等均衡。每人每次起唱，都是先拿某月份来作“时序起兴”，继而进入演唱者个人唱自己“主述月份”之主述内容。

因原著文本没有提供本唱诗是分几人唱、对唱者的性别等信息，我们姑且将分唱的主体定为一男一女。首章，男子主述，从七月唱起，一直唱到腊月、正月、二月。时序基本是连贯的，他独自整整唱述了一章，唱到“如此出力如此勤，田官老爷都欢喜”，全是与这些季节有关的事，一直唱到了春天。

而后，是女子插叙：“七月流火火星偏，九月缝衣备御寒。”看来也是想以七月开唱。之所以说她插叙，是因为她只唱了两句，还未展开，就被男子抢回演唱机会。他在第二章，接着第一章的结尾，以春季打头开唱，从“春天来时太阳暖”唱起，唱到“未嫁女子最愁盼，嫁谁跟谁把家安”，唱的内容都与春天有关。

这时女子又再次尝试从七月开唱：“七月火星偏西方，八月芦苇满池塘。”看来是想唱述七月、八月的事情。她抢述的内容，时序分明与男子唱的春季不搭界。而男子要唱的显然是一个未完待续的长篇，于是又继续津津有味地唱述：“三月桑叶将长莽，刀斧砍枝修短长。杂芜枝条都砍掉，嫩叶长匀好摘桑。”还是春天的故事。

女子看准时机又夺过话语权，还是以七月开始：“又逢七月伯劳唱，八月绩麻织布忙。黄纱黑布缸里染，备料公子做衣裳。”这回终于得以唱了四句，但是，她的“七月咏唱”仍偏离了男子的主题。而那男子分明是个话痨，还是抢回话语权，继续唱述他沉迷的故事：“四月远志根像虫，五月蝉鸣嘈哄哄。”

女子终于再不能容忍男子了，霸气抢过话语权，从“八月早稻收获了”唱起，一口气痛快地唱了十多句，一直唱到“猎得小兽自留用，大兽同享供充公”。

至此，男女歌者终于结束了“话语权争夺战”，两人的演唱开始有序，所唱句数开始平衡。两人演唱的季节时序开始统一，内容开始大体协调。两人的唱述，形成轮流主述，同唱一个季节的事情，互相充实，互相补充，一直唱到末尾“觥盛佳酿高高举，祝祷福源万年长”。如是，形成了《风》中最长的诗篇。

整体考察其结构，内容和主题还是很明晰的。全诗主干内容是唱述春日，其间第一章主述耕作，第二章主述蚕桑，第三章主述渍染，第四章主述田猎，第五章主述修屋，第六章主述果蔬，第七章主述粮丰，第八章主述岁庆。

循这样的叙事主干去提纲挈领，线索便清晰可见，各章穿插有许多细节，似撒网罗致，又节制收束，章法从容，布局尽在粗细搭配、张弛有致之中。该诗对于时令的描述，详略有其心机，总体顺爽、达意。精彩句如“七月在野，八月在宇，九月在户，十月蟋蟀入我床下”，精准简洁地描绘了蟋蟀的生活习性，一晃就带过了四个月。简短的文字、生动的词语、灵动的格局，完全没有编年史存史罗列的形态和演义讲述故事的套路。其男女演唱形貌的活泼、随性、率意，让人们认知了彼时祭祀的热烈气氛，以及《风》在互动中生发唱诗的过程。

《七月》织体弹性张力系数很大，容量难测，似网罗了这家族一年的要事，又好似跨年跨岁反反复复，像是概括数年事体的陈述，堪称描绘两三千年前农村社会、家族生活的一幅色彩斑斓的画卷。

叙事诗“是用审美的观点为着审美目的的一种事实的陈述”(格罗塞)。《七月》甚少像后世诗歌那样体现对人、人的感情、大自然的审美关注，但不能说《七月》对于事实的陈说是缺乏审美的。“它不需要刻意粉饰，也无须努力编织一个美丽的梦想，但它一定滤去了生活中许多的苦难和不幸，因为诗只想保留时人眼中有价值的经验及心中甚以为亲切的风土和人情，使它保存在传唱于人口的旋律里”(扬之水)。

《七月》对时令变化、生产、阶级、人际、官差、祭祀、狩猎、习俗、心态、作物生长、昆虫繁殖活动，甚至盖房子、纺织、染渍、制衣、凿冰、酿酒、使用生活设施（如冰窖）等状况，都有甚为简洁但生动的唱叙。其演唱人的主体，是农奴还是一般农人，抑或是一般地主、贵族，身份并不明确，从演唱的角度、口气来看，也并没有体现明确的出身阶级和立场。这就刚好呈现了无功利的客观叙述效果。此诗整体呈祭祀群体演唱的样貌，以集群的参与、健康明快的主调，全方位地展开对上古生活记叙和想象的空间。

当年季札在鲁国观周乐，据说听《豳风》时，大赞道："美哉，荡乎！"《七月》之内容断然与反映阶级斗争、控诉阶级压迫的情绪无关。其开朗、阳光的主旨，与粉饰太平无关，与刻意罗致假象也无关，而是一种乐观的生活态度，自由的率性表述，朴实客观叙事的美学观所至。品味之，像品尝一顿风味多样而极好的爽神野餐，其场景色彩杂驳光灿，应了萨都剌的一句名诗："天上赐衣沾雨露，山中诗锦织云霞。"《七月》，诗锦是也。

原文

七月

七月流火，九月授衣。
一之日觱发，二之日栗烈。
无衣无褐，何以卒岁？
三之日于耜，四之日举趾。
同我妇子，馌彼南亩，
田畯至喜。①

七月流火，九月授衣。
春日载阳，有鸣仓庚。

【注释】

①流火：心宿每年夏历五月出现在天穹正南方，七月以后位置开始偏西而下行移动。称心宿（"火"）下沉之过程为"流火"。授衣：安排妇女们去做冬衣。一之日：指夏历十一月的时候。按此类推，本诗二之日为夏历十二月，三之日为夏历正月，四之日为夏历二月。觱（bì）发：寒风吹物的响声。栗烈：凛冽，寒冷逼人。褐：粗布短衣。卒岁：度过年关。于：干活。耜（sì）：翻犁泥土的农具。举

女执懿筐，遵彼微行，
爰求柔桑。春日迟迟，
采蘩祁祁。女心伤悲，
殆及公子同归。②

七月流火，八月萑苇。
蚕月条桑，取彼斧斨，
以伐远扬，猗彼女桑。
七月鸣鵙，八月载绩。
载玄载黄，我朱孔阳，
为公子裳。③

四月秀葽，五月鸣蜩。
八月其获，十月陨萚。
一之日于貉，
取彼狐狸，为公子裘。
二之日其同，载缵武功。
言私其豵，献豜于公。④

五月斯螽动股，
六月莎鸡振羽。
七月在野，八月在宇，
九月在户，
十月蟋蟀入我床下。
穹窒熏鼠，塞向墐户。
嗟我妇子，曰为改岁，
入此室处。⑤

六月食郁及薁，
七月亨葵及菽。
八月剥枣，十月获稻。
为此春酒，以介眉寿。
七月食瓜，八月断壶，

【注释】

趾：动脚踏耜翻土，即下田劳作。妇子：妻子儿女。馌（yè）：送饭。南亩：地头。田畯（jùn）：亦称田大夫，掌管农事的官员。一说农神。喜（chì）：酒食。 ②春日：夏历三月。载阳：开始暖和。载：开始。仓庚：黄莺。懿筐：深筐。遵彼微行（háng）：沿着那小路。爰求：于是去。迟迟：缓慢，白昼渐长。祁祁：众多。殆：害怕。同归：被胁迫去别人家，或无夫婿接走。 ③萑（huán）苇：可铺垫来养蚕的荻草和芦苇。蚕月：开始养蚕的月份（夏历三月）。条桑：修剪桑树的枝条。斧斨（qiāng）：泛指斧子。远扬：过高过长的枝条。猗（yǐ）：通"掎"，牵引。女桑：嫩桑叶。鵙（jú）：伯劳鸟，即子规、杜鹃。载绩：又绩麻又织布。载玄载黄：所染丝织品颜色，有赤黑的也有黄的。朱：红色。孔阳：很鲜亮明艳。为公子裳：给王公贵族做衣服。 ④秀：草类植物结实。葽（yāo）：远志（一种草药）。蜩（tiáo）：蝉。其获：农作物开始收获。陨萚：草木之叶掉落。于：往。貉（hé）：兽名，通称貉子，也叫狸。其同：邀同众人。缵（zuǎn）：接着，继续。武功：指田猎之事。言私其豵：小兽归自己。私：归己，私有。豵（zōng）：一岁的小猪，此泛指小兽。豜（jiān）：三岁大猪，此泛指大兽。公：公家，或指王公。 ⑤斯螽：螽斯。动股：指蝗虫鼓翅。莎鸡：纺织娘。振羽：鼓翅。在野、在宇、在户：在户外、在檐下、在屋内。穹窒：窒穹，堵塞尽孔洞。穹：穷尽。窒：堵塞。向：朝北的窗子。墐（jìn）：用泥涂塞。改岁：过年。 ⑥郁：郁李。薁（yù）：野葡萄。亨：烹，煮。葵：一种蔬菜。菽：豆子。剥（pū）：通"扑"，敲打。为此春酒：酿造这种冬天始酿，春天才成

九月叔苴。采荼薪樗，
食我农夫。⑥

九月筑场圃，十月纳禾稼。
黍稷重穋，禾麻菽麦。
嗟我农夫，我稼既同，
上入执宫功，昼尔于茅，
宵尔索绹。亟其乘屋，
其始播百谷。⑦

二之日凿冰冲冲，
三之日纳于凌阴。
四之日其蚤，献羔祭韭。
九月肃霜，十月涤场。
朋酒斯飨，曰杀羔羊。
跻彼公堂，称彼兕觥，
万寿无疆！⑧

【注释】

的酒。介：佐助。眉寿：长寿，长眉为高寿者之特征。断：摘。壶：葫芦。叔：拾取，收获。苴（jū）：麻子。荼：苦菜。薪：此作动词，砍柴。樗（chū）：臭椿树，木质不好，仅当柴用。食（sì）我农夫：养我农夫之家。 ⑦场圃：打谷晒粮的场院。纳禾稼：收纳粮食入仓。黍：小米。稷：高粱。重（tóng）：通“穜”，先种后熟的谷物。穋（lù）：同“稑”，后种先熟的谷物。同：集中入仓。上：还要。执宫功：到官员家服劳役。于茅：割茅草。索绹（táo）：搓绳子。亟：急，抓紧。乘屋：上屋顶整修。 ⑧冲冲：凿取冰块的撞击声。凌阴：冰窖。蚤：早，早朝。或祭祖仪式。献羔祭韭：用羔羊、韭菜来献祭。肃霜：肃爽，天高气爽。涤场：清扫打谷场；一说涤荡。朋：两樽。飨：享，自己享用或款待别人。跻：登上。公堂：乡民集会之地。称：举起。兕觥：犀牛角制酒杯。

我国第一部拟人化的童话诗

（鸱鸮：猫头鹰）

猫头鹰啊猫头鹰，抓走我儿太狠心，
不要再毁我的窝，窝巢遭毁挨雨淋。
我养我儿心操碎，几多劳苦几艰辛！

适逢天阴不落雨，桑皮树枝都攒起，
叼起啄来做材料，暂把窝巢来修理。
树下路人莫使坏，莫再让我白费力。

我爪力软脚筋疲，我采芦苇已无力，
我为叼来垫窝草，喙角崩裂已成疾。
只因窝巢未修好，劳累带病不歇息。

我翼脱毛日稀疏，我尾萎缩日干枯。
我巢飘摇树上晃，我家大小怎自如！
风吹雨打挡不住，惊恐哀叫声声哭。

【笔记】

这首诗是羸弱的小鸟对恶戾猫头鹰的求告。

鸟被赋予了人格，具有了类似人的思想、性格、感情、语言，特别是具有了像人一样的表达方式，顿使其遭遇得以申张，让千百年后的读者听到一段凄凉悲惨的鸟之自白。

窝巢被毁损，爱子被叼走，为抚养剩下的雏儿重新修复窝巢，被折磨得憔悴、生病、损伤、落形，时时处于惊恐之中……通篇贯串含辛茹苦和令人哀怜的细节。不着一句声调高扬的起兴和夸张的比喻，尽是朴实的叙述。鸟妈妈其弱，却意志坚强；其衰，却坚韧不拔；其哀求、其诉苦，却不折意志。第三、第四章，连用数个“予”（我）字，即我的手、我的翅膀、我的尾巴、我的窝、我要做什么……表现出其艰苦备至、不停不歇、韧性非凡、百折不挠的精神。这已不是诗篇，而是一个伟大的母爱故事，也是弱小抗争霸凌、控诉暴戾、伸张正义的英雄进行时之记叙。

《鸱鸮》人格化的代言代想，所言所想却是鸟类之言想。实际上鸟类并无言想，诗中其言讲得越生动越透彻，就越显露它是人的“伎俩”，是一种虚构。德国哲学家海德格尔说，“艺术不是幻影，是超越了现实事物水平而确定下来的作品”。确实，优秀的艺术作品能让我们体验到作家虚构出来的更高于现实生活的真实。如《鸱鸮》这样，它可代入人的遭际，也可被视为含义深邃的寓言，这就是它“超过了现实事物水平”的文学趣味。《鸱鸮》将拟人化的修辞方法运用得如此炉火纯青，将诗歌唱叙得如此催人泪下，先祖们之情商、诗歌智商和文学创造性，真令人惊叹！

安徒生认为，“最奇妙的童话都是从真实的生活中产生出来的”。柏拉图则认为，所谓诗人，即进行创造的人，是从神韵世界向人语世界进行翻译的传达者。今道友信《关于美》还转述了柏拉图的一个观点，“所谓艺术上的创造，是一种把神的意志，用神给的灵感，翻译成直观的、凡人也能体验到的现象的操作”。看来，《鸱鸮》的创制者冥冥中早就率先秉领了神的意志，将人们日常的真实生活故事带进文坛，“翻译”“操作”成这首既堪称一己体验，又实是众人体验的诗歌，感天动地、超越时空、光辉永恒，能永远流传，这是必然的了。

这首诗是我国诗歌史上第一首拟人化的“童话诗”，可谓珠零锦粲，《风》中诗葩，不愧开拓首创。它为其后产生的寓言、童话、动物故事披荆斩棘，树了一个样板，开辟出了多种叙事的可能性。正如今道友信所说，真正具有开拓性的作品，“艺术价值却又恰恰在于切断历史延续性的垂直冲击。……真正优秀的作品，都创造了从自己开始的历史。因而，在历史中，一般化的，不正是那些随杰出作品的众多的小作品吗？”

《鸱鸮》作为我国首部拟人化的诗歌，其内容、语言和形制，都具有儿童文学的特征。“儿童文学不能是成人文学的附庸，而是具有主权和法则的一大独立国”（高尔基）。《鸱鸮》有独特的典范意义和特别高的文学史地位，它“切断历史延续性的垂直冲击”，创造了中国儿童文学“从自己开始的历史”。其作者没有留下姓名，却堪称我国儿童文学的开山鼻祖。

其拟人化的手法，即赋予物体或动物以人格，让其具有人类一般的思维、感情和语言能力的这种修辞，对于后世诗词的影响，也是“开山式”的。受其影响的，如曹植《七步诗》，“萁在釜下燃，豆在釜中泣”，此“泣”就是一种拟人化的修辞，以豆能发出似人的哭声，配合其豆的物质形象，更生动深刻地揭示出受兄弟阋墙之煎熬的痛苦。同样，杨万里的“小枫一夜偷天酒，却倩孤松掩醉容”，将枫树、松树人格化，将拟人化的“偷”“掩”动作赋予了它们，似乎一时间它们都秉具了意识。如是，诗句顿时灵动飞扬，活色生香，景色也细腻地深含了怜爱的意蕴。此外，杜甫《春望》“感时花溅泪，恨别鸟惊心”之“花溅泪”“鸟惊心”，苏轼《惠崇春江晚景》“竹外桃花三两枝，春江水暖鸭先知”之“鸭先知”，都属这类运用拟人化手法铸造出来的名句。

原文

鸱鸮

鸱鸮鸱鸮，既取我子，
无毁我室。恩斯勤斯，
鬻子之闵斯！[①]

迨天之未阴雨，彻彼桑土，
绸缪牖户。今女下民，
或敢侮予！[②]

予手拮据，予所捋荼，
予所蓄租，予口卒瘏。
曰予未有室家！[③]

予羽谯谯，予尾翛翛，
予室翘翘，风雨所漂摇。
予维音哓哓！[④]

【注释】

①鸱鸮（chīxiāo）：猫头鹰。取：抓。无毁我室：不要毁掉我的巢穴。恩斯勤斯：殷勤于他们。恩勤：殷勤。鬻（yù）：通“育”，养育，生养；一说幼稚。闵：病。　②迨：趁着。彻：剥取。桑土：桑杜，桑树根的皮。绸缪：缠缚，捆绑。牖户：窗与门，此处指鸟巢。女：汝。下民：树下的人。或敢侮予：谁还敢欺侮我。　③拮据：辛劳。捋：以手沿物采集。荼：芦花。蓄：积攒。租：蒩，茅草。口卒瘏：嘴巴有损伤。卒：悴，过度劳累。曰：收语词。予未有室家：我还未有筑成的窝。　④谯（qiáo）谯：形容羽毛零落稀少。翛（xiāo）翛：羽毛残破的样子。翘翘：高耸危险。哓（xiāo）哓：鸟类因恐惧而乱嚷乱叫，宣泄凄苦。

征夫之叹：当年绝美新嫁娘，能否经得光阴摧

东山

出发打仗东山崴，有家长年不能回。
自东开拔往东走，头上蒙蒙雨霏霏。
在东听说可西归，一路朝东徒伤悲。
多想不再穿军装，不再行军不衔枚，
多想回我桑树林，痴守蚕蛾化蝶飞……
今夜独宿行伍里，蜷缩成蚕车斗睡。

出发打仗东山崴，有家长年不能回。
在东复又往东走，头上蒙蒙雨霏霏。
家中想必野藤攀，瓜蒌干蔫藤枯萎，
满地定是土鳖爬，蜘蛛结网封门扉，
日里野兽踏荒来，夜里萤光惨生鬼……
家园衰败不足畏，百想千念仍思归。

出发打仗东山崴，有家长年不能回。
在东不停往东走，头上蒙蒙雨霏霏。
忆念土围养家禽，遥对贤妻心有愧，
回家她定补墙隙，拾掇屋子迎我归，
婚时束薪鸳鸯瓢，想必依然置旧位……
可叹眼前役期长，三年不回损又亏！

出发打仗东山崴，有家长年不能回。
在东继续往东走，头上蒙蒙雨霏霏。

犹记当年妻嫁来，锦羽饰轿黄莺飞，
红鬃白毛高头马，迎新嘶鸣声恢恢，
岳母结缡亲送到，礼仪繁缛不可违……
当年绝美新嫁娘，能否经得光阴摧？

【笔记】

征人征战遥遥在外，离家越来越远，加之细雨霏霏，心绪冰冷到极度。人在行军路上，念家恋妻的心，却不禁飞回了家园，飞到爱妻身边。久倦征役，恨不得脱下军装，做一套居家的衣裳，不再口衔令人讨厌的枚。回想家园昔日的兴旺，想象家园今日的衰颓，引发了更强烈的思乡之情。

他想象如果自己回家，妻子定会将老鼠洞补起，将屋子打扫得干干净净，将结婚那时的婚仪之物摆得好好的，迎接他归来。他还回想昔日结婚那时礼仪繁缛、新娘子进门场面的光鲜，不禁喟叹“其新孔嘉，其旧如之何”……桩桩往事都很细腻地浮现眼前，都还氤氲着熟悉的气息和暖心的温度，真是悲怆笼罩读诗时，掩卷催滴辛酸泪啊！

本诗章法结构比较方正规整。诗分四章，每章都有三个板块，含三层意思。每章都是第一层（第一到第四句）先述眼前环境，四句完全相同，营造整体阴雨霏霏的阴冷气氛。第二层（第五到第十句）接述想象或回忆，第三层（最末两句）复回眼下生活情境。四章似一根链条，连续勾连，构成一次行军中的身体动静和思维动静，内含了行役三年一路向东，离其位于西方的家越来越远的沉重别情和怨叹。

其间，每章中段，思乡、忆旧，特别是与思念妻室有关的笔墨，细枝末节，无不纤毫毕现；生活气息，无不浓厚熏染。离别三年的怅惘之情，日日揪心可感的忆念，都浸润在字里行间。每章的第三层，则是把自己从想象腾飞的思绪中重新拉回到现实中来。最后两句“其新孔嘉，其旧如之何”（“当年绝美新嫁娘，能否经得光阴摧”）更是神来之笔。按照钱锺书解读，“二句写征人心口自语：‘当年新婚，爱好甚挚，久暌言旋，不识旧情未变否？’……正所谓‘近乡情更怯’耳”。是笔触伸进心灵深处的句子。离别妻子三年，时时盼望相聚，偏偏相逢无期，昔日恩爱痴恋的感情有如汹涌澎湃的奔流，如今却被淤塞而渐渐汇积，泪水加入死水，蓄于断港绝潢，有几多悲催，难以言尽，几多哀愁，谁与共情！

行走之思，思之行走，冷暖苦乐融为一体，思长情浓，爱意缱绻。章节与章节紧扣，内容布局勾连，收放开合从容自如，谋篇格局讲究有致。顺叙中插叙的手法，以及基于此的想象吟唱，时空交错，转换自如，闪回显现，得心应手，特别值得称道。《东山》的诗情诗性、诗心诗语、诗艺诗匠，有龙章秀骨之质，堪称《诗经》中戍边征夫思乡题材的经典范本。

后人如曹操《却东西门行》，明显地深得了《东山》思乡表述的三昧。他乃征战四方勋业彪炳之身，仍然有乡愁的惆怅：“田中有转蓬，随风远飘扬。长与故根绝，万岁不相当。奈何此征夫，安得去四方。戎马不解鞍，铠甲不离傍。冉冉老将至，何时返故乡？神龙藏深泉，猛兽步高冈。狐死归首丘，故乡安可忘！”他将自己比喻为飘蓬，永远无根地离开了故乡般的母体，虽如神龙猛兽枭雄半世于用武之地，仍不息对故土的怀想。不愧是对《东山》继往开来的呼应。

王国维曾说：“散文易学而难工，骈文难学而易工。近体诗易学而难工，古体诗难学而易工。小令易学而难工，长调难学而易工。”所谓“工”，说的是匠心独运、布局精妙。如《东山》，可视为《风》中之长调，其谋篇之工整、其抒情之细腻精妙，并不见得就“易工”啊！

原文

东山

我徂东山，慆慆不归。
我来自东，零雨其濛。
我东曰归，我心西悲。
制彼裳衣，勿士行枚。
蜎蜎者蠋，烝在桑野。
敦彼独宿，亦在车下。①

我徂东山，慆慆不归。
我来自东，零雨其濛。
果蠃之实，亦施于宇。
伊威在室，蠨蛸在户。
町畽鹿场，熠燿宵行。
不可畏也，伊可怀也。②

我徂东山，慆慆不归。
我来自东，零雨其濛。
鹳鸣于垤，妇叹于室。
洒扫穹室，我征聿至。
有敦瓜苦，烝在栗薪。
自我不见，于今三年。③

【注释】

①徂：往。慆慆：长久。零雨：纷纷细雨。我东曰归：在东边就听说可以回去。西悲：为不能向西归家而悲伤。制：缝制。裳衣：居家服装。勿士：不需做。行枚：行军时口中衔根小木棍以防出声。蜎（yuān）蜎：虫子爬行、蠕动貌。蠋（zhú）：蝶、蛾的幼虫，似蚕。烝（zhēng）：长久。敦（duī）：身体蜷缩成一团，形容孤独。车：战车。 ②果蠃（luǒ）：栝楼，亦称瓜蒌，一种葫芦。施（yì）：延伸、蔓延。宇：屋檐。伊威：地鳖虫。蠨蛸（xiāoshāo）：蟢子，蜘蛛的一种。町畽（tiǎntuǎn）：有禽兽践踏痕迹的空地；田舍边空地。町：田界。畽：禽兽践踏之处。或村庄。熠燿：熠熠闪光。宵行：萤火虫。伊：是、此。 ③鹳：一种形似鹤的水鸟。垤（dié）：蚁冢；一说矮小的土堆。我征聿至：（借妻子口吻）我的征夫即将归来。聿：语助词。瓜苦：葫芦干枯蔫然。旧日婚礼，以一瓠分做两瓣，夫妇各执一瓣饮酒。栗（liè）薪：劈柴。栗：（使）裂开。 ④仓庚：

我徂东山，慆慆不归。
我来自东，零雨其濛。
仓庚于飞，熠燿其羽。
之子于归，皇驳其马。
亲结其缡，九十其仪。
其新孔嘉，其旧如之何？④

【注释】黄莺。于归：出嫁。皇：黄白色；一说黄色。驳：马毛色不纯；一说为红白毛色的马。亲：指妻子的母亲。缡（lí）：佩巾结缡为古代嫁女的一种仪式，后以“结缡”称结婚。九十：形容琐细繁缛。其新孔嘉，其旧如之何：妻子新婚时非常漂亮，长久离别之后，不知如今怎么样了。孔：非常。嘉：美好。旧：久，时间长。

高尚大旗下的混沌朦胧苟活

157 破斧

历战砍崩我战斧，战多斧缺锋刃秃。
曾跟周公去东征，他平天下拓疆土。
叹我小命称侥幸，死里得生算得福。

战多斧砍缺口多，战久弄残戟难磨。
曾跟周公去东征，他施教化天下和。
叹我小命称侥幸，死里逃生尚存活。

战多斧砍刃钝消，战久折损我戈矛。
曾跟周公去东征，他领社稷上正道。
叹我小人称大幸，总算保得命一条。

【笔记】

身经百战，斧、戟、戈、矛等兵器都因砍杀变得残缺破损不堪，老兵死里逃生，长叹余生侥幸。而此时正值周公征服八方，正在教化四海，业绩彪炳，光辉四射……

血海浪涛，可见的是帝王将相战船得胜的旌旗飘飞浮动，不见其下沉没了多少破斧折戟和血肉生灵。可怜几多荒冢骨，犹是闺中梦里人；可叹多少伤残者，欲诵军功无人听！老兵们唯忆念着锈蚀的锛斧，默想心中的故事。正如杜甫《前出塞》第三首所说："功名图麒麟，战骨当速朽。"这就是古今中外战争的结局和逻辑。

斧，作为兵器，与钺并称，都是古代斧类的长柄兵器。钺是大斧，刃部宽阔，呈半月形。周武王军中有宽八寸、重八斤、柄长五尺的大柄斧刃，名曰天钺。天钺武士，何其威风！《破斧》即周代的唱作，唱诵的是战斧的生涯，也是战争幸存老兵的历程。他们是跟着周公姬旦去东征的，姬旦是个非凡的政治家，平叛大胜而归，这些老兵自然也认为自己沾上了荣耀，并为此而自豪，但对战争带来的灾难之后怕、憎恶，亦是其心里长久的隐痛。

它提炼的主题很超前，应该算是我国军旅诗歌的先导，早早就唱述了"战争与君王与生死"这一具有不可磨灭之价值的题材。"既破我斧，又缺我斨"，斧崩刃残、废戟难磨、戈矛朽损，用这样以小见大、冰冷凌厉得令人恐怖悲思的细节，来说明战争的残酷惨烈。

被称为现代非洲文学之父的阿契贝说："只有故事，能够超越战争与战士，只有故事能使战鼓之声和勇士的功绩永垂不朽。"破斧，显然已经成了故事。记叙这故事的《破斧》唱诗，超越了古代的战争和战斗的勇士，仍有巨大的魅力感染着当今的读者。

毛宗岗评《三国演义》有说，“千军易得，一将难求。众将易得，主将难求。为从者万辈，不若为首者一人之重也”。故而，毛宗岗肯定了曹洪献马救护曹操时的劝说——曹洪说“天下可无洪，不可无公”，并高度赞赏曹洪“此语可垂千古”。说得很切实际。战略、战事主导者的地位和重要性，永远高于下属，这是客观的规律，也是推动历史发展的必需。谁人敢指出，这是对人格平等、个人生命高于集团利益理念的背反？

《破斧》折射出了毛宗岗所揭示战争乃至历史的客观事实，“哀我人斯，亦孔之将”。战争史，都是名将史。在古代描述战争的文艺作品里，常是两军杀伐的奔腾阵仗里的群像，哪里见得到对个体形象、个体命运的细腻的刻画描写？将士们也不会意识到，敌对那方的将士，也是这样的混沌朦胧。双方有一想法却是最相同的，那就是随时准备去死。死，是必须、必然的，活，则偶然了，幸运了，因之必须奋力去死里求生。

想起了“可怜无定河边骨，犹是春闺梦里人”(陈陶)，这些少妇百梦不回的荒魂白骨，正是拿着斧钺战死的将士。辛弃疾《贺新郎·别茂嘉十二弟》下半阕道：“将军百战身名裂。向河梁、回头万里，故人长绝。易水萧萧西风冷，满座衣冠似雪。正壮士、悲歌未彻。啼鸟还知如许恨，料不啼清泪长啼血。谁共我，醉明月。”将士们的死虽引动悲歌，但都被表彰渲染为无上荣耀的事，可是谁人想过，战争有正义与非正义之分，英雄史观也应有顾及与不顾及民众生命的考量。靠征战开辟疆土的国家，越强大，战死的亡魂就越多，民众遭受的不幸和苦难也越多。

我早年发表于《中国剧本》杂志的音乐剧剧本《秦始皇》中，我写有一段唱词，就是写古代参战士兵的迷茫：

"我是秦王兵，本是老百姓。当兵去送死，去杀种田人。我是秦王兵，征战命归阴。将军喜庆功，我家哭断魂。"宣泄被高尚的名义驱赶去战死的悲哀，当然不以《破斧》为发端，但可说它率先以文学语言的方式，做了情绪的宣泄。它本无意于什么寓意和深刻，但其闳深曲挚却是显豁的。当然，这宣泄的影响力是极其微弱的，因为后世的统治者总还是重祭高尚的大旗，仍然让民众不断陷入混沌朦胧的《破斧》悲情，愚昧延绵恶性循环，悲鸣不断，其中就包括了像辛弃疾这样的虽然主战但也哀怜将士亡魂之悲愤抒发……

原文

破斧

既破我斧，又缺我斨。
周公东征，四国是皇。
哀我人斯，亦孔之将。①

既破我斧，又缺我锜。
周公东征，四国是吪。
哀我人斯，亦孔之嘉。②

既破我斧，又缺我銶。
周公东征，四国是遒。
哀我人斯，亦孔之休。③

【注释】

①斧、斨：斧子的统称。安柄之孔，圆者为斧，方者为斨。周公：姬旦，周文王的儿子，周武王的弟弟，曾带兵东征平叛。四国：天下。皇：同"匡"，匡正；一说同"惶"，恐惧。哀我人斯：可怜我们这些人啊。亦孔之将：总算死里逃生，幸莫大焉了。孔：很。将：好。 ②锜（qí）：古代的一种凿类工具。吪：感化，教化。嘉：美好。 ③銶（qiú）：古代凿子或斧子一类的工具。遒：坚固。休：美好。

所娶理想对象就近切身边

（柯：斧头柄）

甲：

怎样砍根斧头柄？没有斧头砍不成。
怎样娶个好妻子？没经媒妁可不行。

乙：

选斧柄啊砍斧柄，模样范例近在身。
身边阿妹持家务，能干堪做意中人。

【笔记】

这是训诫说理类的诗歌。以砍伐树木制斧柄同斧身相搭配来比喻，说明谈婚论嫁须遵循一定的原则和礼仪程序，应该先有媒妁说媒才可成婚。

本是习俗小道理，常识一桩而已，却拉开了歌谣架势，注入比喻来说唱一番，还要说唱得认认真真。这就是民间善于找乐子，善于提炼题材，见事说事、见物说物的艺术本事使然。要不然，怎可能有那么多平凡俗见的内容入歌，还唱得那么长，那么有趣，那么经得听！

从其内容的分工和结构来看，我认为《伐柯》是一首对唱的歌诗。很明显，第二章改变了说教叙述的口气，转折为插进了其他观点的对话，对第一章的大道理提出间接的质疑。

第二章认为，“选斧柄啊砍斧柄”（“伐柯伐柯”），尽管谈了大道理，其实不需谈那么多，娶妻对象的“模样范例近在身”。身边有个姑娘在操持家务，厨房凡生食、熟食、碗碗盘盘，都打理得井井有条——这应该就是理想的娶妻对象了，就是应娶之人的模样和范例了。这就是第二章提出的可以绕过媒妁之言自主婚姻的主张。

若猜想它曲调好听，那自然是想当然。再也无法听到《风》的音乐，是今人的一大遗憾。这是历史的作弄，无情地将后人的期望撕成碎片抛向尘埃，让好端端的寄托，变成梦都不是的无影烟云，永远断了听到《风》音的奢望。

好在还有《风》的文字和文学力量存在，璞精玉美，磁力强大。多年沉淀下来，“伐柯”成了求媒人帮说媒娶妻的代名词；“作伐”则成了帮人做媒的代名词。一首诗，能给后人留下掌故和语词，堪称极大荣耀啊！

原文

伐柯

伐柯如何？匪斧不克。
取妻如何？匪媒不得。①

伐柯伐柯，其则不远。
我觏之子，笾豆有践。②

【注释】①伐柯：砍伐草木的枝干做斧柄。伐：砍伐。匪斧不克：非得用斧头砍木不可。取：娶。 ②则：标准。觏：遇见。笾（biān）：古代祭祀、宴饮时盛果品的竹制器具。豆：古代祭祀、宴饮时盛肉类的食具。践：整齐。

绮想与水神邂逅缠绵的不离不舍
（九罭：捕小鱼专用的细眼渔网）

渔网宽宽网眼细，细网今日网大鱼。
欲与水神成欢爱，卷龙绣凤云霞衣。

鸿雁沙洲飞低低，旋绕河上不停息。
水神莫愁无居所，留宿两夜住我地。

鸿雁低贴河面飞，沿岸飞去再不回。
我愁水神难复返，请住两夜再言归。

待我藏起祖神袍，清扫宅第供歇脚，
水神莫让我失望，至少留下歇一宵！

【笔记】

这是妇人祭祀水神，绮想与水神邂逅，得以欢爱缠绵，祈请水神留下住宿，多住几天，赐福凡人，表达一种难分难舍之情。

这祭祀仪式上的水神，是由灵媒扮演的，由他引来天上的神灵，而后，同时代表神灵、凡人一起做相聚对话。人们所祈请的，实质是神灵仪式性的承诺。鱼、鸟作为每章的起兴，都是带有灵性的咒物，也是有性意味的象征，足以让神性和性意味交集附着其上。暗示着妇人的遐想进入了性意味层面的情境。大鱼小鱼进网（“九罭之鱼，鳟鲂”），鸟儿飞来飞去（“鸿飞遵渚”“鸿飞遵陆”），则是性动静、交欢完成的喻示。此时，天空飞翔的鸟，以及水里入网的鱼，它们都不是单纯的起兴，而都是咒谣，隐喻水神与妇人欢爱的顺畅。诵唱妇人与水神的相遇，实是遐想人与神的艳遇交合，以此来憧憬人与神的亲近，证实神贴近了人，能够直接赐人以福祉。

“渔网宽宽网眼细，细网今日网大鱼。欲与水神成欢爱，卷龙绣凤云霞衣”，普通平民妇人，庆幸小网捞得大鱼的喜悦，其实就是比喻激动于与水神成就了意念中的欢爱，似实现近切贴近水神的奢望，当是多么荣幸美好的大事啊！“卷龙绣凤云霞衣”（“衮衣绣裳”），赞叹水神（也就是灵媒）的穿着何其华丽，描述了艳遇亦幻亦真的细节，着重渲染这次艳遇的深切感受。

把水神杜撰为真切的情人，敬神、乐情的邀约一并热切。祷词说及的祈请水神多住一天两天（信处、信宿），只是个约数，表示一种诚心而已。这都是大胆丰富的虚拟想象所至，也是刻意推出真实感的心机。缱绻于艳遇与求神赐福，实为表里结合。对性意味邂逅的不舍，毕竟是虚幻的代入，是表面的宣叙，实际暗喻的还是妇人潜在的企求，期望接待水神驻留过后，此山林水泽，就成为留下神迹之胜境。由此，祈请水神赐福的愿望，就最有可能得到落实兑现。

定义这首诗的关键词是“觏”。觏有两解。一是按照《系传》解，同“构”，读音为 ǒu，意与偶同，意为夫妻之事，男女偶合。二是按照一般解读，读音为 gòu，意为遇见。同一“觏”字，两种释义，翻译起来意思就必然差别十万八千里。本诗译文，以及前此第 14 首《草虫》的译文，都是按照“觏”为男女偶合的释义来演绎。

如果按照“觏”意为遇见之释义，本诗内容可以解读为祭祀祖神，遐思幻想果然遇到了祖神。祖神，是家族祭祀中出现频率最高的神祇。天地人三才，天包括了祖神、天、天神三要素。为了更简捷地咨询神的意志，以按照神谕行事，民间在祭祀中将祖神、天、天神三者同化合一，赋予天以人格，强化对天的信仰。于是，祭祀祈祷之事，便是天大之事，见到祖神，以邀约祖神入住自家，表述殷殷渴求祖神赐福，亦是天大之事。

《诗经》反映出的民众生活一般都比较朴素、清苦，甚少关于聚餐大吃大喝的描述。大概与周公当时严禁聚众群饮有关，那时，连青铜彝器上都铸有禁止群饮酗酒的铭文，那些青铜酒器食器上的饕餮图像，也许就是禁止大吃大喝的警示，即如《九罭》，彼时也仅是祭神歌诗重情义的表述，而轻物质铺排的诱惑炫示。

古时《诗经》异读异文甚多，原因是口头传播授受时各人各地读同一字有多种读音，记录下来便有了不同异文；另外，抄写、书写时又难免字形和笔画错讹，又造成了通假字很多，异文为此又不少；一音多义，一字多解，都是写本容易有异文的原因。而吊诡的是，这些异读异文，在诗中都可以解释得通，为此都有了存在的理由，如是就形成解读可以不囿一说的态势，就当然产生类似《草虫》《九罭》中，因“觏”字两解，而导致译文各异的现象。

原文

九罭

九罭之鱼，鳟鲂。
我觏之子，衮衣绣裳。[①]

鸿飞遵渚，公归无所。
于女信处。[②]

鸿飞遵陆，公归不复。
于女信宿。[③]

是以有衮衣兮，
无以我公归兮，
无使我心悲兮！[④]

【注释】

①九罭（yù）：捕小鱼专用的细眼渔网。鳟（zūn）、鲂：都是体形大的鱼。觏：遇见；同“媾”。衮（gǔn）衣绣裳：古代贵族的服饰。 ②鸿：鸿鹄，即天鹅。遵：沿着。渚：水中小块陆地。公归无所：你无固定处所可归。于女：与你。信处：住两宿。后文“信宿”同。 ③陆：高地。复：返回。 ④有：藏起；持有、留下。无以我公归：不让我的君子回去。

160

狼跋

狼爪前踩下巴肉，后爪被绊狼尾巴
（跋：踩，踏）

狼爪前踩下巴肉，后爪被绊狼尾巴。
公爷享福肚皮大，红鞋翘翘够奢华。

狼行退后绊着尾，前行踩着狼下巴。
公爷享福肚皮大，自诩德音都无瑕！

戏谑诗。绘形绘色，夸张生动。此类诗歌，要准确判定主旨是揭露抨击，还是戏谑搞笑，必得依据原创背景及明确的立意所指。倘若已经失据，它就变成了绝对再无达诂的诗歌。这时，这首诗尽可以让之回归于诗歌本体，根据字面的意义来以诗论诗。

《狼跋》，其创作者及创作意图、立意所指，已经不可考。《风》诗常常给解读者提出挑战：你能否准确分辨、判断哪些地方是谁的口气？这是作者客观的叙述语言，还是作者进入某种角色状态后以此角色进行的抒发，或是随意理解均可?《狼跋》给人的印象，就是可随意理解的诗篇。它或是一首在祭祀礼仪上歌唱的娱神兼及娱己的唱诗。在此语境中，尽可淡化“公爷”身份的真实性或高贵程度，所指且等同于“阿三阿四”的泛称。或者生活中就恰恰有形貌类似的人，他们就是诗中所指斥的那一类脑满肠肥、大腹便便，却神气十足、牛气冲天的人物。他们德不配位，骄奢淫逸，是一伙形笨心黑的衰颓老狼，遭到人们的仇视鄙夷，引起人们趁机吐槽，宣泄平日不便宣述的情绪，遂形成了《狼跋》艺术形象的依据。

肥胖是一种生理现象。肥胖乃出于无奈，不由人愿，却无辜负载很多冤屈。在社会上，特别在文学作品里，肥胖外形经常被无端妖魔化，被丑化成蠢笨、贪吃、暴富的象征。这是众所感觉的不公。它不属审美的惯性使然，而是被俗鄙的强力横加不良含义所致。一旦固化，不良含义便似有超强的附着力，形象变抽象，与肥胖这一语词紧密捆绑、难解难分，形成公式化、寓言化审美的惯性套路，时常造成对肥胖者的精神伤害。

若将诗文放在祭祀这一人们多持友好、和善态度的特殊语境里，对“肥胖者”的情感或许还是另当别论的好，将这首《狼跋》解读为一首和善揶揄、戏谑肥胖以获取逗乐异趣的祭祀唱诗似才贴近祭祀场之氛围。也许，在某个祭祀的特定语境，人们为了讨得天神和祖神的欢欣，虚构出一个肥胖者，营构一番绝妙的调笑和编排，表演其笨态，以肥胖题材来取乐。或者，干脆由主祭的灵媒指称自己就是蠢笨的肥佬，创编歌词、摹仿笨拙动作，尽取贬义来嬉笑怒骂，拿自己来开涮，获取喜剧性的异趣。

喜剧的核心在于冒犯，在于突破观众印象中很难突破的成规，找噱头来善意讥讽。戏大过天，表演者要使尽浑身解数来做戏以讨喜观众。最大的冒犯，莫过于被戏谑、被诘问，从而自谑、自贬，突破这成规，自然妙趣横生，引动群情雀跃。这种自我戏谑是最能收取喜剧效果的。

后世有尺度颇大的“戏谑”冒犯，如在敦煌曲子词中，居然敢谑到佛祖头上。有《破魔变文》的祭祀说唱，三个魔女分别引诱释迦牟尼。其中一个魔女勾引他，以试探他心性是否坚定，唱道：“奴家爱着绮罗裳，不熏沉麝自然香。我舍慈亲来下界，誓将纤手扫金床！”释迦牟尼回应：“我今念念是无常，何处少有不烧香。佛座四禅本清净，阿谁要你扫金床！”魔女的谑唱和逗弄，真是佛头着粪，噱头很出格，兴味很特殊，对与答丝丝入扣，具有极高的表演性和趣味性，最后当然佛胜魔败，以皆大欢喜收官。

感情是诗情天性的最主要的动力之一（别林斯基）。《狼跋》讽喻肥胖之丑，情归何处？所谓丑，包括丑的行为、丑的形象，能引发一定的情绪反应。莱辛说：“按照丑的本质来说，丑也不能成为诗的题材……诗人不应为丑本身而去利用丑，但他却可以利用丑作为一种组成因素，去产生和加强某种混合的情感……来供我们娱乐。”这为审美之外的“审丑”动机、用心、动力找到了合乎创作规律的理由。健康、友善的戏谑，会产生更具亲密快意的娱乐氛围。《狼跋》或是以善意“审丑”为原动力的创制。

以审丑来戏谑灵媒，甚至戏谑到天神，或灵媒自我戏谑，以示祭祀场合天与人合一、人与神一家，互相平等、感情亲昵，营造更让天神欣喜的欢腾景象，是《风》诗的常见路数，是其亲民品格和倔犟生命力的体现。

“滑稽人物的滑稽程度，往往等于他的不自知的程度，因为凡是滑稽的人，总是无意识的。世界的人都看见他，他也看见世界的人，但他看不见他自己”（柏格森）。这理念说及的是滑稽人物的本性，但没有说及滑稽表演、滑稽戏剧的本质，解释不了《风》里如《狼跋》这样的戏谑，也解释不了类似的当世以“自主戏谑”为手段的对口相声的逗哏和捧哏。逗哏者不断抛出“包袱”，即捧出笑料；捧哏者不断掀撩“包袱”，做铺垫、解读，点破、放大“包袱”的可笑之处，与听众直接沟通。其间，自谑，自黑，自贬，自揭不堪，是组成包袱、征服听众的常见手段。究其艺术手法之真谛，其实就是两个字——“装傻”。

传统的娱神娱己的余绪绵延至今，在广西民间祭祀活动中，从山歌里仍然得见其端倪。例如，面对观音神像，有广西歌手是这样用山歌来娱神的：“织女下凡配董永，罗汉还恋观世音。神仙还有风流事，莫怪世间恋爱人。”即是把神当作家人来调侃、戏谑的山歌。还有“哥我本是水瓜渣，各个零件总滑牙。嘴巴漏风像岩洞，牙齿好像烂抓耙”，就是祭神仪式上戏谑自己、夸大缺陷、自贬短处来娱神娱己的山歌。还有故意逗引别人唱山歌来贬损自己，最后还很得意自己是“骂不倒”的：“火烧灯草没有灰，屙屁放田没有肥。妹总骂哥哥不倒，枉费山歌一大堆。”这就是“赖皮”戏谑逗乐、娱神娱人娱己，是精神强大的状态。

戏谑诗是双刃剑，是类工具的言语，可以悦己，亦可伤人。《风》里的戏谑诗篇，多出于友善之意，以不侮辱他人人格、虚构自己或他人的鸡零狗碎为底线，求个皆大欢喜，品格如孔夫子常道的温柔敦厚。《狼跋》就如是。

《狼跋》是《风》诗中的最后一首。读完整部书，我们可以领略，《风》就是如此淡化个体作者、摒弃个性表达的群体参与、互动创制的文本。它专注祭祀中的集群感受，醉心诗、乐、舞、文与仪式通感交集的欢腾，是天人合一的情感融贯，是朴实浪漫的古义童趣，是自我性情张扬、自由表达的语境。

在这里，表演特性与率真本性共同放飞，即兴的文艺灵感与创制的睿智一并焕发。民族—地域身份的母语交流、嬗递、延续体现在这里了，对先祖的认定、信仰也凝聚在这里了，地方习俗、仪礼和美学的认同也体现在这里了。《风》诗这种生发语境、生成方式、生长情状，以及内容意味、精神蕴涵，是今人无法想象的。这就是《风》诗的民间文学特质。此风此情，此理此义，何曾有人很好地揭示过、描述过！欲探求《风》之真义，莫如多关心其起源，莫如首先认知其肇始、生发、长成的祭祀情境，莫如去探究彼时社会的政治、经济、文化环境……

《风》具备的两种特性——突出的地方色彩和自在的普遍意义，使之不但在中国文学史具有“会当凌绝顶，一览众山小”（杜甫）的独立登顶地位，即使拿到世界民间文学高台去比较，也是彪炳千古、地位显赫、独树一帜之存在。

原文

狼跋

狼跋其胡，载疐其尾。
公孙硕肤，赤舄几几。[1]

狼疐其尾，载跋其胡。
公孙硕肤，德音不瑕。[2]

【注释】

①胡：鸟兽颈下的垂肉。载：又。疐（zhì）：牵绊。公孙：对贵族的泛称。硕肤：肥胖；一说大的美德。赤舄（xì）：红鞋。几几：鞋头尖而翘起。 ②不瑕：无缺点。

参考
文献

本书写作主要参考了下列图书，谨向作者、译者、出版者表示感谢

[1] 余冠英．诗经选［M］．北京：人民文学出版社，1979.
[2] 袁愈荌，唐莫尧．诗经全译［M］．贵阳：贵州人民出版社，1981.
[3] 赵仲邑．文心雕龙译注［M］．南宁：漓江出版社，1982.
[4] 今道友信．关于美［M］．鲍显阳，王永丽，译．哈尔滨：黑龙江人民出版社，1983.
[5] 莱辛．拉奥孔［M］．朱光潜，译．北京：人民文学出版社，1984.
[6]《中国翻译》编辑部．诗词翻译的艺术［M］．北京：中国对外翻译出版公司，1987.
[7] 飞白．诗海：世界诗歌史纲：传统卷［M］．桂林：漓江出版社，1989.
[8] 飞白．诗海：世界诗歌史纲：现代卷［M］．桂林：漓江出版社，1989.
[9] 王国维．新订《人间词话》；广《人间词话》［M］．上海：华东师范大学出版社，1990.
[10] 王长俊．诗歌美学［M］．桂林：漓江出版社，1992.
[11] 向熹．诗经［M］// 许嘉璐．文白对照十三经．广州：广东教育出版社，1995.
[12] 闻一多．诗经通义［M］．长春：时代文艺出版社，1996.
[13] 许钧．文字 · 文学 · 文化：《红与黑》汉译研究［M］．南京：南京大学出版社，1996.
[14] 余冠英，韦凤娟．诗经与楚辞精品［M］．长春：时代文艺出版社，2001.
[15] 周振甫．诗经译注［M］．北京：中华书局，2002.
[16] 陈振寰．诗经：图文本［M］．桂林：漓江出版社，2003.
[17] 何新．风：华夏上古情歌［M］．北京：时事出版社，2004.
[18] 扬之水．诗经别裁［M］．北京：中华书局，2007.
[19] 家井真．《诗经》原意研究［M］．陆越，译．南京：江苏人民出版社，2011.
[20] 程俊英．诗经译注［M］．上海：上海古籍出版社，2012.
[21] 傅斯年．《诗经》讲义稿［M］．上海：上海古籍出版社，2012.
[22] 杨照．唱了三千年的民歌：诗经［M］．台北：联经出版事业股份有限公司，2013.
[23] 刘蟾．重新发现《诗经》：藏在风雅颂中的历史［M］．西安：陕西师范大学出版总社有限公司，2022.
[24] 柯马丁，郭西安．表演与阐释：早期中国诗学研究［M］．杨治宜，等译．北京：生活 · 读书 · 新知三联书店，2023.

图书在版编目(CIP)数据

天魅地香：《诗经·风》与新民歌的古今交响 / 宋安群译、著. -- 桂林：漓江出版社，2024.10

ISBN 978-7-5407-9746-1

Ⅰ. ①天… Ⅱ. ①宋… Ⅲ. ①《诗经》—诗歌研究 Ⅳ. ①I207.222

中国国家版本馆CIP数据核字（2024）第041172号

天魅地香

——《诗经·风》与新民歌的古今交响

TIAN MEI DI XIANG

——《SHIJING·FENG》YU XIN MINGE DE GUJIN JIAOXIANG

作　　者：宋安群

出 版 人：刘迪才
策划编辑：何　伟
责任编辑：黄　圆　张津理　吴　桦　宁梦耘
特约编辑：苏　勃
助理编辑：王钧易
书籍设计：陈　凌
责任校对：徐　明
责任监印：杨　东

出版发行：漓江出版社有限公司
社　　址：广西桂林市南环路22号
邮　　编：541002
发行电话：010-85891290　0773-2582200
邮购热线：0773-2582200
网　　址：http：//www.lijiangbooks.com
微信公众号：lijiangpress

印　　刷：深圳市国际彩印有限公司
开　　本：787 mm × 1092 mm　1/16
印　　张：35.75
字　　数：500千
版　　次：2024年10月第1版
印　　次：2024年10月第1次印刷
书　　号：ISBN 978-7-5407-9746-1
定　　价：98.00元